Miłosz Tal der Issa

Gustav Kiepenheuer
Bücherei · 86

I

Man muß mit der Beschreibung *des Landes der Seen* beginnen, wo Tomasz wohnte. Diese Gegenden Europas sind lange von Gletschern bedeckt gewesen, und ihre Landschaft hat die Strenge des Nordens. Der Erdboden ist hier im allgemeinen sandig und steinig, nur für den Anbau von Kartoffeln, Korn, Hafer und Flachs geeignet. Das erklärt, warum der Mensch die Wälder nicht vernichtet hat, die das Klima mildern und vor den Winden des Baltischen Meeres schützen. In ihnen überwiegen Kiefer, Tanne, es gibt auch Birken, Eichen, Weißbuchen; Rotbuchen fehlen, ihre Reichweite erstreckt sich viel weiter nach Süden. Man kann durch diese Wälder lange reisen, ohne die Augen zu ermüden, denn wie die menschlichen Siedlungen haben die Baumgemeinschaften ihre unwiederholbaren Eigenheiten, sie bilden Inseln, Archipele, hie und da erkennbar an einem Weg mit Wagenspuren im Sand, an einem Forsthaus, an einer alten Pechsiederei, deren zerfallene Öfen von Pflanzen überwuchert sind. Und immer, irgendwann, ist vom Hügel die Aussicht auf die blaue Fläche eines Sees mit dem weißen, kaum zu erspähenden Fleckchen des Haubentauchers, mit der über dem Schilf dahinziehenden Entenschnur. Hier in den Sümpfen brüten Sumpfvögel in Mengen, hier surrt zur Frühlingszeit vom blassen Himmel das sich immer wiederholende *wa wa wa* der Schnepfen; dieser Laut entsteht durch die von den steuernden Federn eingefangene Luft, wenn die Vögel ihre monotonen, Liebe ausdrückenden Akrobatenkunststücke vollführen. Dieses schwache Surren und das Balzen der Birkhähne, als ob irgendwo in der Ferne der Horizont koche, und das Quaken von Tausenden von Fröschen in den Wiesen (ihre Unzahl bestimmt die Menge der Störche, die auf den Hütten- und Scheunendächern nisten) sind hier die Stimmen der Jahreszeit, wenn nach heftiger Schneeschmelze die Dotterblume und der Seidelbast – kleine rosa-lila Blütchen an den noch blätterlosen Sträuchern – blühen. Zwei Jahreszeiten sind diesem Lande eigen, als wäre es für sie geschaffen: der Frühling und ein Herbst, der lang, meist heiter, von den Gerüchen des nassen Flachses, dem Geklopf der Flachsbleuel, den aus der Ferne herankommenden Echos erfüllt ist. Dann sind die Gänse voller Unruhe; unbeholfen, plötzlich fliegen sie auf, um den Wildgänsen zu folgen, die von oben her rufen; es kommt vor, daß einer einen Storch nach Hause bringt, dessen Flügel zerbrochen sind, er ist dem Tode entronnen, den ihm die Wächter des Rechts als einem Gefährten, der unfähig war, die Reise an den Nil anzutreten, mit ihren Schnäbeln bereiten wollten; man berichtet, daß da und da der Wolf irgend jemandem ein Schwein geraubt hat; aus den Wäldern ist die Musik der Jagdhunde zu hören: Sopran, Baß und Bariton bellen im Laufen, das Wild hetzend, und nach der Modulation ist zu erkennen, ob sie die Spur eines Hasen oder eines Rehs verfolgen.

Die Fauna ist hier gemischt, noch nicht ganz nördlich. Es kommen Schneehühner, aber auch Rebhühner vor. Das Eichhörnchen hat im Winter ein Fellchen, das fast, aber nicht ganz, grau ist. Es gibt zwei Arten von Hasen: den gewöhnlichen, der im Winter und im Sommer gleich aussieht; der andere, der Schneehase, wechselt das Fell und ist vom Schnee nicht zu unterscheiden. Dieses Nebeneinander der Arten gibt den Gelehrten Stoff zum Nachdenken, und die Sache wird noch dadurch kompliziert, daß der gewöhnliche Hase, wie die Jäger behaupten, zweierlei Abarten aufweist: die Feld- und die Waldart, welch letztere sich manchmal mit dem Schneehasen kreuzt.

Der Mensch hat hier bis vor kurzem alles, was er brauchte, zu Hause angefertigt. Er trug grobes Leinen, das die Frauen auf dem Rasen ausbreiten und mit Wasser begießen, damit es an der Sonne bleicht. In der Jahreszeit der Märchen und der Lieder, im Spätherbst, zogen die Finger aus der Wollsträhne den Spinnfaden, begleitet vom regelmäßigen Klappen der Spinnradpedale. Aus den Spinnfäden webten die Frauen Tuche auf Hauswebstühlen, eifersüchtig die Geheimnisse des Musters hütend: als Tännlein, als Gitter, die Farbe für die Kette und die für den Schuß. Die Löffel, die Bottiche und die Haushaltsgeräte schnitzte man nach eigener Erfindung, genau wie die Holzschuhe. Im Sommer trug man meistens aus Lindenfaser geflochtene Schuhe. Erst nach dem ersten Weltkrieg kamen Genossenschaftsmolkereien und Ankaufzentralen für Korn und Fleisch auf, und die Art von Bedürfnissen der Dorfbewohner änderte sich.

Die Hütten aber baut man hier weiter aus Holz, deckt sie nicht mit Stroh, sondern mit Schindeln. Das Gestell der Ziehbrunnen – der *Kranich* – besteht aus einer gegabelten Stange, auf der ein Querbalken liegt, beschwert auf der einen Seite, um auf der andern den Eimer hochzuziehen. Der Ehrgeiz der Hausfrauen ist ein kleiner Garten vor dem Hauseingang. Sie ziehen drin Georginen und Malven: etwas, was hoch an der Wand wächst, was nicht nur den Boden schmückt und durch den Zaun verdeckt wird.

Von diesem Gesamtbild müssen wir uns dem Tal des Issa-Flusses zuwenden, das in mancher Beziehung eine Ausnahme im Land der Seen darstellt. Die Issa ist schwarz, tief, von trägem Lauf, dicht mit Wasserweiden bewachsen; ihr Spiegel ist an manchen Stellen unter den Blättern der Wasserlilien kaum sichtbar; sie schlängelt sich in Wiesen dahin, und die an beiden Ufern auf sanften Hängen gelagerten Felder haben fruchtbaren Boden. Das Tal ist mit der bei uns seltenen schwarzen Erde, mit der Üppigkeit seiner Obstgärten gesegnet, und vielleicht mit der Weltabgeschiedenheit, die den hiesigen Menschen niemals bedrängt hat. Die Dörfer sind reicher als anderswo, an der einzigen großen Straße längs des Flußufers oder höher über ihm auf Terrassen sitzend und sich gegenseitig abends durch Fensterlichter betrachtend über den weiten Raum hinweg, der wie ein Resonanzboden den Hammerschlag, das Hundegebell, die Menschenstimmen wiederholt. Vielleicht ist das Tal seiner alten Lieder wegen so bekannt, die man hier in viele Stimmen zerlegt, niemals unisono singt, immer darum bemüht, die Rivalen vom Dorfe gegenüber durch ein schöneres, langsames Verlöschen der Melodie zu übertreffen. Die Sammler der Folklore haben viele Motive an der Issa aufgeschrieben, die noch aus der heidnischen Zeit stammen, wie etwa die Geschichte vom Monde (bei uns ist er ein Mann), der aus seinem Ehebett steigt, wo er mit seiner Gemahlin – der Sonne – geschlafen hatte.

2

Die Besonderheit des Issatals liegt in der Zahl seiner Teufel. Sie ist dort größer als sonstwo. Es ist möglich, daß morsche Weiden, Mühlen, Ufergesträuch besonders bequem sind für Wesen, die menschlichen Augen nur dann erscheinen, wenn sie es selbst wünschen. Diejenigen, die sie gesehen haben, sagen, ein Teufel sei nicht groß, von dem Wuchs eines neunjährigen Kindes, er trage ein grünes Fräcklein, ein Jabot, die Haare zum Zopf geflochten, weiße Strümpfe und bemühe sich, durch Schuhe mit hohen Absätzen die Hufe, deren er sich schämt, zu verstecken. Diesen Erzählungen gegenüber soll man eine gewisse Vorsicht walten lassen. Es ist wahrscheinlich, daß die Teufel, da sie die abergläubische Bewunderung des Volkes für die Deutschen kennen – Menschen des Handels, der Erfindung und der Wissenschaft –, sich mehr Ansehen zu geben versuchen, indem sie sich wie Immanuel Kant von Königsberg kleiden. Nicht umsonst ist an der Issa der andere Name für unheimliche Macht *Niemczyk** – der bedeuten soll, daß der Teufel auf der Seite des Fortschritts ist. Doch ist es schwer, anzunehmen, daß sie so einen Putz für den Alltag tragen. Ihr bevorzugtes Spiel ist, in Feldscheunen zu tanzen, auch in leeren Schuppen, wo der Flachs gebrochen wird, die meistens abseits von den Behausungen

* Diminutiv von ›Deutscher‹. (A. d. Ü.)

stehen. Wie könnten sie denn in Fracks Wolken von Staub und Kleie aufwirbeln, ohne um die Wahrung anständigen Aussehens besorgt zu sein? Und warum sollten sie, wenn ihnen eine Art Unsterblichkeit gegeben ist, grade ein Kostüm aus dem 18. Jahrhundert wählen?

Man weiß eigentlich nicht so recht, bis zu welchem Grad sie ihre Gestalt verändern können. Wenn ein Mädchen zwei Kerzen am Vorabend des Andreastages anzündet und in den Spiegel schaut, kann es die Zukunft sehen: das Gesicht des Mannes, mit dem sein Leben verbunden werden wird, manchmal das Gesicht des Todes. Ist es der Teufel, der sich so verkleidet, oder wirken hier andere magische Mächte? Und wie soll man die Wesen, die hier mit dem Anbruch des Christentums erschienen sind, von den anderen, alteingesessenen unterscheiden: von der Waldhexe, die Kinder in der Wiege auswechselt, oder von dem kleinen Völkchen, das nachts aus seinen Palästen unter den Wurzeln des Holunders hervorkommt? Haben wohl die Teufel und die verschiedenen Kreaturen so etwas wie eine Verständigung? Oder sind sie einfach nebeneinander da wie Eichelhäher, Spatzen und Krähen? Und wo ist das Land, darin sie Zuflucht finden, die einen und die anderen, wenn die rollenden Panzerraupen die Äcker zermalmen, wenn am Fluß diejenigen flache Gräber für sich ausheben, die erschossen werden sollen? Und die Industrialisierung unter Blut und Tränen in der Aureole der Geschichte aufgeht? Ist es möglich, sich einen Reichstag in den Grüften unter der Erde, wo es von den Feuern des flüssigen Zentrums des Planeten schon heiß ist, vorzustellen, einen Reichstag, in dem Hunderttausende kleiner befrackter Teufel ernsthaft und voll Trauer den Rednern, die das Zentralkomitee der Hölle repräsentieren, zuhören? Grade verkünden die Redner, daß im Interesse der Sache das Herumhüpfen in Wäldern und Wiesen beendet ist, daß der Augenblick andere Mittel verlangt und daß die hochqualifizierten Spezialisten so handeln werden, daß ihre Anwesenheit von keinem irdischen Gehirn beargwöhnt werden kann. Beifallsklatschen, aber ein erzwungenes, denn die Anwesenden verstehen nun schon, daß sie nur im Vorbereitungsstadium gebraucht wurden, daß der Fortschritt sie in düstere Erdspalten einsperrt und daß sie nie mehr Sonnenuntergänge, Eisvogelflug, funkelnde Sterne, keines der Wunder der unfaßbaren Welt sehen werden.

Die Ackerbauer an der Issa stellten auf die Schwelle ihrer Hütten ein Schüsselchen mit Milch für die sanften Wasserschlangen, die keine Angst vor Menschen haben. Später wurden sie eifrige Katholiken, und die Anwesenheit der Teufel erinnerte sie an den Kampf, der um die endgültige Herrschaft über die Menschenseele geführt wird. Was werden sie morgen sein? Während man erzählt, weiß man nicht, welche Zeit man zu wählen hat, die Gegenwart oder die Vergangenheit, als wäre das Vergangene nicht gänzlich vergangen, solange es noch im Gedächtnis der Generation oder auch nur in dem einer Chronik fortdauert.

Vielleicht haben die Teufel an der Issa wegen ihres Wassers Gefallen gefunden? Man sagt, dieses Wasser besitze Eigenschaften, welche das Gemüt der an ihren Ufern geborenen Menschen beeinflussen. Sie neigen zu exzentrischem Benehmen, sie sind dem Frieden fern, und ihre blauen Augen, ihr helles Haar und der etwas schwerfällige Körperbau sind nur täuschender Schein nordischer Gesundheit.

3

Tomasz ist in Ginie an der Issa geboren. Um die Zeit, wenn in der nachmittäglichen Stille der reife Apfel mit hartem Aufschlag zur Erde fällt und in den Hausfluren Tonnen braunen Bieres stehen, das hier nach Ernteschluß gärt. Ginie, das ist vor allem ein mit Eichen bewachsener Berg. In dem Umstand, daß man hier eine Holzkirche erbaut hatte, verbirgt sich die Absicht eines Gegners des ehemaligen Glaubens oder auch der Wille, einen Übergang von dem alten zum neuen Glauben ohne Erschütterungen zu vollziehen: An dieser Stelle haben die dem Donnergott Opfernden ihre Riten gefeiert. Vom Rasenplatz an der Kirche sieht man, wenn man sich an die Mauer aus Feldsteinen lehnt: unten die Flußschlingen, die Fähre mit einem Wägelchen darauf, die langsam an dem gleichmäßig von des Fährmanns Hand gezogenen Seil dahingleitet (es gibt hier keine Brücke), den Weg, die Dächer zwischen Bäumen. Etwas zur Seite steht das Pfarrhaus mit seinem grauen Schindeldach, das der Arche Noah auf Bildchen ähnelt. Nachdem man das Treppchen hinaufgegangen ist und die Türklinke gedrückt hat, gelangt man auf einen ausgetretenen Ziegelboden; die Ziegel stoßen schräg in der Form von Tännchen aneinander, das Licht fällt darauf durch grüne, rote und gelbe Scheibchen, zum Entzücken der Kinder.

Zwischen Eichen, am Hang, liegt der Friedhof, und dort, in einem Quadrat, das steinerne, mit Ketten verbundene Pfeiler abstecken, liegen Tomasz' Ahnen aus der Familie seiner Mutter. An die eine Friedhofsseite grenzen langgezogene abgerundete Erderhöhungen, wo im Sommer Eidechsen aus dem Pfefferkraut hervorflitzen. Man nennt sie die Schwedenwälle. Die Schweden, die hierher von jenseits des Meeres gefahren kamen, oder auch diejenigen, die mit ihnen gekämpft hatten, haben sie aufgeschüttet. Manchmal werden hier Panzerreste gefunden.

Hinter den Wällen fangen Bäume des Parks an, an dessen Rand ein sehr steiler Weg vorbeiläuft, der während der Schneeschmelze sich in ein Bachbett verwandelt. Am Wege, aus einem geheimnisvollen Schlehdornbusch, ragen die Arme eines Kreuzes empor. Man muß über Stufenreste im Gras herankommen, und dann hat man ein rundes Quellenloch unter sich, ein Froschauge stiert unterm Rand hervor, und wenn man niederkniend die Wasserlinsen auseinanderschiebt, kann man lange die kleine am Boden wirbelnde Wasserkugel betrachten. Man wirft den Kopf in den Nacken, und dann erscheint ein moosbewachsener Christus aus Holz. Er sitzt in einer Art Kapellchen, die eine Hand liegt auf dem Knie, auf die andere hat er das Unterkinn gestützt, denn er ist traurig.

Vom Wege geht man durch eine Allee in Richtung auf das Haus hin. Die Linden sind hier dicht wie ein Tunnel, der bis an den Weiher am kleinen Speicher hinunterführt. Der Weiher heißt *der Schwarze*, denn die Sonne erreicht ihn nie. Es ist nicht geheuer, hier in der Nacht zu gehen; man hat manches Mal ein schwarzes Schwein gesehen, das grunzt, mit den Füßen auf den Pfaden herumstampft und verschwindet, wenn man ein Kreuz schlägt. Hinter dem Weiher steigt die Allee wieder an, und plötzlich öffnet sich die Helligkeit des Rasens. Das Haus ist weiß, so niedrig, daß das Dach, auf dessen Schindeln hie und da Moos und Gras wächst, es zu erdrücken scheint. Wilder Wein, dessen Beeren die Zunge zusammenziehen, umflicht die Fenster und die zwei Säulchen der Eingangsveranda. Auf der Rückseite hat man einen Hausflügel angebaut – dorthin ziehen alle für den Winter um, da die Vorderseite verfault und vor Feuchtigkeit, die unter dem Fußboden hervordringt, einsinkt. Der Flügel besteht aus vielen Zimmern, es stehen dort Spinnräder, Webstühle und Tuchpressen.

Tomasz' Wiege war in dem alten Hausteil an der Gartenseite aufgestellt, und der erste Laut, der ihn begrüßt hat, waren wohl die Vogelrufe hinterm Fenster. Als er schon zu laufen begonnen hatte, brauchte er viel Zeit, um die Stuben und die Hinterkämmerchen zu besichtigen. Im Eßsaal hatte er Angst, sich dem Wachstuchsofa zu nähern – weniger wegen des Bildnisses eines Mannes, der in seiner Rüstung, mit dem purpurroten Gewandsaum, streng dreinschaute, als vielmehr wegen der zwei fürchterlichen Tonfratzen auf dem Regal. In den *Salon* genannten Hausteil drang er nie vor, und selbst als großer Junge fühlte er sich dort nicht heimisch. Der *Salon* hinter dem Flur war immer leer, die Parkettböden und die Möbel krachten von selbst in der Stille, und irgendwie wußte man, daß da irgend jemand anwesend war. Am meisten verlangte er danach, in die Speisekammer zu kommen, was aber selten geschah. Dann drehte die Hand der Großmutter den Schlüssel in der rotgestrichenen Tür um, und Duft drang hervor. Zunächst der Duft von geräucherten Würsten und Schinken, die unter den Deckenbalken hingen, aber mit einem anderen Duft aus den längs an der Wand aufsteigenden Schublädchen vermischt. Die Großmutter zog die Schublädchen heraus und erlaubte hineinzuriechen, indem sie erklärte: »Das ist Zimt, das Kaffee, das sind Nelken.« Höher, dort, wo nur Erwachsene hinlangen konnten, glänzten Töpfchen von dunkelgoldener Farbe, die Begehren erweckten, standen Mörser und sogar eine Mandelmühle, auch eine Mausefalle: eine Blechschachtel, auf die die Maus über die Stufen eines Brückleins hinauflaufen konnte, und wenn sie eben nach dem Speck griff, öffnete sich die Falltür, und sie fiel ins Wasser. Das kleine Speisekammerfenster hatte Gitter, und außer dem Duft war hier Kühle und Schatten. Tomasz hatte auch die Stube neben der Küche, in die man vom Korridor gelangte, die *Garderobe*, gern, dort trocknete der Käse und wurde die Butter geschlagen. Er beteiligte sich daran, weil es spaßig ist, den Stock nach oben und nach unten zu bewegen, wenn in der Öffnung die Buttermilch zischt: um die Wahrheit zu sagen, es verging ihm schnell die Lust, denn man muß lange arbeiten, bis man, den Deckel hebend, entdeckt, daß das Kreuz am Stockende schon mit gelben Krümchen beklebt ist.

Das Haus, dahinter den Obstgarten und vorne den Rasen, das kannte Tomasz zuerst. Auf dem Rasen drei Agaven, die große in der Mitte, zwei kleinere an den Seiten, sprengten fast die Kübel, deren Dauben unten und oben vom Rost der Reifen gezeichnet waren. An diese Agaven reichten die Gipfel der in der Tiefe des Parks wachsenden Tannen heran, und zwischen ihnen – die Welt. Man lief hinunter, an den Fluß und ins Dorf, anfangs nur dann, wenn Antonina in dem auf die Hüften gestützten Trog Wäsche zum Waschen trug, auf der ein Wäscheschlegel lag.

4

Tomasz' Ahnen waren Herren gewesen. Die Erinnerung daran, wie sie es geworden waren, ist verlorengegangen. Sie trugen Helme und Schwerter, und die Bewohner der umliegenden Dörfer mußten für sie die Felder bestellen. Ihr Reichtum wurde eher durch die Zahl der Seelen oder Leibeigenen als durch die Größe des Bodenbesitzes beziffert. Es ist aber lange her, daß die Dörfer ihnen ihre Abgaben in Naturalien leisteten, später wurde man gewahr, daß das auf Schuten verladene, auf dem Njemenfluß zum Meer verfrachtete Korn große Gewinne brachte und daß es sich rentierte, aus dem Walde kleine Flächen herauszuschlagen. Dann kam es vor, daß die zur Arbeit gezwungenen Menschen rebellierten und die Herren totschlugen; sie wurden von den Alten angeführt, die sowohl die Herren als das Christentum, das gleichzeitig mit dem Ende der Freiheit gekommen war, haßten.

Tomasz war zur Zeit des entschwindenden Herrenhauses geboren. Es blieb noch geringer Boden übrig, der von den Familien einiger Instleute gepflügt, besät und gemäht wurde: sie bekamen den Lohn vorwiegend in Kartoffeln und in Samen, und man schrieb diesen Jahresanteil als Deputat in Bücher ein. Außerdem unterhielt man eine gewisse Anzahl von Gesinde, das vom *Herrentisch* lebte.

Der Großvater von Tomasz, Kazimierz Surkont, erinnerte in nichts an jene Männer, die hier ehemals sich vor allem mit der Auswahl der Reitpferde und mit dem Streit um die Waffengattungen befaßten. Nicht groß, etwas schwerfällig, saß er meistens in einem Sessel, und wenn er, einnickend, sein Unterkinn auf die Brust stützte, da glitten die grauen, über die rosa Glatze gekämmten Haarsträhnen herab, und das Pincenez schaukelte am schwarzen Seidenschnürchen hin und her. Seine Hautfarbe war die eines Kindes (nur die Nase nahm oft bei Kälte die Farbe einer Pflaume an), und die Augen waren blau mit roten Äderchen. Er erkältete sich leicht und zog sein Zimmer dem Freien vor. Er trank nicht, rauchte nicht, und obwohl er eigentlich Schaftstiefel und sogar Sporen hätte tragen müssen zum Zeichen der Bereitschaft, ins Feld zu ziehen, ging er in langen, an den Knien verbeulten Hosen mit Schnürstiefeln umher. Nicht einen einzigen Jagdhund gab es im Herrenhaus, wenn auch in Hof und Stall ein Schwarm von Kötern sich kratzte und sich die Flöhe absuchte, jeder Verantwortung bar. Es gab auch kein einziges Gewehr. Großvater Surkont schätzte über alles die Ruhe und die Bücher über Pflanzenkultur. Es kann sein, daß er sich den Menschen gegenüber ein bißchen so wie zu den Pflanzen verhielt, ihre Leidenschaften brachten ihn nicht leicht aus dem Gleichgewicht. Er versuchte sie zu verstehen, und weil er ›zu gut‹ war und dazu noch seine Abneigung gegen Kartenspiel und Lärm kam, waren die ihm standesgemäßen Nachbarn abgeschreckt. Sie sprachen seinen Namen aus und zuckten die Achseln, da sie ihm keine klaren Vorwürfe machen konnten. Jeden Ankommenden empfing Herr Surkont mit Artigkeiten, die gar nicht dem Rang und der Stellung des Betreffenden entsprachen. Bekanntlich gehört es sich, einem Edelmann anders als einem Juden oder Bauern zu begegnen. Er aber umging diesen Grundsatz, sogar bei dem schrecklichen Chaim. Alle paar Wochen erschien Chaim auf seinem Fuhrwerk und betrat das Haus mit der Peitsche in der Hand, im schwarzen Kaftan und in den über die Stiefelschäfte fallenden Pumphosen. Sein Bart stach wie ein verkohlter Holzspan hervor. Er begann die Gespräche mit den Korn- und Kälberpreisen, aber das war nur die Einleitung zur Explosion. Denn brüllend und gestikulierend rannte er alsbald umher und verfolgte die Hausbewohner durch alle Stuben, raufte sich die Haare und schwor, er werde bankrott gehen, wenn er alles, was man von ihm verlangte, bezahlen müsse. Es scheint, daß er ohne dieses Verzweiflungsschauspiel mit dem Gefühl, die Pflicht eines guten Kaufmanns vernachlässigt zu haben, fortgefahren wäre. Tomasz staunte, daß das Gebrüll plötzlich aufhörte. Chaim hatte schon den

Anflug eines Lächelns um den Mund, Großvater und er saßen, freundschaftlich plaudernd, beisammen.

Das Wohlwollen gegenüber Menschen bedeutete gar nicht, daß Surkont dazu neigte, Eigenes aufzugeben. Alle Zwistigkeiten des Dorfes Ginie mit dem Herrenhaus waren erloschen, und die Flurbereinigung gab keinen Grund für Zänkereien. Nicht so stand es mit dem Dorf Pogiry auf der anderen Seite am Walde. Es lag dauernd im Streit um das Weiderecht, und das fiel ihm nicht leicht. Die Bauern kamen zusammen, besprachen die Angelegenheit durch und durch, der Zorn stieg in ihnen auf, sie bestimmten eine Abordnung der Dorfältesten. Wenn aber die Dorfältesten sich mit Surkont an den Tisch gesetzt hatten, wo sie mit Schnaps und Aufschnitt bewirtet wurden, verlor die ganze Vorbereitung ihr Ziel. Surkont streichelte den Rücken einer Hand mit der anderen, und herzlich und ohne Eile gab er Erklärungen ab. Man sah seine Sicherheit, mit der er allein auf gerechte Entwirrung abzielte. Sie sagten ja, wurden weich, schlossen einen neuen Vergleich, und erst auf dem Rückweg kam ihnen alles, was sie nicht gesagt hatten, in den Sinn, sie wurden böse, daß er sie abermals bezaubert hatte und sie sich vor dem Dorfe schämen mußten.

In seiner Jugend hatte Surkont in der Stadt gelernt und die Bücher von Auguste Comte und von John Stuart Mill, von denen kaum jemand außer ihm an der Issa gehört hatte, gelesen. Aus seinen Erzählungen von jenen Zeiten behielt Tomasz nur die von den Bällen, wo die Männer Fräcke trugen. Der Großvater und sein Kollege hatten gemeinsam einen einzigen Frack, und wenn einer von ihnen tanzte, wartete der andere zu Hause, und nach einigen Stunden wechselten sie ab.

Von den beiden Töchtern hatte Helena einen Pächter aus der Umgebung geheiratet, Tekla dagegen einen Mann aus der Stadt, und sie eben war Tomasz' Mutter. Nach Ginie kam sie manchmal für einige Monate, aber selten, denn sie begleitete ihren Mann, der zuerst durch Arbeitssuche und später durch den Krieg in der Welt herumgetrieben worden war. Für Tomasz blieb sie das allzu Schöne, um damit etwas anfangen zu können, und sie anschauend, schluckte er vor Liebe die Spucke herunter. Den Vater kannte er fast gar nicht. Die Frauen um ihn herum, das waren vor allem Pola, als er noch ganz klein war, und später Antonina. Pola empfand er als das Weiße der Haut, den Flachs, die Weichheit, und er übertrug dann seine Sympathie auf das Land, dessen Name ähnlich klang: *Polen*. Antonina schob den Bauch in der gestreiften Schürze vor. Am Gürtel trug sie ein Schlüsselbund. Ihr Lachen erinnerte an Wiehern, und im Herzen hob sie für alle Wohlwollen auf. Sie sprach ein Gemisch von zwei Sprachen, das heißt, die litauische war ihre Muttersprache, die polnische die erworbene. Ihr Polnisch klang beispielsweise so wie dieser Ruf der Güte: »Tomasz, komm her, Kamfitire kriegst.«

Tomasz hatte den Großvater sehr gern. Er roch angenehm, und die graue Bürste über dem Mund kitzelte die Wange. In seinem kleinen Wohnzimmer hing über dem Bett ein Bild, das Menschen darstellte, die man an Säulen fesselte, und andere, halbnackte Leute, legten Fakkeln an die Säulen an. Eine der ersten Leseübungen von Tomasz war das Buchstabieren dieser Unterschrift: *Die Fackeln des Nero*. So war der Name des grausamen Königs, aber Tomasz gab den gleichen Namen einem der jungen Hunde, denn die Erwachsenen, die ihm ins Maul schauten, sagten, sein Gaumen sei schwarz, und das bedeutete, er würde böse werden. Nero wuchs auf und zeigte keine Bissigkeit, dafür viel Schlauheit: Er fraß die vom Baum gefallenen Pflaumen, und wenn er keine vorfand, verstand er, die Pfoten gegen den Stamm zu stemmen und ihn zu schütteln. Auf Großvaters Tisch lagen viele Bücher, und auf ihren Bildern sah man Wurzeln, Blätter und Blumen. Manchmal nahm der Großvater Tomasz mit in den *Salon* und öffnete den Flügel, dessen Deckel die Farbe von Kastanien hatte. Die Finger, wie gedunsen und an den Enden schmal werdend, liefen über die Tasten, die Bewegung verwunderte, und es verwunderte das Rieseln der Tontropfen.

Oft konnte man den Großvater mit dem Verwalter beraten sehen. Das war Herr Szatybełko, mit gescheiteltem Bärtchen, das er während der Unterhaltung glattstrich und auseinanderschob. Ganz klein, mit eingeknickten Knien, schritt er dahin, seine Beine tauchten aus zu weiten Stiefelschäften hervor. Er rauchte eine im Vergleich mit ihm zu große Pfeife. Ihr Rohr war nach unten gebogen, und der Pfeifenkopf war mit einem gelochten Metalldeckelchen zugemacht. Seine Stube lag am Ende des Gebäudes, das Stall, Remise und den Gesinderaum umfaßte; sie schien grün vor lauter Geranien, in Töpfen und sogar in Blechbüchsen. Die Wände waren voll heiliger Bilder, die seine Frau Pauline mit Papierblumen schmückte. Hinter Szatybełko trottete überall das Hündchen Mopsik daher. Wenn sein Herr in Großvaters Zimmer verweilte, wartete Mopsik draußen und wurde unruhig, denn inmitten der großen Hunde und der Menschen brauchte er in jedem Augenblick Schutz.

Gäste – mit Ausnahme solcher wie Chaim und die Landwirte mit verschiedenen Anliegen – erschienen nicht mehr als ein- oder ein paarmal im Jahr. Der Hausherr selbst schaute weder nach ihnen aus, noch sah er sie ungern kommen. Doch jedes Erscheinen von Gästen versetzte Großmutter Surkont in schlechte Laune.

5

Von Großmutter Michalina oder Misia hatte Tomasz nie ein Geschenk bekommen, und sie befaßte sich überhaupt nicht mit ihm. Aber was war das auch für eine Person! Sie schmiß die Türen, beschimpfte jeden, die Menschen gingen sie gar nichts an, geschweige das, was sie etwa denken würden. Wenn sie vom Zorn übermannt wurde, schloß sie sich ganze Tage ein. Wenn Tomasz in ihre Nähe geriet, wurde er von Freude durchdrungen – derselben, die man beim Antreffen eines Eichhörnchens oder eines Marders im Dickicht verspürt. Wie jene gehörte sie den Waldgeschöpfen an. Ihren Schnäuzchen sah die große, grade Nase zwischen Backen ähnlich, die so nach vorne hervorstachen: noch ein bißchen mehr, so würde die Nase zwischen ihnen versteckt bleiben. Augen wie Nüsse, dunkles Haar, glatt gekämmt, Gesundheit, Sauberkeit. Im Mai begann sie ihre Expeditionen zum Fluß, im Sommer badete sie mehrfach am Tage, im Spätherbst trat sie das erste Eis mit dem Fuß ein. Im Winter verbrachte sie auch viel Zeit mit verschiedenen Absolutionen. Nicht weniger kümmerte sie sich um die Sauberkeit im Haus, eigentlich aber nur in dem Teil, den sie als ihren Unterschlupf ansah. Außerdem hatte sie keine Bedürfnisse. An den Tisch setzten sich die Großeltern mit Tomasz selten zusammen, denn Großmutter Misia erkannte regelmäßige Mahlzeiten nicht an, die sie für dummes Zeug hielt, das den Kopf verdrehte. Wenn sie Lust verspürte, lief sie in die Küche und verschlang Töpfe mit Dickmilch und biß dazu in Salzgurken oder in in Essig Eingemachtes. Sie war in alles Scharfe und Salzige sterblich verliebt. Dieser ihr Unwille gegenüber dem Teller- und Plattenritus – wo es doch angenehmer ist, in einer Ecke verborgen, ohne gesehen zu werden, zu schmausen – stammte aus der Überzeugung, daß man unnötig Zeit für solche Zeremonien verschwende, doch auch aus Geiz. Sie ärgerte sich, daß man Gäste, ohne dazu Lust zu haben, unterhalten und ihnen zu essen geben mußte.

Sie trug keine Jacken, keine wollene Unterwäsche noch Schnürleibchen. Im Winter war ihre liebste Beschäftigung, sich an den Ofen zu stellen, den Rock hochzuschlagen und den Hintern zu wärmen – welche Stellung bedeutete, daß sie zur Unterhaltung bereit sei. Diese die Sitten herausfordernde Geste imponierte Tomasz sehr.

Großmutter Misias Zornausbrüche blieben wohl an der Oberfläche, doch im Innern steckte etwas wie Vor-Lachen-Platzen, und sich selbst überlassen, in Gleichgültigkeit verschanzt, amüsierte sie sich ausgezeichnet. Tomasz erriet, daß sie aus hartem Stoff gemacht war und daß in ihr irgendein Maschinchen, das keines Aufziehens bedurfte, tickte, *perpetuum mobile*, für das die Außenwelt überflüssig war. Sie wandte verschiedene Listen an, um sich in ihrem Innern zu einem Knäuel zusammenrollen zu können.

Sie interessierte sich vor allem für Zaubereien, für Gespenster und für das Leben nach dem Tode. An Büchern las sie nur Heiligenleben, doch suchte sie keinen Inhalt darin, eher berauschte und versetzte die Sprache selbst sie ins Träumen, der Klang frommer Sätze. Sie erteilte Tomasz keine moralischen Lehren. Morgens (wenn sie aus ihrem *Baumloch*, wo es nach Wachs und Seife roch, zum Vorschein kam) setzte sie sich mit Antonina zusammen, und sie legten Träume aus. Wenn sie hörte, daß jemand einen Teufel gesehen hatte oder daß irgendwo in der Nachbarschaft ein Haus sich zum Gebrauch nicht eignete, da etwas darin mit Ketten rasselte und Tonnen rollten, strahlte sie. In gute Laune versetzte sie jedes Zeichen aus dem Jenseits, das heißt der Beweis dafür, daß der Mensch auf Erden sich nicht allein, sondern in Gesellschaft befindet. In verschiedenen winzigen Ereignissen erriet sie Warnungen und Zeichen der *Mächte*. Denn letzten Endes muß man Bescheid wissen, man muß sich zu benehmen verstehen, und dann werden die *Mächte*, die uns umgeben, sich dienstbar zeigen und helfen. Großmutter Misia hatte eine solche Neugierde für diese Geschöpfe, die sich um uns herum in der Luft zusammenballen und die wir jeden Augenblick – ohne es zu wissen – berühren, daß sie ganz anders sich den der Geheimnisse und Beschwörungen kundigen Weibern gegenüber verhielt als gegenüber den anderen, und sie gab ihnen sogar mal ein Stück Stoff, mal ein Wursträdchen, womit sie ihnen die Zunge lockerte.

Sie kümmerte sich wenig um den Haushalt, nur soviel, um zu kontrollieren, ob der Großvater nicht etwas für seine Protegierten wegtrug, denn er stahl hie und da, Szenen scheuend. Niemandem Dienste leistend – fremde Bedürfnisse drangen zu ihrer Phantasie nicht durch –, frei von Gewissensbissen und Erwägungen über etwaige Pflichten dem Nächsten gegenüber, lebte sie einfach. Wenn es Tomasz gelang, sie noch im Bett liegend zu besuchen, das in einer vom Vorhang verdeckten Nische neben einem Betstuhl mit geschnitzter Lehne und rotem Samtkissen stand, setzte er sich ans Fußende und lehnte sich gegen ihre Knie unter der Wolldecke (wattierte Decken konnte sie nicht ausstehen), und um ihre Augen sammelten sich Runzeln, die Wangenäpfel sprangen noch mehr als sonst hervor, was Freundschaft und komische Geschichten bedeutete. Manchmal setzte er sich durch irgendeinen Streich ihrem Brummen aus, sie nannte ihn garstig und einen Narren, aber das erschütterte ihn nicht, denn er wußte, daß sie ihn gern mochte.

Sonntags zog sie zur Kirche dunkle Blusen an, die am Hals über einem Jabot mit Agraffen verschlossen wurden. Sie legte ein goldenes Kettchen mit Körnchen, groß wie Stecknadelköpfchen, an, und das Medaillon, das sie zu öffnen erlaubte (es war nichts drin), steckte sie in ein Gürteltäschchen.

6

Verschiedene *Mächte* beobachteten Tomasz in der Sonne und im Grün und beurteilten ihn dem Bereich ihres Wissens gemäß. Diejenigen unter ihnen, denen es gegeben ist, sich aus der Zeit auszuschalten, nickten melancholisch mit den durchsichtigen Köpfen, denn sie waren befähigt, die Folgen der Ekstase, in der er lebte, zu begreifen. Diesen *Mächten* sind zum Beispiel Kompositionen der Musik bekannt, die Glückseligkeit auszudrükken versuchen. Aber solche Bemühungen erwiesen sich als machtlos, wenn man am Bett eines Kindes niederhockt, das an einem Sommermorgen erwacht, und hinter dem Fenster das Pfeifen eines Pirols, der Chor des Quakens, Schnatterns, Gackerns vom Hofe her ertönt, alle Stimmen in nie endendem Lichte. Glückseligkeit, das ist auch die Berührung – auf nackten Sohlen lief Tomasz von der Glätte der Fußbodenbretter zu der Kälte der steinernen Korridorfliesen und zu den Rundungen des

Pflasters auf den Pfad, wo der Tau trocknete. Und er war, das muß man beachten, ein einsames Kind im Königreich, das sich je nach seinem Wunsch verwandelte. Teufel, schnell schrumpfend, wenn er gelaufen kam, und unter die Blätter kriechend, benahmen sich wie Hühner, die, aufgescheucht, die Hälse vorreckten und ihrer Augen Dummheit offenbarten.

Auf dem Rasen erschienen im Frühling Blumen, Himmelschlüsselchen genannt. Sie erfreuten Tomasz, denn das Gras war einheitlich grün, und plötzlich darin dieses helle Gelb, auf dem nackten Stengelchen, eben wie ein Bund kleiner Schlüssel, und in jedem ein winziger Kreis von Rot. Die Blätter unten runzlig, angenehm im Berühren, wie Wildleder. Wenn Pfingstrosen auf den Beeten aufblühten, schnitt er sie mit Antonina ab, um sie zur Kirche zu bringen. Er tauchte mit den Augen in die Blume und wünschte, ganz in diesen rosigen Palast hineinzugehen; die Sonne scheint durch dessen Wände, und am Boden im goldenen Staub laufen Käferchen umher; einen hat er einmal in die Nase bekommen, so stark hatte er den Duft eingesogen.

Auf einem Bein hopsend, lief er hinter Antonina, wenn sie zum Gewölbe, das in der Gartenecke ausgehoben war, Fleisch holen ging. Sie kletterten über eine Leiter hinunter, und Tomasz schmeckte mit den Zehen die Kälte der mit Stroh zugeschütteten Eistafeln von der Issa. Oben Glut, hier unten anders, und wer hätte es von oben zu erraten vermocht. Er konnte nicht glauben, daß dies Gewölbe nicht weiterging, sondern hier an der untermauerten, mit Feuchtigkeitsspuren bedeckten Wand endete. Oder die Schnecken. Über die feuchten kleinen Wege nach dem Regen setzten sie von einem Rasen zum andern über, hinter sich eine silberne Spur ziehend. In die Hand genommen, verzogen sie sich ins Häuschen, doch kamen sie gleich wieder hervor, wenn man sie anredete: »Schneckchen, Schneckchen, Hörnchen raus, kriegst drei Groschen für den Schmaus.« Wenn all das auch den Erwachsenen Freude machte, was nur die *Mächte* feststellen konnten, so war es eine eher schamhafte Freude, aber zum Beispiel über den weißen Ring auf dem Schneckenhaus nachzudenken, das war nichts für sie.

Der Fluß war für Tomasz riesengroß. Über ihm schwebten immer Echos: die Wäscheschläger klopften *tak-tak-tak*; von irgendwoher ertönten andere, als ob eine Verabredung zwischen ihnen wäre, daß die einen den anderen antworten sollten. Das ganze Orchester und die waschenden Frauen irrten niemals, wenn eine neue begann, fiel sie sofort in den vorherigen Takt ein. Tomasz versteckte sich im Gebüsch, kletterte auf einen Weidenstamm und verbrachte horchend etliche Stunden im Anschauen des Wassers. Auf der Oberfläche jagten Spinnen hin und her, um deren Beine dann Vertiefungen im Wasser entstanden, Mistkäfer – Metalltropfen, so glatt, daß das Wasser an ihnen nicht haftete, tanzten in der Runde, immer in der Runde. Im Sonnenstrahl Pflanzenwälder auf dem Grunde, zwischen ihnen stehen Bänke von Fischchen, die nach allen Seiten zerspritzen und sich wieder sammeln: einige Bewegungen der Schwänzchen, Vorschießen, einige Bewegungen der Schwänzchen ... Manchmal tauchte aus der Tiefe ein größerer Fisch in die Helligkeit empor, und dann klopfte Tomasz' Herz vor Ergriffenheit. Er hüpfte auf seinem Stamm, wenn in der Mitte des Flusses ein Plätschern ertönte, etwas blitzte und Kreise auseinandergingen. Wenn ein Boot vorbeischwamm, war es etwas Außergewöhnliches: es erschien und verschwand so schnell, daß man nicht viel wahrnehmen konnte. Der Fischer saß tief, fast im Wasser, schaufelte mit dem Doppelruder und zog eine Schnur hinter sich her.

Tomasz hatte sich schon früh eine Angel gebastelt, war auch geduldig, und doch wollte es nicht gelingen. Erst die Kinder des Akulonis, Józiu und Onutė, brachten ihm bei, wie man Haken anbindet. In ihre Hütte am Dorfrand kehrte er anfangs nur für eine Weile ein, später wurde er mit ihr vertraut, und zu Hause wußte man, wenn er nicht heimkam, wo er sich aufhielt. Mittags bekam er einen Holzlöffel, setzte sich mit allen an den

Tisch und schöpfte, wie die anderen, die *bonduki** mit Sahne aus der Schüssel. Akulonis war sehr groß, mit einem Rücken, über dessen Flachheit Tomasz staunte, denn er kannte niemand, der sich so grade hielt. Die Waden, in leinenen Hosen, umschnürte er bis ans Knie mit den Riemen der aus Lindenfaser geflochtenen Sandalen. Er widmete sich mit Vorliebe dem Fischfang; was aber das wichtigste war: er besaß einen Kahn. Hinter den Apfelbäumen, neben dem kleinen Speicher, fiel der Boden zu einem mit Kalmus bewachsenen Weiher ab, der Kahn hatte dort eine Öffnung hineingedrückt und lag zur Hälfte auf dem Trockenen. Man hatte den Kindern verboten, ihn ins Wasser zu stoßen, so daß sie das Fahren nur vortäuschen konnten, indem sie an einem Ende schaukelten. Es war ein leicht kenternder, ausgehöhlter Stamm mit zwei Auslegern. Akulonis ging mit einem Blinker auf Hechtfang. Die Schnur, die er hinter sich abwickelte, legte er um sein Ohr, um das Zerren sofort zu spüren. Für die Nacht legte er *popuszczanki* aus, und eine davon gab er auch Tomasz. Das ist eine Angel, an der die Schnur um eine Nußholzgabel gewickelt ist, am freien Ende der Schnur ist ein Doppelhaken befestigt. Ein kleiner Barsch eignet sich am besten als Köder, denn nachdem man an der Seite die Haut geschlitzt und einen Haken angebracht hat, kann er die ganze Nacht noch schwimmen; andere Fischchen sind nicht so vital, sie sterben zu schnell. Das Verdienst an dem, was sich in der Folge ereignete, muß Akulonis zugeschrieben werden, der die richtige Stelle ausgesucht und dort die Angel ausgeworfen hatte. Tomasz vermochte nicht zu schlafen. Er sprang früh aus dem Bett und lief an den Fluß hinunter, als der Morgennebel noch stand. Über der rosenfarbenen glatten Fläche, wo die Nebel sich zusammenballten, erblickte er die kleinen Gabeln – leer. Er glaubte es noch nicht, zog, und es ging schwer, es plätscherte. In seinem Glück jagte er schleunigst hinauf,

* Teigpastetchen, mit Käse und Kartoffeln gefüllt. (A. d. Ü.)

um allen den Fisch von der Länge eines ganzen Armes zu zeigen. Wahrhaftig, sie liefen herbei und betrachteten ihn. Dies war kein Hecht, es war ein anderer Fisch, und Akulonis bestätigte, daß er sich selten fangen lasse. Derartiges war Tomasz bis dahin nie geschehen, und er erzählte davon mit Stolz noch etliche Jahre lang.

Zu der Frau des Akulonis, die dieselbe weiße Haut wie Pola hatte, fühlte er sich hingezogen und suchte ihre Liebkosungen. In der Hütte sprach man Litauisch, und ohne es zu merken, ging er von der einen in die andere Sprache über. Die Kinder mengten beides durcheinander, selbstverständlich nicht da, wo es darum ging, durch einen seit Jahrhunderten vorgeschriebenen Schrei sich zusammenzurufen, so zum Beispiel, wenn die nackten Buben rennen, um sich ins Wasser zu stürzen, könnten sie nichts anderes als: »Ej, Vyrai!«, das heißt: »Ej, Männer!«, brüllen. *Vir*, wie Tomasz später erfuhr, heißt lateinisch dasselbe, aber Litauisch ist wohl älter als Latein.

Der Sommer aber geht vorbei. Regen, Plattdrücken der Nase an der Scheibe, langweiliges Predigen der Erwachsenen. An den Abenden in der Küche, wo um Antonina die Mädel zum Spinnen oder Bohnenauspellen versammelt waren, erwartete man immer neue Geschichten, und Verzweiflung ergriff ihn, wenn, was manchmal geschah, ein Spielverderber dazwischenkam. Tomasz hörte die Lieder, und eines erweckte seine besondere Neugierde, denn Antonina benahm sich geheimnisvoll und sagte, es sei nichts für ihn. In seiner Anwesenheit sang sie nur den Refrain:

Schwirr, schwirr, Röcklein,
Schwirr, schwirr, Röcklein!
Hast du keine Angst, du Mägdlein?

Den Rest fing er nur in Bruchstücken auf. Da handelte es sich um einen Ritter, der in den Krieg gezogen und gefallen war und dann als Geist zu seiner Liebsten nachts zurückkam, sie aufs Pferd hob und auf seine Burg ritt. In Wirklichkeit hatte er keine Burg, nur ein Grab auf dem Friedhof.

Eines der Mädchen aus der Gegend von Poniewieże

wiederholte oft ein Liedchen, wo es, wie Tomasz meinte, um Zimmerleute ging, die ein Haus bauten:

Bitte Herr Meister, rechnet ab,
Bitte, gebt mir meinen Lohn!
Werde nicht mehr Arbeit tun:
Auf die Reise geh ich schon ...

und das letzte Wort wurde langgezogen, um zu zeigen, daß es ein langer Weg werden würde.

Fertig steht mein Koffer – Schluß!
Steht im Flur schon an der Schwelle,
Kasieńka gab ich einen Kuß,
Sie weint bereits bei Tageshelle.

Lustiger waren die kurzen Weisen, wie etwa diese:

Durch Grinkiškiai und Wajwoda
Fuhr er auf die Brautschau,
Mit der Flasche und dem Gläschen,
Sucht sich eine junge Frau.
Hopp, hopp, hopp, hopp,
Pferdchen mein!
Auf dem Kirchturmknauf ...
Nehm Michałek nur allein,
Keinen andern – schwöre drauf.

Oder:

Tanzt, Mädchen, ohne Ruh!
Tanzt ohne Loch im Schuh!
– Und wird der Schuh zerfetzt,
Flickt Bruder Kondrat jetzt.
Verliert ihr Schühchen klein,
Findet es Hündchen mein.

Der erregendste Augenblick beim Wahrsagen während des Wachsgießens ist der, wenn das flüssige Wachs im kalten Wasser zischt und sich zu *Schicksalsfiguren* zusammenfügt. Dann schaut man, immerzu drehend, ihre Schattenbilder an, bis die Versammelten »Oh!« und »Ah!« rufen, wenn sie Kränze, Tiere, Kreuze und Berge erkennen. Wegen der Wahrsagungen zum Andreasabend hat Tomasz übrigens Angst ausgestanden. In einen Spiegel dürfen nur Mädchen schauen, und dazu ernsthaft, um Mitternacht in der Stube eingeschlossen. Er aber hatte das zum Spaß und in Anwesenheit von anderen versucht, und es endete mit Weinen, denn er sah plötzlich rote Hörner vor sich. Vielleicht waren es die roten Blusenstickereien, die hinter seinem Rücken aufflimmerten, doch ist das nicht erwiesen, und längere Zeit hinterher machte er um jeden Spiegel einen großen Bogen.

Eines Winters (und jeder Winter hat diesen ersten Morgen, wo man über den nachts frisch gefallenen Schnee stapft) sah Tomasz an der Issa ein Hermelin oder ein Wiesel. Der Frost und die Sonne – die Ruten der Sträucher auf dem jenseitigen Ufer sahen wie goldene Sträuße aus, hie und da mit grauer und bläulicher Farbe überzogen. Es erscheint eine Ballettänzerin von ungewöhnlicher Leichtigkeit und Grazie, eine weiße Sichel, die sich biegt und streckt. Tomasz, mit offenem Mund, erstarrt, gafft sie an, und die Begierde quält ihn. Haben ...! Hätte er eine Flinte im Arm, er würde schießen, denn man kann nicht so untätig bleiben, wenn die Bewunderung auffordert, das, was sie hervorrief, für immer zu behalten. Aber was würde dann geschehen? Weder das Wiesel noch die Bewunderung: ein totes Ding am Boden – es war schon besser, daß er sich nur die Augen danach ausschaute und daß er etwas anderes zu tun nicht imstande war.

Im Frühling, in der Fliederblütenzeit, zog man die Stiefel aus und trat dann, weil jedes Steinchen wie ein Nagel stach, vorsichtig auf. Doch die Haut wurde sofort hart, und bis zum ersten Frost ging Tomasz barfuß über alle Wege, und sonntags brannten ihn die Stiefel, und er zog sie sofort nach der Kirche aus.

7

Nicht jeder wird zum Helden eines solchen Abenteuers, wie dem Pakenas eines zugestoßen war. Tomasz näherte sich ihm immer mit Andacht. Pakenas, einem Barsch ähnlich, mit scharfer glänzender Nase, beschäftigte sich mit der Weberei auf einem großen Webstuhl und bediente die Presse, auf der man das Handgewebte zwischen zwei Pappen legte – diese waren vom langen Gebrauch und von eingesaugten Farbstoffen schwarz geworden. Die Leute aus der Nachbarschaft brachten oft ihre Tuche ins Herrenhaus zum Walken und zum Pressen. Obschon das zu schildernde Abenteuer vor langer Zeit stattgefunden hatte, sind die Erinnerungen und der lebendige Beweis geblieben: es war nicht irgend etwas gewesen, von dem irgendwo zu hören war, vielmehr konnte Pakėnas es jederzeit (wenn auch ungern) bestätigen.

Es hing mit dem Borek zusammen, einer Kieferngruppe unweit der Issa. In den Kiefern nisteten Saatkrähen, sie kreisten krächzend über den Wipfeln. Der Borek hatte keinen guten Ruf. Einst hatte man dort in seiner Mitte den alten Oberhirten begraben, der an einem Stück Käse erstickt war. »Wieso ist er erstickt?« fragte Tomasz. – Nun, er ist erstickt beim Mittagessen auf der Weide, man hat ihn wohl wegen des ungewöhnlichen Todes nicht auf dem Friedhof begraben. Überdies lag in dem Borek eine von Napoleonischen Truppen vergrabene Kiste. Es scheint, man war beim Ausheben des Grabes für den Oberhirten auf einen eisernen Deckel gestoßen. Warum also hat man die Kiste nicht herausgeholt? Den Kistenrand konnte man nicht finden, die Zeit und die Kräfte haben nicht gereicht. Es blieb bei den Andeutungen. Pakėnas ging nach dem abendlichen Dorftänzchen spät um Mitternacht auf dem jenseitigen Flußufer heimwärts. Er fand den zuvor im Gebüsch versteckten Kahn und setzte über. Kaum daß er einige Schritte ins Feld getan hatte, begann eine Dunstsäule vom Borek her sich ihm zu nähern. Er stürzte los, die Säule hinter ihm drein. Die Haare standen ihm zu Berge, die Säule hielt Schritt. Bergauf zum Park sprang Pakėnas wie ein Hase und schlug Rettung suchend mit Entsetzensgebrüll an die Tür des Szatybełko.

Eine gewisse Verlegenheit, mit der Pakėnas von der Geschichte erzählte, könnten einige Vorfälle während des Tänzchens erklären. In der Erscheinung des Geistes vom Oberhirten wollte Pakėnas eine Strafe und ein Zeichen erblicken, und damit versündigte er sich, wie man sagte, durch Aberglauben. Wenn er, wie sein Bruder, nach Amerika ausgewandert wäre und dort in einem Geschäft an der dürren Brooklynstraße Hosen gebügelt hätte, würde sich die Erinnerung an jene Nacht schnell verwischt haben, und zunächst hätte er aufgehört, den andern und dann auch sich selbst davon zu erzählen. So wäre es ihm auch ergangen, hätte man ihn eingezogen. Aber die Baumwipfel vom Borek, die er auf dem täglichen Gang von seiner Speicherstube zur Werkstatt sah, ließen ihn nicht los. Übrigens wollen wir daran erinnern, daß es nicht zu den Pflichten eines Chronisten gehört, über alle Gestalten, die in seinem Gesichtsfeld auftauchen, Einzelheiten zu liefern. Niemand wird ein Dasein enträtseln, das hier lediglich erwähnt wird, um festzustellen, daß Pakėnas existiert hat, einmal, irgendwann in der Zeit, viel später noch, als längst viele Gelehrte Traktate darüber geschrieben hatten, es gäbe weder Gespenster noch Götter. Möge die Mitteilung genügen, daß Skrupel und Schüchternheit ihm verboten haben zu heiraten, und wenn die Mädchen und Antonina ihm sein Junggesellentum vorwarfen, schnaubte er nur durch die Nase und erwiderte gar nichts.

Im Westenausschnitt das weiße Dreieck des Hemdes, das am Hals mit dem rotgestickten Kragen schließt, der Gesichtsausdruck abwesend, die Bewegungen gereizt, wenn die Fäden auf dem Webstuhl rissen. Außerdem verwaltete Pakėnas den Riesenschlüssel des Vorratsspeichers, den er beim Weggehen unter der Türschwelle versteckte. Im Innern – als Tomasz schon gelernt hatte, die mit großen eisernen Nägeln beschlagene Tür zu öffnen – schritt man über verstreute Körner und schwarzen Rattendreck, und in den Kästen setzte man sich ins kühle Korn und überrieselte damit die Füße. Durch das kleine Fensterchen oben im Speicher (ein Tunnel führte dahin – so dick war die Mauer) konnte man hinunterschauen über das ganze Tal. Im Zimmer des Pakėnas standen Mehlsäcke, ein Bett, ein Kreuz darüber, ein Weihwasserschüsselchen aus Zinn und, hinters Kreuz geschoben, der Weihwasserwedel.

Wenn Tomasz mit Józiu und Onutė im Feld bei den Gänsen spielte, verlief er sich manchmal bis an den Rand vom Borek. Oben Wind, Brausen, Krächzen; unten Stille, geheimnisvoll und unangenehm. Einmal, sich gegenseitig Mut machend, gelangten sie bis an das Grab des Oberhirten. Es war mit dichtem Himbeergestrüpp und Brennesseln bewachsen. Da also, aus diesem Grün, hatte sich, vom Mondlicht hervorgelockt, die weißliche Säule emporgerichtet und war zwischen den Bäumen umhergeirrt. Haben da die Brennesseln geschwankt oder nicht – überlegte Tomasz.

8

Über die Schwedenwälle ging man zur Kirche. Tomasz, in einem handgewebten Rock, der ihn durchs Hemd stach, verfolgte die Bewegungen der Ministranten in ihren Chorhemdchen. Sie durften die Stufen unterhalb des in Gold schimmernden Altars betreten, sie schwenkten Weihrauchgefäße, sie antworteten dem Priester ohne Angst, sie überreichten ihm Krüglein, deren Schnäbelchen der Mondsichel ähnelten. Wie kann das sein, das sind dieselben Knaben, die beim Krebsefangen schreiend durchs Wasser waten, einander an den Haaren raufen und vom Vater mit dem Riemen eins übergezogen bekommen? Er beneidete sie, einmal in der Woche benahmen sie sich ganz anders, weil alle auf sie schauten.

Ein paarmal im Jahr war in Ginie Marktfest. Die Kaufleute aus der Stadt schlugen ihre leinenbespannten Buden unten am Wege auf, dicht bei dem Pfad, der von den Eichen zum Friedhof hinunterlief. Sie verkauften Lebkuchenherzen und tönerne Hähnchen als Trillerpfeifchen, doch Tomasz' Aufmerksamkeit wurde vor allem von den violetten, roten und schwarzen Skapulieren und den Bündeln von Rosenkränzen gefesselt sowie von den Farben und der Fülle der kleinen Dinge.

Kein Feiertag konnte mit Ostern verglichen werden, schon weil man dann den Mohn in der Tonschüssel zerreibt und die Nüsse aus den *mazurki** herausstochert. Während der Karwoche suchte man in der Kirche, wo die Heiligenbilder mit Trauerschleiern verhängt waren und anstatt der Glöcklein die Klappern trocken klopften, das Grab des Herrn Jesu auf. Vor der Grotte stand die Wache in versilberten, mit Kamm und Federn verzierten Helmen, mit Lanzen und Hellebarden bewaffnet. Auf einer Erhöhung lag Jesu, derselbe, der am Kruzifix hing, nur daß jetzt der Querbalken daran mit Blättchen von Immergrün bedeckt war. Voll Ungeduld erwartete man das Karsamstagspiel. Fünfzehn- und sechzehnjährige Knaben, die sich lange vorher dafür zusammengetan hatten, stürzten mit Geschrei in die Kirche, sie trugen Stöcke, an denen tote Krähen hingen. Fromme alte Frauen hatten stundenlang gebetet, und vom strengen Fasten ermattet, sanken ihre Köpfe immer tiefer herab – die Buben weckten die Eingenickten, indem sie ihnen eine Krähe unter die Nase schoben, mit ihr schlugen sie auch die Leute, die Bündelchen Eier zur Osterweihe brachten. Dann führten sie vor der Tür, auf dem Rasen, ihre Komödien auf. Am meisten gefiel es Tomasz, wie sie den Judas quälten. Der lief, so schnell er konnte, sie verfolgten ihn im Kreis und überschütteten ihn mit Flüchen; endlich erhängte er sich und streckte die Zunge heraus; vom Baum heruntergeholt, war er eine Leiche, aber – darf so einer so leichten Kaufs davonkommen? Auf den Bauch wurde er geworfen und gezwickt, er stöhnte, dann endlich zog man ihm die Hosen runter, und einer der Burschen steckte ihm einen Strohhalm in den Hintern und blies ihm durch diesen Strohhalm die Seele ein, bis Judas aufsprang und schrie, er sei am Leben.

---

* Typisch polnischer Osterkuchen, von dem es viele Arten gibt. (A. d. Ü.)

Als Tomasz etwas älter wurde, nahmen ihn Antonina und Großmutter Surkont zur Auferstehungsfeier mit. Nach den traurigen Gesängen und Litaneien brach der Chor in das Alleluja aus, die Prozession setzte sich in Bewegung, man drängte sich in der Tür: draußen noch Dunkelheit, die Kerzenflammen schwanken im Winde, oben bewegen sich die Äste der Bäume, es ist kalt, schon dämmert es, farbflimmernde Kopftücher der Frauen, barhäuptige Männer, der Gang rund um die Kirche am Mäuerchen aus Feldsteinen entlang. Tomasz gewöhnte sich, all das für den Frühlingsanfang zu halten.

Danach folgte schläfriges Feiertagsgemurmel, die Süßigkeit der Semmeln, das Eierrollen. Die Kinder fertigten aus Rasenstücken die Bahn, sie war leicht gehöhlt, und das Anlaufstück war mit Blech ausgelegt. Keine zwei Eier gibt es, die auf gleiche Weise rollen, man muß aus ihrer Form zu erraten verstehen, wie es mit so einem Ei gehen wird, je nachdem, ob man es auf die linke, die rechte Seite oder in die Mitte der Rinne legt: eben ist es richtig, ja, richtig, gleich wird es andere Eier erreichen, die wie eine Kuhherde verstreut liegen, gleich wird es anstoßen und seinen Eigentümer gewinnen lassen, aber nein, irgendeinem eigenen Willen folgend, wackelt es um Fingerbreite vorbei, und ehe es ein anderes berühren konnte, bleibt es liegen.

Zu Fronleichnam war die Kirche mit Girlanden aus Eichen- und Ahornblättern geschmückt. Sie hingen von dem Deckenbalken bis tief über die Köpfe herab. Schon Anfang Mai hatte man begonnen, vor die Muttergottesfigur Blumen zu stellen, jetzt aber bedeckten sie den ganzen Altar. Die Kinder versammelte man in der Sakristei und gab ihnen Körbchen mit Rosen- oder Päonienblättern. Großmutter Surkont wollte, daß Tomasz an der Prozession teilnahm. Man mußte mit dem Rücken nach vorne vor dem Baldachin gehen, unter dem der Priester die Monstranz trug, und es hieß gut aufpassen, nicht über einen Stein zu stolpern und zu fallen. Am Fronleichnamstag ist beinahe immer glühende Hitze, alle schwitzen und sind aufgeregt vom Tragen der heiligen

Standarten und Fahnen. Aber es ist ein frohes Fest: Helligkeit, Schwalbengezwitscher, vierfaches Klingeln der Glöcklein, das Weiß, das Rot und das Gold.

9

Durch die Welt rollte der große Krieg, und gleich am Anfang hörte das *Land der Seen* auf, dem russischen Zaren untertan zu sein, dessen Heere geschlagen worden waren. Die Deutschen hat Tomasz nur einmal gesehen. Es waren ihrer drei auf schönen Pferden. Sie kamen in den Hof geritten – Tomasz saß neben Grzegorz, der, zu alt für die Arbeit, sich mit Korbflechten beschäftigte. Ein junger Offizier, mit betonter Taille, rosig wie ein Fräulein, sprang vom Pferd, klopfte dessen Hals und trank Milch aus dem Schöpfbecher. Um ihn versammelten sich die Frauen aus der Gesindestube, nur Grzegorz blieb an seinem Platz und ließ mit seinem Messerchen nicht ab von der Weidengerte. Daß ein Mann so bunte Kleidung tragen konnte – wie Gras –, schon das machte staunen. Am Gürtel trug er eine gewaltige Pistole, ihr Metallkolben und der lange Flintenlauf ragten aus der Lederhülse. Tomasz hatte sich beinah in das Biegsame und in das Unbekannte verliebt. Der Offizier gab den Becher zurück, sprang aufs Pferd, salutierte und ritt mit seinen Soldaten den Kuhstall entlang wieder in die Lindenallee.

Was zu erzählen übrigbliebe, wären seine Schicksalsläufe, sie werden die Wahrscheinlichkeitsgrenze schwerlich überschritten haben. Der Offizier ging um die Kirche von Ginie herum und zeichnete, gegen das Mäuerchen gelehnt, verbissen in ein Notizbuch. Vielleicht erinnerte er sich an ähnliche, vor dem Krieg in Norwegen gesehene Holzkirchen. Und während er dann in den Bügeln sich hob und senkte, beim Knarren der Sattelgürtel, atmete er den Wiesenduft an der Issa ein und dachte an die zerwühlte Erde der Westfront in Frankreich, wo er noch vor kurzem gekämpft hatte. Tomasz nahm er gar nicht wahr, weder jetzt noch (warum sollte das unmöglich sein?) zwanzig Jahre später, als er in einem mit Plaids und Thermosflaschen gefüllten Generalsauto, das Doppelkinn auf den Uniformkragen gestützt, durch die Straßen einer der von dem Heer des Führers eroberten Städte Osteuropas fuhr. Tomasz (wir wollen es annehmen) ballte in den Taschen die Hände zu Fäusten und erkannte in dem Eroberer seine kurzfristige Liebe nicht.

Der Krieg hatte für Ginie nur die Wirkung, daß es sich nicht rentierte, ins Städtchen zu fahren, wo es nichts zu kaufen gab. Daraus folgten viele Verrichtungen, die Tomasz sehr anzogen. Zum Beispiel das Seifensieden. Im Obstgarten wurde Feuer gemacht, auf einem Dreifuß stand der Kessel, darin die braune Brühe mit einer Stange gerührt wurde, wobei man sich die Nase zuhielt. Gestank bleibt Gestank, aber was gab es da für ein Hasten, Herumschreien, Beraten, ob die Seife gut herauskomme. Dann erstarrte die Brühe, und man zerschnitt die Masse in Stücke. Aber erst das Kerzenmachen! Dazu dienten durchschnittene Flaschen, die man mit Talg füllte und in deren Mitte man einen Docht steckte. Die Flasche durchschneidet man folgendermaßen: Man umwickelt sie mit einer in Petroleum getauchten Schnur, zündet diese an, dann platzt das Glas rundherum genau an der gewünschten Stelle. Man hatte auch zwei Karbidlampen gekauft, deren Form und Geruch Tomasz aufregten. Großmutter Surkont trocknete Blätter der Walderdbeere für Tee, Honig diente an Stelle des Zuckers; danach hatte sie Sacharin entdeckt und gebrauchte nie mehr Zucker, denn es sei geradeso süß und billiger.

Tomasz hätte lernen sollen, aber niemand im Haus vermochte sich damit zu befassen, und man schickte ihn ins Dorf zu Józef, genannt ›der Schwarze‹. Er war wirklich schwarz – er hatte Brauen wie dicke Striche im mageren Gesicht und an den Schläfen leicht ergrautes Haar. Er wohnte bei seinem Bruder und half ihm bei der Landwirtschaft, aber er trieb verschiedenes daneben. Von irgendwoher bekam er Bücher, er trocknete Pflanzen zwischen Zeitungsblättern, mit einem Brett beschwert, er schrieb Briefe für andere Leute und erzählte von Politik. Für diese Politik hatte er einst in Gefängnissen gesessen und hatte in Städten gearbeitet, doch trug er sich nicht städtisch, durch die Stickereien am Hemd gab er zu erkennen, daß er Bauer geblieben war. Er gehörte zu dem Stamm, der bei den Geschichtsschreibern unserer Zeit unter dem Titel *Nationalisten* geführt wird, das heißt, er wollte dem Ruhm des *Namens* dienen. Und hiervon rührte sein Kummer, das war der Grund seiner Klagen, denn ihm ging es selbstverständlich um Litauen, Tomasz aber sollte er Lesen und Schreiben auf polnisch beibringen. Daß die Surkonts sich für Polen hielten, faßte er als Verrat auf, denn ein Name, mehr angestammt als dieser, war ja nicht zu finden. Und der Haß gegen die Herren – weil sie Herren sind und weil sie die Sprache gewechselt haben, um sich vom Volk besser abzuschließen – und die Schwierigkeit, Surkont zu hassen, der gerade ihm den Enkel anvertraut hatte, und die Hoffnung, daß er dem Knaben die Augen für die Herrlichkeit des *Namens* öffnen würde: dieses Gemisch von Gefühlen war in seinem Räuspern enthalten, wenn Tomasz vor ihm sein Lesebuch aufschlug. Die Großmutter war über diesen Unterricht und die Verbrüderung mit den ›Bauernlümmeln‹ sehr unzufrieden, sie war mit der Existenz der Litauer überhaupt nicht einverstanden, obwohl ihre Fotografie ein Buch hätte illustrieren können von den Menschen, die Litauen seit Jahrhunderten bewohnt haben. Andererseits, eine besondere Lehrerin ins Haus zu nehmen hätte ihrer Meinung nach überflüssigen Aufwand bedeutet. Während sie also murrte, daß man das Kind verbauern lasse, mußte sie gezwungenermaßen Józef hinnehmen. Tomasz verstand weder die Verwicklungen noch Spannungen, und als er sie verstanden hatte, faßte er sie immer noch als einen Sonderfall auf. Wäre er einem kleinen Engländer, der in Irland aufwuchs, oder einem kleinen Schweden in Finnland begegnet, hätte er dort viele Ähnlichkeiten entdeckt, aber die Länder außerhalb des Issatals verhüllte der Nebel, und was er davon wußte, war aus Großmutters Erzählungen eben dieses: Die Engländer essen zum Frühstück Kompott – weshalb er Sympathie für sie empfand –, die Russen haben Großvater Artur nach Sibirien verschickt, und die polnischen Könige, deren Gräber in Krakau sind, müssen geliebt werden. Krakau blieb für die Großmutter die schönste Stadt der Welt, und sie versprach Tomasz, wenn er groß geworden sei, werde er dorthin reisen. Kurz, aus diesem großmütterlichen, irgendwo fern residierenden Patriotismus, aus der Toleranz des Großvaters, dem nationale Angelegenheiten eher gleichgültig waren, und aus den Redewendungen Józefs: ›wir‹, ›unser Land‹, keimte in Tomasz das Mißtrauen empor, wenn jemand in seiner Anwesenheit sich zu sehr auf Abzeichen und Fahnen berief, als müsse die Anhänglichkeit doppelt bekräftigt werden.

Der Unterricht bei Józef zog sich in die Länge infolge der chaotischen Übergangsjahre, aus denen die kleine Republik Litauen auftauchte. Durch Józefs Bemühungen begann man damals in Ginie den Bau der ersten Schule, an der er Lehrer wurde.

Zunächst aber verglomm der Krieg, und die veränderte Zeit war auf dem unteren Wege zu beobachten, zum Beispiel von der morschen Bank am Park aus. Dort gingen oft Landstreicher vorbei, die aus der Ferne, von jenseits der Seen, von den Städten her gewandert kamen. Sie flohen vor dem Hunger. Sie trugen, auf den Rücken gebunden, Säcke und Bündel, und oft zogen sie kleine Kinder in Holzwägelchen mit. Eine dieser Familien, eine Mutter und zwei Knaben, blieb im Herrenhof hängen, was auf Antoninas Befürwortung geschah; der schon erwachsene Stasiek hatte sie damit bezaubert, daß er schön Mundharmonika spielte, städtische Liedchen sang und vor allem daß er Polnisch und gar mazurisches Polnisch sprach. »Wie fein er schwätzt!« rief sie aus und schloß die Augen vor Wonne. Stasiek mit seinen abstehenden Ohren und seinem dünnen Hals übte auf Tomasz keine Anziehung aus, obwohl er für ihn ein

Schießeisen mit Kolben, wie einen richtigen Karabiner, angefertigt hatte. Abends unter der Linde wurde das Kichern der Mädchen laut, und wenn Stasiek und Antonina allein zusammensaßen, dann rutschte Tomasz hin und her, um sie endlich gelangweilt zu verlassen; irgend etwas setzte ihm zu, wie wenn die Sonne mittags hinter einer Wolke verschwindet.

10

Was die Teufel betrifft, so hatten sie vor allem Baltazar zum Quälen ausersehen. Dies zu erraten wäre nicht leicht gewesen, da er wie ein zur Freude erschaffener Mensch aussah. Die Hautfarbe eines Zigeuners, weiße Zähne, an die zwei Meter groß, rundes Gesicht, der Bartwuchs – ein Flaumhauch. Wenn er im Herrenhaus erschien mit enggegürteter Bluse, dunkelblauer, schräg aufgesetzter Mütze, unter der das Haar hervorquoll, lief ihm Tomasz schreiend zur Begrüßung entgegen: entweder gab es einen Korb mit Pilzen – Steinpilze oder Perlpilze, oben von der Farbe einer aufgeschnittenen Erle, an der Seite weiß gepunktet – oder Wildbret – mal Schnepfen, mal einen Birkhahn mit dem roten Streifen überm Auge. Baltazar war Förster, nicht ein regelrechter. Ihn bezahlte niemand, er bezahlte niemanden, er hauste im Wald, zum Bauen hatte er Material umsonst bekommen, seine Kartoffel- und Kornfelder waren klein und lagen verstreut, jedes Jahr pflügte er ein Ackerstück dazu, Türschlagen und Schrankschlüsselumdrehen verstärkte sich jedesmal bei seiner Ankunft, und Großmutter Surkont bekam Migräne. Tomasz fing auf, wie sie Großvater anschnauzte: »Dein Günstling ist da! Daß Du nicht wagst, ihm irgend etwas zuzustecken!«

Viele beneideten Baltazar, und mit Recht. Als er Förster geworden war, hatte er nichts, und jetzt Landwirtschaft, Kühe, Pferde, und nicht eine Hütte, sondern ein Haus mit einem Bretterboden, einer Eingangsveranda und vier Stuben. Er hatte die Tochter eines reichen

Landwirts von Ginie geheiratet und hatte zwei Kinder. Surkont schlug nichts ab, worum auch immer Baltazar bat – mit dem Finger auf die Stirn hätte man tippen können! Feinde hatte er sich keine gemacht, denn er verstand, sich zu benehmen: Er wachte darüber, daß keine Bäume vom alten Eichenbestand gefällt wurden, aber er widersetzte sich nicht, wenn jemand aus dem Dorf Pogiry eine Tanne oder eine Weißbuche verschwinden ließ, der Baumstumpf mußte nur so mit Moos zugedeckt werden, daß keine Spur übrigblieb.

Glück! Baltazar hatte es gern, in seiner kleinen Veranda herumzuliegen, mit einem Bierkrug am Boden neben sich. Er nahm einen Schluck, schmatzte, gähnte, kratzte sich. Satter Kater – und grade da tobte es in ihm.

Von Zeit zu Zeit setzte der Großvater Tomasz neben sich in die Britschka, und sie fuhren nach dem Forsthaus, denn es war ziemlich weit, hinter Feldern, die nicht mehr zum Herrenhaus gehörten. Diese Britschka wurde oft gebraucht, und ebenso die *linijka*, eine Art Holzwalze auf vier Rädern, die man rittlings kutschierte. In der Remise standen auch andere Fahrzeuge, zum Beispiel eine Kutsche, von Staub und Spinnweb überzogen, offene Schlitten mit metallbeschlagenen Kufen und die *Spinne* – grellgelb, lang, die vorderen Räder riesengroß, die hinteren klein mit einem Hochsitz für den Kutscher oder den Lakaien – und zwischen dem einen und dem anderen Teil der *Spinne* (die eher an eine Wespe erinnerte) Bretter, die hochschlugen, wenn man auf ihnen herumsprang. In der Britschka hielt der Großvater Tomasz um die Taille fest, wenn man sich sehr zur Seite neigte; hinter den Feldern gab es Kahlschläge, Weiden; die Räderspuren waren von Gras überwuchert, in den Löchern, in die man bis an die Achse einsank, stand schwarzes Wasser. Rauch vor dem Hintergrund dicker Weißbuchen bedeutete, man werde gleich Hundegebell hören und das Dach und die Ziehgabel des Brunnens würden erscheinen. In solcher Menschenleere zu wohnen, bei Tieren, die ihre Hälse aus dem Dickicht vorstrecken und alle Bewegungen in Haus und Hof beobachten – wie hatte Tomasz sich das gewünscht. Das Haus roch nach Harz, das Holz hatte noch keine Zeit gehabt, nachzudunkeln; es glänzte wie aus Kupfer gehämmert.

Baltazar zeigte beim Lachen die Zähne, die Frau stellte einen Imbiß auf den Tisch, bot an und nötigte in einem fort: »Bitte, bitte, zugreifen.« Mager, mit vorspringendem Kinn, redete sie sonst gar nichts.

Tomasz verließ die Erwachsenen und lief weg, um nach Eichelhähern und Wildtauben auszuschauen, hier gab es eine Menge Vogelarten. Einmal fand er zwischen den Steinen auf dem Schutthaufen ein Wiedehopfnest, er griff hinein und erhaschte ein Junges, das noch nicht fliegen konnte und nur den Fächer auf dem Kopf auseinanderfaltete, um abzuschrecken. Er nahm es mit sich, aber der Wiedehopf wollte nichts essen, huschte an den Wänden entlang, und man mußte ihn freilassen.

Baltazar würde, was ihn quälte, gewiß nicht Tomasz anvertraut haben. Übrigens begriff er selbst nicht, außer daß es mit ihm immer schlimmer wurde. Solange er das Haus baute, ging's noch einigermaßen. Später blieb er öfters hinter dem Pflug stehen, drehte eine Zigarette und verlor plötzlich das Bewußtsein, wo er sich befand, erwachte mit zusammengepreßten Fingern, denen der Tabak entglitten war. Die einzige Möglichkeit war, sich müde zu schuften, aber aus Faulheit wurde er mit jeder Arbeit schnell fertig, und wenn er dann mit seinem Bierkrug sich auf die Bank fläzte, füllte ihn eine abscheuliche Weichheit aus, wälzte sich drinnen langsam um, und in der Erstarrung schrie er wie im Schlaf mit zusammengepreßten Lippen – wenn er doch hätte schreien können, aber nein. Er fühlte, daß er etwas brauchte: sich aufrichten, mit der Faust auf den Tisch schlagen, irgendwo hinlaufen. Wohin? Das Flüstern tönte fort, wurde eins mit dieser Weichheit, und Baltazar warf manchmal mit dem Becher nach seinem Quälgeist, der zuweilen in ihn hineinkroch, zuweilen ihn aus der Entfernung nachäffte, und dann zog ihm seine Frau die Stiefel aus und brachte ihn zu Bett. Der Frau folgte Baltazar, doch es geschah, wie bei allem, mit Langeweile und mit der Überzeugung, es ist nicht das, was sein sollte. Ihre Häßlichkeit stieß ihn ab, in der Nacht ging es noch, aber am Tag? Der Schlaf brachte Linderung, doch nicht für lange, in der Nacht wachte er auf, und es schien ihm, er liege auf dem Grund einer Höhle mit hohen Wänden und er komme niemals da heraus.

Manchmal geschah es, daß er mit der Faust auf den Tisch schlug und weglief. Nur deshalb, um sich wirklich zu betrinken. Daraus wurden dann nicht weniger als drei, vier Tage, und er trank dermaßen, daß einmal der Schnaps in ihm zu brennen begann und eine Jüdin aus dem Städtchen sich über ihn hinhocken und in sein Maul pissen mußte – dies ist ein bekanntes, freilich ehrenrühriges Mittel. Schnell verbreitete sich die Nachricht, daß es den Baltazar wieder hatte, und die einen sagten, es käme vom Fett und vom Reichtum, die andern bedauerten, daß er verkomme, weil er sich mit dem Teufel eingelassen habe, was nicht nur Erfindung war, denn Baltazar selbst erzählte in seiner Trunkenheit unter Tränen allerhand Sachen.

Erst viele Jahre später, nachdem Tomasz Ginie verlassen hatte, sann er über Baltazar nach, indem er die über ihn gehörten Märchen und die Nichtmärchen ineinanderflocht. Er erinnerte sich dann an den Armmuskel, wie er steinhart gespannt wurde (Baltazar war ein Athlet), und an die Augen mit den langen Wimpern, die Rehaugen. Weder Erfolg noch Vorsorge schützen vor der Krankheit der Seele – und Tomasz, sooft er an ihn dachte, bangte um sein eigenes Schicksal und alles, was noch vor ihm lag.

Mit einem Kinnbärtchen, mit fliehendem Blick faltete er sanft seine Hände, die Hände eines Herrn aus der Stadt, und stützte die Ellbogen auf den Tisch, *Herr Doktor*,* *Niemczyk* – so pflegte Baltazar ihn vor sich zu haben. »Scher dich!« murrte er und versuchte sich zu bekreuzigen, statt dessen kratzte er sich an der Brust, die Worte des anderen jedoch fielen mit dem Geräusch dürrer Blätter auf ihn, in beschwörendem Ton.

»Aber, teurer Baltazar«, sagte er. »Ich will dir nur helfen, du grämst dich immer und vollkommen unnötig. Du sorgst dich um dein Hab und Gut, daß der Boden nicht dein ist, daß du ihn hast und gleichzeitig nicht hast. Leicht ist er gekommen, leicht geht er weg, ist's nicht so? Herrengnade, morgen nimmt ein anderer Ginie, und dich wirft er hinaus?«

Baltazar stöhnte.

»Geht es dir vielleicht so sehr um den Boden? Na, gesteh! Nein, im Herzensgrund verbirgst du was anderes. Jetzt, hier, treibt es dich, aufzuspringen und von hier fortzugehen. Und die Welt, Baltazar, ist groß. Städte mit Musik und Lachen in der Nacht, da würdest du am Flußufer einschlafen, allein, frei, nichts hinter dir, ein Leben abgeschlossen, ein zweites begonnen. Du würdest dich der Sünde nicht schämen, es würde sich vor dir enthüllen, was nun für immer verhüllt bleiben soll. Für immer. Denn du hast Angst. Du zitterst um deinen Boden, um deine Hütten. ›Was soll das‹, fragst du, ›ich soll wieder nichts haben?‹ Gut, in dir ist da ein Baltazar, und der zweite, und der dritte, doch du wählst den dümmsten. Du willst niemals ausprobieren, wie ein anderer Baltazar ist. Stimmt's nicht?«

»O Jesus.«

»Nichts wird dir helfen. Herbst, Winter, Frühling, Sommer, wieder Herbst, so im Kreis, man wird dich in die Erde betten, betrink dich, das ist dein ganzer Spaß.

* Im Original deutsch. (A. d. Ü.)

In der Nacht? Du weißt selber. Aber das war nicht ich, der dir geraten hat zu heiraten, als dir die Lust dazu fehlte, und das häßlichste Mädchen zu wählen, weil ihr Vater reich war. Angst, Baltazar! Alles ging darum. Du hast dich sichern wollen. Aber wann ist es dir wohler gewesen, mit zwanzig Jahren oder jetzt? Erinnerst du dich an jene Abende? Deine Hand gut für die Axt, deine Beine für den Tanz, deine Kehle für den Gesang. Wie ihr da aufs Feuer die Holzscheite nachlegtet, und an deine Freunde. Heute bist du allein. Grundbesitzer. Allerdings, ich muß zugeben, sie können es dir wegnehmen, dieses Haus.«

Baltazar war wie vom Schlag gerührt. Innen ein Sack voll Sägemehl. Der andere wußte sofort Bescheid.

»Morgens schleppst du dich vors Haus, Tau, Vögel singen, ist es nicht für dich? Nein, du zählst. Für dich ist das noch ein Tag, noch einer, und noch. Nur weiterziehen wie ein Wallach. Und früher? Ums Zählen hattest du dich nicht gekümmert. Gesungen hast du. Na, und jetzt? Du schaust die Eichen an, aber sie sind wie aus Werg. Am Ende sind sie nicht da? In Büchern hat man das klug beschrieben. Du wirst nicht erfahren, wie man das beschrieben hat. Wenn einer soviel Verwirrung in sich hat, ist es besser, er erhängt sich gleich, denn er weiß ja nicht, ob er träumt, wenn er auf der Erde herumläuft. Das steht in Büchern. Wirst dich erhängen? Nein.«

»Warum geht's andern gut, mir aber nicht?«

»Deshalb, mein Freund, weil man jedem so ein Fädchen, sein Schicksal, gegeben hat. Entweder ergreift er das Fadenende und freut sich dann, daß er gehandelt, wie sich's gehört. Oder er ergreift es nicht. Dir ist es nicht gelungen. Dein eigenes Fädchen hast du nicht gesucht, du schaust nach dem und jenem, um so wie die anderen zu sein. Was jenen Glück, war Unglück für dich.«

»Was tun, sag!«

»Nichts. Zu spät, Baltazar. Tage und Nächte gehen, und immer weniger Mut. Weder Mut, sich zu erhängen, noch Mut, zu fliehen. Du faulst dahin.«

Das Bier floß als trübe Brühe aus dem Krug. Er trank, im Innern brannte es fortwährend. Jener lächelte.

»Du brauchst dich doch nicht zu grämen um dieses Geheimnis. Das entdeckt niemand. Das wird unter uns bleiben. Ist nicht jedem der Tod bestimmt? Ist es nicht einerlei, etwas früher, etwas später? Der Kerl war jung, das stimmt. Aber er war lang draußen im Krieg, man hatte ihn schon in seinem Dorf ein bißchen vergessen. Die Frau wird noch etwas weinen, wird sich trösten. Sein Söhnchen, das Dickerchen, umschlang seinen Hals, doch ist es noch zu klein, es hat keine Erinnerung an den Vater. Nur ist es nicht nötig, daß du den Leuten beim Schnaps herumschwätzt, du hättest irgendwelche Verbrechen auf dem Gewissen.«

»Der Priester ...«

»Ja, ja, gebeichtet hast du. Doch so dumm bist du nicht, um nicht zu wissen, daß du nicht fähig bist, im Beichtstuhl etwas herauszuwimmern. Gelogen hast du. Sicher, es ist verdrießlich, keine Absolution zu bekommen. Also, du hast gelogen, er hätte dich mit einem Beil angefallen, und da hättest du getötet. Angefallen; ja, aber wie ging es weiter? Nun, Baltazar? Du hast geschossen, als er im Gebüsch saß und Brot aß. Zwiebäcke mit Blut hast du ihm ins Erdloch hinterdrein geworfen und mit vergraben, nicht wahr?«

Dann brüllte Baltazar und warf mit dem Becher. Das Erscheinen des *Niemczyk* erklärt auch die Krawalle, die er in den Schenken aufführte, wo er Tische umwarf und Lampen zerschlug.

12

Baltazar hatte danach das Rasenstück mit dem Spaten herausgeschnitten und es dann wieder eingesetzt. Er kam meistens gegen Abend hierher, setzte sich nieder, hörte auf das Geschrei der Eichelhäher, auf das Huschen der Drosseln. Die Empfindlichkeit verminderte sich hier, es war leichter, an diesem Ort des Geschehens auszuhalten, als aus der Ferne daran zu denken. Fast beneidete er den, der hier lag. Ruhe, über Bäume ziehende Wolken. Vor ihm aber, wieviel Jahre noch?

Den Karabiner hatte er in die Höhlung einer Eiche versenkt, er rührte ihn nicht mehr an. Umgearbeitet aus einem militärischen, den Lauf abgeschnitten, ließ er sich unterm Hemd verstecken, und jener hatte angenommen, Baltazar gehe ohne Waffe. Er brach aus dem Dickicht am Pfade mit erhobenem Beil auf ihn los und schrie, er solle die Hände hochheben. Roter Bart, zerrissener russischer Militärmantel: ein *plennik*,* aus deutscher Gefangenschaft durch die Wälder wandernd. Was wollte er? Ihm den Zivilanzug wegnehmen oder ihn niederschlagen, vielleicht ein Verrückter? Baltazar setzte den Karabiner an, und jener machte kehrt, es sauste im Gesträuch, so lief er. Aber alle Engpässe und Durchgänge kannte er doch nicht. Das Wild, wie es auch im Kreise läuft, macht halt, wo es soll. Ohne Eile nahm er den Umweg. Wenn der *plennik* in jener Richtung gelaufen ist – kombinierte er –, dann kommt er bei der Fichtenschonung heraus und wird sich dort ausruhen. Was stieß Baltazar vorwärts? Rachsucht oder Furcht, jener habe Gefährten und könne ihn nachts überfallen? Oder ganz einfach Jagdleidenschaft? Das Tier zu verfolgen, hier und da und dort? Gebückt schlich er heran, und der graue Militärmantel flitzte ungefähr dort vorbei, wo er es erwartet hatte. Er verließ ihn und umkreiste ihn wieder von der Schonung her, wo er besser herankriechen konnte. Und nun den Flintenlauf auf den gebückten Rücken gerichtet (der Russe saß seitwärts zu Baltazar), auf den Hals, auf den Kopf mit der schildlosen Mütze. Nachher versuchte er mit allen Kräften, sich zu besinnen, warum er abgedrückt hatte, einmal schien es ihm, sicher aus diesem Grund, dann wieder, aus einem ganz anderen.

Der Russe fiel mit dem Gesicht nach unten. Baltazar wartete, es war still, die Habichte schrien oben. Nichts. Keine Bewegung. Er vergewisserte sich, und dann, aus

---

* (Kriegs-) Gefangener. (A. d. Ü.)

der Schräge, erreichte er den Toten. Er drehte ihn auf den Rücken. Hellblaue Augen schauten in den Frühlingshimmel hinein, eine Laus kroch am Mantelrand entlang. Der Sack mit Zwiebäcken, geöffnet, Blutspuren darauf. Die Stiefelabsätze restlos abgetreten, er war von irgendwo aus der Ferne, von Preußen hermarschiert. Baltazar durchsuchte die Taschen, aber er fand darin nur ein Taschenmesser und zwei deutsche Mark. Das alles und die Axt schob er unter die Fichtenzweige samt der Leiche, denn er mußte abends mit einer Schaufel zurückkommen.

Genau an diesem Fleck hatte er einst gegrübelt und beschlossen, Hilfe zu suchen. Er war fast sicher, daß dieser Entschluß auf irgendeine Weise von dem Russen herkam. Vielleicht hatte er ihn nicht umsonst umgebracht. Diese Nacht schlief er gut. In aller Frühe machte er sich auf den Weg.

Der Zauberer Masiulis züchtete viele Schafe, und man öffnete Tor um Tor, um auf den Hof zu gelangen. Baltazar breitete seine Gaben aus: ein Fäßchen Butter und Wurstkränze. Der Alte rückte seine drahtgefaßte Brille zurecht. Die Haut wie geräuchert; aus den Nasenlöchern, aus den Ohren kroch grauer Flaum. Vorerst unterhielten sie sich über verschiedene Neuigkeiten aus der Nachbarschaft. Als es aber soweit war und es sich gehörte, zur Sache zu kommen, zum Grund für diesen Besuch, vermochte Baltazar nicht viel aus sich hervorzuholen. Er deutete nur aufs Herz, als ob er es herausreißen wollte, und murrte wie ein Bär: »Sie quälen mich.« Der Zauberer – nichts, nickte mit dem Kopf, führte ihn in den Obstgarten, hinter die Bienenstöcke, dort stand zwischen Apfelbäumen eine alte, mit Gras bewachsene Schmiede. Er nahm Säckchen, die an Stangen hingen, ab, las Reisig in der Ecke auf und schichtete es zu vier Häufchen, Baltazar aber hieß er in der Mitte auf einen Holzklotz niedersitzen. Er steckte das Reisig an und schüttete hustend Kräuter, die er den Säckchen entnahm, ins Feuer. Es rauchte kräftig, betäubte, und das Gesicht mit Brille erschien einmal von dieser, einmal von jener Seite und murmelte so etwas wie ein Gebet. Danach befahl er ihm aufzustehen und führte ihn wieder in die Stube zurück. Baltazar senkte vor seinem Blick die Augen, als hätte er schon viel Schuld gestanden.

»Nein, Baltazar«, sagte endlich der Alte. »Ich kann dir nicht helfen. Für den König ein König, für den Kaiser ein Kaiser. Jede Kraft hat ihre Kraft, doch diese Kraft ist nicht die meine. Vielleicht wirst du auf einen stoßen, der so eine bekommen hat, wie es not tut. Warte.«

So fand die Hoffnung ihr Ende. Und die Zähne blitzten, Lächeln des Frohsinns für diejenigen, die sich nicht bemühten, etwas zu enträtseln.

13

Der Pfarrer begab sich selten zum Herrenhaus, und die Bekanntschaft mit dem Pfarrhaus rechnet von dem Tage, an dem Tomasz mit Antonina auf dem Treppchen stand, durch die zauberhaften Scheibchen blickte und Antonina die Falten des Kopftuchs an den Wangen mit verschüchterter Bewegung zurechtschob. Der Pfarrer, verknittert und gebeugt, wurde nach den Worten, die er fortwährend ohne ersichtliche Notwendigkeit einschob, *Wohl-wohl* genannt. Er hieß ihn das Vaterunser, das Ave Maria und das Credo beten und gab ihm ein Bildchen. Die Mutter Gottes darauf war Schwalben ähnlich, die Nester über dem Stall und selbst im Innern oberhalb der Heuleitern klebten: dunkelblaues Kleid, bronzefarbenes Gesicht, von einem Kreis aus echtem Gold umgeben. Er hob dieses Bildchen im Kalender auf und freute sich über seine Farben, wenn er die Seiten aufschlug.

Den Katechismus lernte er leicht, aber er verteilte seine Sympathien nicht gleichmäßig. Gott Vater mit Bart runzelt streng die Brauen und schwebt über den Wolken. Jesus schaut sanft, deutet aufs Herz, dem Strahlen entspringen, aber er ist in den Himmel zurückgekehrt und wohnt auch weit weg. Anders der Heilige Geist. Dieser ist eine ewig lebende Taube und entsendet eine

Lichtgarbe gerade auf die Köpfe der Menschen hernieder. Während Tomasz sich zur Beichte vorbereitete, betete er, der Heilige Geist möge doch über ihm verweilen, denn mit den Sünden war es schwierig. Er zählte sie an den Fingern ab und vergaß sie gleich wieder und zählte von neuem. Derweilen er den Mund an das glatt gewordene Gitter des Beichtstuhls preßte und das Schnaufen des Priesters hörte, sagte er schleunigst seine Liste herunter. Jedoch schon auf den Schwedenwällen wurde er unsicher, er ging immer langsamer, bis er in der Allee zu weinen begann und voll Verzweiflung zu Großmutter Misia gelaufen kam, um sie zu fragen, was er machen solle, er habe die Sünden vergessen. Sie riet ihm umzukehren, aber dann brach er vor Scham erst recht in unaufhaltsames Schluchzen aus. Es gab keinen Rat, Antonina nahm ihn an der Hand und führte ihn zum Priester, ihre Anwesenheit beruhigte ihn irgendwie, vielleicht war's nicht schön, aber es war besser als allein.

In Tomasz kündigte sich von vornherein das an, was die Theologen als skrupelhaftes Gewissen bezeichnen, das ihrer Meinung nach die Ursache vieler Siege des Teufels abgibt. Wenn er bemüht war, nichts auszulassen, schloß er ein Geheimnis nicht in die Reihe seiner Vergehen ein. Er versuchte, das nicht von außen zu betrachten, es wollte ihm nicht in den Kopf, daß es etwas gab, was nur sein Eigenes, sein und der Onutė Akulonis Allereigenstes war und das gleichzeitig, jenseits von ihnen beiden, existieren sollte, und daß andere es schon vor ihm erfunden hätten. Zum Beispiel Unsauberkeit in Reden und Taten, das war gar nicht das gleiche, oder das Aussprechen häßlicher Wörter, das Belauern badender Mädchen, die eine schwarze Krähe unterm Nabel haben, oder am Samstag an Tanzabenden sie zu schrecken, wenn sie zwischen zwei Tänzen nach draußen gehen und im Obstgarten niederhocken, die Röcke hochschlagend.

Mit Onutė verlor er sich oft aus der Schar anderer Kinder; sie entwischten zu einer Stelle an der Issa, die nur ihnen gehörte. Man konnte dahin nicht anders gelangen als auf allen vieren kriechend unter überhängendem Schlehdorn durch einen Tunnel, der aber eine Biegung machte und den man gut kennen mußte. Im Innern, auf einem kleinen Sandhügel, nun in Sicherheit, rückten sie aneinander, sprachen mit gedämpften Stimmen, niemand konnte sie dort erreichen, sie aber hörten von dort aus das Plätschern der Fische, das Klopfen der Wasserhölzer, das Knarren der Räder vom Wege her. Nackt lagen sie, die Köpfe zueinander gewandt, Schatten fiel auf ihre Hände und schuf ihnen in diesem unzugänglichen Palast noch ein kleineres Versteck, worin man geheimnisvoll verblieb und flüsternd etwas erzählen wollte – was? Onutė hatte wie ihre Mutter (und wie Pola), gelbes Haar, sie flocht es zu einem Zöpfchen. Und *das* war so: Sie legte sich auf den Rücken, zog ihn an sich heran und preßte ihn mit den Knien. Sie verblieben lange so, die Sonne schob sich über ihnen weiter, er wußte, sie wünschte, daß er sie berührte, und es wurde ihm *süß* dabei. Aber es war ja kein Mädchen, nur Onutė, und er hätte nicht etwas, was ihm mit ihr geschehen war, beichten können.

Morgens, beim Empfang der Heiligen Kommunion, fühlte er sich leicht, auch deshalb, weil er nüchtern war und sich ihm der Bauch zusammenzog. Mit auf der Brust gekreuzten Händen, auf die Schuhspitzen schauend, ging er zur Bank zurück. Daß die am Gaumen klebende Oblate, die er schüchtern mit der Zunge ablöste, Leib des Herrn Jesu sein sollte, konnte er sich nicht vorstellen. Daß ihn das alles verändert hatte und er mindestens den ganzen Tag still und artig blieb, war allerdings augenscheinlich. Besonders trafen seine Einbildungskraft die Worte des Priesters über die Menschenseele: Sie sei wie eine Stube, die aufgeräumt und geschmückt sein sollte zum Empfang des Gastes. Er dachte, daß die Oblate vielleicht schmelze oder in der Seele wieder zusammenwachse und schließlich in jenem leuchtenden Kelch zwischen Grün stehe. Es erfüllte Tomasz mit Stolz, daß er in sich so eine Stube trage, und er hütete sich, sie zu verunreinigen und zu zerstören.

Langsam rückte die Zeit näher, wo er, wie ihm versprochen war, Ministrant werden sollte, und er begann sogar die unverständlichen lateinischen Antworten zu lernen, doch da ging der alte Pfarrer fort, und große Veränderungen traten ein. Der neue Priester, jung, stattlich, mit vorspringendem Kinn, mit über der Nase zusammengewachsenen Augenbrauen, erweckte Angst durch die Heftigkeit seiner Bewegungen. Er behielt die bisherigen Ministranten und befaßte sich nicht mit neuen. Zudem lagen ihm wichtigere Dinge ob.

Seine Predigten erinnerten in nichts an die von Räuspern und monotonem ›wohl, wohl‹ durchsetzten Plaudereien, an die man bisher in Ginie gewohnt war. Tomasz, wenn auch nicht ganz imstande, dem Sinn zu folgen, erstarb wie alle vor Erwartung, wenn der Priester auf der Kanzel erschien. Zunächst flüsterte er, wie zu Hause, wie man sich im Alltag unterhält. Darauf brachte er jeweils nach ein paar Sätzen einen Laut hervor, und das klang wie Musik. Endlich Hochheben der Arme, Geschrei, daß die Wände zitterten. Er donnerte auf die Sünden, sein vorgestreckter Finger zielte in die Menge, und jeder bebte, denn jedem schien, auf ihn schlüge es ein. Er stand mit rotem, erhitztem Gesicht und schaute – auf den Rand der Kanzel gestützt, beugte er sich vor, und kaum hörbar, liebkosend, überredete er von Herz zu Herz, breitete Beschreibungen von Glückseligkeiten aus, die den Erlösten erwarteten. Da atmeten die Zuhörer schwer. Der Ruhm des Priesters Peikswa ging schnell über Ginie und die Nachbardörfer hinaus, man kam zu ihm von anderen Pfarreien zur Beichte gefahren, und immer umgaben ihn sich herunterbeugende Kopftücher, wenn seine Verehrerinnen sich mühten, die Stola oder seine Hände zu küssen.

Es verehrten ihn die Frau des Akulonis, die Gesindemädchen und vor allem Antonina. (»Er putzt die Sünden weg« – und sie seufzte –, »mit eiserner Bürste kratzt er allen die Herzen blank.«) Selbst Großmutter Misia, prinzipiell gegen litauische Predigten eingestellt, ließ sich von ihm überzeugen, nachdem sie einige seiner Ansprachen polnisch gehört hatte. Diese ganze Begeisterung aber dauerte nicht sehr lange. Eine große Ehre war Ginie zuteil geworden, das gaben die Frauen gegenüber Fremden noch zu, aber schon mit sauren Gesichtern, und lenkten sofort das Gespräch auf etwas anderes. Sowohl Tomasz wie die Dorfkinder wußten bald, es sei besser, nicht ins Pfarrhaus zu gehen.

14

Einige Tage vor Mariä Himmelfahrt kam man mit der toten Magdalena angefahren. Sie lag auf einer großen, mit Heu gepolsterten Fuhre, in eine bunte Wolldecke gehüllt. Die Pferde, im Schatten der Linden, steckten die Köpfe in die Futtersäcke, um den Hafer auf ihrem Grund auszufressen, sie wehrten schläfrig die Fliegen ab: sie hatten einen weiten Weg hinter sich. Die Kunde hatte sich so schnell verbreitet, daß die Leute sich schon zu versammeln begannen, ehe derjenige, der mit der Leiche angefahren kam, die Zügel am Zaun angebunden hatte; dichtgedrängt warteten sie auf das Kommende. Oben auf den Steinplatten des Weges erschien Priester Peikswa. Er stand, als überlege er, ob er hinuntergehen solle, oder wie um Kräfte zu sammeln. Schließlich schickte er sich an, langsam hinunterzusteigen, blieb wieder stehen, zog das Taschentuch hervor, preßte und drehte es in den Fingern zusammen.

Das Ärgernis mit Magdalena hatte etwa ein halbes Jahr gedauert und war durch ihre Schuld entstanden. Es hätte gar nicht zu sein brauchen. Peikswa hatte sie schon als Haushälterin im Pfarrhaus vorgefunden, und was da zwischen ihnen vorgefallen war, geht niemanden etwas an: ein Priester ist auch ein Mensch. Sie aber fing an, sich unanständig zu benehmen. Sie ging mit hocherhobenem Kinn umher, sich wiegend, fast tanzend. Es bereitete ihr sichtbar Vergnügen, so an ihn heranzutreten oder etwas zu sagen, um anderen Frauen deutlich zu erkennen zu geben: Ihr küßt seine Hände und Gewänder, ich aber habe ihn ganz. Was dazu führte, sich vorzustellen, wie er, derselbe, der vor dem Altar stand, mit ihr nackt im Bett lag, wie sie zueinander sprachen und was sie trieben. Es ist allgemein bekannt, daß vieles in solchen Angelegenheiten sich verzeihen läßt, solange keine Bilder auftauchen, zudringliche, deren man sich nicht erwehren kann.

Wenn sie Magdalenas Benehmen im ganzen betrachteten (bei dem alten Probst hatte sie zwei Jahre gedient), kamen die Bewohner von Ginie in langen, dahinschleppenden Gesprächen zu dem Schluß, es sei mit ihr auch vorher nicht alles so gewesen, wie es sich gehörte. Wenn die Ehe nicht zustande gekommen war und der Bursche sofort eine andere geheiratet hatte, so war das nicht allein wegen ihres Alters geschehen – sie war sicher ihre fünfundzwanzig alt – und vielleicht auch nicht nur deshalb, weil sie arm war, die Tochter von Ackerlosen und eine Fremde. Keine Überredungen hatten geholfen, und der Bursche war bereit gewesen, gegen seine Eltern zu handeln – man müßte hier schon ihre besonderen Gaben nennen. Im letzten Augenblick besann er sich anders. Er bekam Angst: zu heiß, sie kennt kein Maß. Auch andere ähnliche Begebenheiten erschienen jetzt in neuem Licht, sie ergänzten sich gegenseitig. Und wer bisher hätte zweifeln können – nun dieser Sarg.

Da Antonina, wenn sie den Namen in den Mund nahm, ausspuckte, benahm sich Tomasz Magdalena gegenüber unfreundlich. An sich hatte er keinen Grund dafür, sie lockte ihn in die Küche und gab ihm Kuchen, sooft er zur Zeit des Priesters *Wohl-wohl* ins Pfarrhaus gekommen war. Damals bewunderte er sie eigentlich; in ihrer Anwesenheit schnürte ihm etwas die Kehle zu. Ihre Röcke rauschten, sie schlossen eng um die Taille; wenn sie sich über den Herd beugte und von den Speisen kostete, glitt ihr eine Haarsträhne am Ohr hinab, und von der Seite sah er in der Bluse die Brust. Sie war mit ihm dadurch verbunden, daß er wußte, wie sie aussah, sie aber nicht wußte, daß er es wußte. Er beichtete seine Sünde, aber er hatte gesehen. Man konnte auf einen über dem Wasser tiefgeneigten Baum klettern und sich zwischen den Blättern verstecken. Das Herz schlägt: Kommt sie oder kommt sie nicht? Die Issa wird schon rosig von der untergehenden Sonne, der Fisch springt. Er verguckte sich an den vorüberfliegenden Enten, während sie schon mit dem Fuß versuchte, ob das Wasser warm sei, und das Hemd über den Kopf zog. Sie ging nicht wie andere Weiber hinein, die sich, mehrere Male aufplantschend, hinsetzten. Sie ging langsam Schritt für Schritt. Die Brüste strebten seitwärts auseinander, und unter dem Bauch war sie nicht sehr schwarz: nur ein bißchen. Sie tauchte und schwamm auf Hundeart, mit dem Fuß von Zeit zu Zeit eine Fontäne hochschlagend, bis an die Stelle, wo die Blätter der Wasserlilien den Fluß verdeckten. Danach kehrte sie um und wusch sich mit Seife.

Was an Tomasz' Ohren drang, blieb für ihn unklar und war trotzdem entsetzlich. Das ist unmöglich: einer, der vom Höllenfeuer donnert, ist selber ein Sünder. Und wenn er genau wie die anderen ist, was ist dann die Absolution wert, die er erteilt? Übrigens stellte er sich keine deutlichen Fragen, und er hätte bestimmt nicht gewagt, die Großen damit zu belästigen. Magdalena nahm für ihn den Zauber verbotener Dinge an. Aber die Erwachsenen waren über sie zornig. Was Tomasz nicht zu trennen vermochte, das trennten sie: sie war das eine und der Priester, wenn er das Meßgewand anlegte, das andere. Doch sie hatte den Vertrag zerstört, den Frieden getrübt und ihnen das Vergnügen an den Predigten verdorben.

Peikswa schritt herunter, und Neugierde überwältigte alle: Was wird er befehlen? Was soll mit dem Sarg geschehen? Als er schon an der Fuhre war, begannen sie die Köpfe abzuwenden. Denn er weinte. Tränen flossen über seine Wangen, eine nach der anderen, der Mund bebte, er preßte ihn zusammen und öffnete ihn nur, um zu sagen, er bitte, die Leiche zur Kirche hinaufzutragen. Der Selbstmörderin bereitete er ein christliches Begräbnis. Sie nahmen die Decke ab, und ein Sarg aus Weißtanne kam zum Vorschein. Vier Männer schulterten ihn und kletterten über den steilen Hang empor, so daß Magdalena fast aufrecht stand.

15

Um sich mit Rattengift zu vergiften, muß man alle Hoffnung verloren haben, man muß seinen Gedanken so nachgehen, daß sie die Welt verhängen, bis man aufhört, irgend etwas außer seinem eigenen Schicksal zu sehen. Magdalena hätte viele Städte, Länder, Menschen, Erfindungen, Bücher erleben können, sie hätte die verschiedenen Wiedergeburten, die den menschlichen Wesen erreichbar sind, durchmachen können – es wäre umsonst gewesen; wie es umsonst gewesen wäre, hätte man sie mit Hilfe eines Zauberstabes auf Millionen ähnlicher und genauso leidender Frauen hingewiesen. Als sie sich den Tod gab, würde, selbst wenn sie sich die Verzweiflung jener vorgestellt hätte, die in dem gleichen Augenblick noch um eine Stunde, ja um eine Minute des Lebens kämpften, ihr das kaum geholfen haben. Als aber jene Gedanken Magdalena endlich verließen und als der Körper dann dem letzten Grauen sich gegenübergestellt fand, war es zu spät.

Man muß berücksichtigen, daß sie, kurz bevor der alte Pfarrer fortging, in eine sehr schlechte Verfassung geraten war. Gerade damals hatte der Bräutigam mit ihr gebrochen. Nach der Niederlage dieser Liebe war in ihr Kälte und die Gewißheit geblieben, nichts würde sich mehr verändern, so würde es immer sein. Alles in ihr krümmte sich zusammen und begehrte auf, so konnte sie das nicht aushalten, was beginnen mit dieser Gewißheit, daß ein Tag nach dem anderen vorbeigehen würde, ein Monat nach dem anderen Monat, ein Jahr nach dem anderen Jahr, und, schaut nur, ist sie nicht ein altes Weib? Im Morgengrauen erwachte sie, lag da mit offenen Augen, aber aufstehen und die Alltagsarbeit beginnen erschien ihr furchtbar. Sie setzte sich aufs Bett und umfaßte mit den Händen die Brüste, die, wie sie selbst zurückgestoßen, mit ihr Altjungferntum teilen und nutzlos welken sollten. Und was weiter? Burschen einfangen an den Tanzabenden, damit sie mit ihr in die Scheuer oder auf die Wiese gingen und hinterher lachten? Sie war also in vollkommene Hoffnungslosigkeit versunken, als Peikswa das Pfarrhaus übernahm.

Auf der Schaukel gibt es einen Augenblick des Stillhaltens – und dann fällt man nach unten, bis es den Atem verschlägt. Plötzlich verwandelten sich die Erde und der Himmel, derselbe Baum, auf den sie durchs Fenster zu schauen pflegte, war anders, die Wolken denen von früher nicht ähnlich, alle Geschöpfe bewegten sich und strahlten, wie mit lebendigem Gold gefüllt. Nie hatte sie geahnt, daß es so etwas geben könnte. Für das Leid war Belohnung bereitgehalten, und sollte man Ewigkeiten danach leiden, auch das war es wert. Keinen geringen Anteil in ihrer Trunkenheit nahm die Wonne gestillten Ehrgeizes ein: sie, die Arme, fast des Schreibens Unkundige, die keiner heiraten wollte, hat er, der Gelehrte, dem niemand gleichkam, auserwählt.

Und dann – man muß bedenken – wurde ihr alles entrissen und sie in die Kälte ausgestoßen, diesmal für immer. Peikswa, des Skandals bewußt und zu einer Entscheidung gezwungen, überließ sie als Haushälterin einem Pfarrer in entlegener Gegend, so entlegen, daß die Endgültigkeit des Bruches jedem klar wurde. In diesem Haus am See, allein mit einem grämlichen Greis. Magdalena ist nicht lang geblieben – gerade so lang, um wieder in schwarze Nacht zu geraten, die sie vor der Zeit des Glücklichseins kannte. Sie hat sich vergiftet, als der Wind im Schilfrohr pfiff und die Welle weiße Schaumflocken auf die Kiesel ablegte, gegen den Boden der am Steg angebundenen Kähne schwappend.

Der dortige Pfarrer wollte sie nicht beerdigen. Er zog es vor, sein Fuhrwerk, ein paar Pferde und einen Kutscher zu stellen, um die Last loszuwerden.

Magdalenas letzte irdische Reise, bevor sie in Bereiche kam, wo Damen einer vergangenen Epoche sie begrüßten, begann in der Morgenfrühe. Zerfetzte Schäfchen zogen oben, die Pferde liefen im munteren Trott, die Männer dengelten die Sensen, der Wetzstein klingelte gegen das Metall. Später ging es über sandigen Weg, zwischen Wacholdersträuchern, durch Kiefernwäldchen, immer höher, bis an den Kreuzweg, von wo aus man drei Wasserflächen sieht, durch Grün zusammengehalten ein Halsband aus hellen Steinen, dann wieder hinunter in die Wälder und von dort in die Dorfstraße. Während der Mittagsstunden schaute Magdalena in die Blätter des alten Ahorns, bis die Schatten länger wurden, die Hitze die Pferde nicht mehr müde machte und man weiterfahren konnte. Auf dem mit Rundhölzern ausgelegten Damm hüpften die Räder, obschon die Pferde im Schritt gingen, es ertönte das abendliche Konzert der Drosseln, schon öffnete sich der vom Kreisen der Sphären und Welten schäumende Sternenhimmel. Ungeheure Stille, tiefblauer Raum, wer schaut von dort herab und sieht das winzige Geschöpf, das von sich aus vermocht hatte, seines Herzens Bewegung, seines Blutes Kreislauf aufzuhalten und durch eigenen Willen sich in ein regloses Ding zu verwandeln. Geruch der Pferde, das träge Schwatzen des Mannes mit den Pferden, dicht neben ihr und so bis in die späten Abendstunden hinein. Am Morgen dann über die Hügel, die Eichenwälder, schon ist es nicht mehr weit: die Abfahrt zur Issa, und dort, im Anblick des blinkenden Flusses im Weidengebüsch, betet der Priester Peikswa sein Brevier.

Im Sommer verwest eine Leiche schnell, und man wunderte sich, warum er zögerte, als wolle er sie der Erde nicht abgeben. Trotzdem, als man sie heraustrug, war kein widriger Geruch zu verspüren, an diese Tatsache hat man sich später erinnert. Er bestattete sie am Rande des Friedhofs, dort, wo der Boden abzufallen beginnt und wo die Wurzeln sich an die bröckelnde Erde klammern.

Die Predigt am Himmelfahrtstag war nicht lang, er hielt sie mit gleichmäßiger, ruhiger Stimme. Er stellte dar, wie SIE, die ohne Makel gewesen, in den Himmel eingeht, nicht als Geist, sondern ganz wie SIE war und unter den Menschen herumgegangen ist. Ihre Füße sind zuerst dicht über dem Gras, und ohne sie zu bewegen, schwebt sie allmählich empor, der Wind spielt mit ihrem langen Kleid, wie man es in Judäa getragen hat, bis sie schon, nur ein Pünktchen, zwischen Wolken ist, und das, was uns Sündern, wenn wir es verdient haben, im Tale Josaphat zuteil werden wird, hat sie schon bekommen: Mit irdischen Sinnen, in ewiger Jugend, erschaut sie das Antlitz des Allmächtigen.

Kurz darauf verließ Peikswa Ginie, und seither hat man nie von ihm gehört.

16

Die Nachbarinnen sprachen darüber, die Ellbogen auf den Zaun gestützt. Die Männer schwiegen, den Blick auf den Tabak in ihren Händen geheftet, leckten an dem Zigarettenpapier und taten so, als konzentrierten sie auf diese Beschäftigung ihre ganze Aufmerksamkeit. Allmählich wich die Unruhe, obschon man zunächst nur nach Gründen forschte, einleuchtende zu finden suchte und sich vor gefährlichen Worten hütete.

Zur Verbreitung der Klatschereien trug hauptsächlich der neue Priester Monkiewicz bei. Er war rund, kahl, nervös und hatte Angst bekommen, was er nicht lange verheimlichen konnte. Daß es immer wieder an die Wand klopfte, und jeweilig dreimal, dafür fand er keine natürliche Ursache. Im Hause war es ihm nicht geheuer nach dem, was er erfahren hatte, und er vertrug schlecht eine Anwesenheit von etwas, das sich in ebendiesem Klopfen oder in dem langsamen Niederdrücken der Türklinke bemerkbar machte. Er sprang auf und öffnete die Tür, aber niemand war dahinter. Er hoffte, diese Erscheinungen würden aufhören, doch sie nahmen im Gegenteil an Kräften zu. Der Kirchendiener wurde gerufen, um im Pfarrhaus zu schlafen, und von diesem Augenblick an brauchte man sich nicht mehr auf

Mutmaßungen zu beschränken. Übrigens, als sich Pfarrer Monkiewicz nicht mehr zu helfen wußte, bat er auch noch die Landwirte um Hilfe. Von Fall zu Fall taten sich einige zusammen und hielten Nachtwache in der Küche.

Der arme Geist der Magdalena hatte den Ort, wo sie glücklich gewesen war, nicht verlassen wollen. Er spaltete mit unsichtbarem Hackmesser unsichtbare Klötze und machte Feuer an, das wie echtes fauchte und knisterte. Er verschob Kasserollen, zerschlug Eier und machte Rühreier, obschon die Herdplatte kalt und leer blieb. Über welche Küchengeräte verfügte er? Waren das nur Laute, eine Art breites Register von Geräuschen, die Natur nachzuahmen, oder war dem Geist eine zweite, andere Küche gegeben, mit einem Eimer für alle, einer Pfanne für alle, einem Holzstoß für alle – dem Extrakt sämtlicher existierender Eimer, Pfannen und Holzklötzchen? Das läßt sich nicht ausmalen, man kann nur hinhorchen und höchstens seinen eigenen fünf Sinnen mißtrauen. Weihwasser half nicht. Der Priester sprengte damit, die Unterbrechung, die folgte, dauerte nicht lang, und gleich begann die Geisterarbeit von neuem, jeden Abend kühner mit Lärmen, die Kasserollen wurden herumgeschleudert, Wasser plätscherte. Schlimmer noch, daß ähnliches Treiben zum Schlafzimmer den Weg fand. Außer den Klopfzeichen, außer den sich bewegenden Türklinken wurden jetzt Schritte hörbar, Papier und Bücher flogen zu Boden, und noch etwas wurde ausgeheckt – eine Art von ersticktem Lachen. Priester Monkiewicz machte das Kreuzzeichen an einer Ecke und besprengte sie, nichts, eine zweite, nichts, eine dritte, nichts, als er aber an die vierte herantrat, ertönte Gekicher und Pfeifen wie auf einer tauben Nuß.

Die Kunde von diesen Vorgängen verbreitete sich schnell zu den Nachbardörfern, und wenn die Leute von Ginie nicht der Ansicht gewesen wären, es sei schließlich ihre Sache, weshalb man Fremde nicht heranlassen dürfe, so wären nachts in der Küche nicht drei gewesen, sondern dreihundert hätten versucht, da hineinzukommen. Da sie also nicht tätig mitwirken konnten, schwatzten sie wenigstens, und die Pfarrgemeinde wurde von übertriebenen Gerüchten geschüttelt. Bei der Konstatierung, daß dem Geist Magdalenas die Räume des Pfarrhauses nicht genügten, spielte Baltazar eine gewisse Rolle. Sein ganzes Abenteuer hätte Gelächter verdient oder den Ernst, mit dem man Betrunkenen zuhört, um sie nicht zu kränken – wäre nicht eine Einzelheit gewesen. Baltazar behauptete nicht mehr und nicht weniger, als daß er Magdalena gesehen habe, wie sie auf einem weißen Pferde vom Friedhof her zum Fluß hinunterritt. Sie war nackt gewesen, sie und das Pferd glänzten in der Dunkelheit. Als sich viele Leute in der Hütte seines Schwiegervaters versammelt hatten, wiederholte Baltazar immer wieder das gleiche und war beleidigt, wenn man ihn in die Enge trieb und vorsichtig erwähnte, er habe sich da vielleicht etwas eingebildet. Da verfiel irgendeiner auf den Gedanken, in des Pfarrers Stall zu gehen und nachzuschauen, ob sein Brauner dort war. Der Braune war da – aber verschwitzt, als hätte man mit ihm galoppiert.

Im Herrenhaus brodelte es selbstverständlich auch, und Antonina tischte jeden Tag eine neue Portion auf. Großmutter Misia wiederholte: »Es ist furchtbar!«, und beglückt über die Späße aus dem Jenseits, lud sie den Pfarrer ein, damit er seine Klagen loswerden konnte. Er schlürfte Erdbeertee und gestand, seine Gesundheit lasse nach; wenn das nicht aufhören wolle, müsse er um die Versetzung in eine andere Pfarrei bitten – so daß Großmutter Misia vollkommen den Triumph davontrug und in ihren Ausrufen der Ungläubigkeit »Was Sie nicht sagen, Herr Pfarrer!« Begeisterung klang; denn sie hielt es ja mit Gespenstern und nicht mit Menschen. Bald aber ereignete sich etwas in nächster Nähe. Tomasz saß am Bett von Szatybełko, dem es besser ging. Es liefen ihm Schauer über den Rücken, wenn der Kranke mit schwacher Stimme zu reden begann; sein Bart breitete sich über die Decke aus, auf dem Teppich lag, zu einem Knäuel zusammengerollt, Mopsik. Er war mit eingezogenem Stummelschwänzchen geflohen, aber sein Herr war ihm deshalb nicht gram. Nun also die genaue Beschreibung der Begegnung: Damals wurde auf dem Herrenhof Korn gedroschen. Die Dieselmaschine stand im Schuppen neben der Scheune, und nach Arbeitsschluß verwahrte man den kostbaren Transmissionsriemen in diesem Schuppen, der verschlossen wurde. Szatybełko saß an dem Abend in seiner Stube, er hatte die weichen Pantoffeln an und rauchte seine Pfeife, da wurde er plötzlich unruhig: er konnte sich nicht mehr erinnern – hatte er oder hatte er nicht den Schlüssel im Schloß umgedreht, und diese Unfähigkeit, sich klarzuwerden, ob er seine Pflicht erfüllt hatte, quälte ihn sehr. Voll Angst, es könne jemand den Gurt stehlen, zog er endlich, zornig vor sich hin murmelnd, die Stiefel an, den Schlafrock über, nahm die Laterne und trat aus der Wärme in die Kälte und in den Regen. Es war völlig dunkel, und er sah nur soviel, wie der Laternenkreis umfaßte. Den Schuppen fand er tatsächlich unverschlossen. Er ging ins Innere durch den schmalen Durchgang zwischen Wand und Maschinenkessel und sah: Der Gurt lag an Ort und Stelle. Als er aber kehrtmachte, kroch ihm ein Ungeheuer entgegen. Szatybełko beschrieb es als eine Art dikken Holzklotz, der in seiner Breite waagerecht herangeglitten kam. Darauf saßen drei Köpfe – tatarisch, wie er sagte –, Zähne bleckend in abscheulichen Verzerrungen. Schon kam das Ungeheuer näher, er bekreuzigte sich immer wieder und wich zurück – bis er merkte, daß er sich auf diese Weise den Fluchtweg abschnitt. Die Laterne schwenkend, versuchte er vorbeizuschleichen. Da gerade trat er mit dem Stiefel in den Körper des Ungeheuers: weich »wie ein Sack Kleie«. Als er draußen war, wollte er laufen, aber er wagte nicht, sich abzuwenden. Er machte den ganzen Weg von dem Wirtschaftsgebäude bis an seine Tür Schritt für Schritt rückwärtsgehend, und die drei verfluchten Köpfe ringelten sich die ganze Zeit dicht auf diesem niedrigen Körper ohne Beine. Kaum konnte er noch Luft schnappen und fiel an der Türschwelle hin. Gleich darauf bekam er hohes Fieber, dabei hatte das alles in allem nicht länger als eine

Viertelstunde gedauert, und bis dahin war seiner Gesundheit nichts abgegangen.

Ob, wie Großmutter Misia es annahm, vom Tatarischen Friedhof stammend, der Geist eines Mohammedaners erschienen war? Die Erinnerung an die vor langer Zeit in Ginie arbeitenden tatarischen Gefangenen wäre gänzlich entschwunden, hätte sich dieser Name nicht erhalten. Warum aber war er gerade jetzt erschienen? Irgend jemand hatte ihn ermutigt oder ihm befohlen, bei der Unruhestiftung mitzumachen. Nur Magdalena, wohl jetzt die Oberin unterirdischer Mächte.

Alle diese Geschehnisse führten langsam zu einem Streit zwischen dem Dorf und dem Pfarrer Monkiewicz. War man über die Ursache einig geworden, mußte man – so folgerten sie logisch – die Ursache entfernen. Zunächst machten sie ihm gegenüber nur Andeutungen, kurze, schüchterne, ganz allgemein gehaltene, sie gingen um den Kern herum, führten Vergleiche und Anekdoten an. Als das keine Wirkung hatte, sprachen sie ohne Umschweife, man müsse dem ein Ende machen, und es gebe auch ein Mittel. Dagegen warf er die Arme hoch und schrie, niemals, niemals würde er es zulassen, und schimpfte sie Heiden. Er wurde eigensinnig und ließ sich nicht überzeugen. Manche rieten, man sollte ihn nicht um Erlaubnis fragen. Aber man wußte, diese würden es alleine auch nicht wagen. Also unternahm man gar nichts. Inzwischen kam zum Pfarrer ein zweiter Priester für einige Tage angefahren, und die beiden hielten Teufelsbeschwörungen ab.

17

Tomasz hatte Angst, nach Eintritt der Dämmerung herumzulaufen, aber nur solange, bis er einen Traum träumte. Es war ein Traum von großer Süße und Gewalt; auch von Entsetzen, und es wäre schwierig zu sagen, was überwog. Er ließ sich nicht in Worte fassen, weder am Morgen nach jener Nacht noch später. Worte können Duft nicht einfangen, auch nicht das, was uns zu manchem Menschen hinzieht, noch weniger ein Versinken in Brunnen, durch die man auf die andere Seite des uns bekannten Seins gerät.

Er sah Magdalena in der Erde, in der Einsamkeit einer riesenhaften Erde, sie hatte schon seit Jahren dort geweilt und für immer. Ihr Kleid war zerfallen, und Stofffetzen vermischten sich mit dürren Knochen, jene Haarsträhne aber, die an der Wange herabglitt über der Ofenplatte, klebte an dem Totenschädel. Und gleichzeitig war sie bei ihm dieselbe wie damals, als sie ins Flußwasser hinunterstieg, und in dieser Gleichzeitigkeit war die Erkenntnis einer anderen Zeit als der uns gewöhnlich zugänglichen enthalten. Ein Gefühl, als sei ihm die Kehle zugeschnürt, ging ihm durch und durch, die Form ihrer Brust und ihres Halses dauerte eigentlich in ihm fort, und ihre Berührungen verwandelten sich in eine Klage, in eine Art Sing-Sang: »Oh, warum vergehe ich, warum vergehen meine Hände und meine Füße, oh, warum bin ich und bin nicht, ich, die ich einmal, nur ein einziges Mal gelebt habe, vom Anfang bis an das Ende der Welt, oh, Himmel und Sonne werden dasein, und ich werde niemals mehr dasein, diese Knochen bleiben von mir übrig, oh, nichts ist mein, nichts.« Und Tomasz fiel mit ihr zusammen in die Stille hinab unter die Erdschicht, wo der Stein heruntergleitet und die Würmer sich den Weg bahnen, er verwandelte sich in eine Handvoll morscher Knochen, er klagte durch Magdalenas Mund und entdeckte selbst diese Frage: Warum bin ich? Ist es möglich, daß ich, der ich einen Körper, Wärme, Hände, Finger habe, sterben muß und aufhöre, ich zu sein? Es war vielleicht am Ende gar kein Traum, denn, tief unten liegend, unter der Oberfläche des Wirklichen, fühlte er sein körperliches Ich, verurteilt, schon gestorben und zerfallend, und an diesem Vernichtetwerden beteiligt, bewahrte er gleichzeitig die Fähigkeit, festzustellen, daß er hier und dort ein und derselbe war.

Er schrie und wachte auf. Die Umrisse der Gegenstände waren nur ein Teil des Nachtmahrs, sie traten gar nicht bestimmend hervor. Sofort verfiel er wieder in dieselbe Betäubung, und alles wiederholte sich in immer neuen Verwandlungen. Erst die Morgendämmerung befreite ihn, voll Furcht öffnete er die Augen. Er kam von weit her zurück. Langsam ließ das Licht den Querbalken des Tischs, die Bänke, den Stuhl hervortreten. Welch eine Erleichterung, daß die wirkliche Welt aus Dingen von Holz, von Eisen, von Backsteinen besteht und daß sie eine Rundung, eine Rauhheit haben! Er begrüßte Gegenstände, denen er gestern, sie kaum betrachtend, Unrecht getan hatte. Jetzt erschienen sie ihm als Schätze. Er vertiefte sich in die Risse, die Aststellen, die Sprünge. Von dem anderen blieb jedoch ein wonniger Dunst übrig; Erinnerung an Bereiche, die er bislang niemals geahnt hatte.

Seitdem beschloß er, nicht zu schreien, wenn Magdalena sich ihm in einer dunklen Allee nähern sollte, denn sie würde ihm nichts Böses antun. Er verlangte sogar danach, daß sie ihm erschiene, obschon er bei dem Gedanken daran Gänsehaut bekam, aber keine unangenehme, vielmehr eine, als wenn er ein Samtband streichelte. Und den Traum gestand er niemandem.

18

Was man vollbracht hatte, war im geheimen geschehen, und Tomasz erfuhr nicht so bald diese Tat, die in ihm großes Leid und Entsetzen weckte.

Nur die Dorfältesten, einige Landwirte, waren zugelassen worden. Sie versammelten sich gegen Abend und tranken viel Schnaps. Wie auch immer, keinem von ihnen war es geheuer, und sie versuchten, sich Mut zu machen. Die Erlaubnis war erteilt worden, genauer, Priester Monkiewicz hatte gesagt: »Macht, was ihr wollt«, aber das bedeutete von seiner Seite das ausreichende Eingeständnis der Untauglichkeit von Mitteln, die in seiner Befugnis gelegen hatten. Kurz nach der Abreise seines Kollegen – diese Nacht war gerade niemand außer dem Kirchendiener und einer alten Haushälterin im Pfarrhaus, da es schien, Magdalena würde nach den Exorzismen Ruhe geben, – ertönte im Schlafzimmer ein Schrei, und Monkiewicz erschien auf der Schwelle in einem langen Nachtgewand, das an mehreren Stellen so zerrissen war, daß das Leinen in Fetzen herunterhing. Magdalena hatte die Decke weggezogen und angefangen, sein Hemd auf ihm zu zerreißen. Seine Krankheit – er erkrankte an der Rose – schrieb er selber und schrieben die anderen dem Schrecken zu. Gegen eine Rose, die vom Schrecken entsteht, gibt es keine wirksamere Arznei als das Besprechen. Man brachte also ein Kräuterweib, das über ihn ihre Beschwörungen murmelte. Man weiß von ihnen, daß sie der Krankheit befehlen, den Körper zu verlassen; diese Befehle sind von Drohungen, den Fetzen christlicher und irgendwelcher früheren Gebete begleitet, aber die einmal offenbarten Worte verlieren ihre Macht, und wer sie kennt, darf sie vor dem Tod nur *einer* Person vermachen. Der Priester unterwarf sich der Mühewaltung. Wenn es aber um die Gesundheit geht, gilt es nicht mehr zu zögern, wir hoffen dann: vielleicht doch. Solche Ermahnung des Widerstands, die schwache Hoffnung, vielleicht würden die quälenden Erscheinungen aufhören, bewog ihn auch, die zweite Genehmigung zu erteilen.

Man muß sich in der Dunkelheit dranmachen. Es ist nicht vorgeschrieben, aber Frömmigkeit gehört dazu, und das bedeutet vor allem Schweigen. Das heißt: ohne Beisein der Gaffer, im Kreis ernsthafter und zuverlässiger Leute. Die prüften die Schärfe der Spaten, zündeten Laternen an und schlichen sich einzeln oder zu zweit durch die Obstgärten davon.

Es wehte starker Wind, und in den Eichen raschelte dürres Laub. Die Lichter im Dorf waren erloschen, und es war nur Dunkelheit und dieses Rascheln. Als alle auf das Plätzchen vor der Kirche gekommen waren, gingen sie geschlossen zu der Stelle hin, wo sie, soweit es hier auf dem schon steilen Hang möglich war, im Kreis haltmachten: im Schutze der vergitterten Laternen, hinter deren Scheiben die Flämmchen hüpften und flackerten im Wind.

Zuerst das Kreuz. Es war errichtet, damit es solange bleibt, wie die Kraft des Holzes reicht, bis es, an seinem eingegrabenen Ende durchgefault und morsch geworden, sich langsam neigt, nach Jahren. Sie nahmen es heraus und legten es vorsichtig zur Seite nieder. Dann zerstörten sie mit einigen Spatenstichen den Grabhügel, auf dem niemand Blumen gepflegt hatte, und begannen hastig zu arbeiten – weil es doch nicht geheuer war. Man legt den Menschen in die Erde für die Ewigkeit, und es ist naturwidrig, nach einigen Monaten da hineinzuschauen, was mit ihm geschehen war. So, wie man eine Eichel oder eine Kastanie eingepflanzt hätte und dann den Boden aufkratzen würde, um nachzusehen, ob sie schon keimt. Aber vielleicht beruhte der Sinn dessen, was sie vorhatten, darin, daß ein Wille, eine Einstellung notwendig war, widernatürlichen Geschehnissen zu begegnen.

Der Kies knirschte, und der Augenblick kam heran. Schon stößt der Spaten an, sie schauen hinein, leuchten, nein, das ist immer noch Stein. Endlich sind Bretter da, sie graben weiter, machen den Sarg frei, so daß man den Deckel emporheben kann. Wahrhaftig, der Schnaps war nötig: er schafft diese innere Hitze, die dem Lebenden erlaubt, dem gegenüberzutreten, was dann weniger lebendig erscheint, und erst recht den Bäumen, den Steinen, dem Pfeifen des Windes, den Gespenstern der Nacht.

Was sie vorfanden, bestätigte die Vermutung. Erstlich war die Leiche gar nicht verwest. Sie sei erhalten geblieben wie wenn sie gestern bestattet worden wäre, erzählten sie. Das war Beweis genug: allein Körper von Heiligen oder Gespenstern sind dessen fähig. Zweitens lag Magdalena nicht auf dem Rücken, sondern umgekehrt, mit dem Gesicht nach unten. Und das war ein Zeichen. Sie wäre selbst ohne diese Beweise bereit gewesen, zur tun, was notwendig war. Da sie nun in den Besitz von Beweisen geraten waren, ging alles leichter, ohne Zweifel.

Sie legten die Leiche auf den Rücken, und mit dem schärfsten Spaten mit vollem Schwung ausschlagend, schnitt einer von ihnen Magdalenas Kopf ab. Ein aus Erlenholz geschnitzter Keil war vorbereitet worden. Sie stemmten ihn gegen ihre Brust und trieben ihn, mit dem stumpfen Beilende schlagend, hinein, so daß er den Sargboden durchbohrte und weiter tief eindrang. Darauf faßten sie den Kopf an den Haaren, brachten ihn am Fußende unter, legten den Deckel darüber und gruben jetzt schon mit Erleichterung zu, sogar mit Gelächter, wie das meistens ist nach den Augenblicken großer Anspannung.

Vielleicht hat Magdalena die körperliche Verwesung so gefürchtet, sich so verzweifelt gegen das Eingehen in eine andere, ihr fremde Zeit der Ewigkeit gewehrt, daß sie bereit war, jeden Preis zu zahlen, selbst als Gespenst umherzugehen, wenn sie sich unter so schwerer Bedingung das Recht erkaufte, einen unversehrten Körper zu bewahren? Vielleicht. Sie schworen, ihr Mund sei rot geblieben. Indem man ihr den Kopf abschlug, ihre Lippen zermalmte, bereitete man ihrem Leibeshochmut ein Ende, dieser heidnischen Anhänglichkeit an den eigenen Mund, an die Hände, an den Bauch. Wie ein Schmetterling auf eine Nadel aufgespießt, mit den Füßen in den von Peikswa gekauften Schuhen ihren eigenen Schädel berührend, mußte sie nun einsehen, daß sie, wie alle, mit den Säften der Erde verschmelzen wird.

Die Unruhen im Pfarrhaus hörten sofort auf, und seitdem war nichts mehr von irgendwelchen Auftritten Magdalenas zu vernehmen. Übrigens ist es nicht unwahrscheinlich, daß sie, wirksamer als durch das Kochen auf unsichtbarer Kochplatte oder als durch ihre Kunststücke, ihr Leben dadurch verlängert hat, daß sie in den Traum von Tomasz einging. Er vergaß sie nie mehr.

19

In jenem Herbst, als Magdalena noch als Gespenst umherging, haben die Obstgärten hervorragend getragen, und da man das Obst nirgendwo verkaufen konnte, verfütterte man es an die Schweine, nur die besten Sorten wurden fürs Haus gesammelt zum Essen und zum Aufbewahren. Im Gras verfaulten Haufen von Äpfeln und Birnen, dazwischen summten Wespen und auch eine Menge Hornissen. Eine hatte Tomasz in die Lippe gestochen, und sein ganzes Gesicht schwoll an. Nicht immer konnte man sie entdecken, denn sie drückten sich durch ein Löchlein in das Innere einer süßen Birne hinein. Erst wenn man sie richtig schüttelte, kroch ein pulsierender, gestreifter Hinterleib hervor. Tomasz half beim Obstabmachen. Er kletterte auf die Bäume, und es trug zu seinem Stolz bei, daß die Erwachsenen nicht verstanden, wie er nach Katzenart sogar auf die dünnen Zweige stieg. Immer neue Sorten reiften: Zuckerbirnen, Butterbirnen, Gute Luise, Clapps Liebling, Bergamotten.

In der sommerlich-herbstlichen Zeit geriet Tomasz in die Bibliothek. Dieses Eckzimmer mit den ölgestrichenen Wänden, so kalt, daß man selbst, wenn draußen Hitze herrschte, drinnen zitterte, war ihm bislang nicht interessant erschienen. Jetzt hatte er die Schlüssel zu den Schränken erbettelt und zog immer etwas Interessantes heraus. In einem dieser Schränke – einem Glasschrank – fand er rotgebundene Bücher, goldene Verzierungen auf den Einbänden und im Innern viele Zeichnungen. Die Unterschriften konnte er nicht lesen, denn sie waren französisch, das Mädchen auf den Zeichnungen hatte den Namen Sophie und trug lange Hosen, mit Spitzen besetzt. In einem anderen Schrank an der Wand, unter Spinnweb und vergilbten Papierrollen, grub er einen Band mit dem Titel *Shakespeares Tragödien* aus, mit ihm verbrachte er viel Zeit auf dem Rasen, an dessen äußerstem Ende, da, wo es bei der grünen Strächerhecke nach Moos und nach Pfefferminze roch. Dieses Fleckchen bevorzugten außer ihm große rote Ameisen, und manchmal rieb er wütend eine Wade gegen die andere, denn es schmerzte sehr, wenn sie bissen. Über ihm, zwischen den Tannenwipfeln, zitterte der Raum auf der anderen Seite des Tals, wo winzige Gefährte den Staub nach sich zogen. Im Buche kreuzten Menschen in Rüstungen die Schwerter, oder sie waren kurz angezogen (waren eigentlich ihre Beine nackt oder in enganliegenden Hosen?), sie fielen, von einem Dolch durchbohrt. Modrig wehte es aus den stockfleckigen Seiten. Er fuhr mit dem Finger die Buchstabenreihen entlang, doch obwohl es polnisch geschrieben war, verlor er die Lust, und er kam zu der Meinung, es handele sich da um irgendeine Angelegenheit für Erwachsene.

Mehr Freude gaben ihm Bücher über Reisen. Dort standen Neger, nackte, mit Bogen, in Booten aus Schilf, oder sie zogen an Schnüren ein Nilpferd – so eins, wie er es aus der Naturkunde kannte. Streifen bedeckten ihre Körper, und er überlegte, ob ihre Haut wirklich Linien habe oder nur so gezeichnet war. Er träumte oft, daß er mit den Negern in immer unzugänglichere Buchten zwischen Papyrusstauden, höher als ein Mensch, fahre und sich dort ein Dörfchen baue, das kein Fremder finden kann. Zwei dieser Bücher, da sie polnisch waren, las er herunter (durch sie eigentlich hatte er lesen gelernt, weil sie ihn begeistert hatten), und nun kam er in einen ganz neuen Abschnitt seines Lebens.

Zum Bogen suchte er sich Haselnußzweige aus, aber nicht die, die in der Sonne wachsen, da sie meistens schief sind. Er kroch in den Schatten unter die Sträucher, wo es kein Gras, nur Schichten trockener Blätter gab, Zaunkönige flitzten hindurch mit ängstlichem *zrik-zrik-zrik*. Die Haselnußzweige, die von dort zum Licht streben, sind dann ganz stark, ohne Verästelungen, und so eignen sie sich am besten. In einer solchen dunklen Grotte richtete er sein Versteck ein, wo er die Waffe unterbrachte.

Mit den Pfeilen, an die er, damit sie besser flogen, Truthahnfedern nagelte, machte er sich auf die Jagd, und das Wild erfand er selbst. Das konnte zum Beispiel ein runder Stachelbeerbusch sein. Er saß oft auf dem Steg, von dem aus man mit einer Gießkanne Wasser aus dem Weiher schöpfte, nicht aus dem Schwarzen Weiher, sondern aus dem anderen, der zwischen dem Hausflügel, dem Obstgarten und den Wirtschaftsgebäuden lag. Er glaubte zu schwimmen, und er schoß nach den Enten, was einmal zu Nachforschungen führte, weil in der Mitte des Weihers eine Ente tot aufgefunden worden war; er gestand aber nicht. Übrigens starb sie vielleicht aus einem anderen Grunde. Die Indianer gehen mit einem Bogen auf Fischjagd, also lauerte auch er den Fischen im flachen Flußwasser auf (um den Pfeil nicht zu verlieren), aber sie entflohen immer rechtzeitig.

In der Eingangsveranda an einem auf dem Boden festgenagelten Tischchen zeichnete er an Regentagen Schwerter, Lanzen und Angeln. Hier wollen wir einen bestimmten Zug seines Charakters vermerken. Einmal fing er an, einen Bogen zu zeichnen, aber plötzlich unterbrach er sich und zerriß das Papier. Denn er liebte den Bogen, und es kam ihm irgendwie in den Sinn, daß man das, was man liebt, nicht darstellen soll, es muß ein vollkommenes Geheimnis bleiben.

Großmutter Misia nahm ihn eines Tages auf den Speicher mit und zeigte ihm eine bis an den Rand mit Gerümpel vollgestopfte Kiste. Dazwischen Bücherrücken! Und nun begegnete er den Abenteuern eines Jungen, der sich auf ein Schiff gestohlen hatte, unterm Deck diente ihm Zwieback als Nahrung, und eine große Gefahr drohte ihm durch die Ratten. Wasser hatte er dort in Tonnen gefunden: Süßwasser. Heißt das, es wäre mit Zucker gewesen? So stellte sich Tomasz das vor, und damit erklärte er sich die Freude des Jungen, als es ihm gelungen war, in die Tonne ein Loch zu bohren.

Für die verschiedenen Träume von gelesenen Geschichten war das Klosett besonders günstig. Ein Pfad mit überhängenden Johannisbeersträuchern führte dorthin. Die Tür wurde von innen mit einem Häkchen verschlossen, und durch das darin ausgeschnittene Herz konnte man den Herannahenden sehen. Durch die Ritzen drang die Sonne, und rundum tönte die unaufhörliche Musik der Fliegen, Bienen und Hummeln. So eine haarige Hummel, schwer brummend, verirrte sich manchmal hierher über der Grube. In den Ecken hängten die Spinnen ihre Netze auf. Auf einem Querbalken waren von den dort angeklebten Kerzen Stearinflecken geblieben. In den Seitenwänden waren auch Öffnungen, man sah durch sie nichts als Holunderblätter.

Wenn Tomasz durch das Herz in der Tür Antonina vorbeieilen sah, unterbrach er sein Nachdenken und knöpfte schnell die Hosen zu. Am andern Ende des Platzes war die Grube für die Küchenabfälle, dort schlachtete Antonina die Hühner. Sie blies den Mund auf und kniff ihn zusammen, indem sie zum Schlag mit dem Hackmesser ausholte und das Huhn auf dem Baumstumpf zurechtlegte: dieses war nur mäßig erschreckt und überlegte wohl, was daraus werden würde, oder vielleicht dachte es gar nichts. Das Hackmesser blitzte auf, Antoninas Gesicht zog sich vor Schmerz zusammen (aber auch wie von einem Lächeln), und dann ein Herumzappeln und am Boden das Hüpfen eines Federbauschs. Tomasz durchlief ein Schauder, und deshalb blieb er dabei. Einmal vollzog sich das wirklich ganz ungewöhnlich. Ein Hahn – riesenhaft, die goldglänzenden Federn gesträubt – riß sich, schon ohne Kopf, im Flug empor, vorne den roten Halsstummel tragend. Dieser Flug ohne Stimme war des vor Staunen offenen Mundes von Antonina wert, einer Art Anerkennung, denn der Hahn fiel erst herunter, nachdem er gegen den Lindenstamm geschlagen war.

Tomasz ging jetzt seltener mit der Angel an den Fluß, und seltener lief er zu den Akulonis, vielleicht war Magdalena schuld, vielleicht die Bücher. Die abgelegenen Stellen an der Issa begannen für ihn drohend zu werden, und was die Jagd mit dem Bogen betraf, so hatte er irgendwie keine Lust, sie mit einem von den Kindern zu teilen, sofort würde sie lächerlich werden und nicht wie die ernsthaften Beschäftigungen sein, etwa Fischefangen oder aus Weiden Schalmeien zu schnitzen. Es war ihm lieber, daß keiner seine für einen großen Jungen zu kindlichen Spiele belauschte. Er stellte zwei Armeen aus Stöckchen im Sand auf und war einmal bei dem einen und einmal bei dem anderen Heer, das die feindlichen Soldaten mit Steinartillerie in die Flucht schlug.

20

Wintersanfang kam aus Dorpat in Estland die Großmutter Dilbin angefahren, und das von ihr bewohnte Zimmer lockte Tomasz sehr. Großmutter Dilbin war nicht größer als er selbst, rosig, und kümmerte sich, im Gegensatz zu Großmutter Misia, um alles; sie stopfte Tomasz' Socken und Hosen, unterrichtete ihn und prüfte ihn in der Religion. Am wichtigsten aber war, daß sie sich von allen anderen überhaupt unterschied. Sie rauchte Zigaretten mit einem langen Mundstück, sie hatte es, wie sie selbst sagte, aus Kummer gelernt, Zigaretten halfen gegen den Kummer. Aus dem von ihr mitgebrachten Koffer wurde ein flacher Einsatz herausgenommen, und dann öffnete sich der Zugang zu Kistchen aus Blech und Holz, zu Paketchen, die mit Bändchen verschnürt waren, zu verschiedenen kleinen, sorgfältig in Zeitungen eingewickelten Gegenständen. Der Ritus, den Inhalt des Koffers auszupacken, ereignete sich nicht oft und behielt seine Feiertäglichkeit. Immer fiel dann ein Geschenk für Tomasz ab, zum Beispiel ein Täfelchen echter chinesischer Tusche; wozu es diente, erklärte die Großmutter, doch bezauberte ihn hauptsächlich die Form, Schwärze und Schärfe der Kanten.

Niemals bisher erfuhr er soviel wie jetzt von der Welt. Die Großmutter hatte ihre Jugend in Riga verbracht, und sie erzählte ihm von den Ausflügen nach Majorenhof, vom Baden im richtigen Meer, wie sie beinahe eine Welle mitgerissen habe, sie erzählte von ihrem Vater, dem Urgroßvater von Tomasz also, dem Doktor Ritter, der Kinder heilte und kein Geld nahm, wenn die Eltern arm waren, wie man ihn liebte und wie berühmt er als

Spaßmacher war, denn er stellte unschuldige Streiche an, er verkleidete sich, schnitt komische Gesichter, und einmal sogar warf ihm ihre Mutter Münzen in den Hut, weil sie ihn für einen Bettler hielt, so hatte er sein Aussehen verändert. Tomasz hörte auch zum erstenmal vom Theater und von der Oper: Ein Schwan kam auf die Bühne geschwommen, schaukelte, und man hätte geschworen, das Wasser trage ihn wirklich. Die Großmutter sprach den Namen der Sängerin – Adelina Patti – aus und seufzte. Sie seufzte auch, wenn sie sich an die Abende in Riga erinnerte, wo so viel Jugend zusammenkam, man sang, tanzte und führte lebende Bilder auf. Und dann war da noch ein Dorf: das Gut Imbrody bei Dünaburg, das den Mohls aus Mutters Familie gehörte. Das bedeutete Reisen in der Kutsche durch Wälder voller Räuber, einsame Schenken, die unter einer Decke mit den Räubern staken, die Bettguillotine, wo der Baldachin in der Nacht herunterfiel und den Reisenden erschlug, und dann versenkte sich das Bett mit der Leiche in den Fußboden – welch eine Maschinerie! Eine Kutsche wurde auf der Fähre hinübergefahren, die Pferde scheuten, und alle ertranken. Die Zofe in Imbrody, die auf solche Weise von den Jungen erschreckt wurde, daß sie hinter dem Spiegel lange Pfeifen anbrachten (denn sie liebte, sich vor dem Spiegel zu bewundern), um plötzlich auf das Mädchen Rauch abzublasen. Einmal haben sie sie mit ihrem Bett hinausgetragen und in den See gestellt, aber sie wurde nicht wach – erst später fing sie an zu schreien, da sie nicht begriff, wo sie sich befand. Und die Spazierfahrten auf diesem See in einem kleinen weißen Segelboot. So viel fischte Tomasz aus Begebenheiten und Namen, die ihn sonst gar nichts angingen, heraus.

Der Großmutter verdankte er auch die Geschichte von den Schwänken eines in ganz Litauen bekannten Freßsacks und Originals namens Bitowt. Wenn der Sommer kam, befahl Bitowt, den Reisewagen zu richten und hinten Pferdefutter aufzuladen; er setzte sich im Staubmantel hinter den Kutscher und machte sich auf die

Reise, die einige Monate dauerte, denn er nahm sich Zeit und kehrte unterwegs auf allen Gütern ein, man empfing ihn wie einen König, nicht zum geringsten aus Angst vor seiner bösen Zunge, damit er hinterdrein nicht verleumde. Auf diesem seinen Wagen rauchte er Zigarren und warf die Stummel hinter sich, und einmal konnte er kaum noch rechtzeitig abspringen, denn in seinem Rücken brannte das Heu lichterloh. Irgendwann auf dem Marktplatz eines Städtchens trat er zu einem Orangen verkaufenden Jüdlein heran und fragte, wieviel man davon wohl essen könne. Darauf das Jüdlein: Fünf. Bitowt: Er werde ein Schock essen. Das Jüdlein: Umsonst gibt er sie dem, der das fertigbringt. Bitowt beendete grade die fünfzig, da brach das Jüdlein schon in Geschrei aus: »Zu Hilfe, er hat ein Schock Apfelsinen gegessen, gleich wird er sterben!« Zu Hause hielt sich Bitowt einen vorzüglichen Koch, mit dem es dauernd Streit gab. Abends ließ Bitowt ihn zu sich rufen und stöhnte: »Du Lump, ich schmeiß dich raus, schon wieder hast du so schandbar gut gekocht, vollgefressen hab ich mich und kann nicht schlafen.« Aber dann rief er ihn gleich wieder zurück und wollte wissen, was es morgen zum Mittagessen geben würde.

Tomasz lernte durch die Gespräche mit der Großmutter auch etwas Geschichte. Aus dem Koffer hervorgeholt, hing ein *ryngraf** über ihrem Bett und stellte die Mutter Gottes dar, und an der Wand über dem Tischchen hing das kleine Porträt eines schönen Fräuleins, deren bloßer Hals aus einem offenen Kragen emporstieg. Das schöne Fräulein hieß Emilia Plater, und es gab zwischen ihm und Tomasz eine entfernte Verwandtschaft durch die Mohls, weswegen er stolz sein sollte, denn die Erinnerung an sie als an eine Heldin war geblieben. Im Jahre 1831 hat Emilia Plater das Pferd bestiegen und in den Wäldern eine Abteilung Aufständischer angeführt. Sie ist an den in der Schlacht gegen die Russen empfangenen Wunden gestorben. Das Kupferrelief aber ge-

* Ein Relief, in Kupfer getrieben. (A. d. Ü.)

hörte dem Großvater Artur Dilbin, der in seiner Jugend ebenfalls den Wald erwählt hatte, das war das Jahr 1863. (»Behalt es, Tomasz: eintausendachthundertdreiundsechzig.«) Die Parole der Aufständischen: ›Für unsere und eure Freiheit‹ bedeutete, daß sie auch für die Freiheit der Russen kämpften, doch der Zar war mächtig, sie aber hatten gegen ihn nur Flinte und Säbel. Großvater Arturs Führer Sierakowski hatte der Zar aufgehängt, und den Großvater verschickte er nach Sibirien, von wo er nach vielen Jahren erst zurückkam, dann heiratete er. Tomasz' Vater und Oheim sind jetzt in Polen beim Militär und schlagen sich auch mit den Russen.

Großmutter Dilbin ging in den Zimmern umher wie für die Stadt gekleidet, sogar mit einer Bernsteinbrosche. Sie zog, wie Tomasz erspäht hatte, einige Wollunterröcke an und schnürte auch ihre Taille durch eine Art Korsett mit Fischbeinstäben. Ihre blaßblauen Augen erschraken, der Mund verzog sich hilflos, wenn Großmutter Misia nach ihrer Gewohnheit den Rock vorm Ofen hochriß. Es irritierte die Großmutter Dilbin, daß man menschliche Gefühle verspottete und nachäffte. Denn wenn sie zum Beispiel von jemandem sprach, der ein Mädchen liebte, dann rieb sich Großmutter Misia den Hintern am Kachelofen und fragte langgezogen: »Und warum?« Als ob das allein nicht genügen könnte, daß Menschen sich sehnen, streben und leiden. Sie zuckte zornig die Achseln, murmelte etwas von heidnischen Sitten – ja, und dennoch neigte Tomasz nicht nach der Seite von Großmutter Dilbin, denn er spürte in ihr Schwäche heraus. Und das trotz aller Güte. Sie rang die Hände über ihn, vernachlässigt sei er, abgerissen und wachse wie ein Wildling auf. Also verwöhnte sie ihn; hatte er bislang für selbstverständlich gefunden, seine Knöpfe mit Antoninas Nadel und Faden anzunähen, so kam er jetzt mit jeder Kleinigkeit an, jemand sorgte für ihn und war zu seinen Diensten.

In dem gebeugten Rücken von Großmutter Dilbin und in den Adern an ihren Schläfen verbarg sich etwas Gebrechliches. Er merkte, daß, um welche Morgenstunde auch, um sechs oder um fünf, wenn man in ihr Zimmer hineinschaute, sie im Bett aufrecht saß und laut betete, fast mit Geschrei, ihre tränenvollen, wie bewußtlosen Augen irrten umher, und die Tränenspuren blieben in ihren Wangen eingegraben. Großmutter Misia schlief winters bis zehn Uhr, und beim Erwachen reckte sie sich wohlig wie eine Katze. Abends waren lange in Großmutter Dilbins Zimmer Schritte zu hören. Im Aufundabgehen rauchte sie ihre Zigaretten. Das monotone Stampfen in der Stille des Hauses schläferte Tomasz ein. Tagsüber, bei ihren Spaziergängen im Garten, machte sich Großmutter nie alleine auf den Weg, sie brauchte Tomasz' Begleitung, denn sie litt an Schwindelanfällen. Sie blieb unten auf dem Gartenpfad stehen mit vorgestreckten Händen und rief, sie falle, er solle sie auffangen. Als sie einmal mit dem Pferdewagen in die Nachbarschaft fuhren, schloß sie die Augen dort, wo der Weg am Rand eines Felsenabhanges lief, und fragte nach einer Weile, ob sie am Abgrund schon vorbei seien.

Es juckte Tomasz, ihr Ärgernisse anzutun und sie zu prüfen. Während der Spaziergänge antwortete er nicht sofort auf die Hilferufe, versteckte sich hinter dem Baum und richtete es meistens so ein, daß er aus dem kugligen, rosa Persönchen die angstvollen Klagen »O je, o je« herauslocken konnte.

21

Die Tochter des Grafen von Mohl hatte Dr. Ritter geheiratet, und aus dieser Ehe sind sechs Töchter geboren, von denen die jüngste, Bronisława, einmal Großmutter Dilbin werden sollte. Aus der Periode der Wärme, der Liebe und des Glücks, aus der Zeit vor ihrem achtzehnten Lebensjahr, bewahrte sie im Koffer mit kleiner Schrift beschriebene Hefte. Damals hatte sie Verse gemacht. Länger als die ihr nahen Menschen haben einige getrocknete Blumen gedauert.

Konstanty spielte schön Klavier, sang mit Baritonstimme, und auf allen Abendgesellschaften der Jugend in Riga war er als Rezitator patriotischer Dichtungen berühmt. Aber die Eltern waren gegen ihn, er sei zu jung, zu leichtsinnig und dazu ohne einen Groschen. Kurz nach dem Bruch erschien ein neuer Freier, und Brońcia lernte die ersten Nächte einsamen Weinens kennen und das Entsetzen, wenn das Schicksal sich entscheidet. Artur Dilbin, damals nicht mehr ganz jung, ja sogar ältlich, war als ein ernsthafter Mann angesehen, dazu vom Nimbus erlittenen Märtyrertums umstrahlt. Wegen Beteiligung am Aufstand war sein Gut konfisziert worden, doch blieb seine Existenz gesichert, denn er verwaltete Güter von Verwandten. Man nahm seine Werbung an, und Brońcia verließ die Stadt ihrer Jugend, um auf ein entlegenes Dorf zu ziehen, in die Sorgen mit Dienstboten und zu den Rechnungen an schweigsamen Abenden unter dem gläsernen Lampenschirm, dahinter rauchte Artur die Pfeife.

Hier ist sein Porträt: hohe Stirne, schmales Gesicht, im Blick Heftigkeit und Stolz, Wangen, deren Höhlungen ein riesenhafter, hellblonder Schnurrbart unterstreicht. Breitschultrig, mager, seine Hand steckt in einem Ledergurt mit Schließe. Auf dem Herrenhof hält er eine Koppel Hunde und widmet jeden freien Augenblick der Jagd. Vom Traberrennen ist er hingerissen, diesem Messen der Kräfte von Lenker und Pferd, wo die gespannten Zügel beinah die Haut im Innern der Hand zerfetzen. Er ist ein zärtlicher Ehemann, und gewisse Zuwendungen für die Mütter seiner unehelichen Kinder in der Umgebung überweist er so, daß es seine Frau nicht merkt. Diese Kinder stammen übrigens aus seiner Junggesellenzeit. Alle im Umkreis wissen, daß Artur Dilbin als ganz junger Mensch eine bestimmte aristokratische Familie vor dem Erlöschen gerettet hat, indem er die Gräfin aufsuchte, deren Mann völlig idiotisch geworden war. Dieses Gerede schmälert sein Ansehen nicht. Er streichelt den Schnurrbart, und wenn er dem jungen Grafen einmal begegnet, betrachtet er ihn verstohlen; er ist zu einem Prachtkerl aufgewachsen.

Resignation und Pflicht. Später Kinder. Auf die Kinder überträgt Bronisława ihre ganze Liebe. Als ihr ältester Sohn Teodor sieben Jahre alt wird, nimmt sie ihn für den Sommer nach Majorenhof ans Meer, aber sie findet dort nicht die Schönheit wieder, die sie früher gekannt hat. Der jüngste Sohn wird im Todesjahr Arturs, der sich auf der Jagd erkältet hat, geboren. Sie gibt ihm den Namen Konstanty. Wie weit man auch in die Geschichte der Geschlechter der Dilbins, der Ritter, der Mohl, zurückgreifen mag, man wird nie einer Spur von Familienähnlichkeit mit Konstanty begegnen. Schwarze Augen, pechschwarzes Haar über niedriger Stirn, die olivfarbene Haut eines Südländers, gebogene Nase. Er ist mager und nervös. In seiner Kindheit erobert er alle, denn er hat ein goldenes Herz, es genügt, daß ihn jemand um etwas bittet, sofort ist er bereit, was sein eigen ist, wegzugeben, selbst den Mantel und den Rock auszuziehen. Zudem verspricht er, ein genial begabter Junge zu werden. Als aber Bronisława nach Wilna umzieht, um die Söhne ausbilden zu lassen (und das fällt ihr schwer, denn sie muß hier alles selbst entscheiden), zeigt es sich, daß Konstanty nicht lernen will. Jede kleinste Anstrengung ermüdet ihn. Die Mutter fleht ihn an, fällt vor ihm auf die Knie, verspricht Geschenke, droht. Er weiß, aus Drohungen wird nichts, und was die Geschenke betrifft, so gibt es nichts, was er von seiner Mutter nicht haben könnte. Kurz darauf gerät er in eine üble Gesellschaft von Kartenspielern und liederlichen Kerlen. Er trinkt, macht Schulden, läßt sich mit Dirnen aus dem *Café-chantant* ein. Schließlich wird er aus der vierten Gymnasialklasse hinausgeworfen, und damit endet seine Ausbildung.

Inzwischen widmet sich der älteste Sohn Teodor in Dorpat dem Veterinärstudium, erreicht das Diplom, und er sorgt für die Mutter und den Bruder. Im Gesicht und im Wuchs dem Vater ähnlich, ist er sanfter, zu romantischen Träumereien hinneigend. Die Verantwortung und die eigene Rechtschaffenheit beengen ihn, es zieht ihn zu Reisen und Abenteuern – alle Dilbins waren immer etwas Abenteurer, und einer von ihnen hat im napoleonischen Heer gedient und an den italienischen und spanischen Feldzügen teilgenommen. Teodor heiratete Tekla Surkont, als er sie unweit von Ginie in den Ferien kennenlernte. Er ist Tomasz' Vater. Den Kriegsausbruch begrüßt er ohne Unwillen als Vorzeichen von Veränderungen; es ist der seit fast einem Jahrhundert verkündete *Völkerkrieg*, der die Macht des Tyrannen des Nordens zerstören soll.

Die Tränen der Bronisława Dilbin, zuerst heimlich geschluckt, bahnten sich immer kühner den Weg über die Wangen. Sie betete zu Gott um Erbarmen für Konstanty und um Verzeihung ihrer Sünden, falls für diese der Sohn bestraft worden sei. Ihre Gebete stiegen in der Morgenstunde ins Weite empor, als sie erfahren hatte, daß er auf einem Wechsel die Unterschrift des Bruders gefälscht hatte, und später, als er, zum russischen Heer eingezogen, der Unteroffiziersschule zugeteilt war und an die Front gehen sollte. Als er dann draußen kämpfte, zitterte sie um ihn, nicht um Teodor, der als Fachmann irgendwo in der Etappe weilte. Schließlich bekam sie die Nachricht, er sei verwundet und in Gefangenschaft geraten. Von da an also vorschriftsmäßige Pakete, mit Leinen umnäht, an das Rote Kreuz adressiert. Sie drangen zu ihm hin, irgendwo an einem unbekannten Punkt in Deutschland. Sie zählte die Tage von Paket zu Paket, nähte Säckchen für Zucker und Kakao, rechnete aus, um soviel wie möglich ins Päckchen hineinzupressen. Bis das Jahr 1918 und sein Brief kam, in dem er mitteilte, es sei von jener Schrapnellwunde auf seiner Brust nur eine Narbe übrig, er habe versucht, aus dem Gefangenenlager durch einen unterirdischen Gang zu entfliehen, aber man habe ihn erwischt, doch er sei schon frei und werde in die polnische Armee eintreten.

Der Zar war umgebracht worden, der Krieg rollte weiter zwischen Polen und Rußland. Teodor besuchte mit seiner Frau seine Mutter in Dorpat, er kam von Pskow und fuhr nach Süden weiter, dem Rufe der patriotischen Pflicht folgend. Die Perlen des Rosenkranzes glitten durch ihre Finger, sie stellte sich die nächtlichen Ritte vor, Konstantyn zu Pferde im Schneegestöber oder vom Regen durchnäßt, Attacken mit gezückten Säbeln, und seine schon einmal zerrissene Brust den Kugeln ausgesetzt. Es verfolgten sie die Gesichter von Toten: die Deutschen hatten Dorpat eingenommen, die bolschewistischen Kommissare erschossen, die Leichen auf dem Platz liegenlassen und verboten, sie zu begraben. Sie lagen vom Reif erstarrt, glasig.

Sie flehte um Konstantys Leben. Aber in diesen Morgendämmerungsstunden durchdrang sie andere Sorge, die Sorge um die rätselvolle Zeit, die Vergangenheit und Zukunft ineinanderflocht. Alle seine Lügen. Dieses Herumschnüffeln an Teodors Schubladen, das verstohlene Entwenden von Banknoten, ihr Zittern, wenn sie ihm sagen mußte, sie habe das gemerkt. Er erblaßte und errötete, sie tat ihm leid, und hinterdrein: das Hochwerfen des Kopfes, der Sprung in die Frechheit. Er log und glaubte selbst, was er sagte, und das war das schmerzlichste. Irgendeine Unfähigkeit steckte in ihm, die Welt so zu erleben, wie sie ist, er schmückte sie mit seinen phantastischen Erfindungen aus, immer wieder sicher, ein neues Mittel gefunden zu haben, Reichtum zu erringen, und damit entschuldigte er seine Schliche. Sie wußte, er würde sich nie ändern. Sie beschwor ihn umzukehren, aber sie selbst glaubte nicht daran, und so war sie nicht aufrichtig. Unablässig sah sie vor sich, was kommen mußte: Weil er schwach war und unfähig, in irgendeiner Sache auszudauern, fand er keinen Beruf. Irgendwelche Zufälle, Spelunken der Großstädte, Kartenspielen der Männer, an ihren Schultern lehnend Prostituierte, dazwischen er, ihr kleiner Kostuś. Nein: die Beschwörung war nicht echt, und sie fühlte sich darum schuldig, deshalb erhob sie die Stimme und nickte bei den Worten der Litanei, um mit dieser Bewegung den Schmerz zu verbannen. Ebendieses »Du elfenbeinerner Turm«, »Du Bundeslade« hörte Tomasz durch die Tür.

Ihre Sünden. Das wird niemand erfahren. Höchstens, indem sie in sich selbst eindrang, in das Strömen ihres Blutes, in ihre innerste körperliche Vertrautheit, die einem anderen nicht mitteilbar ist, stieß sie dort auf eine Schuld in ihrem eigenen Sein und im Gebären der Kinder. Und auch das ist möglich: Das von Skrupeln geplagte Gewissen, die Neigung, sich in allem Vorwürfe zu machen, hat Tomasz wahrscheinlich von ihr geerbt. Übrigens, wenn er sie ärgerte, so rächte er sich dafür, daß in ihm durch diese Klage: »O je, o je«, als beträfe sie ihn selbst, eine Scham geweckt wurde.

22

Es ging auf den Frühling zu, das Eis auf dem Weiher stand unter Wasser, und die Kratzer von Tomasz' Stiefeln verschwanden allmählich – er lief Schlittschuh, oder er spielte, indem er auf der grünlichen Tafel umherstampfte, worin, unerreichbar, Insekten und Blätter von Wasserpflanzen erstarrt waren. Der Schnee war schon müde, mittags tropfte es vom Dach, und die Tropfen tauten eine Spur kleiner Löcher am Haus entlang. Gegen Abend verdichtete sich auf den Schneehügeln die helle Rosigkeit des Lichts zu Gelb und Karmin. Menschen- und Tierspuren wurden dunkel von der in ihnen angesammelten Feuchtigkeit.

Tomasz zeichnete eifrig, angefeuert durch die von Großmutter Dilbin mitgebrachten deutschen illustrierten Zeitschriften. Er betrachtete darin die Kanonen, die Panzerwagen und das Flugzeug *Taube*, das ihm sehr gefiel. Das Flugzeug war zweimal über Ginie erschienen, aber hoch, die Leute liefen zusammen und deuteten mit dem Finger auf den Himmel, woher das Brummen kam. Nun also überzeugte sich Tomasz, wie es wirklich aussah. Auf seinen Zeichnungen stürmten die Soldaten zum Angriff (es ist nicht schwer, Beinbewegungen wiederzugeben, man muß nur die Stöckchen dort, wo die Knie sind, einknicken), sie warfen sich nieder, aus den Flintenläufen kamen Bündel gerader Linien hervor, und die Kugeln sausten – Reihen unterbrochener Striche. Und die *Taube* zog über alledem vorbei.

Bevor man auf das Ereignis eingeht, das wie auch immer einen gewissen Zusammenhang mit den Szenen hatte, die er sich auf dem Papier ausdachte, wäre der Zimmerplan des Hausflügels darzustellen. Im Winter bewohnte man nur diesen Teil, seine Fenster gingen auf den Obstgarten, das heißt auf den Winkel, den das alte Herrenhaus und der Anbau formten. Zuerst die Weberei (wo Pakėnas arbeitete), dann nur ein Lagerraum für Wolle und Samen, weiter Großmutter Dilbins Zimmer, dahinter das, wo Tomasz schlief, darauf folgte Großmutter Misias *Baumhöhle* und ganz am Ende der Großvater.

An jenem Morgen ist Tomasz früh wach gewesen, denn es war ihm irgendwie kalt, er warf sich hin und her, rollte sich zusammen, doch nichts half, die kalte Luft wehte ihn an. Er drehte sich nach dem Fenster um, zog die Decke über den Hals und betrachtete die Sonne an der Wand. Dort am Boden hatte man Mehl zum Trocknen ausgeschüttet. Er streifte es faul mit den Augen und wurde plötzlich neugierig: Etwas blitzte darin, wie Eis oder Salzkristalle. Er sprang auf, hockte nieder, um es anzufassen: Glassplitter. Daraufhin schaute er erstaunt nach rückwärts zum Fenster. In der Scheibe ein Loch, zwei Fäuste groß, und rundherum strebten sternförmig Rissc auseinander. Er lief sofort zu Großmutter Misia und rief, in der Nacht habe einer vom Obstgarten aus einen Stein geschleudert.

Es war jedoch kein Stein. Man hatte lange gesucht, endlich entdeckte der Großvater unter Tomasz' Bett, ganz in der Ecke, einen schwarzen Gegenstand und erklärte, man dürfe ihn nicht anfassen. Man schickte ins Dorf nach einem, der gedient hatte. Später konnte ihn Tomasz nach Herzenslust besichtigen, er war einem Ei ähnlich, sehr schwer, in der Mitte war er mit einem gezahnten Kragen umgeben. Im Garten, unterm Fenster, fand man Fußspuren und eine Zündschnur. Man erinnerte sich daran, daß die Hunde in der Nacht besonders grimmig gebellt hatten.

Die Granate war nicht explodiert, aber sie hätte explodieren können, und dann hätte man Tomasz sicherlich hinter den Eichen, nicht weit von Magdalena, beigesetzt. Die Welt würde fortdauern, die Schwalben, die Störche und die Stare würden wie alljährlich von ihren Überseereisen zurückkommen, die Wespen und die Hornissen würden genauso die Süße aus den Birnen saugen. Warum es nötig war, daß sie nicht explodierte, darüber zu urteilen steht uns nicht zu. Sie war gegen die Wand geschlagen, in Richtung von Tomasz Bett zurückgerollt, und in ihrem Innern reifte die Entscheidung dicht auf der Grenze des Ja und Nein.

Großvater Surkont grämte sich. Gegenüber allen Geschichten von Überfällen auf die Herrenhäuser – und an solchen Beispielen fehlte es nah im Osten von Ginie nicht – räusperte er sich sanft und machte aus diesen Schreckensgeschichten einen Witz. Selbst als in den Wäldern Scharen von russischen *plenniki* herumstrolchten, hatte er keine Vorsichtsmaßregeln befohlen. Und wer von den Bewohnern aus der Umgebung sollte ihn überfallen? Kannte man ihn denn nicht seit seiner Kindheit, und hatte er irgendwann unrecht getan? Wenn je, dann gegen seinen Willen. Was den Haß zwischen den Polen und den Litauern betraf, so hatte er den Polen auseinanderzusetzen versucht, daß die Litauer Recht auf ihren Staat hatten und daß die polnisch Sprechenden, gleich ihm, *gente Lithuani** seien. Aber die Granate war geworfen worden. Durch wen und gegen wen? Man zählte die Fenster ab: eins der Großvater, zwei der Großmutter Misia, zwei von Tomasz' Zimmer. Hätte der Täter das Haus gut gekannt, so hätte er doch nicht auf das Kind gezielt. Also entweder ein Fremder oder einer, der nur ungefähr Bescheid wußte und sich geirrt hatte.

Großmutter Misia war von dem Gedanken, daß sie bis zu solchem Grad unbeliebt sein sollte, gar nicht erschüttert. Sie übergoß den Großvater mit der üblichen Portion von Spott seiner Litauer- und Bauernfreundschaft wegen, für die er jetzt so einen Lohn erntete. Sie schien sich auch nicht viel um ihre eigene Sicherheit zu küm-

---

* Vom Stamme des Litauers. (A. d. Ü.)

mern; übrigens, wie hätte man auch abhelfen sollen, die Holzläden schlossen von außen, und nur für Großmutter Dilbins Fensterladen kramte man jetzt ein Vorhängeschlößchen heraus, denn sie ängstigte sich wirklich. Tomasz wurde nach seiner wunderbaren Errettung von ihr mehr denn je verwöhnt, und aus der Tiefe des Koffers, der nie zu Ende erforschte Schätze barg, holte sie ein schmales Kästchen mit echten Farben und einem Pinselchen hervor. Sein erstes Malwerk war ein Dompfaff: denn ein Dompfaff (sie hülsten ihre Körnchen dicht am Haus aus) – das ist eine große Menge von Rot, dazu gibt man Blau mit ein bißchen Grau und ein bißchen Schwarz gemischt. Der Dompfaff und der Buntspecht mit rotem Kopf, der oben hämmert und weiße Trauben von Schnee von den Bäumchen herunterschüttelt, sind die größten Winterüberraschungen.

Das Ereignis mit der Granate lag außerhalb des Bereichs der Reise- und Kriegsphantasien von Tomasz. Die sich anschleichende Macht, das Nachtdunkel, hatte nichts mit seinen Soldaten und Piraten zu tun. Obwohl diese Spuren im Schnee in ihm die Vorstellung von Schaftstiefeln, von mit Gürteln zusammengeschnürten Jacken, von flüsternd geführten Beratungen weckten. Es keimte der Verdacht in Tomasz, und er scheute zurück, wenn er einem der jungen Bauern begegnete, von denen etwas Drohendes, im Kriege Erworbenes ausging. In der Tat, schon im Sommer, sooft er sich der Issa näherte, trat er mit der Vorsicht eines Indianers auf, denn dort im Dickicht saßen sie, Gelächter und Pfiffe schallten. Sie schossen aus Karabinern, und über die Wasserfläche flitzten die Kugeln wie flache Steinchen. Im Dorf waren sie nicht beliebt, sie schlossen sich gegen andere ab. Akulonis drohte ihnen mit der Faust und schalt sie Galgenvögel, weil sie die Fische verscheuchten und sie einmal sogar mit Granaten töteten, wodurch sie allgemeine Empörung erweckten, denn ein solcher Fischfang ist unziemlich. Von den Sicherheitsmaßnahmen wurde eigentlich nur eine angewandt. In die Weberei wurde ein Bett gestellt, und dorthin zog Pakėnas aus dem kleinen Speicher um, was keinen besonderen Schutz bedeutete. Man behauptete von ihm, er sei ein schrecklicher Feigling, was vielleicht aus dem Geschrei damals herrührte, das er ausstieß, als er nach seiner Flucht vor dem Gespenst des Oberhirten lebendige Menschen erreicht hatte. Übrigens, zu solchen Verdächtigungen ist man durch das Aussehen des Betreffenden verführt, in diesem Fall von seinen hervorquellenden, wie beim Krebs beweglichen Augen. Pakėnas besaß außer einem Knüppelstecken einen alten Revolver, aber die Munition fehlte.

23

Der Schwarze Józef klomm mühsam den Weg vom Dorf herauf. Er blieb immer wieder in der mit Pferdemist vermischten Schneegrütze stecken. In den durch die Schlittenkufen ausgeglätteten Wagenspuren sickerten Bächlein. Er knöpfte seine Jacke auf, sie war aus braunem, dickem, handgewebtem Stoff. Vor dem Kreuz lüftete er die Mütze. Er kniff die Augen zusammen, es blendete: der weiße Abhang, unter ihm am Rande des Parks das Weiß der Mauer des Speichers vom Herrenhof. Unten in der Issabucht kreisten über dem Borek die Krähen mit vorfrühlingshaftem Gekrächz.

Er bog nicht in die Allee ein, sondern ging an ihrem Ende vorbei am Obstgarten entlang auf die Insthäuser zu. Früher wohnten in allen Hütten auf beiden Seiten des Weges die auf dem Herrengut arbeitenden Instleute. Jetzt waren nur einige von den Hütten bewohnt, in den übrigen saßen Arme aller Art, die hierhin und dahin auf Arbeit ausgingen. Józef beantwortete höflich die Grüße, doch er hatte es zu eilig, um sich aufzuhalten. Hinter den Insthäusern neben dem Kreuz mit einem Dächlein aus Blech bog er nach rechts zum Dorf Pogiry ein, in Richtung auf die dunkle Waldlinie.

Pogiry, das ist ein langes Dorf, seine Hauptstraße zieht sich fast über eine Werst hin, es gibt noch eine zweite, die rechtwinklig zu ihr läuft. Ein ziemlich reiches Dorf, wo man weder Strohdächer antrifft noch Hütten ohne Rauchfang. Obstgärten, nicht viel schlechter als in Ginie. Man züchtet hier viel Bienen, die dunklen Honig vom Buchweizen, vom Klee und von den Waldwiesen sammeln. Józef machte hinter dem grün gestrichenen Hof des Bałuodis – des Amerikaners – bei der dritten Hütte halt und schaute über die spitzen Pfähle des Zauns. Ein alter Mann in brauner Wolljacke (in Pogiry hält man hauptsächlich weiße und schwarze Schafe) richtete im Hof einen Balken zu. Józef stieß das Tor auf, und als sie sich die Hände geschüttelt hatten, bemerkte er, die Fichte sei nicht übel. Der Alte gab zu, sie sei nicht übel und sie werde zu gebrauchen sein, da der kleine Kornspeicher gestützt werden müsse. Die Fichte hatte zweifellos den Weg hierher durch Baltazar gefunden, doch das war nicht Józefs Sache.

Der junge Wackonis kroch verschlafen von irgendwo heraus. Er kämmte mit den Fingern Stroh und Federn aus dem Haar und bot Józef etwas scheu die Ehrbezeigung an, gleichzeitig aber musterte er ihn mit unsicheren Augen. Er trug dunkelblaue Kavalleriehosen und eine Militärbluse. Sein breites Gesicht verfinsterte sich, als Józef erklärte, er habe mit ihm etwas zu besprechen.

Den Zinnkrug zur Seite stellend und den Schnurrbart mit dem Handrücken abwischend, betrachtete ihn Józef ohne ein Wort. Endlich stützte er die Ellbogen auf den Tisch uns sagte: »Also, nun, ich weiß.«

Jener auf der Bankecke flatterte mit den Lidern, aber senkte sie sofort, schläfrig. Achselzucken. »Nichts gibt es hier zu wissen.«

»Es gibt nichts, oder es gibt was. Ich komme zu dir, denn du bist dummdreist. Wer hat dich lesen gelehrt? Vielleicht erinnerst du dich nicht mehr?«

»Ihr.«

»So, so, vielleicht deshalb, damit du gegen Menschen Granaten wirfst?«

Wackonis hob die Augenlider. Er hatte jetzt ein erwachsenes und ernstes Gesicht.

»Und wenn ich es bin, was dann? Nicht gegen Menschen, sondern gegen Herren.«

Józef legte die Tabaksdose von gebräuntem Birkenholz auf den Tisch, drehte sich eine Zigarette, schob sie in die Spitze, zündete sie an, sog.

»Hast du etwa gesehen, daß ich es mit den Herren gehalten hätte?«

»Ich habe es nicht gesehen, aber ich sehe es.«

»Dein Vater sagt es dir nicht, so werde ich es dir sagen. Höre auf Klügere und nicht auf solche, wie du einer bist. Bei euch ist es leer im Kopf.«

Wackonis kreuzte die Arme über der Brust, die Muskeln seines Kiefers zitterten.

»Die Herren haben unser Blut getrunken, wir brauchen sie nicht. Tötet man den einen, den zweiten, werden sie nach ihrem Polen fliehen, und der Boden ist unser.«

Józef drehte spöttisch den Kopf hin und her.

»Herren haben wir in Litauen nicht nötig, der Boden ist unser. Von wem hast du das gehört? Von wem? Und jetzt wirst du mich belehren. Du willst töten und sengen wie der Russe?«

»Bei ihnen gibt's keinen Zaren.«

»Wenn es keinen gibt, so wird es einen geben. Du bist Litauer. Ein Litauer, das ist kein Bandit. Den Boden werden wir den Herren sowieso wegnehmen.«

»Wer soll ihnen den wegnehmen?«

»Litauen wird ihn wegnehmen. Und alle Slawen, ob Polen, ob Russen, das ist derselbe Dreck. Ich habe in Schweden gearbeitet, wir müßten so leben wie die.«

Wackonis hörte zu, mit zusammengezogenen Brauen durchs Fenster schauend.

»Jeder Pole ist unser Feind.«

»Surkonts sind jahrhundertelang Litauer.«

Jener lachte auf.

»Was ist er für ein Litauer, wenn er ein Herr ist!«

Józef schob den Krug heran und schenkte sich Bier ein. Er fragte:

»Du – hattest es auf ihn abgesehen?«

Der Junge zeigte ein gleichgültiges Gesicht.

»Nnnein, mir war's egal.«

Józef drehte wieder den Kopf hin und her.

»So, so schön. Dank dem Herrgott, daß die Granate nicht geplatzt ist. Und wen hätte sie getötet, hat man's dir gesagt?«

»Niemand sagte was.«

»Den kleinen Tomasz. Unter seinem Bett hat man sie gefunden.«

»Den von den Dilbins?«

»Ja.«

Sie schwiegen. Ohne den Mund vom Krug zu lösen, stellte Wackonis fest:

»Alle wissen, wo sein Vater ist. Der Apfel fällt nicht weit vom Stamm.«

»Tölpel. Wärst zum Begräbnis hingegangen?«

»Warum hätt ich hingehen sollen?«

Józefs Lippe schob sich hoch und entblößte die Zähne. Er wurde rot.

»Du, Wackonis, jetzt paß auf. Wer dich aufgehetzt hat und wer mit dir damals in der Nacht dabei war, weiß ich auch. Deine *Eisernen Wölfe* fürchte ich nicht. Gegen Weiber und Kinder versteht ihr zu kämpfen.«

Wackonis sprang auf.

»Das geht euch gar nichts an, ob nun einer gehetzt oder nicht gehetzt hat.«

Józef beugte sich auf seinem Schemel zurück und beobachtete ihn von unten her.

»Was bist du für einer? Wohl ein Pole, daß du es so mit der Ehre hast«, sagte er verächtlich.

24

Das Eis auf der Issa sprang mit Kanonengedonner. Dann setzte sich die Eisscholle in Bewegung und führte Holz, Bretter, Reisigbündel, tote Hühner mit sich, und die Krähen, mit kleinen Schrittchen spazierend, fuhren mit. Um diese Zeit warf die Hündin Murza, und sie konnte nicht lange ihr Lager auf der Tenne verbergen, weil die

Kleinen jämmerlich wimmerten. Tomasz schmiegte diese warmen Fleischklößchen an die Wangen und schaute in ihre vom blauen Nebel überzogenen Äugelchen hinein. Murza, rötlich, nicht Wolf, nicht Fuchs, mit gefleckter Schnauze, japste mit hängender Zunge und ließ gnädig geschehen.

Pakėnas legte die jungen Hunde in einen Korb, und Murza sperrte man in den Holzschuppen zusammen mit einem, dem größten und lebhaftesten, den man ihr gelassen hatte. Tomasz lief hinter Pakėnas drein und erreichte ihn am Abhang über dem Fluß – wo die abschüssigen Ufer von gelbem Lehm leuchteten, der von den Uferschwalben durchlöchert war. Die Eisscholle war schon weggeschwommen, und in der schwellenden Wassertiefe kreisten die Trichter der Wirbel.

Pakėnas holte aus und schmiß das Hündchen hinein. Es klatschte auf, dann nichts, die Strömung riß den Kreis auseinander und jagte ihn abwärts, bis der Kopf des Hündchens etwas weiter auftauchte; es zappelte mit den Pfötchen, verschwand wieder und erschien noch einmal an der Biegung. Jetzt holte Pakėnas zwei aus dem Korb hervor, während er den einen hineinwarf, hielt er den anderen an die Brust gepreßt. Der letzte tauchte nur für eine Sekunde unter, kämpfte tapfer, bis es ihn in die Mitte hinaustrug, und so hat ihn Tomasz mit seinem Blick begleitet.

Aus der Wärme, aus Dingen, die sie noch nicht auseinanderhalten konnten, in das eisige Wasser; sie wußten nicht einmal, daß solch ein Wasser irgendwo da war. Tomasz ging gedankenvoll zurück. In seine Neugier stahl sich der Schatten jener Träume von Magdalena. Er öffnete den Holzstall und streichelte Murza, die unruhig jaulte und schnüffelnd sich ihm sofort entwand.

Erste schöne Tage. Auf dem Holzplatz wühlten die Hühner, der alte Grzegorz setzte sich auf seiner Bank zurecht und schnitzte etwas – mit seinem von Arbeit so abgenutzten Messerchen, daß seine Spitze fast zu einer Ahle geworden war, schlug er den Zweig mit einem Hieb ab – nicht so wie bei Tomasz, der mit dem gleichen Messer von der einen und dann von der anderen Seite den Zweig anschneiden mußte, bis er zerbrach.

Die Malinowska kam zu Großmutter Surkont, um den Obstgarten in die Pacht zu nehmen. Eine ungewöhnliche Bitte, aber sie sagte, sie werde es versuchen, da ihr Sohn Domcio schon vierzehn Jahre alt sei und sie sich zusammen helfen könnten. Der Großvater versprach ihr den Obstgarten, und sie gewann deshalb, weil sie zuerst gekommen war. Einige Tage später polterte Chaims Reisewagen heran, der gefahren kam, um seine Verwandten für die Pacht vorzuschlagen. Für Chaim sprachen Berufsgarantien und der Brauch, weil die Juden solche Pacht zu bekommen pflegten. Aber ein Versprechen verpflichtet, und es endete mit dem üblichen Haareraufen, dem Geschrei und zum Himmel emporgehobenen Fäusten.

Die Malinowska, eine Witwe, die ärmste vom ganzen Dorf Ginie, säte und erntete nicht, es gehörte ihr nur eine Hütte, dicht neben der Fähre, ohne Grund und Boden. Klein, breit, der Schnabel des Kopftuchs ragte über ihre sommersprossige Stirn, ein Dach, fast größer als sie selbst. Dieser Besuch bereitete schon eine neue Freundschaft für Tomasz vor.

Einige Monate später, als er in den Teil des Obstgartens, der hinter den Bienenkörben lag, sich verlaufen hatte (der Pfad führte an den Bienenkörben entlang, und die Bienen griffen dort oft an), erblickte er eine Hütte. Eine großartige Bude, nicht eine, wie sie die Pferdeburschen für die Nacht in der Wiese aufschlagen. Wenn man in der Mitte stand, brauchte man den Kopf nicht zu senken; um sie zu überdachen, hatte man ganze Garben Stroh gebraucht und sie mit hölzernen Stangen festgehalten. Durch diese Stangen erhielt die Hütte die Form eines umgekehrten V, und dort, wo sie sich an der Spitze verbanden, waren sie mit Nägeln zusammengehalten. Am Eingang brannte ein Feuer, daran saß ein Junge und briet grüne Äpfel am Stöckchen; er war's, der Tomasz die Hütte von allen Seiten und im Innern zeigte.

Dominik Malinowski, sommersprossig wie seine Mutter, aber hochgewachsen mit rotem Haarschopf, nahm

Tomasz sofort unter seine Herrschaft, der, ihn ›du‹ anredend, sich etwas genierte, denn es verursachte ihm ein gewisses Unbehagen, sich des Vorrechts dieser Anrede gegenüber einem fast Erwachsenen zu bedienen. Domcio ließ ihn zum Rauchen eines kleinen Pfeifchens zu: es bestand aus einer Patronenhülse, von einem Löchlein durchbohrt, wohinein man ein Rohr steckte. Bis dahin hatte Tomasz nie geraucht, nun schmauchte er, obschon es in der Kehle kratzte, und bemühte sich, das zusammengerollte Blatt häuslichen Tabaks in Glut zu halten. Er erstrebte mit allen Mitteln – und dabei blieb es hinfort –, die Anerkennung der grauen, kühlen Augen zu gewinnen.

Früher, wenn er verschwunden war, antwortete Antonina auf Fragen: »Tomasz ist wieder zu den Akulonis hingesaust«, jetzt: »Tomasz ist in der Hütte.« Unwiderstehlicher Zauber des zwischen Bäumen ziehenden dunklen Rauchs, des Duftes drinnen von angefaulten Äpfeln, von Stroh und dieser Stunden am Feuer. Domcio konnte einige Ellen weit spucken, Rauch durch die Nase blasen – zwei Säulen schwebten dann durch die Luft –, Schlingen für die Vögel und für die Marder legen (im Park verfolgte der Marder ein Eichhörnchen um den Stamm der Linde herum, aber mit dem Aufstellen dieser Fallen mußte man bis zum nächsten Winter warten), außerdem brachte er Tomasz Flüche bei. Von ihm aber verlangte er Erzählungen darüber, was in Büchern geschrieben stand. Selbst konnte er nicht lesen, und ihn interessierte alles. Anfangs schämte sich Tomasz, die aus Buchstaben erworbene Wissenschaft erschien ihm geringer (das war eine ähnliche Scham, wie er sie in der Solidarität mit Großmutter Dilbin empfand), aber Domcio forderte dauernd, und er begnügte sich nicht leicht: »Und wofür?«, »Aber wie?«, »Aber wenn so, dann warum?«, und es gelang nicht immer, zu erklären, da Tomasz vorher nicht darüber nachgedacht hatte.

Anziehung, Hörigkeit. Vielleicht die Anziehung dessen, was rauh und bösartig ist? Domcio trat wie ein Hohepriester der Wahrheit auf, weil seine Ironie, seine nicht ausgesprochene Verspottung das Oberflächliche in dem Wissen von Tomasz traf und das Wirkliche, was sich erst darunter zusammenballte, herausspürte. Und selbst nicht dieses, daß sie lange Schnecken ohne Schale sammelten und mit Kohle brieten, damit sie sich zusammenzögen, nicht daß sie Strohhalme in den Leib der Hummel hineinstießen und sie so fliegen ließen und daß Domcio eine Ratte in einen Tunnel zwischen glühenden Kohlen hineinjagte: noch weiter und tiefer, in jedem Hinlaufen nach der Hütte im Obstgarten war ein Versprechen.

Übrigens ahnte er etwas Richtiges, denn Domcio enthüllte ihm nur einen Teil seines Wesens und behandelte ihn rücksichtsvoll. Er brauchte nicht ausdrücklich zu zeigen, daß er Tomasz überragte, und mit Nachsicht nahm er Huldigungen an. Außerdem schonte er ihn. Weil naives Zutrauen entwaffnet, oder weil es vernünftiger war, es mit dem Herrenhaus nicht zu verderben. In seinem »Hm«-Murmeln und in der Art, wie er mit den Händen die Knie umschlang, wenn Tomasz darauf bestand, in die unerlaubten, nicht für ihn bestimmten Kenntnisse einzudringen, war viel enthalten, grade das, wohin es den Kleinen zog. Wenn schließlich diese Zurückhaltung sich durchbrochen fand, so waren die Teufel von der Issa schuld daran oder die Dummheit von Tomasz, der den Grundsatz mißachtet hatte, daß man nicht immer und überall sich an den klammern darf, den man anbetet. Wo hätte er übrigens den Takt hernehmen sollen, da er doch mit seinen Einbildungen lebte und niemand ihn noch richtig heruntergeputzt hatte.

Frau Malinowska weilte selten in der Hütte. Mittags brachte sie das Essen für den Sohn, aber auch das nicht immer, und Domcio kochte sich eine Krautsuppe, schnitt mit dem Taschenmesser Riesenstücke von einem großen Laib Schwarzbrot und verzehrte sie mit Speckstückchen. Und gar Bratäpfel und Birnen – Birnen in Asche, nichts schmeckt besser – und Kartoffeln, die sie sich auch zubereiteten – sie überziehen sich mit knuspriger Schale, in die man mit einem zugespitzten Stöckchen sticht, um zu prüfen, ob sie gar sind. Antonina schaute nur deshalb herein, um Tomasz am Kragen zu packen und herauszuziehen, oder mit den Körben für das Deputat – nämlich für den Obstanteil für den laufenden Obstverbrauch des Herrenhofes –, und dann half man ihr tragen. Sie nannte Domcio neckisch und doch häßlich *rupużuk*, das heißt Blutsverwandter aller Kröten.

25

Domcio, wir wollen es hier gestehen, war ein verkleideter König. Er regierte mit Hilfe eines stillen Terrors und wachte über diese Stille. Zu diesem königlichen Amt hatte er sich dank seiner Kraft und der Berufung zum Befehlen emporgeschwungen. Die er mit seiner harten Faust in die Zähne schlug, hielten sich an das Verbot und wagten niemals, bei den Eltern zu petzen. Die Hofhaltung, die ihn auf der Dorfweide umgab, bestand, wie es sich gehört, aus den nächsten Vertrauten oder Ministern und aus persönlichen Schranzen, die zu untergeordneten Diensten gebraucht wurden, zum Beispiel hinter den Kühen herzusausen, damit sie keinen Schaden anrichteten. Zu den ernsthaften Untersuchungen, die er vornahm, ließ er nur seine Vertrauten zu.

Der kritische Geist, der nichts auf guten Glauben hinnahm, verlangte wissenschaftliche Bestätigung und beobachtete alles mit lebhafter Aufmerksamkeit, was läuft, fliegt, springt und kriecht. Er schnitt Beine und Flügel ab, auf diese Weise versuchte er das Geheimnis lebendiger Maschinen zu ergründen. Er ließ auch Menschen nicht aus, und dann hielten seine Minister das Objekt, das heißt die dreizehnjährige Wercia, an den Beinen fest. Auch technische Leistungen interessierten ihn, und lange hatte er den Bau einer Mühle beobachtet, bis er ein eigenes, sogar mit Verbesserungen versehenes Modell zusammenbrachte und es dort, wo ein Bach in die Issa stürzt, aufstellte.

Indem er seinen Willen den Gleichaltrigen aufzwang, rächte sich Domcio für das, was er von Erwachsenen erlitten hatte. Von klein auf nur Erniedrigungen: Sowohl die Mutter als er arbeiteten nicht auf eigenem Boden, sondern meistens bei Reichen, die sechzig oder achtzig Hektar besaßen, und grade die waren die schlimmsten. Ihnen in die Augen schauen, ihre Wünsche erraten, aufspringen und scheinbar lustig und freundlich im voraus tun, was sie im nächsten Augenblick befehlen werden, fürchten, daß, wenn es zur Abrechnung kommt, sie das versprochene Pud Korn oder das alte Paar Stiefel nicht geben werden – daraus wächst der Haß empor oder der Zweifel, ob nicht diese ganze Welt auf irgendeiner Lüge ruhe.

Am Anfang jenes Sommers, bevor Dominik in die Hütte im Obstgarten eingezogen war, vollzog sich in seinem Leben ein wichtiges Ereignis. Er war so lange beflissen und hatte fremde Launen erfüllt, er war so lange herumgerutscht, bis einer der früheren Soldaten ihm erlaubte, von Zeit zu Zeit seinen Karabiner zu benutzen. Übrigens machte das den Lohn für sein Schweigen über verschiedene Affären aus.

Nun fiel dieses Verfügen über einen Karabiner zusammen mit Tollwutanfällen in der Umgebung, und man verdächtigte im Dorf einen Hund, er sei von einem tollwütigen gebissen worden. Man erklärte, er müsse getötet werden, aber niemand riß sich darum, bis Domcio sich heranmachte und sich anbot, den Hund zu erledigen. Man übergab ihn ungern, denn vielleicht war er gar nicht gebissen worden. Der Hund – groß, schwarz, mit hochgestelltem Schwanz und grauen Schnauzhaaren, schmiegte sich an ihn, froh, von der Kette freigelassen zu sein und, statt zu gähnen und Flöhe zu suchen, auf die Felder hinaus zu können. Er gab ihm zu essen und führte ihn an den kleinen See. Dieser kleine See inmitten der von einer Issaschleife gebildeten Halbinsel wurde vom Fluß während der Frühlingsschmelze durch einen moorigen Graben versorgt; um diese Zeit laichten die Hechte in dem warmen flachen Wasser; im Sommer trocknete er etwas aus und dann blieb darin mehr Schlamm als Wasser übrig, nur Stichlinge lebten dauernd darin. Ringsum Schilf, eine dichte Mauer, hoch wie ein

Mann zu Pferde. An einem Ufer, innerhalb dieses Schilfkreises, wuchs ein Birnbaum. Domcio band den Hund mit einer dicken Kordel an diesen Birnbaum. Er selbst setzte sich nicht weit davon mit dem Karabiner nieder. Aus den Patronen hatte er die Kugeln herausgeholt und statt ihrer hölzerne, die er zu dem Zweck geschnitzt hatte, eingesetzt. Der Hund wedelte mit dem Schwanz und bellte ihn lustig an. Das ist der Augenblick: Er konnte schießen oder nicht schießen; er legte den Kolben an die Schulter und zögerte noch hinaus, nur um die Möglichkeit zu genießen. Vor allem das: Der Hund ahnt nichts, er aber, Domcio hat die Wahl in der Hand, und er entscheidet. Und auch dies: Durch eine einzige Bewegung seines Fingers würde sich der Hund sicher in ein andres Ding verwandeln als das, was er bisher gewesen war, aber in welches Ding? Würde er fallen? Würde er springen? Aber zugleich würde alles unter dem Birnbaum und rundherum sich verwandeln. Mit so einem Totmachen durch eine Kugel kann kein anderes verglichen werden, denn das ist Ruhe, Stille, als ob der Mensch nicht da wäre. Und ohne Zorn, ohne Anstrengung, wird er sagen: schon.

Das Schilf rauschte, die rote feuchte Zunge hing aus dem offenen Maul. Das Maul schloß sich klatschend; es hat eine Fliege erwischt. Domcio zielte auf das glänzende Fell.

Schon. Im Bruchteil einer Sekunde zerrte an dem Hund etwas wie ein Erstaunen. Und sofort warf er sich nach vorne mit heiserem Gekläff, die Schnur spannend. Über diese Feindseligkeit erbost, jagte Domcio auf ihn die zweite Kugel. Der Hund fiel um, und plötzlich begriff er. Das Haar gesträubt, wich er nach rückwärts vor der entsetzlichen Vision. Er bekam neue Kugeln, in Abständen, damit er nicht zu schnell starb, und nach jeder geschah etwas anderes mit ihm, bis zum Nachschleppen des Hinterteils, dem Röcheln, dem krampfhaften Zukken der Pfoten, als er auf der Seite lag.

Vor dem Feuer im Obstgarten spann Domcio theologische Gedanken, gestützt auf die Erinnerungen jenes

Augenblicks. Wenn er solche Gewalt über den Hund hatte, daß er ihm jedes Schicksal, das ihm beliebte, bereiten konnte, verfährt dann der Herrgott mit den Menschen nicht genauso? Er hegte Groll gegen den Herrgott. Vor allem wegen seiner Gefühllosigkeit gegen die aufrichtigsten Bitten um Hilfe. Einmal, vor Weihnachten, fehlte sogar Brot zu Hause, die Mutter weinte, vor dem heiligen Bild kniend, und betete, er verlangte ein Wunder. Er war auf den Speicher geklettert, war niedergekniet, hatte sich bekreuzigt und mit seinen eigenen Worten gesprochen: »Es kann nicht sein, daß Du nicht siehst, wie meine Mutter sich sorgt. Vollführe ein Wunder, und ich gebe mich Dir hin, töte mich auf der Stelle, erlaube mir nur, das Wunder abzuwarten.« Er war von der Leiter heruntergesprungen, der Wirkung gewiß, hatte sich ruhig auf die Bank gesetzt und gewartet. Aber Gott zeigte vollkommene Gleichgültigkeit, und sie waren hungrig schlafen gegangen.

Außerdem, Gott, der den Donner in der Hand hält, eine noch bessere Waffe als ein Karabiner, steht deutlich den Lügnern bei. Am Sonntag ziehen sie Prachtkleider an, die Frauen schnüren die grünen Samtmieder und binden unterm Kinn schillernde, aus den Koffern hervorgeholte Kopftücher. Sie singen im Chor, verdrehen die Augen und falten die Hände. Aber wenn sie erst nach Hause gekommen sind? Sie haben – aber wenn man auch auf ihrer Schwelle krepieren würde, geben sie nichts, und selber fressen sie *bonduki* mit Fett und Sahne. Schlagen, das bringen sie fertig, ziehen einen vorher in die Scheune, damit niemand etwas hört. Einer haßt den andern, und sie schwärzen einander an, wie sie nur können. Böse und dumm, verstellen sie sich einmal in der Woche als gut. Und der Lohn? Den größten Reichtum im Dorf hat der Herrgott dem heruntergeschickt, der mit seiner eigenen Tochter schläft: er hat sie durch den Spalt beobachtet, ihr nacktes Knie, das Schnaufen des Alten und ihr Wolluststöhnen.

Der Priester lehrt, man müsse sanft sein, doch jedes Tier verfolgt und tötet ein anderes Tier, jeder Mensch preßt einen anderen Menschen. Als Domcio noch klein war, haben alle ihn mißhandelt. Erst als er herangewachsen war und genügend an Kraft zugenommen hatte, um Zähne und Nasen bluten zu lassen, begannen sie, ihn zu achten. Gott wacht darüber, daß es den Starken gut und den Schwachen schlecht geht.

Wenn man in den Himmel fliegen und ihn am Bart packen könnte! Die Menschen haben schon fliegende Maschinen erdacht, und sie werden sicher noch bessere austüfteln. Vorläufig aber geriet Domcio in Verwicklungen. Aber wen entführen die Teufel in die Hölle: Vielleicht gibt Gott nur vor, daß Ihn nichts rührt. Er ist schlau. Er wendet den Kopf weg, wie eine Katze, wenn sie die Maus losläßt, um dann über sie herzufallen. Wenn nicht diese Angst vor der Hölle wäre, könnte man ganz anders leben, seine Sache treiben, und wer sich widersetzen will: drauf auf ihn aus dem Karabiner.

Die Knie zwischen die Arme gepreßt und gnädig dem Plappern von Tomasz zuhörend, versuchte er, aus diesen gewundenen Pfaden herauszufinden. Und einmal blendete ihn ein neuer Einfall.

Wenn nun die Priester nur Märchen vorschwätzten und Gott sich gar nicht mit der Welt befaßte? Wenn es nicht wahr ist, daß Er alle sieht, weil Er selber gar keine Lust dazu hat? Die Hölle, selbstverständlich, sie ist irgendwo da, aber das erledigt sich schon zwischen Menschen und Teufeln – diese jagen, ähnlich wie die durchsichtige Hexe Lauma, die einmal diese, einmal jene Gestalt annimmt, den Dummen nach, die bereit sind, sich mit den Teufeln einzulassen. Vielleicht gibt es keinen Gott, und im Himmel wohnt niemand. Aber wie soll man sich davon überzeugen.

Domcio, wie wir bemerkt haben, zeichnet sich durch den Geist aus, der das Gewicht des Experiments zu schätzen weiß. Allmählich entwickelte er folgenden Gedankengang. Wenn der Mensch für den Hund das ist, was Gott für den Menschen, so greift der vom Hund gebissene Mensch nach dem Stock, und so wird der vom Menschen gebissene Gott in Zorn geraten und ihn bestrafen. Die ganze Sache läuft darauf hinaus, etwas für Gott so Beleidigendes zu erfinden, daß er seinen Donner gebrauchen muß. Wenn dann nichts erfolgen wird, ist der Beweis erbracht, daß es nicht der Mühe wert ist, sich um Ihn zu kümmern.

26

Ein scharfer Schusterpfriem. Domcio trug ihn in der Tasche und prüfte seine Spitze mit dem Finger. An diesem Sonntag ging die Sonne in Nebeln auf, später waren die Nebel gefallen, und in der Luft zogen gläserne Altweibersommerfäden dahin. Unweit vom Steilufer der Issa liegt ein sehr großer mit Moosflechte bewachsener Stein. Seine Oberfläche ist flach wie ein Altar.

Domcios Minister – alle mit Schuhen und mit sauberen Hemden angetan, weil es nach der Kirche war – saßen diesem Stein gegenüber im Gras, sie zogen an kleinen Zigarren, und keiner ließ den anderen etwas merken. Es ist gar nicht ausgeschlossen, daß ihnen zur Seite sich unsichtbare Geschöpfe versammelten, die ihre Hälse reckten und sich die Lippen leckten – in Erwartung des Schauspiels.

Indessen stand Domcio am Flußufer und ließ nachdenklich Steinchen übers Wasser hüpfen. Noch konnte er zurückweichen. Und wenn Jesus die Wahrheit ist? In diesem Fall wird der Blitz niedergehen und ihn erschlagen. Er hob den Kopf. Der Himmel ohne ein Wölkchen, die Sonne hoch, Mittag. So ein Blitz aus heiterem Himmel, wenn er wenigstens das sehen könnte, aber nein, dann wird er nicht mehr die Zeit dazu haben. Kleine Wellen, eine nach der anderen in immer größeren Kreisen folgend, schaukelten die ausgebreiteten Blätter, von denen eines sich drehte, und das Wasser überschwemmte seine grüne Fläche. Also was? Hat er Angst? Er zielte mit dem Steinchen weiter bis zum Schatten des jenseitigen Ufers, ballte die Fäuste in seiner Tasche und betrachtete den Pfriem.

Er näherte sich dem Stein, worauf sie, seine Untertanen, zurückzuweichen begannen. Sie rückten schnell immer weiter von ihm weg, immer weiter, und er schaute voll Verachtung zu ihnen hin. Er holte aus der Tasche ein zerknittertes blaues Taschentuch, schlug es vorsichtig auf und glättete seine Ecken auf der rauhen Steinfläche.

Gleich nach der Kirche hatte sich Tomasz ihm nähern wollen, ihn aber aus den Augen verloren. Irgendeiner hatte ihn in Richtung Weide gehen sehen, und Tomasz, die Spur aufnehmend, sauste dorthin. Er hätte es nicht tun sollen. Um Domcio zur Raserei zu bringen, genügte es schon, daß Tomasz ihm so auf den Fersen blieb, aber schlimmer noch war es jetzt, daß Tomasz in dem Augenblick erschien, wo alles bis zur äußersten Spannung ausgereift war, als die senkrechte Stirnfalte zwischen den Brauen den Willen zum Wagnis ausdrückte. Warum sollte sich Domcio um irgend etwas außerhalb dessen kümmern, was vollbracht werden mußte? Im Gegenteil, begleicht man nicht in solchen Augenblicken die Rechnungen untereinander, zum Beispiel, wird es dann nicht offenbar, daß eine scheinbare Sympathie kaum mehr als das Ertragen der Gesellschaft des anderen bedeutet hatte? Domcio brüllte Tomasz an, der nichts begriff, wenn er auch schon das Ungehörige erfaßt hatte, irgendeine abscheuliche Lächerlichkeit seiner Person offenbarten die ihm zugekehrten Knabengesichter. Auf Befehl stürzten sich die Minister auf Tomasz, warfen ihn um und setzten sich auf ihn. Er wollte sich losreißen, aber ihre nach Tabak stinkenden Pratzen drückten ihn zu Boden. Nur das Kinn versuchte er hochzuheben. Sie befahlen ihm, still zu sein.

Der steinerne Tisch reichte Domcio bis zum Gürtel. In der Mitte des Tuches leuchtete weiß die Oblate: Gottes Leib. Zur Heiligen Kommunion war er vorgetreten, und mit den auf der Brust gekreuzten Händen entfernte er sich, er hatte sie auf der Zunge getragen und gleich darauf geschickt auf sein Taschentuch gespuckt.

Jetzt wird er sich überzeugen. Er ergriff den Pfriem

und drehte ihn nach unten, gegen Gott. Langsam ließ er ihn sinken, und wieder hob er ihn empor.

Er schlug zu. Und ließ die Spitze in dieser Wunde, schaute umher, Strafe herbeisehnend. Aber nichts geschah. Ein schwarzer kleiner Vogelschwarm flimmerte, von den Stoppelfeldern aufschwirrend. Kein Wölkchen.

Er beugte sich nieder und forschte, ob unter dem Pfriem aus der durchbohrten Oblate ein Blutstropfen herausfließen werde. Nichts. Da fing er an zu stechen, zu stechen, den weißen kleinen Kreis in Fetzen reißend.

Tomasz, wieder losgelassen, sprang auf und lief, schluchzend, daß es ihn in der Kehle würgte, fort. Er floh, und es schien ihm, er fliehe vor der ganzen Schlechtigkeit der Welt. Als ob nichts Schlimmeres ihm hätte geschehen können. Nicht allein das Entsetzen vor der Todsünde. Plötzlich begriff er seine Nutzlosigkeit, die ganze Unwahrheit der Augenblicke, da er geglaubt hatte, Domcios Freund zu sein. Von denen war er keinem Freund. Er floh für immer. Zu Hause zitterte er und klammerte sich an Großmutter Dilbins Arm, er brauchte jetzt Hilfe, und sie fragte ihn dringlich, was ihm geschehen. Aber sie bekam nichts heraus, nur krampfhaftes Schluchzen. Am Abend schrie er vor Angst, man solle die Lampe nicht löschen. Er phantasierte im Schlaf, und die Großmutter stand ein paarmal auf und legte ihm beruhigend die Hand auf die Stirn.

Priester Monkiewicz, dem er, ohne den nächsten Sonntag abzuwarten, beichtete – übrigens kaum fähig, den Bericht der furchtbaren Tat hervorzubringen –, war so über die Gottlosigkeit seiner Pfarrei ergriffen, daß er im Beichtstuhl herumrutschte und immer wieder hochsprang; er bemühte sich, Tomasz' Zunge zu lösen, um das Übel, so schnell wie möglich, mit der Wurzel auszureißen; dennoch verriet Tomasz nichts, obschon der Priester ihm erklärte, daß in solchen Fällen dies sogar die Pflicht eines Christen sei. Aber er brachte den Namen nicht heraus. Er bekam die Absolution, und das beruhigte ihn ein wenig.

Er mied die Hütte im Obstgarten, obschon es die beste Zeit zum Obstpflücken war, und suchte nach Ausflüchten, wenn Antonina ihm den Korb in die Hand drückte. Immer ging Tomasz dann irgendwo verloren. Wenn zwischen Bäumen vor ihm Domcios Drillichhosen auftauchten, versteckte er sich, und wenn er ihm zufällig begegnete, schlug er die Augen zu Boden und tat, als ob er ihn nicht bemerkt hätte.

Im Grunde war bei der ganzen Zeremonie an der Issa nichts herausgekommen. Die Jungen, eher enttäuscht – wäre der Blitz eingeschlagen oder hätte sich wenigstens Blut gezeigt, dann wäre das etwas anderes gewesen –, zeigten sich unfähig, in den wissenschaftlichen Sinn der Entdeckung einzudringen, sie fanden, daß die passendste Beschäftigung sei, Schwarzer Peter zu spielen. Domcio – es ist wert, diese Einzelheit nicht außer acht zu lassen – sammelte die Oblatenkrumen und aß sie; Stechen bleibt Stechen, aber in den Wind zerstreuen oder darauftreten, das ging nicht an. Er ließ am Steilufer die Beine hängen, schlug mit dem Absatz gegen den Lehm und rauchte sein aus der Karabinerpatrone gefertigtes Pfeifchen. Irgendeine Leere machte ihm zu schaffen. Denn selbst mit seinem Vater sich schlagen, auf seinem Rükken den Stock zerbrechen, auf ihn schießen, das ist besser, als niemand vor sich zu haben, den man vors Gericht ziehen kann. Trauer umfing ihn, verwaist zu sein, doppelt verwaist zu sein. Also niemand, niemand da, den man um etwas bitten könnte. Allein, vollkommen allein.

Die Oberfläche der Issa vibrierte leise. Die Wasserschlange setzte von einem zum anderen Ufer über, den Kopf senkrecht aufgerichtet, und hinter ihr gingen zwei schräge Wellenstreifen auseinander. Domcio maß die Entfernung und spürte in seiner Schulter, wie sein Wurf sicher treffen würde. Aber die Wasserschlange ist heilig, und wer sie tötet, ruft auf sich das Unglück herab.

27

Jeden Herbst war Tomasz beim Dreschen dabei. Die Maschine ist am interessantesten, wenn sie sich in Bewegung setzt oder wenn man aus ihr den Dampf abläßt. Auf ihrem Kessel, ein wenig am Rand in der Nähe der Feuerung, wo die Holzscheite hineingeworfen werden, kreisten zwei große Kugeln an Metallstäbchen, die wie Hände gesenkt waren. Ob diese Hände sich jemals hoben, hatte er nie herausgebracht. Er konnte sich in den Anblick der Kugeln versenken und alles ringsum vergessen. Wenn die Bewegung langsam ist, *tak-tak*, dann kann man die Kugeln vortrefflich unterscheiden, aber wenn sie sehr schnell ist, dann verschmelzen sie zu einem wirbelnden Kreis und sausen *tef-tef-tef*, kaum daß man ihre Schwärze wahrnehmen kann. In einer Ecke des gelb gestrichenen Schuppens (durch sein Dach ragte der Lokomobilschornstein) standen zwei Bänke. Auf der einen pflegte Tomasz zu sitzen, und die Männer aus der Scheune kamen für einen Augenblick herein, um dort zu rauchen. Auf der anderen gegenüber lag meistens, auf einen Schafspelz gebettet, Szatybełkos Neffe, der junge Sypniewski, der den Kessel beaufsichtigte. Er hatte die Beine unter sich gezogen, stützte den Kopf in die Hand und dachte nach – doch worüber, wird sein Geheimnis bleiben. Von Zeit zu Zeit erhob er sich, prüfte das Manometer, öffnete die kleine Tür und warf in den feuerspeienden Rachen Eichenklötze; manchmal ölte er aus dem Kännchen die Maschine, die im übrigen der Schmied versorgte.

Mit glühendem Gesicht, die Nase von den Schmiergerüchen voll, tauchte Tomasz in die frische Luft empor, die in den Blättern der Pappeln wirbelte. Eine andere Bewegung zog ihn nach draußen: die des Treibriemens. Einen Ellenbogen breit, aus vielfach geflicktem Leder, verband er das große Lokomobilband mit dem kleinen Rädchen der Dreschmaschine. Warum glitt er nicht von dem großen Rad herunter? Und wirklich, zuweilen fiel er, wenn die Umdrehungen sich verlangsamten, und dann erschollen Warnschreie, daß ja keiner darunterkam, denn er fiel mit großem Krachen und hätte leicht jemand die Knochen zerbrechen können. Wenn die Arbeit unterbrochen war, legten der Schmied und Sypniewski Stöcke an den Gurt (und mußten fest drücken), und so besänftigten sie seine schlagenden Zuckungen, dann sprangen sie zurück, und der Riemen glitt ab, ohne Lärm. Daß die Maschine langsamer ging, erkannte man daran, daß die Flicken auf dem Riemen schon sichtbar daherfuhren.

In der Scheune Wolken von Staub, Brausen, Sichtummeln. Die Säcke hängte man an Eisenhaken, und sie schwollen schnell an. Tomasz tauchte die Hand in den Strom kühler Körner, die aus den Öffnungen gerieselt kamen. Die vollen Säcke schleppte der Schmied zur Seite weg auf die Waage neben den Pappeln. Oben in der Scheuer (der Staub biß in die Augen, und es war kaum etwas zu sehen) weiße Kopftücher der Frauen und schwitzende Gesichter. Die Garbe auf der Gabel beschrieb einen Bogen, und dann wurde sie von der Dreschmaschine mit einem *wwwch* verschluckt. Hinten die blaßroten Tatzen (früher war die Dreschmaschine rot gewesen) schlenkerten ungeschickt, und zwischen ihnen kam zerzaustes Stroh heraus.

Es bedarf vieler Pferdepaare, um eine Lokomobile von der Stelle zu rühren. Manchmal, doch selten, fuhr man sie in die Nachbarschaft hinüber mit Rufen, Peitschengeknall und Unterlegen von Ästen hinter die Räder. In der Umgebung hatte nur das Herrenhaus und Bałuodis – *der Amerikaner* – in Pogiry diese Maschine. Überall sonst drosch man noch mit Dreschflegeln. Wenn man die Maschine auslieh, dann niemals in Richtung nach unten zum Fluß, denn aufwärts ging es noch leicht, aber abwärts war es zu schwer für die Pferde.

Tomasz, der bislang beim Dreschen sich wie zu Hause gefühlt hatte, empfand hier nach seinem Abenteuer mit Domcio zum erstenmal eine Fremdheit. Das Geplauder der Männer, die ihren vom Tabak gelben Speichel ausspuckten und Tomasz nicht beachteten, trennte Tomasz von ihnen. Die Versunkenheit des Sypniewski, wenn er heraufklettern wollte, das ungeduldige Anfauchen der Frauen, er solle nicht stören, die verschiedenen Kinder seines Alters, die eine Pflichtleistung zugeteilt bekamen – unter der Dreschmaschine schon die mit Kleie gefüllte Plane herauszuziehen –, dies alles schob ihn irgendwie zur Seite.

Und vielleicht nahmen jetzt andere Niederlagen an Deutlichkeit zu. Zum Beispiel die belustigte Nachsicht, mit der ihn die Männer behandelten, wenn er versuchte, zu mähen oder zu pflügen. Es gab auch den *baraban* – ein Eisenstück, an Drähten aufgehängt, auf dem Szatybełko am Morgen trommelte, daß die Arbeit beginne – mittags, es sei Zeit zum Mittagessen – später, daß die Arbeit wieder beginne, und abends zum Verlassen des Feldes (beim Dreschen diente dafür das Signal der Lokomobile, es pfiff so stark, daß man die Ohren zuhielt). Szatybełko trommelte auf ihm eine ganze Melodie, und die Leute lachten, der *baraban* sage: »Pan-gałgan, pan-gałgan«.* Sie lachten ohne Bosheit, aber Tomasz kränkte es ein bißchen.

In der Gesindehütte unterhielten sich Antonina und die anderen Frauen oft über die Herren, über das, wie sie früher waren und wie sie sie gequält haben. Besonders eine ihrer Vergnügungen regte die Phantasie von Tomasz an: Sie befahlen einem Mädchen, auf einen Baum zu klettern und »Kuckuck« zu rufen, und dann schossen sie darauf. Mädchen, die auf Bäume kletterten, wenn sie Kirschen oder Äpfel pflückten – Tomasz hatte das gern; er bemühte sich, in das Dunkel unter ihren Rock zu gucken (seit die Welt besteht, trugen sie in Ginie keine Hosen). Sie kicherten und beschimpften ihn, waren aber irgendwie zufrieden. Wie also? Mit einer Flinte unter dem Baum, und sie schossen? In Antoninas Seufzern fing er nicht allein ein zorniges Nachsinnen auf, sondern auch das Bewußtsein, ihm, der ebenfalls ein Herr war, überlegen zu sein.

---

* »Herr – Lump, Herr – Lump« (A. d. Ü.)

Aus diesen oder anderen Gründen begann er sich dem Großvater anzuschließen, und auf den unter dem Hintern geschlossenen Händen schaukelnd, horchte er auf seine Vorträge über den Stickstoff, den die Pflanzen einatmen, und über den Sauerstoff, den sie ausatmen, darüber, wie man früher den Wald ausbrennen ließ und Jahr für Jahr Korn säte, bis die Scholle nichts mehr trug, und wie man später das Dreifeldersystem erfunden hat, und worauf es beruhte. Der Großvater wurde nach und nach sein wichtigster Umgang, und Tomasz blätterte in seinen Büchern, jetzt schon nach Erklärungen verlangend. Er drang auf diesen Seiten in das grüne Königreich der Pflanzen, als draußen die Blätter gilbten und von den Bäumen fielen – ein anderes Königreich als das der Wirklichkeit. Er verweilte darin in Sicherheit; die Pflanzen sind nicht böse, dort würde ihn nichts vertreiben.

Von Großvaters Seite bedrohte ihn auch nichts. Niemals ungeduldig, niemals so mit irgendwelchen Sachen der Erwachsenen beschäftigt, um derentwillen er die Wünsche von Tomasz geringgeschätzt hätte, sprach er ernsthaft zu ihm, mit dem ihm eigenen Räuspern, das Humor und Sympathie enthielt. Selbst wenn er sich wusch oder das Haar mit Fixativ schmierte und über die Glatze kämmte, beantwortete er die Fragen. Mit dem Fixativ, einer Art Käse in einer Papptube, rieb Tomasz seine Hände ein und roch daran. Der Großvater wusch sich meistens mit warmem Wasser, schlang dazu ein Handtuch um sich: Brust und Bauch waren mit grauem Haar bewachsen.

Großmutter Dilbin bedauerte, daß Tomasz fürs Gymnasium nicht so, wie es sich gehörte, vorbereitet wurde, denn was war das schon für ein Unterricht beim Schwarzen Józef. Die Großmutter gab ihm auch Unterricht, aber seit ihrer Jugend hatte sich so vieles verändert. Sie versprach ihm, seine Mutter werde kommen und werde sie beide mitnehmen, aber das verzögerte sich immer wieder. Sein Wissen, das ist schon richtig, war ungleichmäßig. Er las gut, weil ihn Neugierde dazu trieb. Er schrieb wie ein Huhn mit einem Stöckchen, undeutliche Krakeleien; er sprach den Dialekt der Gegend, mischte litauische Ausdrücke bei (später in der Schule würde er deshalb Demütigungen erfahren). Durch die plötzliche Hinwendung zum Großvater eignete er sich gar nicht üble Kenntnisse der Botanik an, und jener freute sich, daß Tomasz, statt Soldat oder Pirat zu werden, ein Landmann werden würde. Aus dieser Zeit hat sich keine Fotografie von Tomasz erhalten; man hat nie eine gemacht. Schon damals betrachtete er sich im Spiegel, aber er war nicht fähig, sich selbst im Vergleich mit den anderen wahrzunehmen. Kamm und Bürste zur Zähmung seines Haares zu bemühen, kam ihm nicht in den Kopf; ein hartes, dichtes, dunkelblondes Strohdach stand über der Stirne ab, und so darüber hin bürstete er heftig nach unten. Pausbacken, graue Augen, Stupsnäschen wie beim Schweinchen (dasselbe wie auf der lilafarbenen Fotografie der Großmutter Mohl). Groß für sein Alter.

»Tomasz hat ein Gesicht wie ein Tatarenarsch« – er hatte erlauscht, wie das einer der Korejwiuks dem andern zuflüsterte. Da war das Maß seines Hasses voll. Zwei der Jungen des Korejwiuk, des Nachbarn vom jenseitigen Issaufer, waren einigemal mit ihren Eltern zu Gast in Ginie. Die Spiele gelangen nicht, sie wollten ihn kommandieren, und er fühlte sich beleidigt, wie sie tuschelten, einander mit den Ellbogen anstießen und kicherten. Der Verdacht entsteht, daß er von jemand sein Ungeschick, mit Menschen umzugehen, geerbt hatte: die Selbstgenügsamkeit von Großmutter Surkont oder die Ängstlichkeit von Großmutter Dilbin. Oder, ganz einfach, es wirkte sich hier der Mangel an Übung aus. Einmal haben ihn die Großeltern zu einem Besuch mitgenommen. Auf das Töchterchen der Gastgeber lugte er von der Seite hin, und er zitterte, als es seine Hand nahm, um ihn durch den Garten zu führen. Er schritt steif daher und hielt den Atem an, sich vor ihren schmalen, nackten Ellbogen, die ihn berührten, fürchtend. Auf dem Brückchen über dem Bach lehnte sie sich an das Birkengeländer, und er fühlte, daß sie etwas von ihm erwartete, doch er schwieg nur. Denn eigentlich wehte es von jenen Spielen mit Onutė heran, und er schauderte.

Manieren: er machte einen Kratzfuß, verbeugte sich vor den Gästen, errötete. Im Städtchen war er einige Male, aber das durfte wohl nicht als Kenntnis der großen Welt gelten. Auf dem Marktplatz stand er neben dem Wagen aufgepflanzt und half Antonina, die Äpfel für den Verkauf zurechtzulegen. Manche Häuser des Städtchens wurden fast von der Issa bespült, die hier anders war und sich ausbreitete; die Straßen waren mit so großen Steinen bepflastert, daß man sich die Füße verrenkte; die Juden standen auf Holztreppchen und luden in ihre Läden ein. Das größte Gebäude, der weiße Fürstenpalast über mit Wasserlinsen bedeckten Teichen, stand jetzt leer; man baute ihn zu einer Schule oder zu einem Krankenhaus um.

Wegen der Bahnstation, die abseits lag, hatte er es lieber, wenn sie auf einem etwas weiteren, den Bahndamm überschneidenden Wege zurückfuhren; dann gelang es wohl, einen Zug zu sehen. Das Zurückkehren begrüßte er mit Erleichterung. Antonina übergab ihm die Zügel, und er knallte mit der Peitsche. Wenn sie alleine die Reise antraten, sorgte sie dafür, daß man ihnen die frömmsten Pferde gab; es war möglich, daß man einem Auto begegnete. Tomasz riß dann die Decke über dem Sitz aus Heu weg und sprang, den Pferden die Köpfe einzuhüllen, damit sie nicht scheu wurden.

Mit dem Großvater, frei von Manieren und von Zwang, die einen sonst beim Verkehr mit Menschen belauern, wanderte er durch das Märchen vom unterirdischen Keimen, vom Emporstrecken der Pflanzenstiele, von Körnern, Blütenblättern, Stempelchen und Staubfädchen. Er beschloß bei sich, im nächsten Sommer schon genügend in den Pfanzenfamilien Bescheid zu wissen, um ein Herbarium anzulegen.

28

Als er ganz klein war, setzte man ihn auf ein Bärenfell, und dann hatte er seine Ruhe, denn er hob die Hände, um das haarige Tier nicht zu berühren, und verblieb bewegungslos, halb entsetzt, halb entzückt. Das verdreckte und von Motten zerfressene Fell stammte wohl von dem letzten Bären in dieser Gegend, man hatte ihn vor langer Zeit erjagt, noch in Großvaters Kindheit. Bären – durch dieses Fell und von Bildern her bekannt – weckten in Tomasz zärtliche Gefühle. Er war nicht der einzige, denn die Erwachsenen erzählten häufig von ihnen. Früher hielt man sie auf Herrenhöfen und erzog sie zu verschiedenen Arbeiten, zum Beispiel Handmühlendrehen oder Holztragen. Es passierten mit ihnen komische Geschichten. Hier in Ginie blieb die Erinnerung an einen ehrgeizigen Bären: Er liebte süße Birnen, und wenn sein Herr ihn zu gemeinsamem Festessen zugelassen hatte, mußte er auf gerechte Verteilung achten, denn wenn der Bär grüne oder angefaulte Birnen bekam, war er beleidigt und brüllte.

Tomasz setzte sich vor Erregung auf dem Stuhl zurecht, wenn man von der Schlauheit eines anderen Bären erzählte, der die Hühner erwürgte, weshalb man ihn an die Kette legen mußte; da erfand dieser ein Mittel: Im Sitzen streute er Sand mit den Vordertatzen, und die dummen Hühner näherten sich der Reichweite der Kette, er aber schlug mit der Tatze zu und versteckte die Beute unter sich, unschuldig dreinschauend, als ob nichts geschehen wäre. Zum Helden des wunderlichsten Abenteuers (dies erzählte Großmutter Dilbin) wurde ein Bär, der in eine Kalesche, die vor der Auffahrt stand, während der Kutscher sich irgendwoanders aufhielt, hineingeklettert war. Die Pferde gingen durch, und er, ebenso in Angst, konnte nicht herunterspringen. So stürzten sie auf die Landstraße. Am Kreuzweg stand ein Kreuz, die Kalesche schleuderte, der Bär klammerte sich an das Kreuz, aber da er sich mit der anderen Pfote am Wagen festhielt, riß er es heraus und kam mit ihm in die

Dorfstraße gefahren, wo Panik entstand, denn es sah wirklich teuflisch aus.

Ein Edelmann hat Bären benutzt, um den Russen seine Verachtung zu zeigen. Es erschien bei ihm ein Gouverneur zu Besuch und erblickte folgendes: Vor dem Säuleneingang zwei Bären mit Hellebarden und auf den Stufen jener Edelmann in russischem Bauernhemd, tiefe Verbeugungen vollführend. Der Gouverneur begriff, was das bedeuten sollte: Wir wilden Untertanen des Imperators, halb Tiere, halb Menschen, grüßen den, der unsere Schwelle betritt; der Gouverneur biß sich auf die Lippen und befahl, wegzufahren.

Die Bären traten in all diesen Plaudereien als Wesen von beinahe menschlicher Intelligenz auf, und vielleicht hatte man sie zu Unrecht in dieser Akademie von Smorgonie so gequält, die ihm der Großvater beschrieb. Der Boden war aus Blech, man machte Feuer darunter und trieb die Bären in Holzpantinen darauf. Die Musik spielte, das Blech glühte, und die armen Bärlein richteten sich auf den Hinterpfoten auf, denn die Vorderpfoten hatte man bloß gelassen. Später, sobald sie irgendwann die Musik hörten, erinnerten sie sich an das glühende Blech und tanzten.

Was noch half, die Sympathien zu wecken, war, daß sie so groß, so stark, eigentlich von sanftem Gemüt und sogar ängstlich waren. Davon zeugte zum Beispiel, was einem Bauern passiert ist, als man noch vielen Bären in den Wäldern begegnete. Eine Kuh ging ihm verloren, die, immer widerspenstig, sich oft von der Herde trennte. Erbost griff er nach einem Pfahl, und als er sie im Himbeergebüsch liegen sah, schlug er mit aller Kraft zu. Ein Gebrüll erscholl, es war ein Bär. Der Bauer floh in die eine Richtung, der Bär in die andere, er beschmutzte das ganze Himbeergebüsch. Angstdurchfall wird sogar *Bärenkrankheit* genannt.

Der Großvater entsann sich, daß, als man den Bären, von dem das Fell da war, getötet hatte und nun die Schinken räucherte, die Hunde das Fleisch an seinem Geruch erkannten und sich ihr Nackenfell sträubte.

Großmutter Misia legte im Winter einen Teppich aus Elchfell vor ihr Bett. Doch der Hauptnutzen, den man vom Elch hat, ist seine dicke und weiche Haut, die man gerbt; wenn die Sohlen von Tomasz' Filzschuhen zerrissen waren, holte die Großmutter aus dem Versteck so ein Stück Leder hervor, nahm Maß und schnitt mit der Schere genau nach dem Bleistiftumriß. Auch das war aus alter Zeit übriggeblieben, denn es gibt nur noch wenige Elche. In den Wäldern, etwa zwanzig Werst von Ginie, haben die Wilderer noch manchmal welche getötet.

Die Felle werden hier im Zusammenhang mit einer Liebe von Tomasz erwähnt. An einem Herbsttag erschien Baltazar und sagte, er habe ihm ein Geschenk gebracht und er solle mit ihm an den Wagen gehen. Dort auf der Strohunterlage stand ein Käfig aus Holzstäbchen und darin – ein Uhu.

Es verlief nicht ohne Großmutter Surkonts Schelten, der Vogel werde das ganze Haus verdrecken, aber der Uhu blieb. Baltazar hatte ihn, noch nicht flügge, gefangen und ein wenig gezähmt. Er war gar nicht einmal so wild, ließ sich unter den Bauch fassen, und dann piepste er dünn, wie ein Küken, weshalb Tomasz ihm den Namen *Cipuś* gab. Daß so eine Stimme aus ihm herauskam, war kaum zu glauben. Zwar war er nicht größer als ein Huhn, aber ausgebreitet waren seine Flügel länger als die ausgestreckten Arme von Tomasz, der Schnabel gebogen und mächtig, und mörderische Klauen. Von da an begann Tomasz, Ratten aus sämtlichen Fallen herauszuholen. Cipuś hielt das Fleisch mit den Klauen und zerriß es mit dem Schnabel. Der Vogel klappte ihn auf und zu, wenn man die Hand dem Käfiggitter näherte, aber niemals schnappte er nach dem Finger. Bei Beginn der Dämmerung ließ ihn Tomasz im Zimmer frei. Der Flug war leise, nur ein Luftstrom, nicht mehr. In der Mitte warf er einen Haufen ab, der plötzlich herunterspritzte (dieses Verbrechen wurde sofort mit einem Lumpen getilgt, um die Erwachsenen nicht zu ärgern), und stieß sein *Uhu!* mit Baßlaut hervor. Wenn er genügend herumgeflogen war, setzte man ihn wieder in seinen Käfig.

Die Weichheit seiner Federn, rot-goldene Augen, Kopfbewegungen von oben nach unten, wie bei einem Kurzsichtigen, der eine Inschrift lesen möchte. Tomasz hing an ihm und stellte seine verschiedenen Gewohnheiten fest. Wenn er ihn auf den Elchteppich setzte, benahm sich der Uhu so, daß man vor Lachen platzen konnte: er wurde von nervösem Zucken hin und her gerissen, die Klauen schlossen sich von selbst, er trat von einem Bein aufs andere. Die Berührung mit dem kurzen Fell rief in ihm augenscheinlich die Erinnerung aller Ahnen zurück, die die Rehkitzen und die Hasen zerrissen haben. Auf dem Bärenfell dagegen tat sich mit ihm nichts Besonderes.

Tomasz hätte sich sicher geschämt, manche seiner nicht ganz klaren Gedankenverbindungen zu gestehen. Er dachte nämlich an das Behaarte überhaupt. Warum hatte er auf jenem dichten Fell die Hände hochgehoben? Warum fanden alle die Bären so angenehm! Weil sie so behaart sind? Magdalena damals im Fluß. Ob der Uhu, wenn er in diese Krämpfe verfiel, nicht das gleiche wie er verspürte, diesen Schauer im Schlaf? Sich so in den Uhu hineindenkend, sich in ihn verwandelnd, wie er auf dem Fell hopste – es fehlte nicht viel und er hätte sich gefragt, ob nicht auch er Magdalena hätte zerreißen wollen, oder ob er nicht deshalb Wonne empfand, weil sie schon gestorben war. Wenn er nicht danach gefragt hat, um so besser.

Auch Küken piepsen, aber dafür sind es eben Küken. Die Natur des Uhus ist zwiespältig: hilflos, vertrauend, das unter den Fingern schlagende Herz, die Beine hängen ungeschickt herab, oder die sich von unten mit Lidern bedeckenden Augen, wenn man ihn hinter dem Ohr kraulte – und doch ist er der Schrecken des Waldes zur Nacht. Vielleicht ist er aber kein Bandit? Und wenn ja, dann verändert dies nichts an seiner inneren Natur. Vielleicht trägt alles Böse eine verborgene Hilflosigkeit in sich – Verdacht, kaum Schatten eines Gedankens.

Als Tante Helena im Frühjahr ankam und den Uhu sah, begann sie mit Großmutter Surkont zu tuscheln. Es fiel der Entschluß, ihn zu verkaufen, denn die Jäger würden gut für ihn bezahlen: sie setzen ihn auf einen Holzblock, verstecken sich in einer Hütte aus Zweigen und schießen von dort auf alle Vögel, die heranfliegen, um den Uhu zu schlagen. Tomasz nahm das Urteil gehorsam an, als ob er begriffen hätte, daß man keine Liebe über die ihr innewohnende Grenze verlängern darf. Allerdings, vom versprochenen Geld hat er keinen Groschen gesehen.

29

Wenn er sich zur Bibliothek begab, zog er ein Pelzspenzerchen an, denn dort war nicht geheizt, seine Hände wurden blau vor Kälte, während er in den alten Pergamenten herumstöberte, immer in der Hoffnung, auf etwas über Pflanzen und über Tiere zu stoßen. Meistens griff er ein paar Bände heraus und floh ins Warme, um sie durchzusehen. Eines dieser mitgenommenen Bücher hatte einen Titel, geschrieben mit schlangenartig sich ringelnden Buchstaben, die Tomasz nur mit Mühe entziffern konnte: *Über das schwertgebrauchende Amt*, aber weiter kam er nicht, also ging er zum Großvater, damit dieser ihm erkläre, worum es sich da handle. Der Großvater setzte den Kneifer auf und las langsam vor: *Das Glaubensbekenntnis der Synode des Herrn Jesus Christus/welche in Litauen/aus der Heiligen Schrift kurz aufgeschrieben. Item dieses Amts Verteidigung gegenüber allen seinen Widersachern, niedergeschrieben von Simon Budny. Dazu klarer Beweis aus der Heiligen Schrift/daß ein Christ Untertanen halten darf, freie und unfreie/ wenn er sie nur gottesfürchtig behandelt. Im Jahre 1583 seit Christi Geburt.*

Er schlug mit der Lederhülle des Pincenez gegen den verschimmelten Einband und blätterte die Seiten um. Dann räusperte er sich.

»Das ist kein katholisches Buch. Siehst du, vor langer, langer Zeit hat Hiernoymus Surkont gelebt. Das Buch ist wohl von ihm dageblieben, denn er war Calvinist.«

Tomasz wußte, daß das Wort *Calvin* jemand sehr Böses bezeichnete, daß es sogar ein Schimpfwort war. Aber diese Gottlosen, die nicht in die Kirche, sondern in ihr Gotteshaus gingen, gehörten zu einer fernen Welt der Städte, der Eisenbahnen, der Maschinen. Hier, in Ginie? Er schätzte die Ehre, zu einem unanständigen Geheimnis zugelassen worden zu sein.

»Ein Ketzer?«

Großvaters Finger schoben das Pincenez in die Hülle. Er schaute durchs Fenster in den Schnee.

»Hm, ja, ja, ein Ketzer.«

»Und dieser Hieronymus Surkont hat hier gewohnt?«

Der Großvater schien zu erwachen.

»Ob er hier gewohnt hat? Wahrscheinlich, aber wir wissen nicht viel von ihm. Hauptsächlich saß er in Kiejdany beim Fürsten Radziwiłł. Die Calvinisten hatten dort ihr Gemeindehaus und ihre Schule.«

Tomasz erriet in ihm irgendeine Zurückhaltung, eine Abwehr, dieses Ausfluchtsuchen der Erwachsenen, die über gewisse Personen aus der Familie mit gedämpfter Stimme reden und, wenn man plötzlich ins Zimmer kommt, verstummen. Die Gesichter jener Personen, die man sich unmöglich vorstellen konnte, verloren sich im Schatten, wie auf schwarzgewordenen Porträts – kaum ein Umriß der Augenbrauen oder ein Flecken auf der Wange. Ihre möglichen Verfehlungen, groß genug, daß die Erwachsenen sich ihrer schämten, ihre Lebenszeit, ihr Verwandtschaftsgrad, all das zerfloß im Geflüster oder aber im barschen Abweisen, sich nicht in Sachen einzumischen, die ihn gar nichts angingen. Jedoch hier ging es anders vor sich.

»Es gibt eine deutsche Familie Surkont. Eben von Hieronymus her. Beinahe vor dreihundert Jahren, um 1655, sind hier die Schweden eingedrungen. Hieronymus Surkont ging damals auf die Seite des Schwedenkönigs, Karl Gustav.«

»War er ein Verräter?«

Die violett geäderte Nasenspitze pflegte der Großvater in zwei Finger zu nehmen, die Nüstern zu blähen, und wenn er plötzlich die Finger losließ, kam ein Ton, *tch, tch*, hervor.

»Er war einer.« Und wiederum *tch, tch*. »Aber wenn er gegen die Schweden gekämpft hätte, dann wäre es ein Verrat an dem Fürsten geworden, dem er diente, und er wäre auch ein Verräter. Radziwiłł war mit Karl Gustav verbündet.«

Tomasz runzelte die Stirn und überlegte dieses schwierige Dilemma.

»Dann ist Radziwiłł schuldig«, beschloß er endlich.

»Er. Das war ein stolzer Mensch. Er rechnete darauf, von Karl Gustav den Titel des Großfürsten zu bekommen und dann aufzuhören, ein Untertan des polnischen Königs zu sein. Dann hätte er über Litauen regiert und allen befohlen, die calvinistische Religion anzunehmen.«

»Und wenn es ihm gelungen wäre, dann würden wir Calvinisten sein?«

»Wahrscheinlich ja.«

Er betrachtete jetzt Tomasz aufmerksam, und sein Lächeln war nicht zu deuten, vielleicht las er den Gedanken, der im Begriff war, sich durch diese kurzen Fragen zu formen. Wie ist das, daß man ist, was man ist? Wovon hängt das ab? Und was hätte er sein können, wenn er ein anderer geworden wäre?

»Aber Hieronymus Surkont war eigentlich kein Calvinist, sondern ein Sozinianer. Das ist noch eine andere Abwandlung unter denen, die den Papst nicht anerkennen.«

Und er erzählte ihm von den Sozinianern oder anders: Arianern, die eine neue Lehre ausgedacht hatten: daß man kein Amt annehmen darf, weder Heerführer noch Richter, noch Soldat sein darf, denn Christus hat es verboten. Auch keine Untertanen darf man haben. Doch sie haben untereinander gestritten, viele von ihnen sagten, die Heilige Schrift lasse es deutlich zu, und dieses Buch handelte, wie es schien, davon. Hieronymus Surkont aber, nachdem man die Schweden vertrieben hatte, ist von hier ausgewandert und nie mehr zurückgekehrt. Er siedelte sich in Preußen an, irgendwo in Königsberg.

So wurde ein Samenkorn gestreut, und der Großvater wußte nicht, wie lange es in dem Pflanzenschlaf aller Samen, die alle geduldig auf ihre Zeit warten, aufgehoben werden sollte. Gebündelt lagen da zusammen: das Parkettkrachen unter den Schritten, die an Bücherregalen entlanggingen; weiße Blätter mit Ziffern leuchten auf dunklen Reihen der Bände; Ellbogen auf den Tisch gestützt im Lichtkreis, den ein grüner Lampenschirm wirft; der Bleistift – die Hand balancierte ihn in der Luft im Zusammenklang mit dem Einfall der Gedanken, die anfangs nicht mehr sind als Nebel ohne Umrisse und ohne Grenzen. Niemand lebt allein: jeder unterhält sich mit denen, die entschwunden sind, und ihr Leben wird ihm eingekörpert, er schreitet Stufen empor und besucht auf ihren Spuren alle Ecken im Haus der Geschichte. Aus ihren Hoffnungen und Niederlagen, aus den von ihnen zurückgelassenen Zeilen, und wäre es nur ein kleiner, in Stein gehauener Buchstabe, entsteht die Ruhe und die Zurückhaltung im Aussprechen der Selbstbeurteilung. Ein großes Glück ist denen gegeben, die das alles zu erobern verstehen. Niemals und nirgendwo fühlen sie sich heimatlos, es stützt sie die Erinnerung an alle, die nach dem nicht erreichbaren Ziel strebten. Ob Tomasz dieses Glück einmal erobern würde oder nicht, jedenfalls dauerten in ihm Augenblicke, die er mit dem Großvater verbrachte, fort, das Alter erwartend, in dem die durch die Ferne gedämpften Stimmen kostbar werden.

30

Der Spanier Miguel Serveto war über zwei Stunden am Sterben und konnte nicht sterben, weil man zuwenig Holz untergelegt hatte, und er stöhnte durch die Flammen seine Klagen über die Sparsamkeit der Stadt Genf: »Ich Unglücklicher, daß ich nicht mit meinem Leben auf diesem Scheiterhaufen ein Ende machen kann! Die zweihundert Dukaten und die Goldkette, die man mir nahm, als man mich gefangensetzte, müßten gereicht haben, um genug Holz zu kaufen, damit ich verbrenne, ich Unglückseliger!«*

Doch Calvin, steif auf dem Stuhl im Halbdunkel seines Zimmers sitzend, las die Bibel, nur allein sein Vikar Guillaume Farel, dem der Rauch Tränen aus den Augen preßte, schrie den lebendig gebratenen Ketzer an: »Du sollst an den ewigen Gottessohn glauben, Jesus Christus!«

Das ist Miguel Serveto beschieden worden nach zwanzig Jahren Verstecken in Frankreich unter den Papisten, daß ihn dieses Schicksal erreichte durch den Erneuerer des Christentums, dem er vertraut, mit dem er Briefe gewechselt hatte und unter dessen Schutz er Zuflucht gesucht hatte. Doch sein Geist war stark, und die Zunge bewegte sich noch im halbverbrannten Mund, während die schwache Stimme die gotteslästernde Wahrheit weiterbezeugte: »Ich glaube, daß Christus der wirkliche Sohn Gottes ist, nicht, daß er ewig ist.«

Ein Raunen über ihn dauerte in verschiedenen Ländern fort, und die Gänsefedern kratzten zu Basel, Tübingen, Wittenberg, Straßburg, Krakau, die im geheimen durch die Freunde verliehenen Thesen gegen die Dreifaltigkeit kopierend. Der Fürst schnaubte »Schwärmerei«,** als bei polnischen Studenten in Tübingen die verbotenen Schriften entdeckt wurden, die Universität zitterte und versuchte, die Sache zu vertuschen. Der Name Serveto wurde nicht ausgesprochen, und selbst der Mann, der nach der Rückkehr aus Padua die neue Idee unter den Gemeinden von Polen und Litauen verbreitete, Petras Gonesius, sorgte dafür, daß die Öffentlichkeit an seinen Meister nicht erinnert wurde. Obschon Melanchthon sich in ihm ausgekannt hat: »Ich habe das

---

* Den Bericht über die letzten Tage von Serveto gab Wiszowaty nach den später verlorengegangenen Quellen. Siehe: Stanisław Kot *L'influence de Michel Servet sur le mouvement antitrinitarien en Pologne et en Transylvanie.* In der Sammlung: *Autour de Michel Servet et de Sébastien Castellion*, 1953, H. D. Tjeenk, Willing and Zoon, N. Y., Haarlem. (A. d. Verf.)

** Im Original deutsch. (A. d. Ü.)

Buch des Litauers gelesen, der sich bemüht, Serveto aus der Hölle zurückzurufen«, schrieb er. Und in Transsilvanien und Mähren stellte Jakob Paleolog das große Werk über sein Leben zusammen, worin er offen die Verteidigung des Spaniers aussprach: *Contra Calvinum pro Serveto*, aber auf die Truhe mit seinen Schriften hatte die Heilige Inquisition ihre Hand gelegt, als er gefangengenommen, nach Rom gebracht und zum Märtyrertod bestimmt wurde.

Im Laufe der Erzählung läßt man Menschen und Ereignisse wiedererstehen aus kleinen Einzelteilen, die zu unserer Kenntnis gekommen sind: es wäre nicht ganz ehrlich, zu behaupten, Hieronymus Surkont sei klein oder groß gewesen, hätte schwarzes oder helles Haar gehabt, wenn keine Spur davon erhalten blieb, ebensowenig wie die Daten seiner Geburt und seines Todes. Eins ist sicher: daß er Rom als den Sitz des Antichristen angenommen hat und daß er in seiner kurzen Elchjoppe, den Weg an der Issa entlangreitend, mit Melancholie das Volk betrachtete, das unfähig war, den wahren Glauben anzunehmen. Das soll also Christentum sein, genau nach dem Maß papistischen Aberglaubens: nach frommer Singerei in der Kirche liefen die Frauen, um den Schlangen zu opfern, denn wenn man das Opfer nicht darbringt, wird die Kraft die Männer verlassen, und sie werden nicht mehr fähig sein, ihre Ehepflichten zu erfüllen. Nicht die Heilige Schrift galt, sondern irgendeine Faselei über den Windgott und über den Wassergott, die an der Welt rütteln, wenn sie sich diese wie einen Teller von einer Hand in die andere zuwerfen. Und diese heidnischen Bräuche, wenn sich die Treiber versammelten, um auf die Tiere loszugehen! Und immer noch die geheimen Zusammenkünfte unter den Eichen.

Er mußte gründlich gewesen sein, auf den Kern jeder Sache bohrend, er suchte die Gesellschaft von Leuten, die so waren wie er selbst – er hat sie in Kiejdany gefunden. Er muß dort viel studiert haben, um sich den beim Kerzenlicht geführten Disputen gewachsen zu fühlen, in denen man einander mit Zitaten aus der Heiligen

Schrift übertrumpfte: »O nein, verehrter Herr, Ihre Dialektik ist spitzfindig, man sollte sie eher Sophistik nennen, denn diese Stelle wird im Hebräischen anders ausgelegt; was tun Sie, Herr Bruder, ist denn auf griechisch und lateinisch klar bewiesen worden, daß so und so kommentiert werden soll?« Dazumal haben weder die Trinitarier, die fortfuhren, Calvin die Treue zu halten, noch die an die Zweifaltigkeit Glaubenden und selbst die Anhänger von Simon Budny, die eine Anbetung Christi verweigerten, sich gegenseitig bekämpft, ihre Haßgefühle besänftigten sich unter dem Einfluß des Fürsten Radziwiłł, der, obwohl ihm die Kirche von Genf ein Vorbild war, theologische Auseinandersetzungen nicht verbot und der sogar eine Neigung für neue Ideen zeigte. Einige Arianer aus Polen haben an seinem Hof Zuflucht gesucht, und es geschah ihnen kein Leids, allerdings ist es wahr, daß sie gewisse Vorsicht walten ließen.

Ist Hieronymus Surkont getauft worden, das heißt, hat er im reifen Alter die Taufe von jenen Brüdern erhalten, die der Kindestaufe jeden Wert abstritten? Man weiß es nicht, jedenfalls hat er aufgehört, ein Trinitarier zu sein, und Servetos Martyrium, das mittlerweile hundert Jahre zurücklag, behielt er immer im Gedächtnis. Daß jener dreiköpfige Zerberus, auf Teufels Rat an Stelle des Einen und Einzigen Gottes gesetzt, ein die Vernunft verspottendes Ungeheuer war – das nahm er als offenbarte Wahrheit an. Er begriff vollkommen die Tragweite der These, von der die bisherige Ordnung auf den Kopf gestellt wurde: Gott ist eins, und eins ist seine Schrift, klar, keines Auslegers ihrer Geheimnisse bedürfend, wer sie liest, der erfährt selbst, wie er zu leben hat, und er kehrt zur Zeit der Apostel zurück durch die Jahrhunderte, die mit Hilfe der Scholastik versuchten, die einfachen Worte der Propheten und die Worte Christi zu verdunkeln. Calvin ist auf halbem Wege stehengeblieben, er hat Serveto aus Angst vor der Wahrheit getötet. Wer den Zerberus nicht vernichtet, kann sich nicht völlig frei machen von dem Gemurmel, den Ablässen, den Totenmessen, dem Flehen um die Fürbitte der Heiligen, wie von ähnlichen Zaubereien.

Aus den wenigen Tatsachen läßt sich schließen, daß er in dem Streit, der seit vielen Jahrhunderten die Brüder trennte, zu dem von Petras Gonesius hinterlassenen Erbe sich hingezogen fühlte. Das würde heißen, daß er die Hoffnung seines Seelenheils auf Jesum Christum gründete (›wie ein verfaulter Hund bin ich vor dem Antlitz meines Herrgotts‹, hat man aus einem seiner Bücher entziffert), daß er daran festhielt, Christus sei nicht mitexistierend in der Göttlichkeit des Vaters, daß der Logos, das unsichtbare, unsterbliche Wort, im Schoße der Jungfrau Fleisch geworden ist, das heißt, erst vom Logos her Christus seinen Anfang genommen hat. Er durchlebte also mit Grauen, Dankbarkeit und Süße die menschliche Natur Jesu, aber nicht so wie diejenigen, die überhaupt nicht anbeten und zwischen Jeremias, Jesaias und Jesus keinen Unterschied wahrnehmen und sich mehr auf das Alte als auf das Neue Testament beziehen.

Aber wie stand es mit der Schrift des Gonesius *De Primatu Ecclesiae Christianae*, die er bestimmt studiert hat samt den Schriften seiner Nachfolger? Hieronymus Surkont konnte ihre Argumente in einer anderen, praktischen Sphäre nicht geringschätzen, die Argumente, von denen es noch lange Zeit auf den Synoden in Litauen widerhallte. Denn was sie verlangten, war fest auf die Evangelien gestützt. Steht nicht geschrieben: *So dir jemand einen Streich gibt auf deinen rechten Backen, dem biete den anderen auch dar. Und so jemand mit dir rechten will und deinen Rock nehmen, dem laß auch den Mantel.* Steht nicht geschrieben: *Lasse die Toten ihre Toten begraben, gehe du aber hin und verkündige das Reich Gottes!* Steht es nicht geschrieben: *Und wer diese meine Rede hört und tut sie nicht, der ist einem törichten Manne gleich, der sein Haus auf Sand baute. Da nun ein Platzregen fiel und kam ein Gewässer und wehten die Winde und stießen an das Haus, da fiel es und tat einen großen Fall.* Juden und Griechen, Sklaven und Herren sollen gleich und alle Brüder sein. Der Christ vergießt kein Blut und schnallt das Schwert ab. Er schenkt seinen Untergebenen die Freiheit. Er verkauft seine Güter und verteilt das Geld unter die Armen. Nur so wird er der Erlösung würdig, nur so allein unterscheidet er sich von den Schändlichen, deren Taten den Reden widersprechen.

In der Zeit, von der hier die Rede ist, hatte die litauische Synode schon die absoluten Forderungen zurückgewiesen, was damals zu bitteren Streitigkeiten mit den polnischen Brüdern geführt hat. Surkont hat also sicherlich die Argumente zurückgewiesen, indem er sich auf das Alte Testament und auf Beispiele aus der Erfahrung stützte. Die Versklavten befreien (wahrlich, Unterdrükkung und große Not hatten sie zu ertragen)? Doch würde diese Freiheit dem Heidentum dienen, der Barbarei und dem Raub. Als zur Zeit des Starosten Rekut in Samogitien ein solcher Versuch gemacht worden war, da sind die Befreiten in den Urwäldern verschwunden, nur um von dort auszubrechen zum Diebstahl und zum Mord. Und in jüngerer Zeit, diese Bauernrebellion, von der die alten Götter auferweckt wurden und die den Herren, auch im Issatal, schwer zu schaffen gemacht hatte. Das Schwert abschnallen? Einen schlechten Zeitpunkt haben die Anhänger Gonesius' gewählt, um damit überzeugen zu können. Damals, im Osten, hinterm Dnjepr, dauerten die Kriege gegen Iwan den Schrecklichen ununterbrochen an. Man überstimmte sie auf den Synoden, ihre Sache war verloren, und davon haben sie sich nie mehr erholt.

Und da zog Karl Gustav das Schwert und gründete das Imperium aller Protestanten. Niemand weiß, welches Zögern, welche Augenblicke des Entschlusses in Hieronymus Surkont einander ablösten. Sein Fürst entfaltete vor seinen Anhängern eine gewaltige Vision. Die Litauer konnten genauso vom Polenkönig wie vom Schwedenkönig abhängig sein, mit dessen Hilfe würden sie den Papisten Länder und Seelen entreißen. Weiter nach Osten und nach Süden, bis zur Ukraine, überall, wo die ungebildeten Popen, die vom heiligen Byzanz lallten, aber kein Griechisch mehr kannten, das Volk verblödeten, würden sie das Licht hintragen. Übrigens wäre kein anderes Mittel zu finden gewesen: Die Invasion der Jesuiten, ihre durchtriebenen Methoden der geistigen Verführung, ihre Theater, ihre Schulen zogen jedes Jahr die Gläubigen weg, das Studentengesindel in Wilna schmähte die Gotteshäuser, überfiel die Trauerzüge. Noch eine Weile, und von der Reform würde in Litauen nichts mehr übrigbleiben. Der Fürst spielte die letzte Karte aus, dem Glauben dienend und seine Berufung, ihn zu beschützen. Das ferne Ziel aber, ja: die Krone. Und, wer weiß, dieses: schwedische, litauische und polnische Heere vor Moskaus Toren!

Man ist geneigt, anzunehmen, daß nicht nur die Loyalität dem Fürsten gegenüber Hieronymus Surkont vorwärtstrieb, sondern auch die Verachtung für die schreiende Masse der Edelleute, die sich von den Priestern zum Heiligen Krieg gegen die Ketzer anfeuern ließen. Einer kühlen Überlegung nicht fähig, nicht imstande, die Heilige Schrift zu öffnen, Element, Blindheit des Instinktes. Treu bis ans Ende. Und doch waren es furchtbare Erfahrungen: selbst die scheinbar Ergebenen schwankten bei den ersten Rückschlägen, ein Bruderkampf, ein Land, von den Armeen verwüstet, die raubsüchtige Sorglosigkeit der Verbündeten. Der Fürst starb in dem Augenblick, als die Papisten in die Festung drangen, die letzte. Es war an der Zeit, die Rechnung der eigenen Niederlagen aufzustellen: der Augenblick, wo jeder Mensch in der Nachfolge Christi wiederholt: ›Herr, warum hast du mich verlassen?‹, während der Wille und der Stolz in nichts zerfällt.

Hoffen wir, daß die Schrift ihm Hilfe war. Und vielleicht auch die Erinnerung an den Märtyrertod dessen, der allen Antitrinitariern teuer ist, dessen Kopf mit einem schwefeldurchtränkten Strohwisch umwunden war, dessen Körper die Kette an einen Pfahl angeschmiedet hatte und dessen an den Fuß gebundenes Buch auf die erste Flamme wartete. Die genauere Beschreibung des Sterbens von Serveto hat sich nun dank den Glaubensgenossen des Hieronymus Surkont erhalten in den Gemeinden Polens und Litauens. Eben diese haben das überall sonst verlorene Manuskript kopiert. *Historia de Serveto et cius morte*, dessen Autor Petrus Hyperphragmus Gandavus gewesen ist. Nein, die Verbannung konnte nicht mit der Tortur des Leibes verglichen werden.

Aber Surkont hat Seelentortur erfahren, das Brandmal des Verräters, und wog immer wieder seine Taten ab, niemals die Sicherheit genießend, ob er gehandelt habe, wie er hätte handeln sollen. Zwischen der Pflicht gegenüber dem König, gegenüber der *republica* und gegenüber dem Fürsten, der ihm theologische Meinungsverschiedenheiten nicht übelnahm. Zwischen dem Abscheu gegen die Papisten und dem Widerwillen gegen die Eindringlinge, denen er Erfolg, nicht Niederlage zu wünschen gezwungen war. Ketzer für die Katholiken, kaum geduldeter Abtrünniger für die Protestanten. Wahrlich: er konnte nur wiederholen: ›Wie ein verfaulter Hund bin ich vor dem Angesicht meines Herrgotts.‹

Ein Zufall erlaubte es, in Erfahrung zu bringen, daß der letzte Nachkomme des Hieronymus, Leutnant Johann von Surkont, Student der Theologie, im Jahre 1915 in den Vogesen gefallen ist. Wenn er am östlichen Hange liegt, dort, wo dichte Reihen von Kreuzen, die man aus der Ferne für Weinstöcke halten kann, in die Rheinebene hinuntersteigen, dann kämmen das Gras auf seinem Grab die aus der Richtung seines heimatlichen Litauens wehenden trockenen Winde.

31

Bitnik (von *bitė* – ›Biene‹ auf litauisch), das heißt Imker, war in Ginie Tomasz' Tante Helena Juchniewicz. Für die Pflege der Bienenstöcke erhielt sie einen Teil des Honigs und des Wachses – obwohl sie zur Familie gehörte, aber es war dem alten Brauch gemäß. Ihre Ankunft bedeutete das Hervorholen der Geräte aus einem besonderen Schrank und das Maskieren. Sie verschloß am Handgelenk die Ärmel mit Sicherheitsnadeln und stülpte eine Maske – etwas wie einen Korb aus grünem Musselin – über den Kopf. Übrigens stachen die Bienen sie selten, und sie benutzte sogar nicht immer die Handschuhe. Sie beauftragte Tomasz, aus der Küche die Glut in einer Räucherpfanne aus Blech mit einem hölzernen Griff zu holen; auf die Glut wurde Holzmehl gestreut, und man mußte lange schwenken, bis es zu glühen anfing. In ihrer Maske, mit Messer und Eimer in der einen, mit rauchender Pfanne in der anderen Hand, sah sie aus, wie – man möchte einen Vergleich finden, doch das ist zu schwer, jedenfalls gaffte Tomasz mit offenem Mund ihr nach, wie sie sich eifrig in Richtung auf die Bienenstöcke entfernte. Wenn sie wieder zurückkam, schöpfte sie mit einem Lappen Dickmilch aus der Schüssel und legte sie dort auf, wo sie gestochen worden war. Beim Honigschleudern drehte Tomasz die Zentrifuge – den auf einem Stock wirbelnden Metalltopf; dann ergoß sich der Honig aus den Waben.

Tante Helenas große, pyramidenförmige Nase ragte aus den vorspringenden Apfelwangen genau wie bei Großmutter Misia, sie sah ihr ähnlich, doch war sie größer und hatte blaue Augen. Das zuckersüße Lächeln, der frömmelnde Gesichtsausdruck verschafften ihr viel Nutzen, weil sie damit ihre Leidenschaften mit Unschuld ausschmückte. Ihre Hauptvorliebe war der Geiz, aber ein solcher, der nicht einmal auf Sparsamkeit beruhte, sondern einer, der in der Tiefe saß und ihr befahl, so oder so zu handeln, aber aus scheinbar anderen Gründen. Wenn es eine Sache im Städtchen zu erledigen gab, fuhr sie nie, sie sagte: »Welch schönes Wetter, ich werde einen kleinen Spaziergang machen« – und lief diese zehn Werst zu Fuß, sowie sie auf der Landstraße war, die Schuhe ausziehend, »denn barfuß ist es gesünder«. Den eigentlichen Grund könnte vielleicht jemand darin entdecken, daß es sich gehört hätte, dem Fuhrmann einige Groschen zu geben, damit er etwas trinken könne, die Schuhe, die nutzten sich ab. Beim Verteilen von Honig und von Mehl sorgte sie dafür, daß den anderen der bessere Teil zufiel, und war von ihrer eigenen Güte engelhaft gerührt, doch in Wirklichkeit verbarg sich in diesem besseren Teil irgendein Defekt. Für den Gesindeteil bei sich daheim teilte sie, wie man sagte, Rauchfleisch erst aus, wenn Würmer drin saßen, doch war sie sicherlich über ihr gutes Herz erfreut, daß sie so für die Leute sorgte, die außer Kartoffeln und Nudeln doch auch Fleisch bekommen sollten.

Von Großmutter Misia hatte sie Pferdeausdauer und Widerstandskraft geerbt, sie war nie krank (übrigens, sollte sie einmal erkranken, dann würde sie schreien, daß die Ärzte sich in gar nichts auskennen und daß, um Gottes willen, niemand wagen sollte, einen von ihnen herbeizurufen). Zwanzig Werst in einigen Stunden, das war für sie wirklich ein kleiner Spaziergang, sie hätte auch hundert machen können mit dem ihr eigenen leichten Bauernschritt. Und selbstverständlich badete sie im Fluß bis November. Tomasz hat nie bei ihr ein Buch, selbst kein Gebetbuch gesehen, als ob sie geschworen hätte, nichts Gedrucktes anzurühren, und doch hatte sie irgendwann gelernt, denn sie konnte sogar ein bißchen Französisch.

Sobald ihr Mann Luk Juchniewicz angefahren kam, entfesselte er irgendein Theater, und es war unmöglich, nicht daran teilzunehmen, so stellte er sich an. Noch im Wagen schrie er, warf die Arme in die Luft, dann sprang er heraus und lief, daß die Schöße des Staubmantels oder des Wollumhangs auseinanderflatterten, und so, zur Umarmung bereit, kreischte er im Diskant: »Mutterchen, Ojejejej! Was ich froh bin, euch zu sehen! Endlich! Ojejejej! Wie lange haben wir uns nicht gesehen! ...« Und Kuß hier und Kuß da und *Mm mm* ... Aber das Wichtigste darin, sein Gesicht: rund, mit Ponyhaar in der Stirne, vor Herzlichkeit, vor Zärtlichkeit gerunzelt, daß wohl kein anderes Gesicht so zerknittert hätte aussehen können. »Der brave Luk«, erwiderte die stürmisch umarmte und abgeküßte Großmutter Misia, wenn sie auch hinter seinem Rücken nachsichtig seufzte: »Luk ist ein braves Dummchen.« Nach Großmutter Dilbin dagegen war Luk der lebende Beweis, daß an der alten Redensart etwas Wahres sei: An der Issa werden entweder Besessene oder Blödiane geboren.

In dem Sommer, als Tomasz sein Herbarium anlegte (die Pappe hierfür hatte er von Pakėnas erbettelt), wäre es mit seiner Ehre eines Naturforschers nicht vereinbar gewesen, sich den Bienen nicht zu nähern. Er drang darauf, bis die Tante einwilligte, ihn zu den Bienenstöcken mitzunehmen. Damit keine Biene ihm zu nah kommen konnte, kleidete er sich folgendermaßen an: lange, an den Knöcheln geschlossene, großväterliche Hosen, eine alte Maske aus verrostetem Draht und Gummihandschuhe. Die Bienen, die man wegen ihrer Klugheit schätzt und auf die eine ganze Poesie von Honiggeschmack herabfließt, sind doch ganz anders, wenn man den Bienenstock öffnet, als wenn sie in den Lindenzweigen summen. Scharfer Geruch und Fieber, wahnsinniges Sieden, die Strenge des Gesetzes – Ginie hatte wohl Tomasz zum Leben in einer Gemeinschaft schlecht vorbereitet, daß er so vor etwas Unbenennbarem, Mitleidlosem erschrak. Sie warfen sich auf ihn, um zu stechen, bedeckten die Handschuhe, wirbelten mit dem krampfhaft verzogenen Unterleib, mit den Beinen an den Gummi geklammert, zischend – um den für sie tödlichen Akt zu vollbringen und hilflos bebend im Gras zu verenden. Die Tante arbeitete ruhig, schüttelte sie von Zeit zu Zeit nachlässig ab, sie warnte: »Nur keine Heftigkeit!«, doch auf Tomasz wirkte mehr als der Schmerz die ihren eigenen Rhythmus aufzwingende Hölle des Bienenstocks selbst, er konnte sie nicht ertragen und begann zu fliehen, die Bienen hinter ihm drein (im Zischen ihres Verfolgens hörte man Mord), er quiekte, schlug mit den Armen um sich, das heißt, das ganze Vorhaben einer praktischen Tat endete unrühmlich.

Die Pflanzen sind besser, da ruhig. Manche, von denen man in dem Ökonomisch-Technischen Herbarium liest, wecken die Lust, Tiegel und Mörser vorzubereiten und eine Apotheke zu gründen – denn ihre heilenden Eigenschaften sind ungewöhnlich verlockend dargestellt. Fast sieht man vor sich das verschiedenfarbige Gebräu, das man abgießen und durchseihen muß, Extrakte durch Übergießen mit Spiritus, Konfitüren aus Wurzeln, die sonst für unnütz gehalten werden. Die Phantasie läßt in eine aromatische Halbdämmerung versinken, wie die in der Speisekammer von Ginie. Jedoch im Augenblick zog Tomasz es vor, sich der weniger praktischen Arbeit zu widmen, der des Ordnens nach Gattungen.

Er hatte eine Schwäche für Orchideen. Es ist der Zauber des Geheimnisses der in Wärme und Feuchtigkeit lebenden Wesen, sie bringen in nördliche Gegenden die Kunde aus dem tropischen Süden. Ihr Stiel, das Fleisch des grünen Pflanzenleibes und, dicht dabei, einen vielarmigen Kronleuchter verdeckend, die Blüten, die nach Wildnis und Fäulnis duften, aber schwach, sie verlangen, daß man lange an ihnen riecht, bis der Duft sich verdeutlicht hat und man ihm einen Namen geben könnte, was niemals gelingt. Sie erscheinen in den Wiesen an der Issa im Juni, wenn zwischen den hellen Gräsern die Überschwemmungswasser noch dampfen, in Vertiefungen voll Schlamm und Schilfresten. Es ist sehr schwer, das gefleckte Knabenkraut, einen hellila Kegel, mit dunkelvioletten Tupfen besprenkelt, in seiner vollen Blüte zu entdecken, da sofort der Rost des Welkens es da und dort anrührt. Tomasz kniete nieder und bohrte mit einem Taschenmesser in der schwarzen Erde (die Taschenmesser, die leider von Zeit zu Zeit verlorengingen, bezeichneten verschiedene Abschnitte seines Lebens. Nach einem mit hölzernem Griff hatte er jetzt ein flaches, ganz aus Metall). Er hob vorsichtig den Boden hoch, um die ganze Knolle herauszuholen, die ihre dikken Finger auseinanderspreizte. Die Orchidee springt zur kurzen Begegnung mit der Sonne empor, nachher dauert sie fort in der Tiefe bis zum folgenden Jahr. Zwischen zwei Pappen gepreßt, wirkt die Orchidee rostig, die Knolle platt, groteske Formen annehmend.

Die weiße Orchidee, das ist die Leichtigkeit, und dieses Weiß, das in der Sommerdämmerung leuchtet, ist wie das Weiß der Narzisse. Die mit ihnen bedeckte

Wiese ist im Abendnebel, der vom Fluß kommt, voller Gespensterchen. Leider verliert die getrocknete weiße Orchidee die ganze Anmut und bleibt nur eine schlanke Zeichnung von brauner Farbe. Dasselbe geschieht mit dem Aronstab. Zwar überzeugte sich Tomasz, daß Blumen, die an trockenen Plätzen wachsen, sich vorzüglich erhalten, sie verändern sich kaum, aber er fühlte sich zu der üppigen Pflanzenwelt an feuchten Gegenden hingezogen. Selbst Insekten, die sich im warmen Sand bewegen, im Gewirr sehniger Triebe, sind uninteressant, gepanzert, schnell in den Bewegungen. Anders dagegen die im schattigen Dschungel. Denn das Übermaß an Licht vermindert das Sein.

In den Dünen sammelte Tomasz Königskerzen, sie waren jedoch zu lang, um sie im Herbarium unterzubringen, er mußte sie im Zickzack brechen. Und selbstverständlich suchte er eifrig Blumen, die das Buch als selten anführte. Eben weil sie selten waren, bewunderte er die zwischen den Eichen am Friedhof gepflückten Trollblumen, eine Art großer Ranunkel, einer gelben Rose ähnlich.

Dem Großvater half er, die Beete an der Wand zu beiden Seiten der Vorgalerie zu pflegen – also jäten, umsetzen, Wasser aus dem Weiher holen. Zum Steg hinunter ging man über Rasenstufen, die mit Holzpflöckchen gesichert waren. Es führte dahin ein Gartentürchen (keiner kann erraten, warum es dort war) mit einem Holzzaun, den eine Wirrnis von Hopfen und Winden versteckte. Er tauchte die Gießkanne in die Schicht von Wasserlilien ein, und große grüne Frösche, die bei seinem Erscheinen in Panik aufgesprungen waren, verharrten dann unbeweglich auf Holzrestchen, die in der Mitte schwammen. Dann trug er die Gießkanne, etwas stöhnend, denn es war weit, und schaute dann dem Großvater beim Begießen zu, wie lange es ihm reichen würde. Abends dufteten die winzigen blaugrauen Sternchen stark, mit denen man die Ränder der Beete einfaßte. Der Großvater zog hauptsächlich Levkojen – ihre Blüten haben die tiefen Schattierungen von Samt – und Astern, die in den Spätherbst hinein blühen, bis sie der Reif bedeckt.

Reseda ist unscheinbar, und nichts ist schön an ihr, aber Tomasz gab ihr den Vorzug, denn, wie die Orchideen, erweckt sie die Lust, in sie hineinzuriechen, und das Bedauern, daß sie so klein ist – Reseda von der Größe eines Krautkopfs, das wäre ein Duft!

Da Großmutter Misia der Ansicht war, daß Krankheit zu den Dingen rechnet, die normalen Menschen nicht passieren können, nutzte man die heilenden Tugenden der Pflanzenwelt nicht aus. Zwar benannte man von alters her die Speisekammer *das Apotheklein*, doch wurden in ihren Schublädchen keine Arzneien mehr aufbewahrt, mit Ausnahme von Aurikelblüten gegen Quetschungen und getrockneten Himbeeren – der Großvater trank einen Aufguß davon zum Schwitzen, wenn er sich erkältet hatte. Tomasz, der oft zerkratzt und blutig gestoßen war, wußte, daß die Salbeiblätter das beste Mittel sind: so ein Blatt legte er auf und verband die Wunde mit einem Leinenläppchen. Wenn sie nicht heilen wollte, spuckte Antonina auf ein Stück Brot und knetete es mit Spinnweb zusammen – das half immer. Großmutter Dilbin führte den Gebrauch von Jodtinktur ein.

Tomasz' botanischen Vorlieben war es nicht beschieden, länger als eine Saison zu dauern. Das Herbarium, zugeschnitten auf ein Monumentalwerk über die Flora, bereicherte sich immer seltener mit einem neuen Exemplar, und die zusätzlichen Pappen erwiesen sich als überflüssig. Schon wandte sich seine Aufmerksamkeit den Vögeln und den Tieren zu, bis er alles übrige vergaß. Dies geschah unter Mitwirkung von Tante Helena – obschon es schwer zu beurteilen ist, ob ihre Rolle sich darauf beschränkt hat, für ihren Neffen Schicksal zu sein. Übrigens, nicht Helena ist hier wichtig, sondern Herr Romuald.

32

Romuald Bukowski, in Hemd und Unterhosen, hörte am Nachmittag auf, den Klee zu mähen, stieß die Sense in die Erde am Graben und ging in den Fluß baden. Er ruhte, zog sich aus, und bis zu den Knien im Wasser stehend, wusch er sich sorgfältig; das schwarze Schnürchen des Skapuliers schaukelte jedesmal, wenn er sich bückte. Mit Vergnügen seifte er den flachen Bauch, die Schenkel ein: noch keine Altersspuren. Auf den nassen Körper zog er sein Zeug an und ging über den Pfad, die Sense geschultert, durch den Obstgarten nach Hause. Barbarka trug eine Tonschüssel mit Dickmilch vom Kühlraum herbei, gab ihm mit dem Ellbogen einen kräftigen Rippenstoß – vor den Leuten erlaubte sie sich diese Vertraulichkeit nicht. Er gab ihr einen lauten Klaps auf den Hintern und brachte sie zum Quietschen, daß er sie die Milch verschütten lasse.

Die Hunde winselten in ihrer Umzäunung; da er guter Laune war, langte er nach dem Jagdhorn, das an der Wand unter der Flinte und den Hetzpeitschen mit dem Rehhuf hing. Er kehrte mit ihm vors Haus zurück und blies, worauf sein Stöhnen und Weinen nach Freiheit und Jagd ertönte. Nachher öffnete er in seinem Junggesellenalkoven den Koffer, rasierte sich vor dem kleinen Spiegel – er hatte einen harten, bläulichen Bartwuchs – und bürstete den Schnurrbart. Das Gesicht, von der Sonne zum Ziegel verbrannt, mager, weiße Fäden im schwarzen Schnurrbart.

Er zog Stiefel mit glänzenden Schäften an und schloß den Kragen der dunkelblauen Jacke unterm Kinn. »Wohin geht es denn?« fragte Barbarka. »Bären fangen. Gib mir was zu essen und schwätze nicht.« Aus dem Haufen von Lederriemen in der Ecke zog er zwei Sättel hervor. »Lauf Pietruk rufen, er soll den Rappen und den Fuchs satteln.« Der sommersprossige Pietruk erschien, kratzte sich am Hosenboden, und Romuald folgte ihm, um ihn zu beaufsichtigen, daß er die Bauchriemen richtig anzog. Er sprang leicht auf den Rappen, die Sporenringe klirrten, das zweite Pferd führte er am Zügel. Ins Tälchen und aufwärts über einen steinigen Weg zum Wäldchen. Ein Kranichvogel flatterte auf, er legte sich über den Pferdehals und schaute dem Vogel nach, wo er sich hingesetzt haben mochte.

Der Wappenring an Romualds Finger war nicht aus Gold, sondern aus Eisen. Seine Jacke war aus Hausleinen, dunkel gefärbt. Die Fürsten Radziwiłł haben vor langer Zeit zu Beginn des sechzehnten Jahrhunderts Kolonisten in das Tal der Issa herangezogen, und die Bukowskis kamen mit Planwagen durch Wälder, Furten und unwegsame Strecken vom Königreich Polen in den hiesigen Urwald gefahren. Es erging ihnen verschieden. Viele ihrer Männer fielen in den Schlachten mit den Schweden, den Türken und den Russen, den Schlachten, die nah oder fern von dem Ort waren, wo sie gesiedelt hatten. Einige Zweige der Familie verarmten, wurden Handwerker oder Bauern. Aber Romuald bewahrte die Tradition. Sein Vater herrschte über das Familiengut nicht weit von Wędziagoły, dann gab es Teilungen, Verkäufe, Käufer, und sie zogen hierher. Kein Vermögen – was man ist, hängt nicht vom Gelde ab.

Hinter dem Wäldchen senkte sich der Weg ins Gras zwischen einem Wirrwarr von Stauden aus mit Reisig verbundenen Stangen. Ein Brunnenbalken, die Dächer des Vorwerks; als er am Haus vorbeikam, berührten er und Masiulis den Mützenrand: Masiulis, der Zauberer, saß an die Wand gelehnt und paffte aus der Pfeife. Sie mochten sich nicht sehr. Er besaß genausoviel Boden wie Romuald, aber was war er schon für ein Nachbar: ein Bauer und ein Litauer dazu. Er verfolgte den Reiter mit den Augen, zog an der Pfeife, hüstelte und spuckte aus.

Ein schöner Abend. Noch Helligkeit, kaum von Rosa unterlaufen, hinter der dunklen Masse am Horizont, die sich scharf durch Tannenwipfel abzeichnet, und schon die Mondoblate. Das Echo trägt von weitem das Spiel eines Hirten auf seiner Schalmei heran. Romuald ließ das Pferd traben. Der Boden wogt, man denkt an nichts, es gibt nur die Freude der Bewegung und die Freude des Beins, das die Wärme und die Grazie des Tieres spürt. Und da tauchen schon flache Weiden und Felder auf, an deren Rand beginnt das Buschwerk vom Park, und dahinter in der Ferne im bläulichen Dunst ahnt man die Hügel auf der anderen Seite vom Flußtal.

Am Parkrand, auf einem mit grauen Moosflechten bewachsenen Bänkchen, betrachtete Helena Juchniewicz den zunehmenden Mond. Sie ist ausgegangen, um auszuruhen und die sommerliche Luft zu atmen – niemand soll behaupten, es sei absichtlich wegen eines Ritts mit Herrn Romuald geschehen, denn sie hätte dann Reithosen angezogen. Nein, es fiel ihr gar nicht ein, daß sie leichthin wie im Scherz ihm ein Rendezvous gegeben hatte, keine sündhafte Absicht hatte ihre Schritte gelenkt. Als Romuald, nachdem er die Pferde am Weg unten an einem Baum gebunden hatte, zum Bänklein emporstieg, schrie sie ein erstauntes: »Ach!« Er begrüßte sie galant, sich verbeugend und ihre Fingerspitzen küssend. Sie unterhielten sich über das Wetter, über die Feldarbeit, er erzählte einige Scherze, und sie lachte. Sie wehrte ab, als er ihr einen Spazierritt vorschlug, denn sie sei nicht mehr ans Reiten gewöhnt, und sie sei übrigens dafür nicht passend angezogen. Aber schließlich willigte sie doch ein und setzte den Fuß in den Steigbügel wie ein geborener Kavallerist. »Wohin reiten wir?« fragte sie. »Vielleicht dorthin« – er wies geradeaus –, »einverstanden?«

Der vom Staub umhüllte Weg führte von Ginie die Issa entlang bis dorthin, wo die Felder in Terrassen immer steiler abfallen. Der Weg schlängelt sich zunächst zwischen Wiesen, und nachher, vom Hang ans Ufer gepreßt, findet er Schutz unter den Weiden am Fluß, bis er nach dem zweiten Weiher, wo neben den Häusern lange Büschel geschnittenen Schilfrohrs trocknen, sich gabelt: die zum jenseitigen Ufer wollen, finden hier eine Furt; für die anderen, die dem Weg gradeaus folgen, gibt es den Berg Wiłajni zu erklimmen. Der eilige Strom durchfurcht und unterwäscht die in ihrer Mitte von Salweiden bewachsenen Kiesbänke. Die Furt ist bequem –

das Wasser reicht nicht bis zur Wagenachse –, im Herbst und während der Regenfälle wird sie gefährlich, die Pferde schnaufen dann, ängstigen sich, vorwärtszugehen, aber man ist auf ihre Klugheit angewiesen, denn man selbst kann unmöglich ausmachen, was vor einem ist. Der Berg Wiłajni, mit großen Steinen und an dunkle Gestalten erinnernden Wacholdersträuchern übersät, fällt steil zum Fluß ab, der dort eine Schlucht aushöhlt. Vom Gipfel bietet sich eine entzückende Aussicht auf das blaue Band unten und die Inselchen in der Furt, aber der Weg, wild und einsam, hat, man weiß nicht warum, einen schlechten Ruf.

Schon ist die Stille da, aus den Bauerngehöften unterwegs riecht es nach Abendmelke, manchmal hört man das Zischen der Milch im Eimer und den ungeduldigen Schrei der Bauersfrau: »He, Marga!«, wenn die Kuh sie mit dem Schwanz ins Gesicht schlägt. Sie ritten in die Dämmerung, hie und da im Lichtschein aus den Türen der Hütten, im Hundegebell hinter den Zäunen. Die Furt schimmerte, die Welle war wie mit Schuppen bedeckt. Wenn die Pferde mit den Hufen gegen die Kiesel schlugen, die der Regen an der Böschung des Berges Wiłajni ausgewaschen hatte, zog Helena dem Fuchs die Zügel stramm.

»Irgendwie schrecklich.«

Er lachte auf.

»Und was ist hier schrecklich?«

»Gott bewahre, nur nicht den Namen aussprechen.«

»Bei mir gibt es ein Mittel gegen ihn.«

»Was für ein Mittel?«

»Ihn artig einladen mitzutun. Dann wird er nichts anrichten.«

»Jesus Maria, wie kann man nur! Ich kehre um.«

»Aber was denn, ich mache Spaß.«

Sie kletterten, die Dunkelheit auf dem Hang wurde dichter, leichter Windhauch kreiste in den Gräsern. Am Rande des Abgrunds hielten sie. Bleich glänzte unter ihnen der Fluß auf. Ein Vogel rief weinerlich *tiu-tiu-tiu*, irgendwo tief unten fliegend.

Sie blieben unbeweglich stehen, die Trense klirrte auf, Helena seufzt. Deshalb, weil es sich so gehört, daß Mienen und Gesten gewählt werden, wie es sich schickt; oder seufzt sie, weil man zuweilen sich wünscht, es ginge anders zu?

Die Milchstraße, in diesem Land die Straße der Vögel genannt, stellte am Himmel ihre strahlenden Zeichen auf.

33

Eine dunkle Bildsäule, eine bewegliche Vertikale über dem Pferderücken – das war für Tomasz Herr Romuald mit der kleinen dunkelblauen Schirmmütze, mit der am Sattel hängenden Reitpeitsche, wenn er durch die Allee vors Haus geritten kam. Bald kam Tomasz mit ihm in bestes Einvernehmen. Im Eßzimmer schob Tante Helena bei Tisch ihm die Konfitüren heran, der Großvater erkundigte sich nach den Ernten. Trotzdem wußte Tomasz, wenn auch nur nach kaum merkbaren Anzeichen im Benehmen der Großmutter, daß man Distanz wahrte. Mochte auch Herr Romuald im Haus verkehren, er gehörte nicht zu der gleichen Gesellschaftsschicht. Das bedeutete gar nichts, denn von seiner Gestalt ging ein mächtiger Zauber aus. Sein Besuch und das Gespräch über Tiere kündete Tomasz neue Wunder an.

Vor allem schon Borkuny selbst. Tomasz war nie dort gewesen, obschon es nur dreieinhalb Werst entfernt lag. Jetzt machte er sich dorthin mit der Tante auf, die gerade zu dem Zauberer wegen einer Medizin für die Schafe fahren mußte, und bei dieser Gelegenheit entstand die Idee, Bukowski aufzusuchen. Am Kreuz hinter dem Vorwerk bog man nicht nach rechts wie nach Pogiry ab, auch nicht halbrechts und dann gradeaus, wie man zu Baltazar ging, sondern nach links. Die Linie des Waldes nahte, und hinter den ersten Bäumen öffnete sich eine ganz andere Welt: Hügelchen und Tälchen, hier ein Wäldchen, dort etwas Sumpf, gewundene kleine

Pfade mit einzelner Wagenspur zwischen Buketts von Grün. Herrn Romualds Haus und Hof wurden plötzlich unter jungen Kiefern sichtbar – ein kleines Landhaus mit den Holzsäulchen der Vorgalerie, mit Holunder bewachsen, dahinter versteckt der Obstgarten, die Erlen und weiter ansteigende Baumpflanzungen bis zu der Reihe hochstämmiger Kiefern. Im Innern Ledergeruch, in den Ecken Haufen von Riemen, Sätteln, Kummete, und mitten in dem Haufen und an den Wänden eine Menge außergewöhnlicher Gegenstände: Jagdhörner, Pfeifen, Taschen, Patronengürtel. Tomasz fragte bei jedem Gegenstand, wozu er diene, und bekam eine Flinte in die Hand, die Romuald öffnete, um nachzuschauen, ob sie nicht geladen war, aber als plötzlich der Hahn knackte, sprang Romuald auf und sagte, das dürfe man nicht tun, wenn man den Hahn einschnappen lasse, könne die Flinte beschädigt werden. Diese Flinte war ein Sechzehnergewehr von mittlerem Kaliber; Kaliber zwölf mit einem weitgezogenen Lauf ist manchmal besser im Gebrauch, besonders bei Großwild, und das zwanziger, das kleinste Kaliber, benutzt man nur für kleine Vögel. Herr Romuald hatte die Flinte von seinem Vater geerbt; obwohl eine alte Waffe, traf sie gut. Ein silbernes, schlangenförmiges Ornament bedeckte den ganzen Lauf – das nennt man eine Flinte aus Damaszener Stahl.

Man legte ein Tischtuch auf, und ein junges Mädchen bediente mit bescheiden gesenktem Kopfe. Tomasz gaffte es an, oder, wie man zu sagen pflegt, versuchte, nicht die Augen von ihr zu lassen, sicherlich der Farben wegen: das Weiß ging zärtlich, allmählich in die Röte ihrer Wangen über, der Zopf war dunkelgolden, und wenn das Mädchen nur einen Augenblick ihn ansah: das geheimnisvolle Aufblitzen von dunklem Blau. Es schien ihm, daß in diesem Blick Sympathie enthalten war, und er verdüsterte sich, als er es später beim Weggehen flüchtig Herrn Romuald zuflüstern hörte: *šūdas* – es betraf ihn, er schämte sich fürchterlich, denn litauisch ist es ein häßliches Wort. Das verdarb ihm den ganzen

Besuch, aber gleichzeitig zog es ihn von da ab nun grade nach Borkuny, wie zum Trotz oder um etwas zurechtzurücken.

Herr Romuald stieg zu ihnen in den Reisewagen. Er beschwor Tante Helena, es sei ganz, ganz nah und seine Mutter werde sehr froh sein. Borkuny umfaßt drei Vorwerke, die keinen eigenen Namen haben: der Boden ist so eingeteilt, daß zwischen dem Grundbesitz des Herrn Romuald und dem der alten Bukowska sich der von Masiulis einzwängt. Das Haus auf einem Hügel schaut zu einem kleinen See hinunter, am tiefsten Punkt eines Moorgeländes. Frau Katarzyna Bukowska war wirklich von überströmender Höflichkeit und Gastfreundlichkeit. Aber ihr Gesicht! Mit Warzen bedeckt, aus denen Haarbüschel hervorstachen, die Augenbrauen fahl und gesträubt – der Uhu von Tomasz war wirklich schöner als sie. Und die Stimme: der Baß eines Mannes. Ihr Äußeres übrigens paßte zu ihrer Art zu verwalten, was Tomasz schnell wahrnehmen konnte. Die Landwirtschaft führte der Sohn Dyonizy, ledig, aber doch nicht mehr jung. Er widersetzte sich ihr nie und legte die Ohren an, wenn sie ihn anschrie. In den Augen von Tomasz hatte er nichts Besonderes, mit Ausnahme der Stiefel, die er trug: nicht bis an die Knie, sondern über die Knie, mit weichen Schäften, die mit Lederriemen geschnürt waren und sich nach oben kelchartig erweiterten. Der dritte Sohn Wiktor, ein heranwachsender Junge, hatte vorquellende Augen, schlecht geschnittene Züge und stotterte, und wenn er schon etwas herausbrachte, dann verschluckte er einen Teil der Worte und stieß eigentlich nur Vokale aus, von einem gutturalen Ton begleitet, die für jeden Buchstaben gelten konnten, zum Beispiel: ›Das Heu haben wir schon gemacht‹ klang bei ihm: *goja gijo gla.*

Natürlich wieder der gedeckte Tisch und das Zwingen zum Essen, eine Riesenflasche mit *krupnik**: »Trinken Sie nur, mein Herr, Sie sind kein Kind mehr« und »Neh-

* Schnaps, mit Honig und mit Gewürzen gemischt. (A. d. Ü.)

men Sie das Glas«. Man hebt die Gläser und stößt an. Tomasz nippte, und Tränen stiegen ihm in die Augen, das Getränk brannte wie Feuer, aber die Bukowska stürzte es mit einem Schluck gurgelnd hinunter (sie schaute oft in die Flasche, wie Tomasz sich später überzeugte, tat so, als ob sie im Schrank etwas suchte, und *schlup!*, sofort den Schrank zu mit erhitztem Gesicht). Dyonizy schenkte eine Runde nach der anderen ein, Tante Helena ließ auch nichts aus – sie trank zwar nicht wie die anderen, sie machte leicht die Augen zu und schlürfte den Inhalt des Gläschens, als ob es Wasser wäre. Sofort wurden die Stimmen lauter, Witze, die er nicht verstand, die ganze Dummheit von Erwachsenen, er langweilte sich. Sie fingen an zu singen. Die Bukowska sprang auf, lief zur Wand und holte von dem Teppich, worauf ein Kätzchen gestickt war, eine Gitarre herunter. In der Mitte des Zimmers stampfte sie den Takt mit und dröhnte mit ihrer Baßstimme:

Aniu mein, Aniu liebe,
Warum gab die Mutter Hiebe?
Naschtest Kaffee, Zucker sehr?
Oder um der Jungfernehr?
Nicht um Zucker, Kaffee mehr,
Auch nicht um der Jungfernehr.
Aber deshalb gab sie Hiebe,
Weil ich Jungens gar so liebe.

Vom Beifall angespornt, schon im Sitzen, fuhr sie mit den Fingern über die Saiten, war gerührt, verdeckte die Augen und sang das Lied vom Wurcel. Dieses Lied kannte Tomasz, er hatte es von Antonina gehört und war erstaunt. Kann einer jung sein wie eine Beere, wenn er schon vierzig Jahre lang verliebt war? Denn das sind die Worte:

O Wurcel, o Wurcel, du Lebenstyrann.
Mein Seufzen, du Kalter, rührt dich nicht an.
Ich liebte dich lange, vierzig Jahre schon –
Die Briefe im Schreibtisch sind Zeugen davon.
Heirate nur, Wurcel, der Teufel dich bind!
Und mich junges Beerlein ein Fürstensohn find!

Freilich, bie der Bukowska kam das sehr komisch heraus, mit dieser verliebten Sentimentalität, aber noch komischer wurde es, als sie überging zu *Schirr an das Viergespann, da ich zu ihr fahren muß* – mit dem Refrain: *Muß, muß, muß*. Jedenfalls zog Tomasz es vor, wenn sie sich so miteinander verlustierten, statt nur aufzulegen und zuzugießen. Er war damit einverstanden, denn er hatte begriffen, daß man Geduld haben muß, sie können niemals die ganze Aufmerksamkeit auf einen Punkt lenken. Schon war seine Neugier entbrannt. Dyonizy erzählte von dem Wolfsnest nicht weit weg, daß er den Alten abends am Rand des Moores gesehen habe, also war es fast sicher, sie zogen hier ihre Jungen auf. Aber als Tomasz ihn auszufragen begann, zerfloß es gleich im Stimmengewirr, Gelächter und Tellerklappern. Trotzdem gab es viele Dinge in Borkuny zu erfahren. Übrigens fühlte er sich hier nicht so gehemmt wie in einem Herrenhaus, wenn sie zu Besuch angefahren kamen. Das Benehmen bei Tisch verlangte nicht dieses dauernde Achtgeben, es ermutigte ihn, wenn er ihre Nägel mit Trauerrand sah, ihre von der Feldarbeit hornharten Hände und auch die Achtung, die sie der Tante und ihm entgegenbrachten.

Von diesen beiden Borkuny-Höfen war der des Herrn Romuald der interessantere: Bei seiner Mutter beschäftigte er sich damit, vor allem zu wissen, wie es mit der Frucht stand, was man säen sollte, was der Flachs zur Zeit kostete, bei ihm hingegen: Pferde, Hunde, Flinten. Tomasz wünschte sich sobald wie möglich wieder dorthin, und doch stach ihn gleichzeitig jene Erinnerung, denn wirklich, er hatte doch nur durch seinen Blick ausgedrückt, wie das Mädchen ihm gefiel – ist es immer so, wenn einem jemand gefällt, muß man dann so tun, als ob nichts wäre?

Sie fuhren am Abend zurück, die Tante trieb mit den Zügeln das Pferd zum Laufen an, sie war lustig, ließ sich aber nicht merken, daß sie zuviel getrunken hatte. Die Dämmerung hier war anders als in Ginie, schon durch all das, was beiderseits des Weges auftauchte, sie sprach in vielen Stimmen, aus dem Gesträuch und den Wiesen drang Brausen, Quaken – Frösche oder Wildenten oder vielleicht andere Vögel? Ziegenmelker flatterten im schrägen Flug vor ihnen. Tomasz war von andächtiger Bewunderung durchdrungen, von diesem Brausen in der Dunkelheit, von den vielen Geschöpfen, deren verborgene Sitten und Geschäfte danach verlangten, sie kennenzulernen und ihnen auf der Spur zu bleiben. Dumm, daß die Menschen überall Äcker eingerichtet hatten. Sobald man mitten auf dem Feld ist, ist sofort die ganze Schönheit dahin. Wenn es von ihm abhinge, würde er das Pflügen verbieten, Wälder sollten überall wachsen und die Tiere darin herumlaufen. So sann er nach und beschloß, wenn er groß geworden wäre, ein Reich zu gründen, das ganz aus Wald bestehen wird, Menschen läßt man dort gar nicht herein, oder nur einige. Zum Beispiel solche wie Herrn Romuald.

34

Die Tätigkeit, der sich Tomasz mit Vorliebe in Borkuny widmete, wenn er die Erlaubnis bekam, einige Tage dort zu verbringen, kann vielleicht befremden. Manche Geschöpfe sind beschützt von der Angst, die bei ihrem Anblick die Menschen erfüllt. Angst oder Abscheu, was nicht von einer dunkel erkennbaren Gefahr bedingt sein muß: es sind Spuren, die bis auf unsere Tage aus verschwiegenen Überlieferungen und alten Gebräuchen fortdauern. Dieser Sphäre offen entgegenzutreten, in der nichts durch Worte erfaßt werden kann, das ist vielleicht ratsam, vielleicht jedoch nicht ganz und gar; entschließt man sich dazu, dann nur unter der Bedingung, daß man auf sich keine unbekannte Rache herabbeschwört. Tomasz indessen besiegte alle Ängste in sich, denn er betrachtete sich als einen Ritter, der das Böse zu vertilgen hat.

Wir sprechen von Vipern. Es gab davon ungewöhnlich viele in Borkuny, sie krochen in die Vorgalerie und drangen sogar ins Haus. Herr Romuald hatte einmal eine unter seinem Bett gefunden. Sie besaßen zwei Hauptlager. In einem kleinen Birkenwäldchen am Pfad, der zum Bache führte, wuchsen die Bäume dicht, und die Erde war mit einer Schicht dürrer Blätter bedeckt – dort in diese Schicht flitzten sie hinein und waren alsbald unauffindbar. Der Pfad diente ihnen als Sonnenterrasse, vielleicht krochen sie von da ins Feld, um Mäuse zu jagen. Die zweite Stadt hatten sie in einem Winkel des Morastes in den Moosinseln unter den Zwergkiefern gegründet. Um sie dort zu erreichen, mußte man Romualds lange Stiefel anziehen und mit etwas Herzbeklemmung ins Feindesland vordringen, wenn man an den wuchernden Pflanzen vorbeiging, die fast in Gesichtshöhe reichten.

Die Viper (den Büchern nach *Vipera berus*) scheidet im Beißen ein Gift aus, das einen schwer erkranken oder gar sterben läßt. Als Mittel gegen den Biß kennt man das ›Besprechen‹ oder das Ausbrennen der Wunde mit einem glühenden Eisen oder das Sichbetrinken bis zum Delirium. Übrigens, am besten ist es, alle drei Mittel auf einmal anzuwenden. Die in Borkuny waren grau mit schwarzem Zickzackmuster auf dem Rücken; aber im Walde begegnete man auch anderen, kleineren von Kastanienfarbe mit einem nicht schwarzen, sondern dunkelbraunen Zickzackmuster. Herr Romuald sagte, daß die Viper nicht, wie andere Schlangen, Eier lege: sie gebiert, über einem Ast hängend, aus dem Bauch, und während die Kinder auf diese Weise aus ihr herausschlüpfen, lauert ihr Kopf, um sie zu fressen, doch jene sind gleich behende und verschwinden im Gras. Eigentlich klettert sie nicht auf Bäume hinauf, jedoch geschieht auch dies, denn eine Viper hat einmal ein Mädchen, das Nüsse sammelte, ins Gesicht gebissen. In Borkuny waren sie eine richtige Plage, deshalb ist es nicht zu verwundern, daß Tomasz für die Rolle des Vernichters entbrannte.

Romuald erzählte auch von anderen Schlangen. Ungefähr zwanzig Werst von dort entfernt, inmitten der Wälder, breiteten sich große, niemals einfrierende Schlammlöcher aus, zu denen der Mensch keinen Zugang hatte. Übrigens hätte sich der Schlangen wegen, die dort lebten, auch niemand dorthin gewagt. Sie sind schwarz mit roten Köpfen, fallen den Menschen an, springen und beißen ins Gesicht oder in die Hand. Da gibt es keine Rettung, man stirbt, ehe man Zeit hat, »Jesus Maria« zu sagen, wie vom Blitz gerührt. Es wäre interessant gewesen, hinzukommen und nachzuschauen, welches Wild sich dort aufhält. Es scheint, Elche flüchten sich dorthin, wenn sie verfolgt werden.

In den heißen Tagen zog Herr Romuald in die Heuscheuer zum Schlafen. Man wußte nicht, ob es wegen der Hitze geschah, denn in dem von Buschwerk geschützten Haus war es niemals stickig; aber er zog es vor – da war mehr Luft. Tomasz konnte sich anfangs nicht an die unzähligen Fliegen oder Käferchen gewöhnen, die auf ihm herumkrochen und kitzelten. Der Duft frischen Heus schläferte ihn dennoch bald ein. Und am Morgen dieses Erwachen! Der Lärm der Vögel erfüllte zuerst den Traum, wurde immer stärker, er öffnete die Augen, über ihm zwischen den Dachschindeln sonnenstrahlende Spalten, auf den Holzschindeln kratzen kleine Krallen, Flügel schlagen, und man möchte erraten, wer dort herumgeht – vielleicht nur Spatzen oder etwas Größeres, sogar Waldtauben. Er fuhr auf und ging mit Romuald sich am Brunnen waschen. Vor ihm die Freude, der lange Sommertag. Sie aßen Schwarzbrot und tranken Milch. Tomasz zog hohe Stiefel an (man trägt sie hier sicherheitshalber), nahm seinen Haselnußstock und ging auf die Jagd.

Die Kunst beruhte darauf, leise heranzukommen, um zu vermeiden, daß die Vipern, aufgescheucht, zu schnell in die jungen Birken entwischten. Tomasz gewahrte meistens schon aus der Ferne einige dieser ausgestreckten Peitschen, die ihr Sonnenbad nahmen. Er überfiel sie und schlug mit dem Stock zu, auf den Kopf zielend. Darauf sprangen sie, wanden sich, krochen zum rettenden Dickicht, aber schon schnitt er ihnen den Rückzug ab. Er hatte auch einen zweiten, am Ende gegabelten

Stock mit einem Ästchen, das die Gabel auseinanderhielt, er drückte den Vipernkopf damit nieder, und das Ästchen sprang heraus. So trug er die Viper nach Hause, die bebte und wand sich – sie haben ein außerordentlich zähes Leben. Man hängte sie zusammen mit dem Stock zum Trocknen auf – getrocknete Vipern sind Medizin gegen Krankheit von Kühen, und die Leute am Fluß, wo es keine Vipern gab, verlangten oft danach.

Die Jagd im Moosgelände verlangte Vorsicht, weil da eine plötzlich in dem Rosmarinstrauch oder zwischen den Trunkelbeeren sitzen könnte und weil das weiche Moos verhindern würde, die Viper auf einen Schlag zu betäuben; übrigens verlangte die Jagd mit dem gegabelten Stock auf den sich hin und her werfenden Hals Übung. Als er schon eine Flinte trug (nicht diesen, sondern erst den folgenden Sommer), stieß Tomasz einmal auf eine Viper, die nicht weiter als acht Schritt von ihm auf einem Mooshügel zusammengerollt lag. Er schoß auf sie, und da geschah etwas Merkwürdiges: sie verschwand, als hätte sie sich in Luft aufgelöst, dabei bleibt der Schrot auf diese Entfernung doch dicht.

Im allgemeinen beweist der Kampf gegen die Vipern nicht, daß Tomasz sich von dem Aberglauben, der sie betraf, befreit hätte oder, besser gesagt, von dem unangenehmen Schauder gegenüber dieser Energie, von der niemand weiß, wie sie sich offenbaren wird. Die Kraft, die durch dieses Stück Schnur läuft, das widerliche Glitschen der Ringe am Bauch, der senkrechte Schnitt der Pupille – was für eine Ausnahme unter allen Lebewesen! Wenn es wahr ist, daß die Vögel wie von etwas gelähmt werden, wenn die Viper naht, dann kann man das leicht begreifen, denn die Kraft der Viper hat ihren Sitz in gewisser Weise jenseits von ihr, als ob ihr Leib nur als Zutat oder Instrument diente.

Im Frühling erlebte Tomasz im Walde bei Borkuny ein ziemlich seltenes Schauspiel, die Paarung der Vipern. Dies geschah in der Mitte einer Schneise. Er hielt an, nicht, daß er etwas zu seinen Füßen wahrgenommen hätte. Nichts außer einem Vibrieren, irgendeiner elektrischen Ladung. Der Tanz des Blitzes auf der Erde? Ehe er erkennen konnte, daß es zwei Schlangen waren, verschwanden sie.

Nicht nur mit dieser Art des Jagens beschäftigte er sich während jenes ersten Sommers der Freundschaft mit Herrn Romuald. Es wurde ihm die Ehre zuteil, unter seiner Aufsicht mit einem Jagdgewehr zu schießen. Zunächst nach der Wand der Heuscheuer, um mit dem Rückstoß beim Abschuß vertraut zu werden. Später nach einem lebenden Ziel. Sie hörten das Krächzen des Eichelhähers, sie stahlen sich, Finger auf dem Mund, näher heran. Jung und dumm, statt sich von einem Versteck aus bemerkbar zu machen, saß er auf einem herausragenden Zweig. Schuß, und Tomasz schrie auf, sauste, um ihn zu holen. Jedoch als er ihn an den Beinen hochhielt, die Flügel sich entfalteten und aus dem Schnäbelchen ein Blutstropfen fiel, verspürte er Enttäuschung, die er nicht zu gestehen vermochte. Man muß doch ein Mann sein und die Weinerlichkeit in sich ersticken, wenn man den Titel des Naturforschers und Jägers gewinnen will.

Er wurde an das Jägermetier herangelassen: Er wog mit einem Metallmaß den Schrot ab, während Romuald die Patronen zubereitete; mit Putzwolle, in Öl getränkt, reinigte er die Flintenläufe so, daß sie, wenn man durch diese langen Fernrohre gegen das Licht schaute, spiegelblank glänzten. Auch lernte er den Vögeln die Haut abziehen. Die Habichte überfielen oft die Hühner, und dann erscholl Barbarkas Schrei: »Vogel, Vogel!« (so war der Rufname für alle Raubvögel). Und einer wurde getötet, denn er flog nicht weg, sondern beobachtete, von den Hühnern fortgescheucht, vom Wipfel einer Erle den Hof. An ihm versuchte sich Tomasz. Man schneidet die Haut an der Brust und am Bauch auf, legt die Seiten auseinander, indem man sie mit einem Messerchen von unten von den Muskeln trennt. Die Haut geht leicht ab; die Schwierigkeit beginnt erst am Schwanz – die Federn dürfen nicht durchschnitten werden – und bei den Beinen – die Krallen müssen mit der Haut herunter; ist man an diesen Partien vorbeigekommen, läßt sie sich wie ein Strumpf ausziehen. Aus dem Schädel nimmt man das Hirn und die Augen heraus – auch eine schwierige Operation, eine ungeschickte Bewegung des kleinen Messerchens, und man zerreißt die feinen Augenlider. Mit Asche eingerieben und ausgestopft mit Werg, trocknet die Haut, man kann ihr die Form eines Vogels geben, der auf einem Ast sitzt, aber dazu ist Draht notwendig und Glasknöpfe für die Augen.

Tomasz wohnte zum erstenmal den Listen bei, die der Mensch dem Wild gegenüber anwendet, als er für einige Tage nach Borkuny kam, um beim Pilzesammeln zu helfen. Heiterer Morgen, der Himmel von blassem Blau, auf den Gräsern kalter Tau oder schon Reif. Im Tannenwäldchen nah am Haus gab es so viele Reizker, daß man Körbe füllen konnte. Herr Romuald hängte den Korb über die Schulter, hielt den Flintenriemen mit der Hand fest, in der Rocktasche hatte er ein beinernes Lockpfeifchen an der Schnur, das, wie er sagte, vielleicht von Nutzen sein könnte. Diese Lockpfeifen stellt man aus den Flügeln einer Ente her, manchmal aus Hasenknochen, aber dann ist ihr Ton nicht so rein. Man ahmt auf ihnen den Triller des Haselhuhns nach, daß man sonst nicht erspähen kann, bei jeder Gefahr schmiegt es sich so an den Baumstamm, daß es von der Rinde nicht zu unterscheiden ist. Auf das gegebene Zeichen hin blieb Tomasz, das Messerchen noch am Pilz, unbeweglich, in der Stille herabrieselnder Tannennadeln erklang ein zitterndes Pfeifen. Langsam schoben sie sich ins Dickicht, ins Halbdunkel. Herr Romuald legte die Lockpfeife an den Mund, blies zart und spielte mit den Fingern über die Löchlein. Tomasz' Herz schlug so laut, daß er Angst hatte, man könne es hören. Plötzlich antwortete ein Haselhuhn, und noch einmal, näher. Flügelgeschwirr, und vor ihnen, auf einem Tannenzweig sah er in rostfarbener Dunkelheit einen Schatten, der den Kopf nach allen Seiten drehte, den Gefährten suchend. Hochwerfen des Armes so rasch, daß das Echo gleichzeitig mit dem Schluß erscholl, und als der Rauch sich verzog (Romuald gebrauchte Schwarzpulver, nicht das rauchfreie), lag das Haselhuhn reglos unterm Baum, kaum von der Unterlage dürrer Nadeln zu unterscheiden.

Romuald verdiente nach der Ansicht von Tomasz, daß man ihn in ein Königreich einließ, dessen Eintritt gewöhnlichen Sterblichen verboten war. Denn die Anwesenheit von Wild erregte ihn, sein Wangenmuskel zuckte, er wurde ganz und gar Wachsamkeit, und in solchen Augenblicken ging ihn sicher nichts in der Welt mehr an. Seine Haushälterin Barbarka, das war etwas anderes – sie gehörte zu den Erwachsenen –, schade, so hübsch und – fast kindlich aussehend. Daß die Menschen leben können und dem Wichtigsten gegenüber gleichgültig bleiben, das mußte einen traurig machen – man weiß wirklich nicht, womit sie ihr Leben eigentlich ausfüllen. Barbarka, das ist wahr, verwandte viel Zeit zur Pflege ihres Gärtchens – sie zog entzückende Blumen, ganze Rabatten duftender Reseden, hohe Malven und Raute, die sie den Winter über grün zu halten verstand – zur Kirche steckte sie, wie alle Mädchen, die Raute ins Haar. Jedoch dieses Blitzen ihrer Augen, die Neugierde in ihnen und etwas wie ein Abschätzen mit irgendwelchen heimlichen Gedanken – das war fremd und erwachsen. Tomasz hatte ihr jenen ersten Spottnamen verziehen und tat von da ab so, als ob er ihr gar keine größere Aufmerksamkeit schenkte, aber ihre Nachsicht ärgerte ihn, so hielt sie zum Beispiel Flintenputzen für ein Kinderspiel. Wenn er doch ihrem Mund Worte der Bewunderung, der Hochachtung hätte entreißen können – aber das gelang nicht. Der Beute gegenüber, die er von seinen Viperexpeditionen mitbrachte, zeigte sie sich voll Abscheu, sagte »Pfui!« und verzog die Mundwinkel in einer Art Lächeln, als wäre in dergleichen Beschäftigung irgendwelche Unanständigkeit enthalten.

35

Romuald hatte vier Hunde: drei Jagdhunde und einen Vorstehhund. Der schwarzgefleckte Zagraj mit gelblichen Brauen bellte im Baß. Im gesetzten Alter, war er wegen seiner Hartnäckigkeit und seiner Ausdauer geschätzt, wodurch er seinen nicht mehr als mittelmäßigen Geruchssinn wettmachte. Wenn er die Spur verlor, suchte er nicht ziellos hin und her, sondern zog Kreise nach einem vernünftigen Plan. Der ähnlich aussehende, nur etwas schlankere Tenor Dunaj wurde nicht geschätzt, weil er ein Phantast war. Einmal verdiente er das höchste Lob, das anderemal taugte er zu nichts, seinen Eifer machte er von seiner Laune abhängig, und oft markierte er nur, als ob er sagen wollte: »Singen kann ich, aber suchen mögen die anderen, ich habe heute Kopfweh.« Untrüglichen Geruchssinn und Feuereifer, lauter Tugenden, repräsentierte die gelbe Hündin Lutnia von der Rasse der Kostromer Jagdhunde. Die Glut in ihren vollkommen goldenen Augen schillerte violett und blau, ihre schönen Pfoten stützte sie liebevoll gegen Herrn Romualds Brust, wenn sie sein Gesicht zu lecken versuchte. Diese drei verbrachten den Sommer in Langeweile an Ketten, denn freigelassen, verstanden sie ihre eigenen Jagden zu veranstalten, sich gegenseitig das Wild zutreibend. Herbstspinnweb über den Pfaden versprach Erlösung, hingegen für den Pointer Karo begann damit die Zeit des Nachsinnens unter dem Ofen, wo man, die Schnauze unter dem Schwanz, seinen eigenen Geruch einatmet.

Die ganze Woche vor jenem Sonntag zählte Tomasz die Tage, am Sonntag fuhr er mit der Tante, die wieder zurückkehrte, während er in Borkuny zur Nacht blieb. Er wälzte sich vor Erregung hin und her, zerwühlte das Bettuch, und das Stroh stach ihn: jedoch vom Gewicht des Schafpelzes, mit dem er zugedeckt war, wurde er warm und schlief fest ein. In der kaum grau werdenden Dunkelheit wurde er von einem Klopfen ans Fenster wach. Dyonizy und Wiktor drückten ihre Gesichter daran. Gähnend kamen sie herein. Barbarka, verschlafen, mit lose im Rücken hängendem Haar, brachte ein Lämpchen mit verrußtem Glas, machte Feuer in der Küche und briet Kartoffelpuffer. Draußen Nebel und nichts als die schweren, von den Zweigen fallenden Tropfen nahe der Hausfront.

Beim Frühstück tranken die Brüder je eins, Wiktor verlangte: »*Bagaga, zeg, reg nie*«, was soviel bedeutete wie: Barbarka, zeig das Knie!« – das ist Brauch, das bringt Glück –, aber sie schnippte nur mit den Fingern. Die Hunde tobten vor Freude, man nahm sie an die Leine. Tomasz bekam Dunaj und stemmte sich aus allen Kräften nach hinten, um nicht laufen zu müssen, so heftig zog der Hund ihn. Sie gingen einen Pfad zu dem kleinen Fluß hinunter über den Steg zum Staatswald. Romuald stand sich gut mit dem Förster, und dieser erlaubte ihm zu jagen, so halb offiziell.

Große Stille, der Nebel war etwas gefallen, aus ihm tauchten üppige, nasse Gräser, und die Rostfarbe der Blätter bedeckte die Pfade. Das Echo des Trompetchens, das Herr Romuald an den Mund setzte, trug weit, er blies die Wangen auf, bis das Blut ihm in die Augen stieg. Bei Tomasz, wenn er es versuchte, gab das Trompetchen zwar Töne von sich, aber es gelang ihm nie, diese in eine Melodie zu verbinden.

Herbstgerüche: woher sie kommen, welche Mischungen sie bilden, das läßt sich nicht beschreiben; modernde Blätter und Nadeln, die Feuchtigkeit der weißen Schimmelfäden, in der Schwärze, unter dem glitschigen Zweigwerk, von dem sich die Rinde abschält. Von dort, wo sie stehengeblieben waren, breiteten sich die guten Plätze nach allen Seiten aus. Kleine Lichtungen, getrennt durch junge Kiefern in bürstenähnlichen Reihen. Eine Schneise an der Grenze des Hochwaldes, schräg von ihr eine zweite, die in die Tiefe führte, glatt wie eine Landstraße, moosbewachsen, ein Pfad in der Mitte. Das Wild hält an seinen Gewohnheiten fest. Aufgescheucht, zieht es seinen Kreis, um seine Verfolger loszuwerden, und schlägt sich im Laufen auf einen seiner

Wege, den es jeden Tag benutzt. Nach dem Hundegebell erkennt man die Richtung, man muß den Durchgang erraten, den es wählt, und zur rechten Zeit da sein. Die Aufmerksamkeit des Wildes ist derart auf die verfolgenden Hunde konzentriert, daß es keine Gefahr von vorne erwartet und direkt auf den Menschen zustürzt.

Tomasz trug kein Gewehr, er nahm als Gehilfe niedrigen Grades teil. Er sollte sich an Romuald halten. Sie ließen die jaulenden Hunde los, die sofort ins Dickicht tauchten. Zagraj sprang, schnüffelnd, heraus, lief an ihnen mit fragendem Blick vorbei. »Du, Dyonizy, gehst auf die Schneise zu«, sagte Romuald. »Und du, Wiktor, zur Rotwiese. Tomasz und ich bleiben hier.« Die anderen entfernten sich, ihre Rücken mit den Flintenläufen verschwanden hinter den Bäumen. »Du wirst sehen, daß Lutnia losgeht«, prophezeite Romuald.

Irgendwo klopfte ein Specht, irgend etwas raschelte, die Rinde kratzend. Plötzlich hörten sie ferne eine dünne Hundestimme: *Aj, aj!* »Hab ich's nicht gesagt? Lutnia.« Wieder nichts. Und wieder: *Aj, aj!* »Sie nimmt die Spur auf, die ist noch undeutlich, sie muß noch arbeiten.« Da hörte Tomasz zum erstenmal im Leben den Chor der Meute: *Ach, ach, ach, ach*, ging es jetzt gleichmäßig, und bald kam eine zweite Stimme hinzu. »Dunaj!« rief Romuald und riß die Flinte von der Schulter; mächtig, in langen Abständen, erklang der Baß von Zagraj. Tomasz staunte, daß aus den Kehlen der Hunde solche Musik heraustönen kann, die irgendwo in der Waldestiefe erschallt, wirklich ein Chor, von der Ferne gedämpft. »Sie haben den Hasen gewittert. Aber der kommt hier nicht heraus. Nun lauf, Tomasz.« Und Tomasz rannte hinter Romuald, erst leicht, später fing er an zu schnaufen, er konnte kaum nachkommen. Von der Schneise schlugen sie sich seitwärts, zwischen Haselsträucher, in die Schlucht, durch den Grund der Schlucht weiter und hinauf auf die Böschung. »Hier« – Romuald deutete auf das niedrige Tännlein, wo er stehenbleiben sollte, er selbst stand in der Mitte, voll Spannung, mit vorgestrecktem Hals, in der Hand die schußbereite Flinte. Die Böschung, an dieser Stelle bräunlich von abgefallenen Nadeln, senkte sich sanft in ein grünes Tälchen; das war deutlich zu übersehen, dahinter abermals ein fahler Streifen zwischen Waldwänden. Der Chor der Hunde brach links von ihnen hervor. Verlangen, Beharren, Wildheit, und erstarb. *Aj, aj!* heulte Lutnia; sie schlug wieder an.

Wird etwa ... Ja! Tomasz erschien er riesengroß, fast rot auf dem Grashintergrund, als er plötzlich aus dem Tälchen gegenüber ausbrach. Mit aufgesperrtem Mund, war Tomasz einen Augenblick froh, daß er nicht schießen mußte, das Fieber, als jener so nahte und wuchs, überstieg seine Kräfte, und so überraschte ihn, offenen Mundes, der Schuß. Den Hasen warf es hoch, er überschlug sich in der Luft, und schon das Flimmern zappelnder Pfötchen. Tomasz sprang als erster zu. Romuald schulterte die Flinte und näherte sich langsam, lächelnd. Nein, die Hunde waren die ersten. Dunaj zerriß ihn schon, er hielt Tomasz ein Maul voll Haare hin. Romuald holte ein Messerchen hervor, schnitt die Läufe ab und warf sie den Hunden zu, indessen er Lutnia für gute Arbeit streichelte. Er zündete eine Zigarette an: »Dieser Dunaj bringt es fertig, einen Hasen zur Hälfte aufzufressen, wenn er ihn verwundet findet und man nicht rechtzeitig kommt«, sagte er.

Tomasz versuchte sich erklären zu lassen, wieso Romuald wußte, wo man sich hinzustellen hatte. Dieser lachte: »Man muß sich auskennen. Wenn sie ihn dort gewittert haben« – er deutete nach der Schlucht mit den Haselnüssen – »und er dorthin abbog« – er zeigte nach links –, »dann muß er hier herauskommen. Er kommt an den Ort zurück, wo er wohnt.«

Er blies seine Trompete, um Dyonizy und Wiktor herbeizurufen. Sie setzten sich auf Baumstümpfe. Blasse Sonne durchdrang den Nebel. Tomasz fragte, welchen Tieren sie jetzt begegnen könnten. »Einem Rehbock, vielleicht einem Fuchs, aber nicht oft, der ist zu schlau.«

Als die anderen endlich aus dem Dickicht auftauchten, die nassen Tannenzweige auseinanderschiebend, hielten sie Rat und schlugen den Weg über die Böschung ein zwischen trockenen, terrassenartig mit Steinen befestigten Wegen, die wie breite Stufen waren. Und dort – sie gingen ruhig vor sich hin und plauderten – heulten die Hunde plötzlich in heftigen Klagen, mit gekränktem Stöhnen auf: *Aj, aj!* Sie griffen nach den Gewehren. »Die Hatz geht los!« schrie Dyonizy, und vor Tomasz flitzte an einem Hang der Hase wie ein Streifen auf, hinterdrein die ausgestreckten Glieder von Dunaj, Lutnia und Zagraj. »Weg!« stellte Romuald fest, »jetzt braucht man sich nicht zu eilen.« Und er erzählte eine Geschichte von Jägern, die sich, während ihre Hunde einen so großen Bogen schlugen, daß man sie kaum noch hören konnte, zum Kartenspiel unterm Baum niedersetzten, der Hase aber sprang ihnen über die ausgelegten Karten. Diese Geschichte empörte Tomasz, als Beispiel für das frevelhafte Verhältnis der Menschen zu wesentlichen Aufgaben. Nicht ganz unbegründeter Verdacht flüsterte ihm ein, daß die Jagd für manche nicht mehr Sinn habe als Schnaps und Karten, sie bedeutet ebenso einen Zeitvertreib.

Die wütende Klage verwandelte sich in das Geheul richtiger Verfolgung, und das entfernte sich immer mehr. Ohne Hast stellten sie sich auf ihre Posten. Die Eichelhäher, von ihrer Anwesenheit aufgeschreckt, krächzten. Tomasz' Blick bohrte sich in die Linie des Weges vor ihm, da ertönten zwei Schüsse, ihr Echo trug das Rauschen der Bäume davon. ›Dyonizy‹, erriet Tomasz, denn Wiktor konnte nicht zwei Schüsse aus seiner einläufigen *berdanka* abgeben.

An der Wegbiegung hinter den Stämmen wurde das ganze Schauspiel, verkleinert wie im Glas, sichtbar: Dyonizy, den Hasen zu seinen Füßen, die Hunde. Auf Romualds Sticheleien gab er zu, daß er das erstemal vorbeigeschossen und dann getroffen hatte. Romuald trank aus einer flachen, mit Filz umnähten Flasche; als er sie Tomasz zum Scherz anbot, schlug dieser ab und überlegte, ob diese Flüssigkeit sich mit der Würde Romualds des Großen vertrage.

»He, Tomasz, deine Stiefel sind futsch.« Tatsächlich, die Stiefel, die er für die Kirche anzog, eigneten sich nicht zum Herumstrolchen im Tau. Nun er jetzt fast schon ein Eingeweihter war, sollte er Stiefel mit hohen Schäften tragen, wenn möglich mit Riemen, die man unterm Knie schließt, wenn man schon nicht von solchen Stiefeln, wie Dyonizy sie trug, träumen durfte, die übers Knie reichten. Die Person, die man mit einer solchen Bitte rühren könnte, war Großvater, denn die Großmutter und die Tante würden bestimmt dagegen sein, schon aus Sparsamkeit.

36

Der Großvater schaute die Bände der *Geschichte des alten Litauen* von Narbutas durch, denn er hatte den Inhalt der Bibliothek gar nicht nachgeprüft, bevor Tomasz begann, in den Schränken mit alten Büchern zu stöbern. Auf Großvaters Rat trug Tomasz diese Bände zum Schwarzen Józef, und von ihm gelangten sie zum Pfarrer Monkiewicz. Sicherlich hat jeder von beiden in diesen Büchern etwas anderes gefunden, je nach dem eigenen Interesse. Der Pfarrer räusperte sich zornig und rückte sich auf seinem Stuhl zurecht, wenn er von der unerhörten Menge der einst im Lande verehrten Göttinnen und Götter las, und er fand da den Aberglauben wieder, der ihm nur allzusehr bekannt war, diesen merkwürdig ausdauernden Aberglauben, an dessen Ausrottung er arbeitete. Es ist nicht sicher, ob Lektüre dieser Art für die Seele gesund ist. Zum Beispiel, man schließt das Buch, legt die Brille weg und geht zu anderen Tätigkeiten über – und dann, vollkommen unerwartet, springt das Bild des Ragutis hervor, so, wie man ihn irgendwo im Sand der Wälder ausgegraben hat. Ein dicker Gott der Trunkenheit und der Ausschweifung. Aus einem Eichenklotz geschnitzt, lächelt er schalkhaft, seine Füße in Latschen sind riesengroß, er steht auf ihnen ohne Stütze, in vollständig genau dargestellter Unanständigkeit, *in naturalibus*. Und es ist unmöglich, nicht an ihn zu denken.

Was Józef betrifft, so waren manche Kapitel wie speziell für ihn geschrieben, etwa diese, die von der Göttin Liethua erzählen, die dem Autor zufolge der skandinavischen Freya ähnelt und die Freiheit beschützt. Das Vaterland hatte nach Jahrhunderten die Unabhängigkeit wiederbekommen, aber nicht einmal die kleinste Aschenspur ist von Lejcys übriggeblieben, der von dem Herrn gepfählt oder erhängt worden war. Bis an das Ende der Welt wird man nichts von ihm entdecken außer dem Namen auf einem Stückchen Pergament eines königlichen Privilegs aus dem Jahre des Herrn 1483. Durch dieses Privileg empfing der Edelmann Rynwid Land ›Zum Lohn für die Niederwerfung des Aufstands der Bauern, die mehr Freiheit als die ihnen vom Gesetz zugestandene verlangten; im gleichen für die Gefangennahme des Rebellenführers, genannt Lejczis, der, ohne die Würde und das Ansehen der Königlichen Majestät zu achten, gewagt hatte, vor dem König eine Katze emporzuhalten, als Symbol der heidnischen Freiheit von Liethua‹.

Der Geschichtsschreiber Narbutas, ein Landedelmann wie jener Rynwid oder wie Surkont, schenkte im Jahre 1805 seine Uhr einem Manne, der ihm während eines Jahrmarkts die Worte eines uralten Klageliedes an die Göttin wiederholte, so hat das Lied die Neugierde des Sammlers entfacht: *Winzige Liethua* – klingt das Lied – *teure Freiheit! Du hast dich im Himmel verborgen, wo soll man dich suchen? Wird nur der Tod unsere Zuflucht werden? Wohin auch der Unglückliche schauen mag – schaue der nach Osten, schaue er nach Westen – Armut, Zwang, Unterdrückung. Schweiß der Arbeit, Blut von Schlägen haben die große Erde überströmt. Winzige Liethua, teure Freiheit, steige nieder vom Himmel, erbarme dich!* Selbstverständlich, das war etwas für Józef. Und so unterhielten sie sich über das Buch, jeder nach seiner Seite zielend, im Pfarrhaus, in einem Zimmer, wo die Uhr tickte, wo die Gesichter der Dahlien durchs Fenster schauten. Das ganze schöne Gärtchen hatte Magdalena angelegt, und es genügte etwas Pflege schon, um es zu erhalten.

An einem Herbstnachmittag war Józef weniger geneigt zur Rückschau in die Vergangenheit, weil ihm im Städtchen eine unangenehme Nachricht zu Ohren gekommen war, und langsam breitete er seine Fragen vor dem Pfarrer aus; dieser, die Hände auf dem Bauch, schloß halb die Lider. Im wesentlichen waren diese Klagen ein Teil ihrer üblichen Plaudereien, aber jetzt entstand im Zusammenhang mit dem Herrn ein deutlicher Zweifel, wie man zu handeln habe.

Józef zählte Surkonts Äcker, Wiesen und Weiden auf und weihte den Pfarrer in das ein, was er erfahren hatte. Daß dieser, scheinbar Bester unter allen, sich auch hinterlistiger Schliche bediente, das verlangte doch zum mindesten ein Achselzucken.

»Und wofür hat er es nötig?« fragte Józef. »Wird er sein Hab und Gut mit ins Grab nehmen? Wenn sie überall so nur sich selbst helfen wollen, wer wird dann den Boden bekommen? Warum wollen sie nicht begreifen, daß ihre Zeit vorbei ist?«

In Lettland ließ man ihnen nur vierzig Hektar, und das war besser. Der Pfarrer murrte, der Kern liege nicht in der Zahl der Hektar, wohl aber darin, daß das Volk verdorben sei und daß die Beamten sich vor jedem verneigten, der reich ist. Józef meinte, es sei Sache der Nachbardörfer, zu entscheiden, was man wem wegzunehmen habe. Das sei Anarchie, erwiderte der Pfarrer. Möglich, aber wie sollte man sonst vorgehen?

Jedenfalls mußte etwas unternommen werden. Keineswegs billigte Józef die Denunziationen oder sonstige Bemühungen, die, selbst anders genannt, auf dasselbe hinausliefen. Aber es kommt vor, daß es keinen anderen Ausweg gibt. In diesem Fall hat man abzuwägen: Soll man durch Gleichgültigkeit die Schuld auf sich laden oder seine Pflicht erfüllen, selbst wenn sie unangenehm ist? Man muß voraussehen, welche Folgen es für den Nächsten mit sich bringen kann. Wie auch immer, Surkont werden sie weder töten noch ins Gefängnis werfen. Sie werden auch nicht sein Vermögen konfiszieren, er wird nur weniger Land haben. So ungefähr erklärte er das dem Priester und bat diesen, seine Meinung zu sagen.

Der Pfarrer dachte nach, strich sich über die Glatze und traf endlich ins Schwarze.

»Hat Surkont Bauholz für die Schule versprochen?« fragte er.

»Hat er versprochen, beim ersten Frost.«

»Wenn er also geben wird und die Bauern geben werden, wieviel fehlt dir dann noch?«

»So an die dreißig Klafter.«

»Hm.«

In diesem *Hm* verbarg sich vieles. Bis dahin war Józef diese Lösung nicht in den Kopf gekommen, aber jetzt sah er klar. Es würde genügen, sich mit Surkont zusammenzusetzen und, indem man tut, als ob man nichts Bestimmtes wolle, zu verstehen zu geben, daß man alles weiß und entschlossen ist, dieses Sichdrücken vor der Parzellierung nicht zuzulassen. Dann würde jener zu allem bereit sein, und zur Besänftigung mußte die Frage der dreißig Klafter im Nu sich regeln.

Er fragte nicht weiter, und sie vertieften sich in eine Diskussion über Politik, das heißt in Überlegungen, ob der Großfürst das Land hätte retten können, wenn er doch nur die Wahl hatte, entweder mit den Polen gegen die Kreuzritter oder mit den Kreuzrittern gegen die Polen zu gehen. Ein wichtiger Streit, wenn man bedenkt, was aus der Entscheidung für das erste entstanden war. Nimmt man allein Michalina Surkont, die eher sterben würde als zugeben, eine Litauerin zu sein. Und Surkont selbst und tausend andere wie er. So kam es, daß von einem Ereignis, das vor einigen hundert Jahren stattgefunden hatte, Kreise sich ausbreiteten wie von einem ins Wasser geworfenen Stein.

»Und wie steht's mit Tomasz' Vater?« fragte der Pfarrer.

Ein Lächeln Józefs, aber bitter.

»Hat keinen Sinn, darüber zu reden. Er kommt nicht wieder. Jetzt würde er, weil er in ihrem Heer gedient hat, den Weg ins Gefängnis nehmen. Und den Sohn wird er wohl nach Polen kommen lassen.«

Der Pfarrer seufzte.

»Sie schämen sich, einem kleinen Land anzugehören. Für sie gibt es nur die großen Städte. Narbutt jedoch schämte sich nicht. Allerdings war damals die Nationalität etwas anderes.«

»Ich denke, daß die Menschen irgendein Wahn befällt.«

Pfarrer Monkiewicz schüttelte den Kopf.

»Nein, das hat sich so vermischt. Die alte Frau Dilbin, diese Großmutter von Tomasz, stammt von Deutschen. In Preußen aber gibt es litauische und polnische Namen, und alle sind gleichwohl Deutsche. Daß nur ja nicht aus solcher Vermischung etwas Böses kommt.«

Die *Geschichte* gab Józef nach einigen Monaten Tomasz zurück, und die Unterhaltungen, zu denen sie geführt hatte, waren weder auf dem Rückenleder noch auf den steifen Seiten registriert worden. Das in den Schrank zurückgestellte Werk wurde wieder vom Moder durchtränkt, und winzige Insekten wanderten darüber, die an dem Leben in Feuchtigkeit und Halbdämmerung ihr Gefallen fanden.

Surkont ist niemals von Józef besucht worden, um für das Holz zur Schule sein Schweigen anzubieten, obschon es nachweisbar bleibt, daß er sich lange mit solcher Absicht herumgetragen hat. Es war keine leichte Entscheidung: Auf die eine Waagschale legt man sein nächstes Ziel, die Schule, auf die andere das Prinzip und das Wohlergehen der Häusler, die bei der Parzellierung Land bekommen würden. Das Prinzip siegte. Was immer noch nicht die anzuwendenden Mittel festlegte. Das erste Mittel: Surkont geradeheraus erklären, daß man weiß, woran man ist, und in der Stadt es an der richtigen Stelle sagen könnte – was unwahr ist, bleibt unwahr. Also, offener Krieg. Zweites Mittel: Nichts verraten, im verborgenen handeln, heimlich bei den Behörden Klage einreichen. Drittes Mittel: Warten und achtgeben, bevor man zum Handeln übergeht, was aus diesen Schlichen sich ergibt. Das meiste sprach für diesen letzten Weg, weil die Hast der Feind der Vernunft ist und weil manches durch Geduld in Ordnung kommt.

37

Tomasz hatte sein Reich. Freilich, vorläufig nur auf dem Papier, aber er konnte alles darin einrichten und jeden Tag nach seiner Laune verändern. Den Einfall gaben lange Rollen Pauspapier, die der Großvater und Tante Helena (diese kam jetzt öfter angefahren) auf dem Tisch entrollten. Mit Wasserfarben waren darauf verschiedene Vierecke und Grenzlinien gemacht – Pläne des Grundbesitzes von Ginie. Helle, gleichmäßig angelegte Ebenen schienen durch das Papier.

Tomasz' Reich war absolut unzugänglich, von allen Seiten von Mooren umgeben, solchen wie jenes, wo die Schlangen mit rotem Kopf wohnten. Seine ganze Fläche sollten Wälder bedecken, jedoch besann er sich eines anderen, und er fügte ein bißchen helles Grün von Wiesen hinzu. Wege sind nicht notwendig, weil durch keinen Urwald ein Weg führt, also dienten zum Verkehr Flüsse, untereinander durch blaue Streifen von Kanälen verbunden, und Seen. Die von ihm speziell eingeladenen Leute würden dorthin gelangen, jawohl, denn er hatte geheime Übergänge in den Mooren angezeichnet. Alle Einwohner – nicht viele, das Land sollte vor allem der Bequemlichkeit der Tiere dienen, zum Beispiel der Auerochsen, der Elche, der Bären- würden ausschließlich von der Jagd leben.

Schon brach die Herbstkühle an, und er hatte keinen Tisch; den, der sich in dem im Winter verschlossenen Teil des Hauses befand, hatte man in den Anbau zurückgenommen. An ihm fanden die verschiedenen Unterhaltungen und das Plänestudieren statt, wobei das Wort *Reform* immer wieder vorkam, und weil er vor der Ausfragerei Tante Helenas, die ihre Nase hineinsteckte, Angst hatte, zog Tomasz, sobald diese Gefahr nahte, mit seiner Karte und anderen Arbeiten zu dem Tischchen in Großmutter Dilbins Zimmer um. Diese störte ihn nicht, übrigens deshalb, weil sie meistens krank zu Bett lag. Dafür mußte er ihre Klagen und ihr Schelten anhören, alle hätten sie vergessen, sie säße hier bei Fremden, sie würde in diesem Loch zugrunde gehen und ihre Söhne nie, nie wiedersehen. Sie wetterte auch gegen die Litauer wegen ihrer schwarzen Undankbarkeit. Wenn Konstanty und Teodor und das ganze polnische Heer sich nicht mit den Bolschewisten schlagen würden, dann würden sie sehen, was von ihrem Litauen übrigbliebe. Und das war der Lohn, den Tomasz' Vater und sein Oheim davontrugen: Sie durften nicht einmal für wenige Tage in ihre Heimat kommen, als seien sie echte Verbrecher. Ihre Briefe kamen auf Umwegen über Lettland und mit bedeutender Verspätung, selbst das Schreiben war zwischen Polen und Litauern verboten worden. Und ganze Komödien wurden mit den Briefen angestellt. Tomasz beobachtete die Vorwände, die Großmutter anwandte, um irgend jemand zu zwingen, den man mit den Pferden zur Post schickte, wenn sich lange keine Fahrgelegenheit ins Städtchen bot. Sie tat, als ob sie am Sterben wäre, damit jemand, selbst beim schlimmsten Dreck, zum Doktor Kohn fahren sollte. Und nachher, wenn sie die Briefumschläge beim Öffnen zerriß, zitterten ihre Finger, sie zwinkerte mit den Augen, auf den Wangen erschienen ziegelrote Flecken.

Sie wurde von Tomasz nicht ernst genommen. Ihr Klagegemurmel ließ er an seinen Ohren vorbeigehen, und zu gleicher Zeit fühlte er eine Art Zorn, weil sie nicht aufhörte, von diesem ihrem Konstanty zu reden. Großmutter Misia und die Tante sprachen von ihm als von einem Tunichtgut. Neuerdings war er aktiver Offizier geworden, Ulanenleutnant, also hatte er sicherlich nicht gestanden, daß er nur drei Gymnasialklassen hinter sich gebracht hatte, da man die ganze Schule absolvieren muß, um Offizier zu werden. Wie sie ihn immer wichtig nahm, das hatte etwas Lächerliches. Ebenso das ewige Schimpfen über Ginie: Sie sei der Gnade der Surkonts ausgeliefert, in diesem Hause, wo niemand auch nur ein anständiges Mittagessen zu sich nehme, wo niemand dasei, an den sie ein Wort richten könne, sie klagte über Antonina, die hier die Herrin spiele, selbst über den Haustabak, den Tomasz für sie in schmale Streifen schnitt, um daraus Zigaretten zu drehen – übrigens sahen diese erst dann hübsch aus, wenn man mit der Schere die aus den Papierhülsen heraushängenden Fasern abgeschnitten hatte und er die gleich lang gewordenen Röllchen mit Vergnügen ins Kästchen ordnete. Er hörte der Großmutter nur dann aufmerksam zu, wenn sie erzählte, wie herrlich es werden würde, käme endlich seine Mutter angefahren, um sie und ihn wegzuholen.

Ein paarmal in der Woche wanderte Tomasz ins Dorf, um bei Józef Stunden zu nehmen. Wenn er die Ziffern sorgfältig aufschrieb, bemühte er sich sehr, denn es lag ihm am Lob des Lehrers, wobei es nichts ausmachte, daß beide Großmütter und die Tante gegenüber Józef keinen Respekt zeigten. Józef, mit auf den Tisch gestützten Ellbogen, hob die Schultern, der Adamsapfel im sehnigen Hals ging auf und ab, und in seiner Schwerfälligkeit war etwas Ernsthaftes, auf das Verlaß war. Und vielleicht fehlte grade Tomasz jemand, bei dem man wußte, wenn er sagte: Das ist gut und das ist schlecht, daß es auch so war.

Von Zeit zu Zeit erschienen litauische Beamte, dann versteckten sich Großmutter Misia und die Tante; denn es schickte sich nicht, sie höflich zu empfangen, sie wollten sich nicht durch die ihnen unangemessene Gesellschaft von *Sauhirten*, wie sie sagten, besudeln lassen, es waren ja nur sogenannte Beamte und eigentlich Bauern. Tomasz spähte durch die angelehnten Türen und sah sie zusammen mit Großvater dasitzen, der aus Diplomatie so tat, als ob er trinke, um sie zum Schnaps zu ermuntern. Danach fuhr der Großvater mit ihnen zum Getreidespeicher, und dort lud Pakėnas auf ihr Fahrzeug einen oder zwei Säcke Hafer für die Pferde.

Diese Besuche vermehrten nur die Unterhaltungen über *Geschäfte*, woran sogar Großmutter Misia teilnahm und, am Ofen stehend, sich hin und her wiegte. In *Ge-*

schäften machte sich der Großvater auf die Reise zur Stadt. Er brachte Geld und Dokumente in einem Leinentäschchen unter, hängte dieses um den Hals und steckte es noch vorsichtshalber mit Sicherheitsnadeln an dem warmen Unterhemd fest. Erst darüber zog er das Hemd an, die Wolljacke und die Weste. Zwischen die Ecken des gestreiften Kragens schob er den von einem Gummi gehaltenen Krawattenknoten ein. Von der einen Westentasche zur anderen hing die Uhrkette.

Infolge seiner Besuche auf Borkuny arbeitete Tomasz im Zimmer der Großmutter Dilbin oder, wenn er es dort nicht mehr aushalten konnte, im Eßzimmer unter der Lampe an einem besonderen Heft, das wie ein Buch aussah. Er schnitt Papierbogen zu, klebte sie aneinander und gab ihnen einen Kartondeckel, worauf er geschrieben hatte: *Vögel*. Wenn man hineingeschaut hätte (was niemandem gelang, denn der Wert des Werkes beruhte auf seiner Geheimhaltung, und jeden, der es gewagt hätte, sie zu verletzen, würde Tomasz gehaßt haben), hätte man dort Titel mit großen unterstrichenen Buchstaben gefunden und darunter Beschreibungen in kleineren Buchstaben. Es fiel ihm schwer, seine Neigung zu Ungetümen von Buchstaben zu überwinden, er führte die Feder langsam und half sich, indem er dabei die Zunge herausstreckte. Er brachte es zustande, denn das Ganze präsentierte sich immerhin sauber.

Nehmen wir zum Beispiel die Spechte. Selbstverständlich den, der immer am meisten entzückte und der winters im Park erschien – groß, buntscheckig. Es gibt nur eine Art dieser Größe mit rotem Kopf, also:

Der Gesprenkelte Specht – Picus leucotos L. Und darunter: *Bewohnt Laubwälder, wenn er dort eine Menge alter, vermodernder Bäume findet, oder auch Gegenden mit alten Nadelbäumen bewachsen. Im Winter nähert er sich Menschensiedlungen.*

Oder: *Schwarzer Specht – Picus martius L. – der größte der Spechte. Er ist schwarz und hat am Kopf einen roten Fleck. Nistet im Nadelwald oder in Birken.*

Diesen Specht hatte Tomasz in Borkuny gesehen – nicht aus der Nähe, denn das erlaubt er nicht, er blinkt, wie man sagt, nur grade zwischen Birkenstämmen auf, und das Echo trägt seinen durchdringenden Ruf: *Kri, kri, kri.*

Allerdings wußte Tomasz nicht, daß man nach dem lateinischen Namen ein *L.* oder *Linné* schreibt zu Ehren des schwedischen Naturforschers Linné, der als erster die Gattungen klassifiziert hatte; er setzte es gewissenhaft hinzu, damit sein Buch über Vögel sich nicht von anderen systematischen Verzeichnissen unterschied. Die lateinischen Namen gefielen ihm wegen ihres schönen Klangs, zum Beispiel *Goldammer – Emberisa citrinella*, oder *Krammetsvogel – Turdus pilaris*, oder *Eichelhäher – Garrulus glandarius*. Manche dieser Namen zeichneten sich durch eine außergewöhnliche Zahl von Buchstaben aus, und seine Augen gingen von seinem Heft auf die Seiten der alten Ornithologie, um ja nicht einen auszulassen. Indessen, wenn man sie einigemal wiederholte, klangen auch sie gut, und der des Nußhähers war vollkommen magisch: *Nucifraga caryocatactes.*

Dieses Heft bewies, daß Tomasz fähig war, seine Aufmerksamkeit auf das, was ihn fesselte, zu konzentrieren. Die Mühe lohnte sich, denn den Namen eines Vogels zu kennen und ihn in Schrift einzuschließen, das war fast dasselbe, wie ihn für immer zu besitzen. Eine unendliche Fülle an Farben, Schattierungen, an Pfiffen, Trillern, Flattern – die Seiten umblätternd, hatte er das hier vor sich, er handelte und ordnete irgendwie den Überfluß des Daseins. Bei den Vögeln erweckt eigentlich alles Unruhe: gut, sie sind da, genügt es aber, wenn man das nur allein feststellt und weiter nichts? Das Licht schillert auf ihrem Gefieder, wenn sie fliegen; aus dem gelben, warmen Innern der Schnäbel, die die im Nest tief wie im Dickicht verborgenen Jungen öffnen, durchdringt uns ein Strom liebevoller Gemeinschaft. Und die Leute betrachten die Vögel als eine winzige Einzelheit, so etwa wie beweglichen Schmuck, kaum daß sie ihn wahrzunehmen geruhen, wo sie ihr ganzes Leben diesem einen Ziel widmen müßten, wenn sie sich mit solchen Wundern auf der Erde zusammengefunden haben: über dieses Glück nachzudenken.

So (ungefähr) dachte Tomasz, und weder die *Reform* noch die *Geschäfte* berührten ihn, obschon die Erregung, mit der man darüber diskutierte, ihn zwang, nachzudenken. Ohne Unterlaß: *Pogiry, Baltazar, die Wiese* – und, aufgeweckt genug, begriff er ein wenig, worum es ging, aber es war ihm unsympathisch. Gewiß wünschte er dem Großvater Erfolg, aber er hätte vorgezogen, dieser hätte keine Beratungen mit Tante Helena veranstaltet.

38

Baltazar wuchs ins Fett, manche seelische Leiden begünstigen das, augenscheinlich setzen sie schlimmer zu als diejenigen, durch die man abmagert. Als er von dem berühmten Rabbiner in Szyłeli sprechen hörte, lachte er zunächst, aber das Lachen erstarrte in Angst: Darf man eine Hilfe, die vielleicht eben zur rechten Zeit gesandt worden ist, wegstoßen? Er wartete, bis der Schnee für Schlittenfahrten geeignet war. Mit dem ersten Schnee kam Frost, und er fror auf dem Schlitten, kehrte in eine Schenke ein, um sich zu wärmen, betrank sich und verbrachte die ganze Nacht auf der Bank. Am Morgen hatte er einen Kater, der Weg, die Telegrafenstangen – der Wind heulte in ihnen und wirbelte Strudel von Schneestaub herunter – waren so starr, daß ihr bloßer Anblick schmerzte, so kam er nach Szyłeli. Das große Haus des Rabbiners, mit einem vor Alter eingesunkenen Strohdach, stand tiefer als die Straße, man stieg zum Tor durch einen abfallenden Hof hinunter. Gleich im Flur umsprangen ihn drei oder vier Männer, und überhaupt wimmelte es dort von vielen jüngeren und älteren, die ihn ausfragten nach dem Woher und Weshalb. Er stellte die Peitsche in die Ecke, knöpfte den Pelz auf, nestelte Geld hervor und zählte als Gabe soviel Geld ab, wie er gehört hatte, daß es angemessen sei. Endlich führte man ihn in die Stube, wo hinterm Tisch ein Bärtiger mit einer in die Stirn gedrückten Mütze saß und in einem großen Buch schrieb. Er sagte zu Baltazar, er selbst sei nicht der

Rabbiner, aber Baltazar solle ihm alles, was ihn hierherführte, auseinandersetzen, denn das sei die Vorschrift, und dann werde er es dem Rabbiner erklären. Zögern von seiten Baltazars, er kratzt sich an seinem zerzausten Schopf und ist ratlos. Er hatte, trotz allem, an irgendeinen Strahl geglaubt, der durch und durch in ihn dringen und die ganze Wahrheit enthüllen werde, und zwar auch ihm selbst. Auseinandersetzen? Ehe die Laute den Mund verlassen haben, weiß man schon, daß sie falsch sind, und es gibt kein Mittel, etwas zu erklären. Aus sich selbst mußte man Bekenntnisse herausholen, und sie würden einander widersprechen, und wo das? Hier, vor dem fremden Juden, der nicht aufhörte, die Feder zu führen, und ihn nicht sofort zum Sitzen aufgefordert und erst nach einer Weile auf einen Stuhl hingewiesen hatte? Aus dem, was Baltazar hervormurmelte, ließ sich verstehen, daß er nirgendwo einen Platz für sich finden könne, daß er lebe und doch nicht lebe und daß er ohne den Rat eines heiligen Mannes zugrunde gehen werde. Der Jude legte die Feder beiseite und kratzte sich unterm Kinn. »Habt Ihr Landwirtschaft?« fragte er. »Frau, Kinder?« Und dann: »Hindern Euch die Sünden am Leben? Große Sünden?« Baltazar bejahte, obschon er nicht sicher war, ob es Sünden oder Angst oder etwas anderes war, was ihm den Frieden raubte. »Betet Ihr zu Gott?« fragte der Jude. Diese Frage verstand er nicht. Gewiß, wenn es jemandem schlecht geht, dann möchte er, daß es besser mit ihm werde, und es ist Gottes Sache, das zu bessern, aber wenn er nicht dazu geneigt ist? Zu ihm hat man doch keinen Zutritt. In die Kirche ging er, wie es sich gehörte, also nickte er mit dem Kopf: ja, er betet.

Danach wartete er noch lange, wieder im Flur, an der Wand stehend, wo die anderen ein und aus gingen, den Schnee von den Stiefeln abschüttelnd. Wachsender Radau, es wurde gedrängt voll von den Schwatzenden, die einander vor der Nase fuchtelten. Bis ein Geschrei aus dem Zimmer erscholl und die ganze Menge mit Baltazar zusammen in jene Stube eintrat, wo ihn der Schreiber empfangen hatte, weitere Türen öffneten sich, und aus dem Gedränge gelangte Baltazar in eine dunkle, lange Stube, deren Ende fast gänzlich von einem schwarzen Tisch eingenommen wurde. In das Getöse, in das Herumscharren, in die Erregung fiel ein Befehl: *Scha!*, und *scha! scha!* wiederholten alle Stimmen.

Aus einer Seitentür trat der Rabbi ein und hinter ihm der bärtige Sekretär. Der Rabbiner: ganz klein, mit einem Mädchengesicht, so wie das der heiligen Katharina auf dem Bild in der Kirche von Ginie. An den Wangen lockten sich flaumige, blonde Härchen. Er war dunkel gekleidet, unterm Kinn im weißen Hemd steckte der glänzende Hemdknopf, auf dem Kopf trug er ein Seidenmützchen. Der Gesichtsausdruck wie verlegen, die Augen gesenkt, aber als sein Gehilfe Baltazar ein Zeichen gab, sich zu nähern, und die Augenlider sich hoben, drang sein bohrender Blick in ihn, der ihn lange anschaute; den Kopf etwas emporgehoben, streichelte der Rabbiner mit der Hand das Revers seines Gehrocks. Vor ihm spürte Baltazar seine eigene kraftlose Riesenhaftigkeit.

So schauend sagte er einige Worte in ihrer Sprache. Geflüster sprang auf, hinter Baltazar ging eine Woge durch die Versammelten und wieder: *Scha! Scha!* Der Sekretär übersetzte ins Litauische:

»Er sagt: ›Kein – Mensch – ist – gut.‹«

Und von neuem hinter dem Tisch sprach leise der Rabbiner, und der Bärtige verkündete:

»Er sagt: ›Was – du – auch – Böses – getan – hast – Mensch – das – ist – dein – eigenes – Schicksal.‹«

Von hinten drängte man Baltazar, in der vom Zischen und Erwarten erfüllten Stille hörte man den Bärtigen:

»Er sagt: ›Verfluche – nicht – Mensch – dein – Schicksal – denn – wer – denkt – daß – er – ein – fremdes – und – nicht – sein – Schicksal – habe – geht – zugrunde – und – wird – verdammt – denke – nicht – Mensch – wie – dein – Leben – sein – könnte – denn – ein – anderes – würde – nicht – das – deine – sein.‹ Er hat zu Ende gesprochen.«

Baltazar hatte begriffen, das sei schon alles, ein anderer stand jetzt dem Rabbiner gegenüber, und dieser wandte sich zu ihm. Baltazar bahnte sich den Weg durch die Masse und stürzte wütend aus dem Haus. Dafür also war er bei der Kälte zwanzig Werst gefahren! Verfluchte Juden. Und verflucht seine eigene Dummheit. Jedoch hinter dem Städtchen, während sein Stiefel unter dem Querbalken des niedrigen Schlittens herunterhing und ins Weiß eine Rille zog, verrauchte sein Zorn. Etwas anderes erschien: Wehmut. Was hatte er eigentlich erwartet? Ob eine Predigt eine Stunde dauert, ob es ein paar Worte sind, macht keinen Unterschied. Das schlimmste war nicht das, vielmehr ein allgemeiner Mangel, worüber man nur heulen kann: keine Engelsposaunen, keine Feuerzungen noch Schwerter, die an ihrem Ende wie eine Schlangenzunge gespalten sind. Gut, da fährt er den Weg entlang, hinter ihm Häuser, vor ihm graublaue Zweige und der Wald, über ihm die Wolken, und was läßt sich weiter sagen? Daß er geboren ist, daß er sterben wird und daß er das Schicksal tragen soll, das ihm bestimmt ist? Dasselbe, immer dasselbe, der Priester oder der Rabbiner, und niemals in die eigentliche Mitte; wenn jetzt am Rand des Himmels der Kopf eines Riesen erscheinen und er seinen Atem einziehen würde und alles, auch Baltazar, in sein Maul flöge, das wäre das Glück. Aber i wo! Warum dem Juden zürnen? Ein Mensch, wie andere auch, drischt Stroh, und gibt es einen Menschen auf der Welt, der dies anders vermöchte? Wenn jemand sich selber vor Schmerz zerreißen würde, kämen sie und würden trösten mit ihrem Stroh, Maschinen haben sie erfunden, aber außer diesem ›Ist geboren, ist gestorben‹ – nichts, gar nichts.

Allmählich wäre er bereit gewesen, zuzugeben, daß er etwas Kluges in Szyłeli gewonnen hatte. Die erste Äußerung des Rabbiners, das ist wahr, hatte ihn mit Hoffnung erfüllt. Vielleicht quält sich jeder und bereut, aber gesteht es nicht? Wenn sie sich jedoch versammelten und einer dem anderen seine Sünden beichten würde, wäre es da nicht leichter? Allein, wer würde es wagen? Wieso, keiner ist gut? Sicherlich kommen dort auch welche hin, deren Sünden leichter sind. Obschon, ohne Sünde zu sein – genügt das denn? Aha, jetzt merkte er, daß der Jude schlau ist, es reicht für lange, es im Kopf hin und her zu wälzen.

Er zog die Fausthandschuhe aus und drehte sich eine Zigarette. Das Pferd lief munter, die Glöckchen am Kummet klingelten in der Öde, aus den Weidenruten sprang ein Hase hervor und sauste am vereisten Bach entlang. Die Dämmerung sank, im Walde überfiel sie ihn, aber doch nicht so plötzlich, daß er nicht an den Kiefern die Kerben hätte sehen können. Sie werden sie fällen. Baltazar hatte in der Zeitung gelesen, daß die Regierung viele Jahrgänge Holz nach England verkauft. Diese Kiefer zum Beispiel da war nicht gezeichnet. Warum? Weil sie schief ist. Der anfänglich senkrechte Stamm neigte sich in die Waagerechte, und erst aus dieser schoß der Mast kerzengerade hervor. Vielleicht hatte der Rabbiner dieses Schicksal im Sinn gehabt. Die Kiefer darf wieder von Anfang an beginnen. Sie muß von da aus, von dem, was schon vorhanden ist, wieder beginnen – und sei es von der Verwachsung aus. Aber der Rest ist einfach. Und ist das dem Menschen vergönnt? Auch das nicht.

Unzufrieden gab er dem Gaul die Peitsche. Der Mensch ist kein Baum – ein Baum weiß, was er nötig hat: Licht. Dem Menschen aber kommt es vor, er wachse grade: und er wächst schief. Und darin liegt die ganze Schwierigkeit. Mein Leben ist so und so. Jetzt gehe ich nach dieser Seite und nach jener Seite hin, um das Leben zu verändern. Und so immer pfeilgerade, und zu spät merkt man, daß man überhaupt nicht gestiegen ist, daß man hinunterging. Und hier endet ihre jüdische Weisheit.

In der festen Absicht, sich unterwegs nicht mehr aufzuhalten, zog er die Zügel an, als das Licht aus dem Fenster einer Schenke auf den glitzernden Schnee fiel. Die an der Hausecke angebundenen Pferde warfen mit ihren Mäulern die Hafersäcke hoch, und bei jeder Bewegung ihrer Köpfe klirrten die Glöckchen am Geschirr. Kein fremdes, sein eigenes Schicksal. So sei es. Er legte die Hand auf die Türklinke. Ging er hinein? Er ging hinein.

39

Wenn man die Theorie annimmt, wonach die Fräckchen und die Strümpfe der Teufel von ihrer Sympathie für das achtzehnte Jahrhundert zeugen, dann müßte die Agrarreform, die darauf beruht, dem einen den Boden wegzunehmen, um ihn den anderen zu geben, die Grenze ihrer Kenntnisse überschreiten. Der Teufel, der den Baltazar überwachte (so spaziert eine Krähe im Kreis um einen verwundeten Hasen), mußte sicher aus schwerem Pflichtgefühl diese Frage studieren. Es gehört sich also, daß man, um der Pflicht der Genauigkeit zu genügen, sich für einen Augenblick damit befaßt.

Die Einteilung von Surkonts Grundbesitz stellt sich nach seiner Beschaffenheit folgendermaßen dar:

Ackerland	108,5 ha
Weiden an der Issa, Brachland usw.	7,9 ha
Viehweiden – bestrittene – bei dem Dorfe Pogiry	30,0 ha
Wald, Wiesen und der Boden, den Baltazar für sich gerodet hat	42,0 ha
zusammen:	188,4 ha

Dagegen mußte nach der neuerdings verkündeten Reform alles, was achtzig Hektar überschreitet, unter den Ackerlosen parzelliert werden; dabei ist die Vergütung an den Besitzer so niedrig, daß sie praktisch keine Bedeutung hat. Surkont, oder seine um ihre Habe besorgte Tochter, wählte folgende Verteidigungsmittel: Wenn der Ackerbesitz zwischen Familienmitglieder verteilt worden ist, die darauf gebaut haben und selbständig wirtschaften, darf jedes von ihnen die achtzig Hektar besitzen. Surkont beschloß, die dreißig Hektar strittiger Weide zu opfern, um der Regierung den Hals zu stopfen, und den Rest, nämlich 158,4 Hektar, zwischen Helena und sich aufzuteilen. Ja, aber das Datum! Das Gesetz bestimmte ausdrücklich, daß die nach dem und dem Datum ausgeführten Teilungen nicht gültig seien. Damit sie die Augen gegenüber einer kleinen Ungenauigkeit zudrücken und wie aus Versehen ein früheres Datum der Teilung in die Bücher eintragen, braucht man das Wohlwollen der Beamten, die ihrerseits nicht unempfindlich sind gegen Artigkeiten, die man ihnen erweist. Darum eben bemühte er sich.

Und es gab noch eine zweite Schwierigkeit: den Wald. Nach dem Gesetz gehen alle Wälder in die Hände des Staates über. Also gab er den Wald als Wiesen an. Hier schon hängt es wirklich davon ab, wohin die Taxatoren zu schauen gewillt sind – ob nach unten oder ob sie die Augen zu dem merkwürdigen Gras emporheben, dessen Halme kein Mann mit beiden Händen umfassen könnte. Übrigens, vom alten Eichenwald war wahrlich nicht viel übriggeblieben – meistens schattige Wäldchen junger Hainbuchen, weniger Tännlein und viele sumpfige Rodungen. Jedoch grenzte dieser ganze Abschnitt an den Regierungswald, der Dutzende von Kilometern weit sich erstreckte, was die Gefahr erhöhte. Zwei Gehöfte – das seine und das Helenas. Man muß erfinden, wo dieses zweite gelegen ist. Gänzlich unverhofft kam Baltazar zu Hilfe. Keine Berechnung hatte Surkont gelenkt, als er Baltazar erlaubte, alles, wovon er nur träumte, zu tun. Keine Berechnung, sondern eine Schwäche für diesen Jungen (denn schaut ihn nur an, und ihr werdet euch überzeugen: ob dreißig- oder vierzigjährig: er hört nicht auf, ein Junge zu sein). Und jetzt konnten das Forsthaus und seine Anbauten zupaß kommen: in den Dokumenten wird man bestätigen, daß Helena selbst das Gehöft bewirtschaftet hat.

So also sieht der allgemeine Umriß der Situation und der Bemühungen aus. Die beste Sorte Bier und ein aromatischer Schnaps aus neun verschiedenen Waldkräutern waren aufgefahren, sobald Helena Juchniewicz nur einen kurzen Augenblick in seine Hütte gelaufen kam. Aber Baltazar, der wie immer gutmütig lächelnd seine Zähne zeigte, beobachtete sie aufmerksam. Kannte er sie denn nicht? Zuckersüß, so von ungefähr guckte sie mal in den Kuhstall, mal in die Scheuer. Mit so einer zu tun zu haben ist verdrießlich.

Der Meinung vieler zufolge ist der Teufel nichts anderes als eine Art Halluzination, eine Ausgeburt innerer Schmerzen. Denjenigen, die es vorziehen, so zu denken, muß die Welt noch schwieriger zu begreifen scheinen, denn solche Halluzinationen geschehen keinem anderen Wesen außer dem Menschen. Laßt es uns sagen, daß das Geschöpfchen, das manchmal hüpfend an den Linien des verschütteten Getränks vorbeispazierte, die Baltazars Finger auf dem Tisch zog, seine Existenz der Trunkenheit verdankte. Daraus geht aber nichts hervor. Es gab Tage, wo Baltazar wieder Freude fand, er pfiff dann hinter dem Pflug, und plötzlich innen ein Auffahren, das das Nahen des Entsetzens ankündigte. Kaum einige Schritte außerhalb des ihm bestimmten Kreises, und schon jagte ihn eine fremde Macht zurück. Eben: eine fremde. Denn sein Leid empfand er gar nicht als ein Teil seiner selbst, im Innern blieb es immer reine Freude; was ihn überfiel – umzingelte ihn von außen. Das Entsetzen rührte daher, daß er diesen Scharfsinn, diese Durchdringungskraft der Überlegungen, die er während des Zustandes der Verzweiflung entwickelte, unmöglich aus eigenem Vermögen schöpfen konnte, er wurde von einer übermenschlichen Hellsichtigkeit geblendet. Die eigene Lächerlichkeit – auch das gehörte zu den Abrechnungen, und der Verfolger verstand sich darauf sie auszunutzen.

»Also, so steht's Baltazar«, sagte er. »Ein Leben. Millionen Menschen befassen sich mit Millionen verschiedener Angelegenheiten, dann aber: Surkont, Helena Juchniewicz, der Boden, jener – hm – Zufall mit dem Karabiner, das alles ist winzig. Und warum ist dieses gerade dir aufgehalst? Wie ein Stern konntest du fallen, hier oder dort. Du mußtest hier. Und du wirst nie zum zweitenmal geboren.«

»Der Rabbiner sprach die Wahrheit.«

»Die Wahrheit? Jedoch du beißt dir in die Fäuste, daß diese Juchniewicz dich hinauswerfen wird, und beißt dir in die Fäuste voll Zorn auf dich selbst, eben daß du beißt. Scheinbar bist du mit deinem Schicksal einverstanden, aber du bist nicht einverstanden. Der Rabbiner, ich bestreite es nicht, hat es erraten. Der schmutzige Baltazar bedauert, daß dies alles herabkam auf den reinen Baltazar, aber den gibt es nicht. Großartig, dieser reine Baltazar. Aber den gibt's nicht.«

Die Finger krallten sich in den Tisch. Reinhauen, zerschlagen, sich in Feuer oder in einen Stein verwandeln.

»Aber nein, wirst den Tisch umwerfen, und was weiter! Ich weiß, daß du das eigentlich nicht willst, sondern etwas fragen. Frage, es wird dich erleichtern. Du gießt das Zeug da in die Kehle, aber du hörst nur einen Augenblick auf zu denken, solange es dir in der Kehle brennt. Willst du wissen?«

Baltazar fiel, die Ellbogen weit auseinander, über den Tisch, unter der Macht eines Wiesels, eines schwachen und raubsüchtigen.

»Wenn jemand etwas getan hat, war es deshalb, weil er nicht anders konnte? Das quält dich, nicht wahr? Wenn ich jetzt bin, wie ich bin, so deshalb, weil ich dann und dann so oder so gehandelt habe. Aber warum habe ich so gehandelt? Ist es deshalb, weil ich jetzt bin, wie ich von Anfang an gewesen war? Stimmt's?«

Unter dem Blick, der aus der Ferne auf ihn gerichtet war, aus verschiedenen Gesichtern, die ihn ansahen, und doch unverändert blieben, sagte er ja.

»Tut's leid, daß der Samen nicht gut ist? Daß aus deinem Brennesselsamen kein Weizen wachsen wird?«

»Ja, so ist es wohl.«

»Ich zeig es dir an einem Beispiel. Eine Eiche steht. Du schaust hin, und was denkst du? Daß sie stehen soll, wo sie steht?«

»Sie soll.«

»Aber ein Wildschwein hätte die Eichel herauskratzen und fressen können. Würdest du dann auf diese Stelle schauen und denken, da müßte eine Eiche stehen?«

Baltazar wickelte die herabhängenden Haarsträhnen um die Finger.

»Nein. Und warum nicht? Weil, was einmal geschehen ist, aussieht, als ob es hätte geschehen müssen und als ob es nicht anders sein könnte. So ist der Mensch eingerichtet. Du wirst später auch davon überzeugt sein, daß du nicht in die Stadt fahren konntest, um dort den Zuständigen zu berichten, daß Surkont den Wald für die Wiesen angegeben und zu betrügen versucht hat.«

»Ich werde ihn nicht anzeigen.«

»Guter Baltazar, er liebt Surkont. Nein, du hast Angst, daß deine Klage zu nichts dient, er bezahlt die Beamten und wird es erfahren, und dann wird er dich nicht mehr vor der Tochter schützen. Und du hast auch Angst, zu gewinnen. Denn dann werden sie den Boden dem Staatswald zuschlagen, vielleicht werden sie dich zum Förster ernennen, aber sie werden fragen, wofür brauchst du soviel Boden. Lüge nicht. Und magst du auch das Schicksal verfluchen, du wirst dich nicht herauswinden können.«

»Ich weiß doch nie das Warum. Brautwerber habe ich geschickt, warum erinnere ich mich nicht? Und damals – dieser Russe – ich hätte ihn nur zu erschrecken brauchen. Ich erinnere mich nicht.«

»Ah!«

Aaah! Niemals weiß man, wie man mit diesem Schrei, der in einem selber ertönt, fertig werden soll. Die größte Ungerechtigkeit besteht eben darin, daß man eine Kalenderseite abreißt, seine Stiefel anzieht, seine Armmuskeln betrachtet und für den Tag lebt. Und gleichzeitig zerreißt uns von innen die Erinnerung an unsere Taten, ohne die Erinnerung an ihre Beweggründe. Entweder sind diese Taten aus uns, aus unserem Wesen hervorgegangen, etwa aus unserem heutigen, und dann ist es abscheulich, dieses Wesen zu ertragen, unsere eigene Haut stinkt danach. Oder ein anderer, mit verhülltem Angesicht, hat sie begangen, und dann ist es noch schlimmer, denn warum, welchen Fluches wegen kann man sich von ihnen nicht wegreißen?

Daß es Surkont gelingen würde, sah Baltazar voraus. Er wählte Untätigkeit aus Ermüdung und aus Mißtrauen gegen sich selbst, gegen seine eigene Natur und gegenüber allen den dämonischen Kräften, die heimlich unsere Handlungen lenken möchten. Wenn man sich gar nicht rührt, hat man später weniger Ursachen zum Bedauern. Übrigens, wenn er sich schon verwickelt hat, dann soll sich alles weiter verwickeln bis zum Ende. Eine Zeitlang kam es vor, daß er seine Frau schlug, aber er hörte auf, verschloß sich ganz in sich, schwer und schweigsam. Der Entschluß, das Haus zu verlassen und zur rechten Zeit sich, dank der Reform, um anderes Land zu bewerben, wäre vielleicht richtiger gewesen, aber alles wieder von neuem beginnen, in einer Hütte aus Reisig wohnen und von neuem bauen? Wozu denn? Soll es wenigstens so fortdauern. Diese Teilungen bewiesen nicht, daß die Jucniewicz gewillt war, im Walde zu wohnen, und alles würde von ihr abhängen, wenn Surkont einmal etwas zustoßen sollte, das wußte er.

Ein drittes Kind wurde ihm geboren, eine Tochter. Als die Alte aus Pogiry es ihm brachte, um es ihm zu zeigen, fiel ihm ein, daß er sich gar nicht erinnern konnte, wie und in welcher Nacht es war und ob er daran Vergnügen gehabt hatte. Sie sah einem Kätzchen und Baltazar ähnlich. Er gab ein brausendes Tauffest, darüber, daß er jemanden mit einem Messer anfiel, brach man in Lachen aus, und er selbst erfuhr es erst am andern Morgen, als er aufwachte.

40

Die Glöcklein klingeln, das Pferd prustet, lautlos gleitet der Schlitten, und Spuren im Weiß auf beiden Seiten des Weges. Ein schiefes Quadrat, das ist der Hase; wenn das Quadrat länger wird, dann ist das ein Beweis, daß der Hase schnell lief. Als grade Schnur, eine Pfote vor der anderen, zieht sich die Spur eines Fuchses über den Hügel, dort, wo der Schnee in der Sonne glitzert, bis an das grauviolette Birkengehölz. Die Vögel hinterlassen drei zusammenlaufende Striche, manchmal eine Schwanzspur oder ein undeutliches Zeichen von Federn an den Flügelenden.

Feine Äderchen erschienen durch die Kälte auf Tante Helenas Nase, die dunkler noch als das gerötete Gesicht über den Pelzkragen ragte. Ihr Pelzchen hatte seine frühere Farbe verloren und war braun geworden, während das von Tomasz, ganz neu, durch seine grelle Farbe an den Sommerpelz eines Eichhörnchens erinnerte; deshalb, und weil es weich war, liebte er es, mit seiner Wange den Pelzrand zu streicheln. Über die Augen fiel ihm eine zu große Ohrenmütze des Großvaters, geduldig schob er sie dann hoch. Helena trug eine runde Mütze aus grauem Schafspelz. In Borkuny waren in der Nähe des Hauses die Wege gelb vom zusammengetretenen Schnee, neben plötzlich gefrorenen Wasserspritzern Häuflein von Pferdemist, zwischen denen Spatzen hüpften. Barbarka eilte herbei in langen Wollstrümpfen und Holzschuhen. Der Imbiß – zu dritt saßen sie am Tisch, und bald wurde es Tomasz langweilig, er erhob sich und betrachtete die Jagdgeräte an der Wand. Eine Art Einverständnis zwischen Romuald und Helena ärgerte ihn, denn da kam ein anderer Romuald zum Vorschein, weniger gut, Komplize der Erwachsenen, der Witze verstreute, die bei der Tante unterdrücktes Kichern hervorriefen. Was ihm außerdem noch Lust machte, so schnell wie möglich vom Tisch zu fliehen, war das Hin und Her von Barbarka, die aus irgendeinem Grund zorngeladen war und auf ihre vollen Lippen biß. Aber, wenn er schon am Tisch war, dann so versunken, daß Helenas »Iß!« ihn wie aus dem Schlaf scheuchte.

Sie konnte aber seine unanständigen Gedanken nicht erraten. Das Lächeln und das Zum-Essen-und-Trinken-Auffordern kam ihm unnatürlich vor. Warum eigentlich spielen sie alle Komödie – schneiden Fratzen, äffen einander nach, während sie doch in Wahrheit ganz anders sind? Und der eine zeigt dem andern nicht, wie er wirklich ist. Sie verändern sich, sobald sie zusammenkommen. Zum Beispiel so ein Romuald, wie er wirklich ist, sagt: »Ich muß scheißen«, er hockt sich unterm Baum nieder und wischt sich nachher mit einem grünen Blatt ab, ohne sich im geringsten zu verbergen, und hier:

nichts als Höflichkeiten und Händeküssen. Auch Helena stellt die Beine auseinander, und zwischen ihren Beinen rauscht das, während sie sich jetzt benimmt, als ob sie da nichts hätte, als ob sie diese ihre Partie zu Hause gelassen hätte; so fein ist sie. Sogar Barbarka. Warum: sogar? Weil Barbarka schön ist zum Fürchten, wenn sie mit ihren roten Wangen sich hinhockt und das aus ihr herauskommt dort unten zwischen den Haaren. Er bebte, wenn er sie ansah und sich das ausmalte, denn von ihrer glatten Stirn und von diesen dunkelblauen Blitzen in ihrem Blick bis zu dieser anderen Sache lagen ja schließlich nicht fünf Werst? Sie wissen doch einer vom andern, was sie tun; warum benehmen sie sich, als ob sie das nicht wüßten? Eigentlich rief das Gezwungene jeder dieser Visiten, wo Tomasz die langweiligen Höflichkeiten mitmachen mußte, in ihm immer den gleichen Trotz hervor, aber niemals so sehr wie in diesem Winter in Borkuny. Wie gut wäre es, wenn sie sich nackt auszögen und alle hinhockten, einer dem anderen gegenüber, und ihre Bedürfnisse verrichteten. Würden sie dann noch, wie jetzt, plappern und Dummheiten sagen, die zu dumm waren für jeden, wenn man ihn einzeln genommen hätte? Nein, sie wären ihrer eigenen Lächerlichkeit erlegen. Das Vergnügen, das er daran nahm, sich eine solche Gesellschaft vorzustellen, war von dem Verlangen gekrönt, über jede ihrer Verstellungen zu triumphieren, ihre Anstellereien bloßzustellen. Er schwor sich, niemals wie jene zu sein. Dennoch, seine heimliche Auflehnung richtete sich vor allem gegen Helena, weil sie Herrn Romuald ansteckte, ja, ihn zu diesen Affereien zwang.

Gegen Abend, wenn in den Himmel von unten her ein strenges Rot hineinflutet und die dunklen Zweige mit Kälte zu peitschen scheint, kamen Birkhähne. Tomasz sah die Lyren ihrer Schwänze im Flug und das weiße Unterfutter der Flügel, das schwarze Metall ihrer Federn schillerte, wenn es gelang, genügend nah zu kommen; aus der Ferne waren es nur Silhouetten in den Baumkronen. Romuald holte einmal aus dem Schrank einen hölzernen Köder hervor, der genau wie ein Birkhahn aussah. Man befestigte ihn an einer langen Stange, damit er als lebender Vogel erschien, und stellte das gegen eine Birke: sie glauben, einen Gefährten zu sehen, nähern sich, und dann schießt man. Romuald versprach, Tomasz irgendwann mitzunehmen, aber es kam nicht dazu, denn es brach eine große Kälte an, so daß sie nur einmal im Wald spazierengingen, leider mit Helena. Romuald zeigte ihnen eine Spur, prüfte sie lange und entschied, es sei der Wolf. Wie unterscheidet man diese Spur von den Spuren eines großen Hundes? Hm, das müßte schon ein außergewöhnlich großer Hund sein, erklärte Romuald – und dann, die Ballen der Wolfspfote drücken sich tiefer ein, weil sie breiter auseinandergestellt sind.

Romuald kam nicht oft zur Kirche gefahren, wenn aber, dann suchte er nach dem Hochamt das Herrenhaus auf. Barbarka aber begegnete Tomasz jeden Sonntag. Sie las in einem dicken Gebetbuch, das Dreieck des Tüchleins fiel über ihren Rücken, und da schüchterte sie ihn nicht so ein wie in Borkuny. Die Kirche hat es an sich, daß alles dort aufhört, bedrohlich zu sein, selbst Domcio, dessen verwuscheltes Haar er manchmal unter den dichtgedrängten Männerköpfen entdeckte. Die Kirche weckte in ihm keinen Widerspruch, aber sie brachte ihm doch manchen Kummer. Tomasz meinte, während der Messe sollten die Gefühle des Menschen zu Gott aufsteigen, andernfalls würde, durch die bloße Anwesenheit, jemand betrogen. Er wollte niemanden betrügen, er schloß die Augen und versuchte, mit seinen Gedanken hochzufliegen, durch das Dach unmittelbar in den Himmel, aber es gelang ihm nicht. Gott war wie die Luft, und jedes Bild von ihm verwehte sofort. Dagegen kamen eigensinnig immer wieder die an der Erde haftenden Beobachtungen, die er über die ihn umgebenden Menschen, ihre Kleidung, ihren Gesichtsausdruck anstellte. Oder aber, wenn er sich davon losriß und in die Ferne eilte, dann geschah das, um sich selbst an Gottes Platz zu stellen und von oben herab die Kirche zu betrachten und die darin Versammelten. Das Dach wird dann durchsichtig und durchsichtig die Kleider, und sie knien, entblößt bis auf die geheimsten Körperteile, obschon sie sich voreinander verstecken. Was in ihren Köpfen vorgeht, enthüllt sich auch, er könnte dann von oben mit den Fingern heruntergreifen und den oder jenen packen, ihn auf die flache Hand setzen und beobachten, wie er sich bewegt. Tomasz wehrte sich gegen solche Träumereien, aber sie erschienen jedesmal, wenn er sich zum Flug in die Himmelssphären aufmachte.

Ein Buch, das er über die ersten Christen und Nero gelesen hatte – denjenigen, der aus ihnen lebende Fakkeln machte, wie das auf der Zeichnung in Großvaters Zimmer zu sehen war –, hatte ihn tief ergriffen. Diesem Buch muß man den Traum von der Reinheit zuschreiben. Tomasz stand in der Arena des römischen Zirkus, inmitten der Gruppe Christen. Sie sangen ein Lied, und ihm rollten die Tränen übers Gesicht. Aber Tränen der Wonne, weil er so gut war, nur aus eigenem Willen mit dem Martyrium einverstanden zu sein; sein Inneres war so rein gewaschen, daß er sich gänzlich in einen Fluß ohne Dämme verwandelt fühlte. Früher einmal (es ist nie wieder passiert) hat er für irgendein größeres Vergehen auf Großmutters Befehl Schläge erhalten. Antonina hielt ihn fest, und ein Knecht prügelte ihn mit einer Rute auf seinen nackten Hintern. Die Operation trotz des Geheuls, das er damals von sich gab, ist ihm in bester Erinnerung geblieben. Leichtigkeit der Seele, Freude, die Fehler gebüßt, und dieselben Tränen des Glücks, der Fülle, wie im folgenden Traum vom Tode.

Die Löwen näherten sich ihnen. Die Mäuler mit scharfen Zähnen dicht, dicht vor ihm, die Hackzähne schlagen in sein Fleisch – das Blut fließt, aber in ihm ist nichts von Furcht, nur strahlendes Licht und eben die Vereinigung mit dem ›Guten‹ in alle Ewigkeit.

Jedoch dies alles im Traum. Im Wachen machte er in derselben Woche Helena eine furchtbare Szene. Ein schwarz gebundenes Buch, von dessen vergilbten Blättern er die Vogelnamen abzuschreiben pflegte, war ihm verlorengegangen. Er suchte überall, langweilte die Erwachsenen, ob sie es ihm nicht genommen hätten, aber niemand wußte etwas davon. Wo war's hingekommen? Durch Zufall entdeckte er es endlich in dem Zimmer, wo Helena zwischen Samen, die auf Tüchern ausgestreut waren, und Wollstapeln schlief. Aber wie entdeckte er es? An Stelle eines fehlenden Stückes vom gedrechselten Bettpfosten hatte sie das Buch untergeschoben. Schreiend bedrohte er Helena mit den Fäusten, und sie staunte, was mit ihm los war und worum es ihm ging. Die Idiotin! Für sie war es natürlich einerlei, ob dieses Buch oder ein Ziegelstein, weder Tiere noch Vögel interessierten sie, einen Spatzen konnte sie von einer Goldammer nicht unterscheiden. Was den Uhu angeht, um den hatte sie sich gekümmert, weil er ihr Geld einbrachte. Und wenn sie so tat, als ob sie aufmerksam zuhörte, was Romuald von der Jagd erzählte, dann log sie abscheulich, sie stellte sich so an, nur um der Liebelei willen. Kalte Verachtung – sie zu nähren ist nicht christlich. Doch danach fragte Tomasz nicht, die Verachtung für Helena gab ihm die verschiedensten Einfälle ein, wie man sie nicht nur für dieses eine Verbrechen, sondern überhaupt dafür, daß sie so dumm war, strafen könnte. Zum Beispiel Wolfsbeeren sammeln und ihr in die Suppe streuen. Jedoch ringsum ist Schnee, und woher Gift finden – so ließ nach einigen Tagen der hochgespannte Haß nach. Und, übrigens, wenn sie so ist, wie sie ist, blind gegenüber allem, was man lieben mag, dann lohnt sich nicht einmal die Mühe, sie zu vergiften, es hatte keinen Sinn, sich um sie zu kümmern.

Auf dem jetzt weißen Rasen vor dem Haus rollte er Schneebälle, bis sie allmählich, wie zu einem Gürtel aus Flaum gewickelt, der durch die Bewegung herausgerissen wurde, immer größer wurden. Dann setzte er die drei Walzen aufeinander, in die kleinste als Kopf steckte er Kohlen als Augen und ein Zweiglein als Pfeife. Doch er fror an den Händen, und überdies, wenn so eine Figur schon steht, dann weiß man nicht, was mit ihr anfangen. Des Morgens half er Antonina, Feuer in den Öfen zu machen. In der Stille des Hauses, das wie in eine mit Watte gefüllte Schachtel gebettet schien, klang munter das Stampfen ihrer Stiefel im Flur, sie brachte Kälte mit sich, und die Holzklötze, die sie krachend auf den Boden warf, schimmerten von Eis. Er legte dann Stücke von Birkenrinde in die Feuerstelle, und darüber richtete er ein kleines Zelt aus Anmachhölzchen, die zu diesem Zweck im Spalt zwischen Ofen und Wand getrocknet hatten. Das Flämmchen leckte an einer Rinde, die sich immer zusammenrollte. Fängt sie, fängt sie nicht? Antonina, von Tomasz gefolgt, betrat Großmutter Dilbins Zimmer, mit Holz beladen, wo man noch nichts unterscheiden konnte, und ging gleich hinaus, um die Fensterläden zu öffnen, worauf Tomasz, vom plötzlichen Licht geblendet, zwinkerte, und die Großmutter, vor den senkrecht aufgestellten Kissen gebeugt sitzend, zwinkerte auch. Auf dem Nachttischchen neben einem dicken Gebetbuch standen Arzneifläschchen, und im Zimmer schwebten die ihnen entstiegenen süßlichen Gerüche. Tomasz hielt sich nicht mehr so lange wie im Herbst auf, er suchte nach dem erstbesten Vorwand, um zu entschlüpfen, denn der Klagen waren zu viel. Auf dem Stuhl am Bett schaukelte er, war sich bewußt, daß er pflichtgemäß hierbleiben mußte. Aber er hielt nicht lange aus und verschwand schuldbewußt. Dies Gefühl steigerte sich durch die Flucht, denn die Kranken und Weinerlichen rangierten unter den Dingen, die man gleichgültig, sogar mit Ärger untersucht, um durch dieses Untersuchen eine gewisse Genugtuung und gleichzeitig Scham zu empfinden.

Ein wichtiges Ereignis: Tomasz bekam Stiefel, genau solche, wie er sie sich gewünscht hatte, von einem Schuster aus Pogiry, freilich etwas zu groß (zum Hineinwachsen) genäht, doch bequem. Der weiche Schaft ließ sich, wenn nötig, mit einem Riemchen am Spann schnüren, damit der Fuß nicht zu locker saß. Ein anderer, durch Ösen geführter Riemen zog sie unterhalb des Knies zusammen.

41

Endlich kam der Frühling, der keinem anderen in Tomasz' Leben glich. Nicht allein wegen der außergewöhnlich raschen Schneeschmelze und der heftigen Sonnenkraft. Es war auch deshalb, weil Tomasz nicht untätig den Augenblick erwartete, wo die Blätter sich entfalteten, wo auf dem Rasen die gelben Schlüsselblumen erschienen und abends in den Sträuchern das Nachtigallenschlagen ertönen würde. Er ging dem Frühling entgegen, kaum daß die nackte Erde zu dampfen anfing unter dem Licht ohne Wolken, und unterwegs nach Borkuny sang er und pfiff, seinen Stock schwenkend. Der Wald hinter Borkuny, worin er sich gleich am Nachmittag verlor, weckte in ihm das Verlangen, aus der eigenen Haut zu springen und sich in alles dies rundherum zu verwandeln. Irgend etwas von innen heraus sprengte ihn auseinander bis zum Schmerz und Wonneschrei. Jedoch statt zu schreien, schlich er leise heran, damit kein Zweiglein unterm Fuß knackte, und versteinerte bei dem kleinsten Laut oder dem kleinsten Rascheln. Nur auf solche Weise dringt man in die Welt der Vögel ein, diese fürchten nicht die Erscheinung des Menschen, sondern seine Bewegung. Neben ihm spazierten gesprenkelte Drosseln, die er von den Krammetsvögeln zu unterscheiden wußte (diese haben auf dem Kopf bläuliche und nicht graubraune Farben); er entdeckte, als er um eine hohe Tanne herumging, daß die Kernbeißer dort schon ihr Nest gebaut hatten; das der Eichelhäher hätte er übersehen, wenn nicht ihr unruhiges Krächzen gewesen wäre. Ja, da ist's, aber so tief versteckt, daß niemand von unten es erraten hätte. Bei dieser jungen Tanne fingen die Äste dicht am Boden an, zunächst kletterte Tomasz mit Leichtigkeit, je höher er stieg, desto schwieriger, das Gezweig wurde dicht, die Nadelspitzen peitschten seine Wangen, und schwitzend, verkratzt, streckte er den Kopf am Wipfel dicht am Nest hervor. Er schaukelte, den dünnen Stamm umklammernd, und die Häher griffen ihn von oben verzweifelt an in der deutlichen Absicht, ihn mit den Schnäbeln zu schlagen, bis sie im letzten Augenblick, von Angst überwältigt, zurückwichen, um gleich wieder zum neuen Angriff überzugehen. Er fand vier blaßblaue, rostig gefleckte Eierchen, aber er rührte sie nicht an. Warum legt die Mehrzahl der Waldvögel gesprenkelte Eier? Keiner konnte es ihm erklären. Das ist eben so. Aber warum? Er glitt nach unten, zufrieden, sein Ziel erreicht zu haben.

Er ging zurück, von Beobachtungen berauscht, vor allem von dem Waldfrühling, dessen Schönheit auf nichts, was für sich alleine wäre, beruht – vielmehr auf dem tausendstimmigen Chor der Hoffnung. Auf den schwarzen Wipfeln, vor dem Grund des westlichen Himmels, zogen hoch die Drosseln ihre Melodien *(Turdus musicus*, und nicht *Turdus pilaris* oder gar *Turdus viscivorus)* ! Nur Dummköpfe verwechseln die Arten! Oben blökten die Schnepfen wie Lämmchen, die in weiter Ferne herumlaufen, jenseits dieser rosa und grün getönten Seide. Antonina freilich, wenn sie diesen Laut hörte, behauptete selbstverständlich, daß die Hexe Ragana auf dem in einen fliegenden Bock verwandelten Teufel reitet und ihn mit den Sporen quält. Aber Tomasz wußte, daß dieses Blöken nichts anderes als ein den Schnepfenfedern eigentümliches Pfeifen war.

Barbarka schenkte er einen Strauß rosigen Seidelbasts, dessen Blüten wie Hyazinthen dufteten. Sie nahm ihn gnädig an. In der Dämmerstunde untersuchte Romuald am Lampenlicht, die Flinten hochhaltend, das Innere der Läufe. Er sagte irgend etwas, das Tomasz die Sprache verschlug und ihn vor Eifersucht erblassen ließ. Vielleicht war es Mitleid, vielleicht auch eine günstige Meinung über Tomasz' Fähigkeiten, sich den Geistern des Waldes anzuschließen, die Roumuald bewog zu fragen: »Fährst mit?«

Das Glück war von der Verantwortung getrübt. Das Heranschleichen an den balzenden Auerhahn gilt als eine schwierige Kunst. Ein unvorsichtiger Schritt, und schon hat der Jäger verloren. Romuald wollte ihn aber mitnehmen und war damit einverstanden, daß sie gemeinsam den Auerhahn beschleichen würden. Tomasz' Ehre hing jetzt davon ab, dieses Vertrauen nicht zu enttäuschen.

Er kannte die Gewohnheiten dieses Vogels, aber er hatte ihn nie gesehen, sie hielten sich nicht in der Nähe von Borkuny auf, sondern in der Tiefe der Wälder, fern von den Menschen: ein Vogel, der ein Symbol des edlen Urwaldes ist. Nur zwei, drei Schritte kann man am Ende jedes seiner Lieder machen, wenn er dann taub und gleichgültig wird allem gegenüber, was unter ihm in der Dunkelheit geschieht – denn er balzt nur im Morgengrauen, in der Zeit zwischen der Schneeschmelze und dem ersten Grün.

Man kann zweifeln über die Art von Erregung, in die Tomasz verfiel bei jeder Nachricht von Auerhähnen und überhaupt aus dem Gebiete der Natur. War es die Vorstellung von dem Vogel, groß wie ein Truthahn, mit vorgestrecktem Hals und dem ausgebreiteten Schwanzfächer, was ihn erregte, oder vielmehr die Vorstellung von ihm selbst, der im Halbdämmer heranschleicht? Ins Dikkicht eintauchend, stumm und vorsichtig, oder auf den Chor der Hundestimmen lauschend, empfand er da nicht ein Staunen darüber, daß ihm selbst wie einem richtigen Jäger zugefallen war, an außergewöhnlichen Abenteuern teilzunehmen? Er sah also nicht allein die Einzelheiten um sich herum, sondern sich selbst dazu, der diese Einzelheiten beobachtete, was bedeutet, er war von der Rolle, in der er auftrat, entzückt. Zum Beispiel diese Biegung der Fußsohle bei dem Beschleichen des Wildes – in dieser Biegung drückte sich das Bewußtsein eigener Geschicklichkeit aus. Aber die Erwachsenen haben nicht recht, zu glauben, sie spielten nicht ebenso. Sie sollen es nur gestehen, daß ihnen die Neugierde, wie sie sich in der Rolle des Liebhabers fühlen, manchmal wichtiger ist als der Gegenstand ihrer Liebe. Sie wollen (nicht wahr?) ihre Situation auskosten und solcherart sich den stolzen Titel erobern. Ihre Gesten, ihre Worte müssen dann etwas falsch ausfallen, da sie ja nicht aufhören, unter Kontrolle vor sich selber ihre Rolle zu spielen im Namen eines Ideals, das sie für sich erwählt hatten. Von den Gefühlen gegenüber den ihnen nahen Menschen verlangen sie, daß sie ihren eigenen Vorstellungen von Liebe entsprechen; wenn es ihnen an den Gefühlen, deren sie bedürfen, mangelt, dann fabrizieren sie solche, und sie machen sich selbst weis, sie hätten wirkliche. Die Kunst des Schauspielers, die darin besteht, ein Jemand zu sein und zu gleicher Zeit mit einem anderen Teil seines Selbst festzustellen, daß er, dieser Jemand, nicht vollkommen ist – das ist ihre Spezialität. Und so betrachtet, muß man Tomasz in Schutz nehmen.

Übrigens, der Fanatismus, mit dem er Menschen in Würdige und Unwürdige einteilte, je nachdem er sie einer Leidenschaft für fähig oder unfähig hielt, bewies die übersteigerten Forderungen seines Herzens. Da ihm die Vögel die höchste Schönheit bedeuteten, legte er das Gelübde ab, ihnen treu zu bleiben, und entwickelte diese seine Berufung mit Eigensinn. In seinen sich selbst zu stark vorgeschriebenen Bewegungen kam der Wille zum Ausdruck, so etwa wie dieses Zähnezusammenbeißen: Ich will eben so sein, wie ich es mir vorgenommen habe.

Mit Romualds einspännigem Jagdwagen fuhren sie gleich am nächsten Mittag fort. Ein sandiger Weg mit vielen Wagenspuren durchschnitt den Wald, er wand sich dann durch ausgedehntes Heideland mit vereinzelten Kiefern und Gruppen junger durchsichtiger Tännlein, von denen viele wie Gras von Schnee und den Winterwinden gebrochen waren. Die Heide erweckte in Tomasz keine Sympathie wegen ihres unfruchtbaren Aussehens, so ganz anders als die Pflanzenwelt an der Issa und in der Nähe von Borkuny. Dann kam Mischwald, und dort suchte Romuald einen Abkürzungsweg, der den Holzfahrern diente. Hier war es schon trocken genug, um ein Einsinken nicht zu befürchten. Im Schatten schlugen die Hufe ab und zu gegen harten Schnee. Dann kamen sie auf die Landstraße mit Gräben an den Seiten, und nach einer halben Stunde öffnete sich die Aussicht auf eine weiträumige Lichtung, wo die Schornsteine eines Dorfes rauchten. »Das ist Jaugiele«, sagte Romuald. »Hier gibt es nur Wilddiebe.«

Auf dem Hintergrund des schwarzen Waldes erschienen die kahlen Gehölze und Sträucher, blau im Abendlicht, Nebelstreifen lagerten sich darüber. Zwischen Erlenbüschen stießen sie auf ein Brücklein und auf den Damm, der zum Forsthaus führte. Im Nest auf dem Dach die Störche, sie waren wohl eben von ihrer Reise angekommen, ein mächtiges Gewölk von Flügeln und Schnäbeln. Der Hund bellte und zerrte an der Kette, und vor der Haustür kletterte Romuald vom Wagensitz mit Erleichterung hinunter und reckte die Knochen. Ein großgewachsenes Weib in dunkelgrünem Rock erschien in der Tür und erklärte, daß der Mann nicht da sei, daß er zur Auerhahnbalz gegangen sei und im Wald übernachten werde. Sie lud ins Haus ein, aber sie mußten weiterfahren, wenn sie noch vor der Nacht ihn auffinden wollten. Sie tranken also nur die Milch, die sie ihnen in einem Tonkrug brachte. Sie folgten in der von ihr angegebenen Richtung – nach rechts, hinter der Kiefer mit dem Bienenstock nach links, am Moor wieder nach rechts – und gelangten endlich auf einen Pfad, der mit Sägemehl und einer Schicht angeschnittener Äste bedeckt war. Es war vollkommen dunkel geworden, seitwärts schimmerten hie und da abgeschälte Baumstümpfe auf. Bis sie in der Ferne eine Feuerstätte gewahrten.

Ein Dächlein aus Kiefernbohlen war schräg aufgestellt und vorne durch zwei Pfosten gehalten, im Flammenschein hatte es die Farbe von dunklem Kupfer. Auf ausgebreiteten Schafspelzen saßen zwei Bauern, und Tomasz nahm sogleich die Läufe zweier angelehnter Flinten wahr. Der Waldhüter und sein Begleiter versicherten, daß das Balzen der Auerhähne seinen Höhepunkt erreicht habe, es sei denn, daß der Regen dazwischenkomme, aber es war unwahrscheinlich, denn der Sonnenuntergang kündigte gutes Wetter an. »Und er«, fragte der Waldhüter, auf Tomasz zeigend, »was, auch zum Auerhahn?« Er strich sich den Schnurrbart und verbarg ein beleidigendes Lächeln dahinter. Er schüttelte den Kopf und betrachtete Tomasz aufmerksam, der unter diesem Blick verwirrt wurde.

Funkengarben brachen hervor, wirbelten nach oben, vergingen im weichen Schwarz. Tomasz streckte die Beine nach dem Feuer hin, und das wärmte kräftig durch die Schuhsohlen. Er bettete sich auf das Lager von Tannenzweigen, deckte sich mit seinem Halbpelz zu, durch unsichtbare Tannenwipfel lief ein Rauschen, ein Uhu schrie irgendwo in der Ferne. Die Männer schwatzten, die Worte in die Länge ziehend, von irgendeiner Trauung, von einem Prozeß, davon, daß einer weit über die Grenze eines anderen gepflügt hatte. Von Zeit zu Zeit erhob sich einer von ihnen und tauchte aus dem Dunkel auf, einen trockenen Klotz nach sich ziehend, den er ins Feuer warf. Durch das Geräusch der Unterhaltung eingeschläfert, warf Tomasz sich auf die Seite und schlummerte, halb im Traum, halb im Wachen drangen ihre Stimmen zu ihm und das Zischen der Flammen.

Am Arm gezerrt, sprang er auf. Das Feuer erlosch in einem großen Aschenkreis. In der Höhe funkelten die Sterne, sie waren blasser auf der einen Himmelsseite. Er zitterte vor Kälte und Erwartung.

42

Sie gingen in vollkommener Dunkelheit. Stille. Manchmal nur das Anschlagen eines Stiefels gegen eine Baumwurzel, das Vorbeischeuern der Flinten an den überhängenden Ästen. Sie waren zu dritt: der Freund des Waldhüters versuchte sein Glück auf anderen Standorten. Der Pfad verengte sich. Statt nach Nadeln begann die Luft nach Sumpf zu riechen. Die Pfützen glitzerten in dem grauen vormorgendlichen Dämmerlicht. Sie wateten im Wasser oder wichen ihm nur mit Mühe aus, sich an den Erlen haltend. Später balancierten sie auf glitschigen Holzklötzchen, die hier als Stege zwischen die Gespenster von dürrem Schilf geworfen waren.

Dies war weder Damm noch Schneise. Auf der linken

Seite war ein Graben, aus dem Froschgequak stieg. Jenseits verschwammen die Umrisse der Zwergkiefern im moorigen Gelände. Zur Rechten die dunkle Masse von Wald, der auf wäßrigem Boden wächst. Tomasz unterschied im Waldinnern die helleren Stämme und das Wurzelgeschlinge gefällter Bäume, den Wirrwarr von nackten Weidenruten, Wildbruch und gestürzten Stämmen. Ihnen gegenüber unterlief der Himmel mit Rosa, und wenn man länger hinschaute, erschien alles ringsum noch schwärzer.

Ab und zu blieben sie aufhorchend stehen. Auf einmal preßte Romuald Tomasz' Schulter. »Das ist er«, flüsterte er. Aber Tomasz fing den Laut nicht sofort auf. Nichts als ein durch die Entfernung gedämpfter Seufzer, ein geheimnisvolles Signal, das an nichts sonst in der Welt erinnerte. Als ob jemand hämmere – aber nein, als ob jemand Flaschen entkorken würde, und auch das nicht. Sie drückten dem Waldhüter die Hand, der sofort verschwand.

»Vorläufig kann man so herankommen, aber vorsichtig. Er ist weit, hört nicht«, murmelte Romuald. »Aber dann, gib acht!«

In der einen Hand die Flinte, balancierte er mit der anderen und drang in das Gebüsch. Tomasz hinter ihm drein, seine ganze Aufmerksamkeit darauf gerichtet, jedes Geräusch zu vermeiden. Doch wie vermeiden? Der Fuß, ehe er den Grund erreichte, traf auf Schichten von dürrem Geäst, das mit Krachen brach. Bevor er auftrat, bohrte er mit der Stiefelspitze ein Loch in das Geflecht oder suchte Moosinselchen aus. Ja, ein Auerhahn hat einen wirklichen Urwald nötig, der ihn beschützt. Barrikaden von aufeinanderliegenden Baumstämmen versperrten ihnen den Weg, und Romuald zögerte, sollte man darunter wegkriechen oder über sie klettern? Der Laut ertönte jetzt deutlicher. Der Ton klang, als wäre er mit Anstrengung herausgerissen: *tek-ap, tek-ap,* immer schneller.

Eine solche Szene bleibt für immer in Erinnerung. Vor allem die Riesenhaftigkeit der Erlen, die durch die perlfarbene Beleuchtung noch größer erscheinen in der Stunde, die weder der Nacht noch dem Tage gehört, und schon kündigte sich die Helle des Sonnenaufgangs im Gezweig an. Die Wurzeln verkrampften sich wie gigantische Finger in der Dämmerung, die Triebe strebten nach oben zum Licht. Romuald, wie eine Ameise neben ihnen, bahnte sich mit erhobener Flinte den Weg. Und dieser Laut. Tomasz begriff, warum man diese Jagd so hochschätzte. Kein anderes Lied hätte die Natur erfinden können, um mit gleicher Genauigkeit das Wilde des Frühlings auszudrücken. Keine Melodie, kein wirklicher Triller – nichts als Trommelwirbel, der seinen Rhythmus beschleunigt und den Puls in den Schläfen schlagen läßt, so sehr, daß das Auerhahnlied und das Trommeln, das die Brust zu sprengen droht, ineinanderfließen. Ohne Ähnlichkeit mit der Stimme eines anderen Vogels, sich keiner Beschreibung fügend – dieser Laut.

Tomasz ahmte in allem Romuald nach. Als dieser sich umdrehte und ein Zeichen gab, blieb er stehen. Also, es war soweit. Jetzt würden sie nur noch springen. Der Auerhahn brach ab. Stille. Oben flogen kleine Vögel mit scharfem Gezwitscher vorüber. Er begann wieder. *Tekap*, und schneller, immer schneller, bis ein neuer Klang dazukam – wie wenn jemand ein Messer wetzt, und da tat Romuald einen Sprung und noch einen und blieb unbeweglich stehen. Tomasz hatte sich nicht gerührt, bevor er den Rhythmus aufgefangen hatte. Aber in dem Augenblick, als der Auerhahn eine neue Folge anstimmte, war Tomasz schon bereit, und als er das Wetzen hörte, sprang er gleichzeitig mit Romuald. *Eins, zwei, drei* – er begriff, daß man so viel Zeit zur Verfügung hat, denn der Vogel wird taub, und man kann sogar lärmen, vorausgesetzt, daß man sich dann gleich in ein lebloses Ding verwandelt.

Eins, zwei, drei. Er konzentrierte sich ganz auf diese Tätigkeit und betete: »Herrgott, laß es gelingen, Herrgott, laß es gelingen.« Was auch geschieht, es ist nicht erlaubt, auch nur eine Bewegung zu machen, um die Stellung zu verbessern. Da, wo du stehengeblieben bist, hast du zu warten. Aber der eine Fuß von Tomasz, den er haltsuchend auf das Moos vorgestreckt hatte, glitt schon nach *drei* ab, und das Sumpfwasser gluckste laut. Er hätte den Fuß zurückziehen können, wenn er einen Baum hinter sich umfaßt und sich hochgezogen hätte, aber der würde ohne Zweifel geknarrt haben. Also sank er mit Verzweiflung tiefer. Romuald aber drohte mit dem Finger.

Er verlor ein Lied, weil er den Fuß aus dem Sumpf herausziehen mußte. Dann sprang er von neuem in einigem Abstand hinter Romuald her und beunruhigte sich, sie könnten auf den Auerhahn stoßen, denn dieser balzte jetzt, wie es schien, ganz in der Nähe. Während er ausrechnete, wo er den Fuß hinsetzen sollte, und sich vorbereitete, geschah nichts. Minuten verliefen, und plötzlich, im Dickicht vor ihnen – das Schlagen der Flügel. Schluß. Er war weggeflogen. Entsetzt flehte er mit dem Blick Romuald an, er möge sich umwenden.

Nein, der Auerhahn fing genau wie vorher an, nur daß es etwas höher klang. Hatte er nur den Ast gewechselt? Am mehrfachen Niederhocken und Spähen Romualds erriet Tomasz, daß dieser sich einen Plan zurechtlegte und forschte, wie man am sichersten, ohne entdeckt zu werden, herankommen könnte. Über dem Dach des Waldes war schon der Himmel hell, die Strahlen hatten eine Erlengruppe vor ihnen rot gefärbt. Dahin lief Romuald mit großen Sprüngen und winkte ihn mit der Hand herbei.

Der Auerhahn, hoch, in einer Lücke zwischen den Tannen. Den Kopf aufwärts gerichtet, im Moos kniend, beobachtete ihn Tomasz, hinter einem Stamm hervorlugend. Er erschien ihm klein, fast wie eine Amsel: herabhängende Flügel, schräg ragender Schwanzfächer, grau auf dem Hintergrund der vollkommen schwarzen Tanne, auf deren Ast er saß. Der Rücken Romualds, halb gebückt, tauchte hinter Nadelvorhängen unter, er versuchte es von seitwärts.

Ein Schuß. Tomasz sieht das Losreißen des Auerhahns vom Ast, ohne einen Flügelschlag, sieht den langen Streifen seines Falles, hört den Aufschlag gegen den Boden, das zweite Echo nach dem Schuß. Er leckt seine trockenen Lippen. In ihm ist Glückseligkeit und Dankbarkeit gegenüber Gott.

Metallisch schillernd, mit roter Krause und einem Schnabel wie aus Elfenbein, am Kopf gepackt und in Schulterhöhe gehoben, hing er bis zu Tomasz' Füßen herunter. Unter dem Schnabel wie ein Bart aus Federn. Er hatte die Menschen nicht gekannt, vielleicht ein- oder zweimal aus der Ferne ihre Stimmen gehört. Weder Tante Helena noch die Bücher noch die Stiefel noch der Flintenbau gingen ihn an, und er hat nicht gewußt, daß Romuald und Tomasz lebten, er hat es nicht gewußt, und er wird es niemals erfahren. Ein Blitz hat eingeschlagen und getötet. Er aber, Tomasz, hatte sich hinter dem Blitz aufgehalten, auf der anderen Seite, sie waren sich begegnet, so, wie sie sich begegnen konnten, und es schmerzte ein wenig, daß es nie anders, nur so war. Eigentlich sehnte sich Tomasz nach einem Einverständnis mit verschiedenen Lebewesen, nach solch einem Einverständnis, das es nicht gibt. Warum diese Barriere, und warum, wenn man die Natur liebt, muß man ein Jäger werden? Da war sein Uhu: der heimliche Wunschtraum, er möchte eines Tages sprechen oder etwas tun zum Beweis dafür, daß er einen Augenblick lang aufgehört habe, Uhu zu sein. Aber da es sich nicht erfüllt hatte, bleibt die Frage, was nun weiter zu geschehen habe, wenn man ihn schon im Käfig hielt. Selbst aber die Gestalt eines Vogels, etwa die des Auerhahns, anzunehmen, ist auch unmöglich, und es bleibt nur, einen toten Vogel zu tragen, seinen Geruch einzuatmen, den Geruch des wilden Innern vom Dickicht.

Die Sonne ging auf. Dasselbe Geschlinge der Wurzeln und dieselben Sumpfflecken unter den ineinandergewachsenen Weidenbüschen waren nicht mehr so ungewöhnlich. Bald erreichten sie den Graben, von dem sie sich, so hatte er geglaubt, sehr weit entfernt hatten. Der Marsch am Graben entlang behagte ihm: die raubgierige Morgenröte im Chaos der krummen, aneinanderdrängenden Kiefern, der Mann mit dem dunklen Streifen der Flinte, der blaue Zigarettenrauch und er, die Beute tragend.

43

Das Leben der Menschen, die am Morgen vors Haus treten und das Glucksen der Birkhähne nicht hören, muß traurig sein, denn den wirklichen Frühling haben sie nicht kennengelernt. Es kommt ihnen nicht in den Sinn, in Augenblicken der Verzweiflung sich an die Hochzeitsfeiern zu erinnern, die irgendwo, unabhängig von dem, was sie selber bedrückt, stattfinden. Wenn es aber Ekstase gibt, ist es dann wichtig, daß nicht sie es sind, die sie empfinden, sondern ein anderer? Lilafarbene Blüten mit dem gelben Staub im Innern kommen aus den Nadeln hervor, auf Stengelchen, die mit samtenem Flaum überzogen sind, dann, wenn die Birkhähne in den Lichtungen tanzen; ihre Flügel schleifen über den Boden, und die Schwanzlyra, tintenfarben und weiß gefüttert, ist senkrecht aufgereckt. Ihre Kehlen können den Überschwang des Gesanges nicht fassen, sie blähen sich auf, als ob sie eine tönende Kugel rollten.

Romuald schoß sie nicht in Borkuny selbst, da er Sorge trug, den Wildbestand in der unmittelbaren Umgebung zu erhalten. Das Weidenwäldchen, wo die Kreuzottern residierten, grenzte an einen jungen Kiefernwald, und ihn hatten die Birkhähne für die Balz auserkoren. Die Bäume standen dort vereinzelt, aber sie waren üppig, ihre Äste begannen dicht über dem Boden. Dazwischen, wie Parkett, niedriges Moos, graufarbene Flechte, da und dort Büsche von Preiselbeeren. Für die Jagd pflegt man in solchen Gegenden Zelte zu errichten, die äußerlich Sträuchern ähneln; der Jäger versteckt sich dort vor der Morgendämmerung und wartet mit dem Ausblick vor ihm auf den Ballsaal der Birkhähne. Tomasz hielt es für Ehrensache, sich auf eigene Geschicklichkeit zu verlassen. Er jagte ohne Flinte und stellte sich die Aufgabe, so nah heranzuschleichen, daß er sicher war, er würde, hätte er eine Waffe, nicht vorbeischießen.

Milchige Nebel und künstliches Rosa des Himmels. Nebel können in jeder Jahreszeit vorkommen – worin unterscheiden sich diese hier von den anderen, daß ihre Heiterkeit einem den Atem beraubt?

Mitten unter ihnen auf dem Weiß des Taus oder des Reifs die glänzend schwarzen Hähne, Riesenkäfer aus Metall. Der Ort, den sie für ihre Liebesspiele erwählt haben, wird zum Zaubergarten. Tomasz kroch auf allen vieren und spähte, aber nur einmal gelang es ihm, ganz nahe zu kommen, das andere Mal war es ein Birkhahn, der, auf einem Tännlein sitzend, *tschischi* rief: durchsichtige Tropfen an den Tannennadelspitzen blinkten und schillerten, der Vogel aber war die Mitte des Raumes, für Tomasz einem Planeten gleichend. Und wichtig war, er flog von selbst fort, nicht durch einen unvorsichtigen Schritt aufgescheucht. Eine Tarnkappe – die wünschte sich Tomasz, aber auch ohne sie gelang es ihm manchmal, unsichtbar zu bleiben.

Der Frühling gewinnt an Kraft, und der Holunder blüht, so daß man an den Ufern der Issa von seinem bitteren Duft betäubt wird. Die Mädchen stellen sich auf die Zehenspitzen und pflücken die Dolden der zarten Blüten, die leicht abfallen. Abends auf der Wiese hinterm Dorf eine kleine Trommel und ein Trompetchen, sie spielen zu den monotonen Tanzweisen des Suktinis* auf. Und schon versinkt das Haus in Ginie in Wolken lilafarbenen Flieders.

Die vierzackige Fischgabel, die Tomasz an einem langen Stock befestigt zu tragen pflegte, wenn Pakėnas oder Akulonis zum Hechtfang ging, war ihm dieses Jahr nicht in die Hand geraten, und die Angelschnur war vom Rost der Haken angefressen worden. Deshalb schlug sogar sein Gewissen. Aber er hatte viel zu dringende Geschäfte. Sowohl bei Herrn Romuald als auch in

---

* Litauischer Dorftanz. (A. d. Ü.)

Borkuny bei der alten Bukowska, wobei es ihn allerdings weder zu ihr noch zu Dyonizy oder Wiktor zog, nur – zum See.

Der See war klein, aber nirgendwo grenzte an ihn ein Feld, auch kein Weg führte zu ihm, und das machte seinen Wert aus. Ringsum nur Sümpfe, man konnte nur über einen einzigen Pfad an sein Ufer gelangen, und dabei mußte man bis an die Knöchel im Wasser planschen. Das Ufer war von hohem Schilf bewachsen, jetzt hatte Tomasz eine kleine Bucht entdeckt mit freier Aussicht, und dort blieb er unbeweglich auf einem Erlenstamm sitzen. Vollkommene Glätte, Stück eines anderen Himmels, und ein Wasservogel schwamm vorbei und zog lange Falten hinter sich. Denn der See hatte in der Tat seine Bewohner, und Tomasz wartete auf ihr Erscheinen. Mit pfeifendem Sturz fielen die Enten ein, strichen lange noch über die Oberfläche, berührten und trübten sie mit dem Dreieck ihrer Flügel, bis kleine Wellen von ihnen zu Tomasz hinüberliefen. Auf diese Enten lauerten die Habichte, die hoch oben schrieen, und einmal war er Zeuge eines Habichtangriffs auf einen bunten Enterich, dem es gelang, ins Schilf zu entwischen. Jedoch am meisten wünschte er, die Gewohnheiten der Haubentaucher zu ergründen. Manchmal tauchten sie so nah vor ihm auf, daß er sie mit einem Stein hätte treffen können: ein rosiger Schnabel, ein Schopf und am weißen Hals rostfarbene Backenbärte. Was bedeuten ihre seltsamen Zeremonien in der Mitte vom See? Die Hälse verwandelten sie zu Schlangen, sie flitzten übers Wasser mit außerordentlicher Schnelligkeit, und diese Schlangen wurden zum Bogen, wenn sie den Kopf tief senkten. Ihr Dahinjagen erstaunte, denn woher entstand es, wenn sie doch nicht flogen und kaum das Wasser berührten? Wie Motorboote auf den Bildern bei Großmutter Dilbin. Und wozu? »Giegen Gangen, gei gie gägi gin.«, oder: »Sie spielen Fangen, weil sie närrisch sind.« Und das konnte selbstverständlich nicht als naturwissenschaftliche Erklärung gelten.

Überhaupt eignete sich Wiktor nicht zum Unterhalten: wegen des Stotterns und seiner Sprödigkeit. Er pflügte, eggte, warf Futter in die Tröge für die Pferde und Kühe, er molk sogar die Kühe, zusammen mit einer Dienstmagd, er war immer mit Arbeit überhäuft und etwas von den anderen herumgestoßen. Vielleicht hat er aus Angst vor seiner Mutter zu stottern angefangen. Die alte Bukowska schob, während sie saß, die Knie weit auseinander; ein enormer Bauch dazwischen; die zu Fäusten geballten Hände auf die Knie gestützt. Zwischen dieser ihrer alltäglichen Haltung und dem Gitarrenspiel mit Augenverdrehen, wenn sie in gute Laune verfiel, war ein derartiger Unterschied, daß Tomasz von ihren Gesängen schockiert war, wie wenn ein Ochse die Nachtigall nachmachte.

Die Bukowska hatte eine große Entenzucht, wobei eine Einzelheit Tomasz zu denken gab. Die Ente watschelte ums Haus herum und rupfte Gras oder versuchte in der kleinen Grube, wo nur noch Regenwasser stand, zu planschen. Sonst war dort nichts, außer feuchtem Schlamm, der bei Trockenheit in Zickzackrissen aufplatzte. »Warum gehen sie nicht in den See?« fragte er. Wiktor verzog verachtungsvoll sein Gesicht, und seine Antwort, wenn man sie aus dem Gegacker herausschälte, beschränkte sich darauf: »Bah, wenn sie es wüßten!« Sie wußten es nicht, daß ganz in der Nähe ein Paradies des Untertauchens im warmen Wasser, reich an Schlingpflanzen, lag, mit breiten Blättern in schlummernder Tiefe, mit Verstecken zwischen den Binsen. Angesichts dieser flachen, schmatzend sich vorschiebenden Schnäbel und ihrer Miene (diese aufgeschwollenen Backen) bemitleidete Tomasz sie wegen ihrer lächerlichen Beschränktheit. Was konnte es Leichteres geben, als sich auf die Wanderung zum See aufzumachen? Sie wären in zehn Minuten da. Den unklaren, philosophischen Gedanken sollte er erst in einigen Jahren zu Ende führen. Arme Menschen. Genau wie diese Enten.

Die Schönheit des Frühlings, mit dem Tomasz sein zwölftes Jahr beendete, bewahrte ihn nicht vor gewissen Unruhen, vielleicht sogar hat diese Schönheit auf ihre

Weise dazu beigetragen. Zum erstenmal nahm er wahr, daß sein Selbst doch nicht ganz er selbst war. Der eine, so wie er sich im Innern fühlte – der andere, der Äußere, körperlich, so wie er geboren war, dem nichts selbst gehörte. Barbarka, wenn sie von ihm als *šūdas* sprach, kannte seine Bewunderung für sie nicht; hätte sie diese gekannt, würde sie ihm nicht so großes Unrecht angetan haben. Sie beurteilte ihn von außen, und diese Abhängigkeit von seinem eigenen Gesicht (»Tomasz hat ein Gesicht wie ein Tatarenarsch«), von seinen Gesten und Bewegungen, für die man die Verantwortung trägt, lastete sehr auf ihm. Und wenn er nicht so wie die anderen war, sondern schlimmer und anders beschaffen? Romuald zum Beispiel ist sehnig, trocken, hat knochige Knie, und Tomasz tastete die eigenen Schenkel ab, die er zu dick fand, er stellte sich seitwärts vor den Spiegel und betrachtete das ausgebuchtete Gesäß, und sobald sich Schritte hören ließen, tat er so, als ob er am Spiegel vorbeigegangen wäre, ohne sich davor aufzuhalten. Bei den anderen legten sich die Haare vom Scheitel an auf die beiden Seiten, er nahm die Bürste und versuchte, die seinen so hinzukriegen, aber er hätte genauso Hundehaare in entgegengesetzter Richtung bürsten können, nichts kam dabei heraus.

Also wohnt man in sich selbst wie in einem Gefängnis. Wenn andere uns verspotten, so deshalb, weil sie in unsere Seele nicht eindringen. Man trägt in sich ein Bild seiner selbst, das mit der Seele zusammengewachsen ist, aber irgendein fremder Blick genügt, um die Einheit zu zerreißen und nachzuweisen, daß es nicht stimmt, daß wir nicht so sind, wie wir Lust hätten zu sein. Und zum Schluß geht man herum, in sich selbst existierend und zur gleichen Zeit sich selbst qualvoll betrachtend. Desto mehr sehnte er sich nach seinem *Königreich Urwald*, dessen Plan er in einer verschlossenen Schublade aufbewahrte. Als er nachgedacht hatte, kam er zu dem Schluß, daß man keine Frau dort hineinlassen sollte, weder solche wie Helena noch wie die Bukowska noch wie Barbarka. Auch Männer können mit den Augen zwinkern und kalt blicken, aber das gehört auch noch in irgendeinen Zusammenhang mit Frauen, geschieht meistens in deren Anwesenheit. Die Männer, sobald ihr Sinn auf edle Ziele gerichtet ist, kümmern sich nicht um solche Dummheiten, wie jemand aussieht.

Die Lindenblätter in Ginie entfalteten sich aus kleinen Knospen zu großen grünen Händen und deckten das Glöcklein im morschen Häuschen hoch oben in der Gabelung des Baumstamms zu. Dieses Glöcklein wurde, soweit Tomasz' Erinnerung reichte, nie benutzt, von ihm hing keine Leine herab, und niemand hätte dort hinaufklettern können. Am Nachmittag bei der Maiandacht in der Kirche war das durchs Fenster einfallende Licht gelb, die Blumen dufteten neben der blauen Muttergottes.

Warmer Regen. Danach bleiben auf den Fußsteigen schokoladenfarbene Schlammbänke, die letzten Bächlein bahnen sich ihren Weg hindurch, man setzt den Fuß hinein, und zwischen den Zehen dringt weicher Teig hervor, worauf das Wasser die von den Fersen eingedrückte Vertiefung ausfüllt.

44

Das Fenster von Großmutter Dilbins Zimmer war geöffnet, und die Nachtigall, obschon es noch hell war, sang im Gebüsch am Weiher. Sie erwachte aus einem Schlaf voll von Traumbildern, es schien ihr, daß jemand an ihrem Bett stand. »Artur!« rief sie. Aber niemand war da, und es wurde ihr bewußt, daß sie hier war, daß Jahre vergangen waren und daß die goldenen Buchstaben auf der Grabplatte vom Regen abgewaschen sein mußten.

Brońcia Ritter, mit zwei blonden Zöpfen, die einen Schmetterling an der Fensterscheibe fing, um ihn zu befreien, schaute in die Abendschatten an der Zimmerdecke, zwei Strähnen grauen Haares lagen auf dem Kopfkissen. Die Wände des Hauses in Riga hatten sie vor dem Bösen beschützt, und zu ihnen hatte die Zeit keinen Zutritt. Überglückliche Kindheit, und später fällt man in einen Abgrund und glaubt noch nicht, daß das die Wirklichkeit ist: kein frohes Lachen wird wieder ertönen, das die Unwiederbringlichkeit in einen Scherz verwandelt. Was war das alles? Ein Löffelchen, das die Konfitüren austeilt, und die schillernde Seide von Mutters Kleid, die Schwester bindet ihr ein Band, die Schelle an der Eingangstür ertönt, und der Vater setzt auf der Kommode eine karierte Tasche ab, mit der er von den Patienten heimkommt. Warum mußte von da aus ihr dieser und kein anderer Weg gegeben sein? Unmöglich, sich damit abzufinden, daß gerade ihr dies geschehen war, man muß anerkennen, was ist, aber man faßt es nicht, es ist nur ein trauriger Roman, den man gleich weglegen wird. Nein, man kann ihn nicht weglegen. Warum ich?

Herabfallen. Das war damals, als sie mit Artur von der Kirche zurückkam und der Schnee auf ihren Wimpern taute. Schwankende Kerzenflammen in den Leuchtern und das Knarren der Dielen in dem Haus, das von jetzt ab ihr Haus werden sollte: »Nein, nein!« Das war wie Entdecken, daß der Tod existiert. Papierketten, mit denen man den Christbaum schmückt, und der Klang des im Chor gesungenen Weihnachtsliedes und Blumen und Reifen, die im Garten rollen – das alles zerspringt, zerrinnt, und darunter taucht Grausamkeit auf, und nur sie ist wirklich. »Nein, nein!« *Consumatio* in alle Ewigkeit. Artur war gut. Aber sie unterlag nur der Gewalt, der ungeheuerlichen Ordnung einer Welt, mit der er vertraut war. Das Tabak-und-Leder-Aroma führte sie in ein Land, wo ein jeder aufhört, etwas anderes zu sein als ein Objekt, wo liebe Gebräuche sich als falsch erweisen und vergeblich versuchen, das nackte Gesetz zu verhüllen. Und die betroffene Frage: Das ist es also? Niemand empörte sich dagegen, man hat es geheiligt und anerkannt, und doch gab es hier kein Wort, das etwas verbunden oder etwas verändert hätte.

Wer Artur war, wußte sie nicht. Selbst dann, als sein Schnurrbart Striche über das wächserne Gesicht zeichnete, als sie die Dochte der Kerzen am Sarg versorgte und unwillkürlich dachte: ›Ein toter Gegenstand.‹ Eine aufgezogene Triebfeder, die nach ihrem eigenen Gesetz funktionierte. Seine Heftigkeit dämpfte er, indem er an seiner Pfeife zog. Er mochte nicht von sich erzählen. Auf dem Rücken hatte er Narben von einer Knute. »Das war für den Aufstand in der Katorga« – einige mürrische Worte – das war seine ganze Erzählung. Er ist mit Rentieren dort, wo es entweder immer Nacht oder immer Tag ist, in den Tundren von Sibirien, herumgefahren. In den Wäldern, in der Zeit des Aufstandes, immer gerade, schmal, in enger Tschamara, mit Schnallengürtel. Und womit er sich rühmte, war, wie der von ihm erschossene russische Dragoneroffizier vom Pferde fiel: er hatte auf ihn aus einer Jagdflinte geschossen, wie auf einen Eber. Er war immer stolz auf seine Treffsicherheit. Notizen und Rechnungen, die er hinterließ: *An Matylda Żidonis 50 Rubel, T. K. 20 Rubel.* Sie erriet, daß er ihr untreu gewesen war, sie zeigte es aber niemals. Im Testament Legate ohne deutlichen Grund, für irgendwelche Bauern aus umliegenden Dörfern – seine Söhne.

Die Daten verwirren sich, die Winter, die Frühlinge, kleine Begebenheiten, eine Krankheit, Gäste. Teodor ist im Jahre 1884 geboren, ja, sie war damals noch keine neunzehn Jahre alt. Sie hat an dem Tag geweint, als sie die Nachricht bekam, Konstanty sei beim Baden ertrunken, Konstanty, mit dem sie hätte glücklich sein können? Wohl nicht. Unbewegliches Hinstarren in die Tiefe von etwas, wie man in die Strudel eines Bachs oder in eine Flamme schaut. Im Koffer ein Heft aus der Zeichenstunde, darin eine Zeichnung von ihm. Hier, auch heute noch im Koffer.

Eine Nachtigall schrie, eine andere antwortete. Vom Fenster zog Feuchtigkeit herein. Was es auch gewesen war, es wird schwächer, es schwankt, es vergeht, und dann betet der Mensch, hilferufend, weil er zweifelt, gelebt zu haben. Wenn der Stern, der am grünlichen Himmel auflodert, wirklich so fern, Millionen Meilen fern ist, wenn hinter ihm andere Sterne herumkreisen, während, was auch geboren wird, spurlos verschwindet, dann vermag nur Gott allein die Vergangenheit von der Bedeutungslosigkeit zu retten. Und wenn es nur die Vergangenheit der Schmerzen ist. Oh, wäre es doch erlaubt, sie vom Traum zu unterscheiden!

»Mach das Fenster zu, Tomaszek, denn es ist kalt.«

Ihre Stimme knarrte: wie die Angeln einer Tür, die geöffnet wird. Tomasz fing diesen ungewohnten Ton auf. Er hatte sie schon eine Zeitlang beobachtet. Die Finger ineinander verschränkt, die einst vollen Backen nun zum Kinn abgesunken und durch eine tiefe Linie von ihm getrennt. Der Hals mager, mit zwei Falten in der Haut. Sie wandte das Gesicht zu ihm. Die Augen, wie immer, nicht ganz von dem, was vor ihnen war, in Anspruch genommen.

Enkel. Gutes Blut oder böses Blut? Arturs Männlichkeit und Heftigkeit oder ihre Angst vor der Schärfe alles dessen, was auf dieser Erde auf uns einschlägt? Oder das Blut jener – Barbaren? Daß Teodor nicht so wie sein Vater war, sondern weich und eigentlich schwach, das war nur ihre Schuld. Und sie trug auch die Schuld für Konstanty. Und dieser Knabe könnte sich als einer wie Konstanty erweisen, wenn er etwas von ihr übernommen hat.

»Szatybełko hat einen Brief gebracht, hier liegt er, schau doch.«

An der Ecke des Tischchens bei den Arzneien lagen Zettel, darunter ein Umschlag. Eine schräge, springende Schrift, von der er nicht ein Wort erkennen konnte, sie war die des Vaters. Die Schrift, bei der manche Buchstaben mit Tinte nachgezogen waren, wie aus Skrupeln, sie könnten unleserlich erscheinen, war die seiner Mutter.

»Mama schreibt, sie würde jetzt bestimmt kommen, spätestens in einigen Monaten.«

»Auf welchem Wege?« fragte er.

»Sie hat schon alles vorbereitet. Du weißt, daß die Grenze geschlossen ist, also kann sie nicht legal passieren. Sie schreibt, daß sie ein Städtchen kennt, von wo es leicht ist, durchzukommen.«

»Werden wir mit ihr dort lang oder über Riga fahren?«

Die Großmutter suchte um sich herum nach dem Rosenkranz. Er beugte sich und hob ihn vom Boden auf.

»Du wirst fahren. Ich brauche nichts mehr.«

»Warum sagst du das, Großmütterchen?« Er empfand Gleichgültigkeit, und wegen dieser Gleichgültigkeit war er böse auf sich.

Sie antwortete nicht. Sie stöhnte und versuchte, sich aufzurichten. Er neigte sich über sie und half. Ihr runder Rücken in der Barchentjacke, Runzeln unterm Ohr, zum Hals laufend.

»Diese Kissen. Sie rutschen so zusammen. Vielleicht kannst du sie aufschütteln.«

Tomasz' Mitleid war unvollkommen, er hätte ein besseres gewünscht, aber zu einem besseren hätte er sich zwingen müssen, und das wurmte ihn, daß er kein anderes als künstliches Mitleid fand. Jetzt erschien ihm die Großmutter weniger irritierend als sonst, warum, überlegte er nicht, vielleicht weniger durchsichtig, ohne alle ihre billigen Schlauheiten.

»Viele Nachtigallen – dies Jahr«, stellte sie fest.

»Ja, Großmütterchen, viele.«

Sie fing an, die Perlen des Rosenkranzes zu verschieben, und er wußte nicht, sollte er bleiben oder gehen.

»So viele Katzen«, sagte sie endlich. »Daß diese Vögel keine Angst haben zu singen.«

45

Wirklich ohne Zeugen? Das üppige, von der Sohle niedergedrückte Gras steht langsam auf, während der Fuß schon neue Grashalme zertritt und schon andere rauhe Stengel gegen den Schaft des Stiefels scheuern und während die verscheuchte Drossel an die alte Stelle zurückkommt, wo sie nach Raupen gesucht hat. Diese beiden sitzen wie in einem kleinen Brunnen, dessen Wände aus dichtem Laub bestehen, über ihnen ziehen die Wolken.

Ein dunkler Arm umschlingt einen Rücken in weißer Bluse. Eine Ameise versucht, unter der plötzlich sie erdrückenden Last zu entwischen.

Es ist die Jahreszeit, wo der Kuckuck noch ruft, aber er bricht schon in Gelächter aus, bevor er bis zum nächsten Frühling verstummt. Niemand zählt in diesem Augenblick seine Rufe, die uns die Zahl der Jahre ansagen, die noch gelebt werden. Geflüster auf dem Grund des Grüns und ein schwaches Sporenklirren.

Eben, leise schreitend, naht der Zauberer Masiulis. Über dem Arm hängt eine Leinentasche zum Kräutersammeln. Er beugt sich runter, legt den Stock weg und bohrt mit einem Messerchen die Wurzeln aus, die er für irgendeinen seiner Zwecke braucht.

Eine Menschenstimme dringt zu ihm herüber. Einige Schritte, er schiebt den Blättervorhang auseinander, und für jene unsichtbar, kneift er die Augen spöttisch zu. Denn die Geste, mit der die Frau jetzt ihren Rock ordnet, bedeutet: Das ist nie gewesen. Für immer abgetan, und sie wird über gleichgültige Dinge sprechen, so, als sei sie von Abenteuern zurückgekehrt, in die man bei einer Wanderung durch die Königreiche der Nacht gerät. Er läßt die Zweige los, zieht sich an den Waldrand zurück, setzt sich auf einen Stein und zündet die Pfeife an.

Masiulis ist nicht ohne Leidenschaft. So wie man ihn kennt, hat er seine Weisheit mit Kichern genährt und eigentlich mit Verachtung für die menschliche Natur, auch für seine eigene. Hatte er nicht einmal jemandem gesagt (das Warum ist schwer zu begreifen), der Mensch sei wie ein Schaf, über das der Herrgott ein zweites Schaf aus Luft gebaut habe, und das wirkliche Schaf will unter keinen Umständen es selbst, sondern nur das andere sein. Dieser Satz ist wohl der Schlüssel zu seinen Zaubereien. Wenn man sich vom Menschen ein solches Bild macht, dann ist nichts natürlicher, als dem Schaf jedesmal zu helfen, falls es bestimmten Schwierigkeiten begegnet, sich in der Luft zu halten.

Es gibt keine Gründe, daß Masiulis wohlwollend über das Paar im Dickicht hätte denken sollen. Jedesmal, wenn ein Paar sich solcherart von den anderen absonderte, verletzte ihn das irgendwie, weil es ihnen schien, nur ihnen widerfahre so etwas. Vielleicht verletzte es ihn nicht, sondern belustigte ihn, seine Spottlust wekkend. Jedoch wirft man nach den Hunden, die sich vor aller Augen unanständig benehmen, mit dem Stock, weil ihre heraushängenden Zungen und ihre zärtlichen Mienen annehmen lassen, daß sie ihre eigene Lächerlichkeit nicht spüren, daß sie nur ihr Vergnügen genießen und auf diese Weise sich in Sicherheit wiegen: daß niemand außer ihnen das gleiche fühle. Was jene zwei im Wald betrifft, so murrte Masiulis zornig vor sich hin: »Sieh einer diese Stute!«, und das betraf die keusche Bewegung von Helena Juchniewicz beim Zurechtziehen des Kleides.

Die Umstände wollten es, daß einige Tage später Barbarka zu Masiulis kam, um Rat zu holen; sie hatte niemand anderen, bei dem sie Rat und Medizin hätte suchen können. Er fragt nicht: wie der Priester im Beichtstuhl: »Wievielmal, mein Kind?«, denn er weiß, daß es viele Male war. Es ist wahr: Priester Monkiewicz, wenn er seinen Pfarrkindern die Beichte abhörte, erwartete von ihnen nichts als den festen Vorsatz, sich zu bessern. In der Tat, der feste Vorsatz, sich zu bessern, das ist der Seufzer zu Gott, Er möge auf unseren heißen Willen schauen, uns vom Geschmack an der Sünde frei zu machen, damit Er später, wenn wir wieder in die alten Fußstapfen geraten, es uns nicht übelnimmt. Da Er alles sieht, sieht Er auch, daß wir wirklich Engel sind und gegen unseren Willen den Wünschen unseres Körpers unterliegen, ohne jemals unserem Fall völlige Zusage zu erteilen, sondern beklagend, so geschaffen zu sein und nicht anders. Schon indem sie den Beichtstuhl verließ, wußte Barbarka wie die anderen, daß eine Portion abgeworfen war, und schon begann sie eine neue anzusammeln.

Gegen den Kummer, wie er Barbarka zuteil wurde, gibt es erprobte Weibermittel: Es genügt, in die Speise eigenes Monatsblut zu geben, und der Mann, der davon zu sich nimmt, ist mit unsichtbaren Fäden angebunden. Entweder hat das nicht geholfen, oder es trieb sie, jemandem ihr Herz auszuschütten. Der Zauberer empfing sie freundlich und sprach lange mit ihr, und ihre Tränen fielen auf ihre Finger nieder. Auch vor Scham. Wenn Romuald erfahren hätte, sie sei deswegen zu Masiulis gelaufen, hätte er sie verprügelt, und mit Recht. Denn Masiulis hetzte sie gegen ihn, zu seinem alten Groll gesellte sich, was er bei den beiden erlauert hatte. Und er gab ihr kein Liebeskraut, das man abkocht und dessen Sud man allmählich den Speisen zugibt, sondern er riet ihr, sie solle sich nicht mit diesem scheußlichen Alten einlassen, diesem verräterischen Edelmann, den es zu dem Edelfräulein zieht.

Auf dem Heimweg hatte sie verschwollene Augen. Jedoch auf dem Pfad zum Wäldchen blieb sie stehen, und nachdenklich verwischte sie mit bloßem Fuß die Spuren von Pferdehufen: Ah, was weiß der! Kannte er Romuald? Nein, *sie* kannte ihn. Es gibt Geheimnisse, die kann man niemand enthüllen. Alt? Aber, wer so wie er …? Sie bog die große Zehe ein, schob Sand und Tannennadeln heran. Nein, das muß man anders anfangen.

Barbarka ist zweiundzwanzig. Der Rock flattert und schlägt um die Schenkel, ihre Füße schreiten immer sicherer. Sie hebt das Kinn, und die Lippen wölben sich im Lächeln der Kraft. Dort, wo der Blick sich auf die Gutsgebäude öffnet, hält sie an, und mit ihren Augen umfängt sie die Dächer, die Brunnengabel, den Obstgarten, so, als sähe sie alles zum erstenmal.

Sicher: anders. Wie – das wird sich schon zeigen. Vorläufig hat sie nur einen Umriß ihres Entschlusses, aber das genügt. Sich so auszuweinen, wie sie es eben bei Masiulis getan hat, ist gesund. Irgend etwas dreht sich in uns um, und in einem Aufblitzen erkennt man das demütige Ertragen des Schicksals als einen Irrtum. Sich von Borkuny wegjagen lassen? Nein.

Der Besuch beim Zauberer war also nicht vergebens, aber er hatte eine andere Wirkung, als dieser erzielen wollte. Er hatte sich zu sehr von seinen Leidenschaften beherrschen lassen, und die sind nur solange gut, als sie zur Klugheit anspornen, nicht aber, wenn sie an deren Stelle regieren. Er hatte sich deutlich gegen seine Berufung benommen.

Romuald hämmerte vor den Ställen, er besserte den Pflug aus. In der Küche schöpfte Barbarka Wasser mit der Hand aus dem Eimer und schaute in den Spiegel. Es durften keine Spuren bleiben. Wenn man Geschicklichkeit anwenden wollte, dann überraschend. Sie leckte die Lippen, damit sie nicht rauh erschienen.

46

Luk Juchniewicz greinte vor sich hin, in einer Sofaecke sitzend. Er verfiel ebensoleicht in Traurigkeit wie in Zärtlichkeit. »Aber, Lukchen«, versuchte Großmutter Misia ihn zu trösten, »es ist noch nichts geschehen, vielleicht werden sie nicht parzellieren.«

»Sie werden parzellieren«, stöhnte er. »Das ist schon sicher. Die Lumpen, die Diebe, sie werden uns alle mit Bettelsäcken ziehen lassen. Wo werden wir unterkommen, wir Unglücklichen?« Und er wischte sich die Augen mit dem Handrücken.

Das Gut, welches die Juchniewicz seit langer Zeit gepachtet hatten, sollte tatsächlich nach irgendeiner Vorschrift der Bodenreform aufgeteilt werden, und es war schwierig, Luk zu widersprechen. Tante Helena saß neben ihm mit dem Nebel einer sanften Resignation im Blick. Der Großvater, ihr gegenüber auf dem Stuhl, räusperte sich.

»Aber, ihr werdet hierher umziehen, selbstverständlich. Das ist sogar besser, ihr werdet uns in der Landwirtschaft helfen. Und so jedenfalls mit Rücksicht auf die Reform ist es besser, wenn Helena hier wohnt.«

»Józef hat doch die Anzeige erstattet«, seufzte Helena.

»Dieses Scheusal, also hab ich es nicht gesagt? Deine Litauer, immer dieselben, und du …« Großmutter Misia wandte sich an Großvater, ihn nachäffend: »Die Guten, die Lieben, nein! Sie werden nichts Böses tun. Oh, ich würde sie mit der Peitsche, mit der Peitsche belehren.«

Der Großvater nestelte an seinen Manschettenknöpfen wie immer, wenn er sich unsicher fühlte.

»Der Wachtmeister hat versprochen, die Sache zu prüfen. Nun, was ist zu machen, man wird schmieren müssen, und dieser Józef wird nicht großen Schaden anrichten.«

»Mir scheint, das vernünftigste wäre, ins Forsthaus umzuziehen, damit sie sehen, daß Väterchen auf dem Seinen und ich auf dem Meinen bin. Wenn man bei sich ist, ist man eben bei sich«, sagte Helena, die Silben dehnend.

Tomasz hob die Augen von seinem Buch, hörte ihnen einen Augenblick zu, und gleich verschwanden ihre Stimmen in einem Geräusch ohne Inhalt. Er hatte sich eine kleine Kuhle im kühlen Ledersofa unterm Fenster warmgesessen. Hinter dem Eßzimmerfenster zwitscherten die Spatzen im wilden Wein, dessen Ranken schon bis an die Fensterrahmen reichten. Die Agavenblätter auf dem Rasen standen golden in der Nachmittagssonne.

»Der Ärmste, das Hühnchen, er wird zugrunde gehen«, spottete Großmutter Misia. »Pfui! Ein solcher Bulle, sitzt da, tut nichts, macht heimlich Schnaps, verkauft ihn nach Pogiry, verdammter Säufer. Und dick ist er, daß es einen anwidert. Rausschmeißen und Schluß.«

»Aber das Haus hat er selbst gebaut«, wehrte sich der Großvater. »Und den Wald bewacht er. Wie kann man nur so mit einem Menschen umgehen.«

»Mit einem Menschen? Eben daß es gerade nicht um einen Menschen geht, sondern um das teuerste Baltazarchen, das Perlchen, das Augäpfelchen, dir lieber als die eigene Tochter.«

»Aber, Gott bewahre!«, und Helena erhob die Hände voll Grauen, »daß man jemand Unrecht tun sollte, nicht eine Sekunde habe ich daran gedacht. Er könnte zum Beispiel hier im Hof eine Wohnung bekommen, könnte helfen, Szatybełko ist schon alt, oder man könnte ihm auch ein Insthaus frei machen.«

Hier spitzt Tomasz die Ohren, neugierig, wie sich der Großvater helfen würde.

»Ja, das könnte man«, bestätigte der Großvater. »Das ist sogar ein guter Plan. Allein, siehst du, Helenchen, hm, wenn die Zeiten so sind, daß, hm, selber begreifst du wohl, wenn man jemanden kränkt, ihn erzürnt ... du wirst wohl selber einsehen, das wichtigste ist jetzt ... man muß die Teilung bestätigen. Also, hm, solltest du dir keine Feinde machen. Er kennt den Wald und könnte ... schon genug Scherereien mit Józef.«

Die Vision der Gefahr wirkte auf Helena und auf die Großmutter. Sie antworteten nichts mehr. Luk hielt sich den Kopf.

»Welch furchtbare Zeiten haben wir! Auf jeden Bauernlümmel nimm Rücksicht, streichle ihn. Oh, wie mir das die Seele drückt.«

»Armer Luk, vielleicht würde ihm Baldrian gut tun«, bot Großmutter an, worum Helena sich gar nicht kümmerte.

Für Tomasz war Luk eine rätselhafte Gestalt. Keiner unter den Erwachsenen benahm sich wie er, und schon sein Anblick ließ einen vor Lachen herausplatzen, aber keiner lachte, was einen veranlaßte, an sich zu zweifeln. Er trägt doch lange Hosen, ist Helenas Mann, er weiß, wo und was und wann man sät und erntet. Deshalb glaubte Tomasz, daß hinter diesem Gesicht wie aus Guttapercha, das einmal im Schluchzen wie vor Sympathieüberfluß zerging, dann wieder in einer völligen Verzweiflung zusammenschrumpfte, ein anderer Luk, der echte, der weniger dumm war, als er aussah, stecke. Aber auf den anderen, den klügeren Luk, zu stoßen, gelang niemals. Jedoch ist es wohl unmöglich, daß er ganz und gar nur dieser war. Tomasz schrieb ihm also eine besondere Schlauheit zu: nämlich, daß er sich nur verstelle. Luk zog sich auch niemals so wie die anderen an, als ob ihm damit für die Komödie geholfen wäre: er trug enge braunkarierte Hosen mit einem Steg und einen Hut, gleich denen, die vor dem Krieg getragen wurden und jetzt im großen Koffer mit Naphthalin eingemottet lagen.

Tante Helena benahm sich ihm gegenüber herzlich, aber wie Tomasz beobachtet hatte, mißachtete sie ihn vollkommen. Luk äußerte nie seine eigene Meinung über etwas.

»Und wie wär es, wenn man dort bei Baltazar ein Zimmer haben könnte, das wäre für uns genug. Nur ein Zimmerchen. Für die Behörden – sollen sie kommen – sollen sie sehen«, sagte jetzt Helena.

Die Großmutter schnaufte empört.

»Helena, wieso, so im Wald, wie als Gnade bei diesem Knecht? Pfui!«

»Nein, es ist ja nicht für immer, nur gelegentlich, ein paar Tage, es ist außerdem besser, wenn es sich herumspricht, daß die Frau Juchniewicz ihren eigenen Haushalt hat. Papachen könnte wenigstens das verlangen.«

»Hm, ich will mit ihm reden, jawohl, werde reden. Ja, ich werde ihm das auseinandersetzen«, wand sich der Großvater hin und her.

Tomasz kehrte zu seinem Buch zurück, aber alsbald riß ihn ihr Schimpfen auf Józef wieder davon fort. Er sei ein Chauvinist, ein Fanatiker; er würde, wenn er könnte, morden, und er beißt unerwartet wie ein Hund. Daß er Holz für die dem Knaben erteilten Arithmetikstunden bekommen und schon so viel Gutes erfahren habe! Nur Großvater sagte kein Wort, doch nach einer Weile ließ er schüchtern einfließen:

»Von seinem Standpunkt aus hat er doch vielleicht ein bißchen recht.«

Großmutter Misia legte die Hände zusammen, hob die Augen gegen die Decke, den Himmel zum Zeugen anrufend:

»Großer Gott!«

47

Jener Tag nahte. Man hatte in Borkuny beschlossen, daß es nicht der Mühe wert war, an die Überschwemmungsstelle der Issa unweit des Dorfes Janiszki zu fahren, erstens, weil sie zu dicht mit Kalmus bewachsen ist und der Kahn sich kaum durchdrängen kann, zweitens, weil zur Jagderöffnung zuviel Bauern aus der Umgebung dort hinkommen und es gar zuviel Geknall gibt. Also fiel die Wahl auf den See Ałunta, wie weit er auch entfernt war, aber »du wirst sehen, Tomasz, was es da an Enten gibt, ganze Wolken!« Man beschloß auch, Tomasz solle Wiktors *berdanka* mitnehmen, und dieser aus einem Vorderlader schießen; zu seiner Bedienung war eine Tasche voll Utensilien nötig: in der ersten Abteilung das Pulver, in der zweiten Schrot, in der dritten Zündhütchen und dann noch Putzwolle. Man maß mit einem metallenen Maß das Pulver ab und schüttete es unmittelbar in den Lauf, dann trieb man Putzwolle mit einem langen Holzstempel ein, darauf Schrot und wieder eine kleine Ladung Putzwolle. Der geöffnete Hahn entblößte das Säulchen für das Zündhütchen. Tomasz verstand sich darauf, die Hähne der Flinte sanft herunterzulassen – mit einem Finger drückt man auf die Sicherung, mit dem zweiten hält man den Hahn fest, damit er langsam sich senkt, aber bei dem Vorderlader ist das anders: Man sieht den Grund des kleinen Kreises des Zündhütchens, und daher hat man Angst, der Hahn könne im letzten Augenblick abgleiten und aufschlagen.

Man überlegte, welche Hunde man mitnehmen sollte, und beschloß, Karo zu Hause zu lassen, da die Spürhunde von der Entenjagd verdorben werden, später spüren sie schlecht auf. Zum Aufscheuchen der Enten genügt Zagraj, der methodisch und ernst ist. Dunaj könnte plötzlich die Laune haben, im Wald zu verschwinden. Lutnia – das wäre unter ihrer Würde, das wäre eine zu leichte Aufgabe für sie, außerdem war sie trächtig.

Also, ein Leiterwagen wurde mit Heu ausgepolstert, darin Romuald, Tomasz, Dyonizy, Wiktor und Zagraj. Die Peitsche knallt. Staub wirbelt hinter den Rädern hoch, Tomasz liegt, und Steine, die Felder, die Zäune der Hütten fliegen nach rückwärts. Romuald pfeift, und Tomasz sekundiert, eine Reise, lustig, schon wird Proviant aus dem Sack hervorgeholt, und jeder bekommt ein

Stück Wurst, sie essen und werden von den Schlaglöchern emporgeworfen. Sie müssen vor Abend ankommen, dann die Übernachtung, und in der Morgendämmerung aufs Wasser. Werden sie dort Kähne bekommen? beunruhigt sich Tomasz. Ohne Zweifel, in jedem Dorf hat jeder wenigstens einen.

Die Gewässer, aus der Ferne sichtbar, waren blau und gerötet von der untergehenden Sonne. Das Ufer, auf dem sie herangefahren kamen, war hoch, und man gewahrte den Umriß vom See. Oval, an einem Ende spitz zulaufend. Diesseits auf den Hügeln Felder, jenseits, von der Hälfte des Ovals an, eine schwarze Masse, aus der hie und da gegen den Himmel die Feder einer Kiefer aufragte. Dort sind große Sümpfe, und dort werden sie jagen. Hier, am Wege, eine runde, wie künstlich aufgeworfene Kuppe, darauf eine Burgruine und von dort die Abfahrt zwischen den Zäunen des Dorfes Ałunta.

In der Bauernhütte aßen sie Dickmilch aus einer Riesenschüssel; später, in der Dämmerung, kletterte Tomasz auf den Hang des Burghügels hinauf. Der Vollmond stieg empor, Stille der am Tag erhitzten Gräser, wo die Grillen zirpten. Dicht, fast vor den Füßen, glänzten die Schuppen der kleinen Wellen. Er berührte die Steine, die von der Mauer oder von den Fundamenten übriggeblieben waren. Von hier aus lief sie, um ins Wasser zu springen und sich zu ertränken. Romuald hatte ihm berichtet, was man seit langen, langen Zeiten sich von der Burg erzählte. Als die deutschen Templer sie einst eroberten, hat eine heidnische Priesterin den Selbstmord der Unterwerfung vorgezogen. Darüber hinaus wußte man nichts. Tomasz stellte sich vor, wie sie die Arme hochhob, schrie, und ein weißer Mantel wehte hinter ihr im rasenden Flug auseinander. Aber es könnte auch anders gewesen sein. Sie ist vielleicht langsam hinuntergeschritten; mit leinenem Band gegürtet, einen grünen Kranz auf dem Haupt, sang sie Lieder an ihren Gott und neigte sich allmählich, als sie das Ufer erreicht hatte. Aber wo ist ihre Seele? Ist sie in alle Ewigkeit verdammt, weil sie sich gegen die Taufe wehrte? Die deutschen Templer waren Feinde. Überall setzten sie Feuer an, mordeten, und dennoch glaubten sie an Jesus, und die Taufe, die sie erteilten, schützte vor der Hölle. Vielleicht irrt ihre Seele hier umher, weder in der Hölle noch im Himmel? Und Tomasz sprang auf, weil hinter ihm etwas geraschelt hatte, wahrscheinlich eine Maus, und obgleich er ein wenig um des Schauders willen zu den Ruinen aufgestiegen war, lief er doch schnell zurück zu den Dächern, den Stimmen der Leute, der Kühe, der Hühner.

In der Feldscheune seufzte Zagraj neben ihnen im Schlaf. Wiktor hatte im Heu eine Kuhle eingedrückt, in die Tomasz, da er leichter war, abrutschte. In der Dunkelheit stieg jemand Fremdes die Leiter hinauf, über sie hinweg. »Wer?« fragte Romuald. »Gut Freund«, antwortete man, bis endlich alles still wurde, und durch eine Dachspalte auf den einen Stern schauend, schlief er ein.

Wenn einer im Heu aufwacht, gewahrt er stets, daß er woanders liegt, als er dachte. Tomasz ganz am Rande, es fehlte nicht viel, und er wäre hinuntergefallen. Wiktor nicht neben seinem Kopf, sondern an seinen Beinen – er schnarchte jetzt und pfiff durch die Nase. Im fahlen Morgengrauen die verknüllte Decke, wo niemand mehr drauf lag. Romuald und Dyonizy tief verborgen, auf ihnen Zagraj.

Tomasz gähnte nervös und überlegte, ob man sie schon wecken sollte, aber im gleichen Augenblick knarrte das Tor und ging auf, Licht und Kälte drangen herein, jemand rief von unten: »Herr Bukowski! Zeit zum Aufstehen!«

Auf der Bank vor der Hütte Vorbereitungen. Romuald und Dyonizy schnallten die Patronentaschen um. Tomasz stopfte die Hosentaschen mit Patronen voll. Sie tranken nur ein wenig Milch, um die Frauen nicht aufzuwecken, da es Sonntag war. Der Bauer samt seinem Sohn, die zum See mit ihnen gingen, rollten die Hosen bis zur Hälfte der Waden auf, nahmen Stangen und hängten lange Ruder von den Haken ab.

Der See war von ziehenden Nebelstreifen verdeckt.

Von dem abschüssigen Pfad aus sahen sie die halb auf den Kies herausgezogenen Kähne – neben ihnen stieg dampfend der Nebel und ließ den Seespiegel ohne jede Runzel sichtbar werden. Man sah das Innere der Kähne mit ihren Wanten, die, von dieser dichten Materie umschlossen, für immer unbeweglich schienen. Unterhalb der Kähne enthüllten sich hier und da Wasserbahnen, vom Glanz des Himmels erhellt.

48

Pflichten und Vergnügungen sind nicht gleich verteilt. Ein mit seinen prächtigen Federn geschmückter Enterich zieht die Einsamkeit dem langweiligen Ausbrüten von Eiern und dann Kinderbehüten vor. Die Ente verbringt die Zeit während der besten Monate im Jahr, Mai, Juni, Juli, entweder breit auf dem Nest sitzend, oder sie zieht später eine Kette von schnatternden Geschöpfen hinter sich her, und die Geschwindigkeit ihrer Bewegungen wird vom letzten Kettenglied, das die Füßchen mühevoll bewegt, gehemmt. Das erste ernsthafte Kunststück, das die Kleinen lernen, ist, im Fall von Alarm sich unter die unterm Wasser ausgebreiteten Blätter zu verstecken, wobei nur die Schnabelspitze hervorguckt. Nachher üben sie das Fliegen, das beruht nicht nur auf den Flügelbewegungen, sondern das schwierigste ist, sich vom Wasser hochzureißen. Lange können sie es nicht, und in der Luft flatternd, wirbeln sie Wassertröpfchen hoch und fliegen immer noch nicht. Der Anfang der Jagdsaison überrascht die Mehrzahl von ihnen gerade in diesem Stadium.

Die Kähne rochen nach Teer. In einem hockte Tomasz am Bug, hinter ihm saß Romuald mit dem Hund und dann der Fährmann, der das Ruder gleichmäßig von einer in die andere Hand verlegte. Sie glitten so in den Urwaldraum, die Wellen plätscherten an der Bordwand; der zweite Kahn hob sich mit den Köpfen der Männer aus dem Nebel und den Schatten ab, als ob er in der Luft hinge. Sie zielten grade auf das jenseitige Ufer zu. Schon konnte man Schilfspitzen unterscheiden, der Fährmann hielt an, legte das Ruder weg, nahm eine Stange und stieß jetzt vom Boden ab, indem er bei jedem Stoß sich bog.

Eine schwimmende Stadt, eine Ansammlung von dunklen Punkten im Dampf der Gewässer: eine Entenschar. Der Kahn gewann an Schnelligkeit, schnitt ihnen den Weg zur Flucht ins Schilf ab, sie entfalteten sich als lange Schnur hinter der Mutter, aber sie verloren gleich die Ordnung und tauschten Schreie aus, die wohl bedeuten sollten: »Was tun?« Romuald rief lachend: »Gib acht, sonst nimmst du ein Bad.« Tomasz setzte sich im Bug zurecht, schußbereit. Die Enten rissen sich zum Flug empor, als sie ganz nahe waren, ein Sturm von Flügelschlagen und Wasserspritzen, *peng*, Tomasz hatte geschossen, *peng, peng*, Romuald hatte geschossen, die Oberfläche zitterte vom Schrot, es blieben Kreise, drei unbewegliche Striche und ein vierter, der sich auf der Stelle um sich selbst drehte.

Wer niemals mit eigener Hand nach einer getöteten Ente zu greifen versucht hat, wird schwer verstehen, um was es geht. Es gilt zu unterscheiden: Man wirft die Kleider am Ufer ab, schwimmend nähert man sich ihr, und dann kommt sie auf der Wasserfläche in Augenhöhe, gewiegt von der Welle, die man selbst aufwarf; oder aber man manövriert so, daß sie sich grade an der Seite des Kahns befindet, und man muß nur den Arm ausstrecken. In beiden Fällen jedoch vollzieht sich alles in dem Akt des In-der-Nähe-Sehens und des Zupackens. Zunächst ist sie ein Gegenstand auf dem Wasser, zu dem uns die Neugierde zieht; berührt, verwandelt sie sich in eine tote Ente, sonst nichts. Aber der Augenblick, wo in der Nähe der ausgestreckten Hand sich die Wölbung des gesprenkelten Bäuchleins wiegt, gibt uns das lockende Versprechen einer Überraschung. Denn wir wissen nicht, wen wir getötet haben. Vielleicht eine Ente, die ein Philosoph, vielleicht eine Ente, die ein Entdecker war, und wir erwarten ein bißchen (nicht ganz daran glaubend), daß wir ein Tagebuch bei ihr finden. Und schließlich, wenn es um Wasservögel geht, wird die Erwartung manchmal, aber selten belohnt: ein Ring am Fuß, darauf Ziffern und Zeichen einer wissenschaftlichen Station in einem fernen Land.

Sie hoben vier Grünhälse auf und suchten längs des Ufergebüschs die Buchten ab. Tomasz entdeckte eine Ente unter Schlingpflanzen, schoß, sie flatterte auf und fiel um. »Da hast du aufgepaßt!« lobte Romuald, und im selben Augenblick brauste es auf, eine Säule der schon des Fluges kundigen Enten brach empor, und Romuald holte mit einem Schuß zwei herunter. Nicht weit davon hörte man das Geknall von Dyonizy und Wiktor.

Die Grenze zwischen Land und Wasser war hier undeutlich, es gab kein Ufer, eher einen Pelz von nachgebenden Gräsern. Sie ließen Zagraj los. Er versank immer wieder, halb gehend, halb schwimmend, planschte er fleißig vorwärts und bellte. Die jungen Enten sausten nach allen Seiten wie Ratten umher, man konnte kaum mit dem Schießen nachkommen. Das zerdrückte Schilf zischte, der Ruderer stieß den Kahn zu den seichten Stellen, die von Wurzelgerüchen erfüllt waren. In einem solchen Weiherchen spielte sich folgendes ab. Während Tomasz nach einem neuen Ziel ausschaute, entdeckte er (und dazu darf man kein schlechtes Auge haben), daß die leichte Biegung eines Blattes einen Vogelkopf verbarg. Es hatte die Ente verraten, daß sie nicht unbeweglich blieb, sondern sich zurechtsetzte. Schon erhob Tomasz den Flintenlauf, da besann er sich anders und begnadigte sie. Weil sie doch so vor Angst erstarb und gleichzeitig so sicher war, sich gut versteckt zu haben. Sie nicht zu töten hieß mehr Gewalt über sie zu haben, als wenn man sie tötete. Als sie sich wieder aus dem Riedgras in den See hinausarbeiteten, indem sie sich, um dem Ruderer zu helfen, am Schilf weiterzogen, freute sich Tomasz, daß die Ente dort war und niemals von dem Geschenk erfahren würde, das ihr ein Mensch gemacht hatte. Auch, daß er sie gesehen, daß er überlegt, daß er gekonnt und anders gewollt hatte. Von da ab waren sie schon für immer irgendwie miteinander verbunden.

Tomasz schoß nicht nach Enten, die über ihren Köpfen hinwegflogen. Einmal hatte er es versucht und schmählich danebengeschossen. Er bewunderte Romuald, den nicht einmal das Schaukeln des Kahns störte. Am meisten bewunderte er ihn wegen der Kriekenten. Diese streben so scharf vorwärts, daß die Luft pfeift, dabei sind sie kleiner als die kleinsten Grünhälse. Trotzdem verfehlte sie Romuald nicht ein einziges Mal, und sie hatten schon drei unter die Bank gelegt.

»Wie war's bei euch?« fragte Romuald die Brüder. Wiktor stammelte, Dyonizy lachte über ihn:

»Was willst du, bis er seine Flinte geladen hat, da können sich die Enten beinahe auf seinen Kopf setzen.« Tomasz war über diese Bemerkung einen Augenblick verwirrt, denn er hatte ja Wiktor seiner *berdanka* beraubt. Ein leichter Wind kräuselte den See, der jetzt ganz im Bann vom Blau des Tages lag. In Ałunta läutete die Glocke zur Messe. Die Möven krächzten und kreisten über den aus dem Wasser schräg ragenden Stangen. Ein Mäusebussard hielt schwerfällig unter einer Wolke auf den Wald zu.

Die Ruderer schlugen einen Umweg über den Fluß vor. Er fließt hinter der Burg aus dem See heraus, so daß das Dorf am Ende der Landspitze zwischen dem Festungshügel und dem Fluß eingeklemmt ist. An der Stelle, wo ein aus Schilf gebildeter Tunnel begann, scheuchten sie einige Vögel auf, sie flogen wie der Wind. Romuald tötete einen davon, die kleinste Entenart, ein Kriekentlein.

Glattes Wasser, vor Winden und Stürmen geschützt, ein Ort wie im Innersten Afrikas, wo Tomasz seine für Menschenaugen unerreichbaren Siedlungen erbaut hatte. Schwarze Pfähle mit Algenbärten, von der Strömung hin und her gewiegt; früher, es ist lange her, war hier eine Brücke. Dann Hütten dicht an den Kalmusstreifen, Druckstellen und Löcher dort, wo man die Kähne ans Land zog. Vor den Gärten mit Apfelbäumen trockneten an Stangen Netze, lag Wäsche ausgebreitet. Weiße Enten und Gänse planschten bei den Waschstegen. Ein Dorf, so vom stillen Fluß gesehen, wächst in die Dimensionen eines Landes oder Reiches, dann erst sieht man viele Einzelheiten, die man von der Straße nicht bemerkt oder die einem ganz alltäglich vorkommen.

Wiktor und Dyonizy ruderten jetzt an der Spitze und scheuchten Grünhälse auf, aber sie wagten nicht zu schießen, vielleicht waren es Hausenten, aber als sich ungeschickten Fluges Wildenten erhoben, töteten sie eine, aus drei Läufen zugleich schießend. Das war das Ende der Jagd. Sie kehrten um und zählten die Beute. Romuald und Tomasz hatten dreiundzwanzig, davon kamen auf Tomasz sieben. Die anderen hatten fünfzehn, nicht nur Grünhälse, auch eine Reiherente und eine graue Taucherente mit rotem Kopf und einem Häkchen am Schnabelende.

Gegen den Burgberg gewendet, zwinkerten sie geblendet. Die Ruinen nahten und vibrierten in Dunst und Helligkeit. Die heidnische Priesterin, die einst dort gewohnt hatte und die nächtlich in den Sinn gekommen war, verschwand für immer unter die Gespenster und die Märchen. Tomasz wandte sich ab und hielt Zagraj am Halsband, der hin und her riß und mit den Pfoten an der Bordwand sich aufrichtete. Den Flintenkolben auf die Bank gestützt, den Lauf an der Brust – nun war er ein richtiger Jäger. Aber dort unten auf dem anderen Ufer ist seine Ente geblieben. Was macht sie jetzt? Sie putzt ihre Federn mit dem Schnabel, schlägt mit den Flügeln schnatternd und dankt für die Freude nach der überstandenen Gefahr. Wem dankt sie? Hat Gott es beschlossen, daß sie nicht verderben mußte? Wenn Er es entschieden hatte, dann hat Er ihm zugeflüstert, daß er nicht schießen sollte. Aber warum in diesem Fall hat es ihm geschienen, daß es nur von seinem eigenen Willen abhängig war?

49

Im Himmel über der Erde, auf der alles, was lebt, stirbt, wandert Saulė – die Sonne in ihrem strahlenden Kleid. Völker, die in ihr männliche Züge sehen wollen, können nur Staunen erwecken. Dieses breite Gesicht ist das Gesicht der Weltmutter. Ihre Zeit ist nicht unsere Zeit, von ihren Angelegenheiten kennen wir nur das, was ein Geist erfassen kann, der den Sorgen seiner eigenen Einsamkeit ausgeliefert ist. Unveränderlich im Erscheinen und Entschwinden, hat doch die Sonne ihre eigene Geschichte. Wie ein altes Lied erzählt: Vor langer, langer Zeit, im ersten Frühling (vor dem wohl nichts als das Chaos war) hat sie den Mond zum Ehemann genommen. Als sie frühmorgens aufstand, war der Gatte fort. Er ging einsam umher, und da verliebte er sich in die Morgenröte. Als er das sah, wurde der Donnergott Perkunas zornig, und mit seinem Schwert schnitt er den Mond entzwei.

Vielleicht war diese Strafe verdient, denn die Morgenröte ist die leibliche Tochter der Sonne. Perkunas' Zorn, der sich später gegen sie wandte, kann nur dadurch erklärt werden, daß ihm die Erinnerung blieb, sie habe nicht sehr entschlossen das Werben ihres Stiefvaters abgewehrt. Die Lieder, die von denen geschaffen wurden, die noch die Erinnerung an jene fernen Begebenheiten bewahrt haben, schweigen über die Gründe. Es läßt sich nur feststellen, daß Perkunas, als Morgenröte ihre Hochzeit feierte, durchs Tor gefahren kam und eine grüne Eiche zerschmetterte. Blut quoll aus der Eiche hervor und bespritzte ihr Kleid und den Jungfernkranz. Die Tochter der Sonne weinte und fragte die Mutter: »Wo soll ich, liebes Mütterlein, das Kleid waschen, wo vom Blut reinigen?« – »Geh, liebe Tochter, geh an den See, wo neun Flüsse münden.« – »Wo soll ich mein Kleid trocknen?« fragte die Morgenröte. »O Tochter, im Garten, wo neun Rosen blühen.« Und die letzte, die bange Frage: »Wann wird die Hochzeit gefeiert, um dieses weiße Kleid anzuziehen?« – »O Tochter, an dem Tag, wo neun Sonnen scheinen werden.«

So wenig wissen wir von den Bräuchen und den Sorgen von Wesen, die sich über uns bewegen. Der Hochzeitstag ist bis jetzt noch nicht gekommen, wenn auch jedes Jahrtausend, das vorbeigeht, durchaus nicht notwendig mehr als ein Augenblick zu sein braucht. Wir haben einige Auskünfte, die uns ein Mädchen hinterlassen hat, dem ein Schaf verlorengegangen war. Das geschah in der Zeit, als die Sterblichen sich leichter mit den Himmelsgöttern verständigen konnten. »Ich bin zu der Morgenröte gegangen«, singt das Mädchen, »und diese hat geantwortet: ›Ich muß frühmorgens für die Sonne Feuer entfachen.‹« (Woraus man schließt, daß die Morgenröte, unverheiratet, im Hause der Mutter wohnt.) »Ich bin zum Abendstern gegangen«, erzählte das Mädchen von ihren vergeblichen Versuchen, »und dieser sagte mir: ›Ich muß für die Sonne abends das Lager bereiten.‹« Und auch der Mond verweigerte seine Hilfe: »Ich bin von einem Schwert entzweigeschnitten, schau, ich habe ein trauriges Gesicht.« (Erst die Sonne gab einen Hinweis, woraus folgte, daß das Schäfchen sich irgendwo weit verirrt hatte in die Polarzonen, vielleicht in Finnlands Norden.)

Ist Priester Monkiewicz ein Planet? Sicherlich, für einen Schmetterling, der über den Beeten mit Kapuzinerkresse und Reseden flattert. Die Glatze glänzt, und wer weiß, welche Wonnen dem Schmetterling dieser Berg bereitet, der sich in seinen Augen spiegelt. Nur einige Tage leben, aber man kann nicht feststellen, ob für diese kurze Lebensdauer nicht als Lohn Form- und Farbekstasen gegeben werden, die uns unzugänglich bleiben.

Priester Monkiewicz: die Oberfläche, und über ihr die Arbeit planetarischer Maschinen, das Kreisen des Blutes, das Beben unzähliger Nerven. Es gibt sicher Leute, für die er nicht mehr als eine Ameise bedeutet und die beim Anblick seiner Unterhosen und dieses Etwas, das an einen Schlafrock erinnerte, in Lachen ausbrechen würden (im Hause schonte er den Priesterrock). Schaukelnd geht er auf und ab mit dem Brevier in der Hand. Aber er könnte jetzt eine Sense schwingen, wenn seine Mutter nicht beschlossen hätte, wenigstens einen der Söhne vor dem Bauernschicksal zu bewahren. Die Umstände, stärker als sein Wollen oder Nichtwollen, haben aus ihm einen treuen Diener der Kirche gemacht. Und eben er ist es, der jeden Tag seine Pflichten erfüllt, die darin bestehen, jeden Menschen zu ermuntern, sich selbst höher zu schätzen als Berg, Planet und Weltall. Aus Leidenschaft empfangen, sabbern und miauen die Säuglinge, wenn er ihnen etwas Salz zum Zeichen gibt, daß ein Leben voller Bitternis ihrer wartet: aus den Früchten der Natur macht er Gehäuse des Heiligen Geistes; durch das Taufwasser prägt er ihnen das Zeichen des Wortes auf. Von diesem Augenblick an, der Ordnung des Unveränderlichen entrissen, haben sie das Recht, zwischen sich und der Natur einen Gegensatz zu entdecken. Und dann, wenn das Haus des Körpers zerfällt, der Herzschlag versagt, ist es der Priester Monkiewicz oder ein anderer, mit derselben Vollmacht ausgestattet, der sie von den Sünden reinigt, indem er mit Öl Kreuze auf die Glieder zeichnet, die sich bald in Staub verwandeln werden: der Kontakt zwischen Materie und Atem ist gelöst.

Er verbringt aber doch nicht die ganze Zeit mit Nachdenken über diese Pflichten. Keineswegs. Jetzt zum Beispiel hat er einen Schmetterling vom Gras weggescheucht, um zu sehen, wie er fliegen wird, er beobachtet eine Biene, die über einem weißen Lilienkelch zittert, und indem er eine Seite im Brevier festhält, sagt er: »Schufte«. Das bezieht sich auf die letzte Taufe. Sie haben ihm zuwenig bezahlt. Sie haben sich herausgeredet, sie hätten nicht mehr, aber sie hätten sehr wohl mehr geben können. Zorn überwältigt ihn, daß er sich erweichen ließ und vom üblichen Preis herunterging.

Tomasz zog die Mütze beim Niederdrücken der Türklinke am Gartenpförtchen. Er stand vor dem Priester, des Ernstes seiner Mission bewußt. Die Worte, die er sprach, klangen tief und tragisch, wie es sich gehörte. »Großmutter Dilbin, bitte, Herr Pfarrer, ist sehr schwach. Der Arzt ist gekommen und hat gesagt, sie werde es nicht überleben.«

»Ah«, äußerte sich zu dieser Nachricht der Priester. »Na ja, ich komme gleich, gleich.«

Und schon trippelte er zum Treppchen.

»Ich habe den Wagen. Das Pferd ist da unten angebunden.«

»Nun, das ist gut. Warte hier auf mich.«

Es gehörte sich, den Wagen zu schicken, obschon es nur zwei Schritte waren. Der Gesichtsausdruck von Großmutter Misia, die flüsternd sprach, ihre Beratungen mit Großvater und mit Helena, eine vollkommene Veränderung im Benehmen aller in der Hinsicht auf *Dieses* weckten Stolz in Tomasz, teilnehmen zu dürfen an der äußersten Erwachsenensache, die geschehen kann. Da alle beschäftigt waren – eben war Erntezeit –, beauftragte man ihn, den Pfarrer zu holen. Er konnte beinah ein Pferd schirren, aber die Riemen verwickelten sich immer, weshalb der Großvater ihm dabei half. Über die Schwedenwälle führt zum Pfarrhaus kein Weg, man muß unten herum fahren am Kreuz vorbei, die Zügel zieht man aus allen Kräften an, indem man die Füße gegen die Vorderwand des Wagens stemmt, und so geht es langsam, um so mehr, weil gleich eine Kehre ist. Erst hinter dem Kreuz läßt man die Zügel locker, ein bißchen auch aus Rücksicht darauf, daß man das Pferd nicht mehr aufhalten kann, und ein bißchen der Vorschrift gemäß, die es erlaubt.

Großmutter Dilbin, unbeweglich in der Halbdämmerung liegend, irgendwie kleiner geworden, zwang ihn, auf Zehenspitzen zu gehen, und, was seine Gefühle angeht, die Tatsache, eine Rolle im Drama zu spielen – eine Hauptrolle, die des Enkels und des Hausgenossen, bereits ledig dieses *Was verstehst du schon davon?* –, das erfüllte ihn ganz. Er stellte sich den Klang der Glocke vor, die hinter den Zäunen hervorschauenden Gesichter, die andächtig geneigten Köpfe und sich selbst auf dem Bock.

Und jetzt geschah es, wie er sich das vorgestellt hatte.

Der Priester rief einen Knaben aus der nächsten Hütte herbei, der auf die Vorderbank neben Tomasz kletterte und das Glöcklein schwang. Während er aufmerksam kutschierte (diese Verantwortung!), schaute er heimlich nach rechts und links, ob man es auch sah. Leider waren die Häuser nahezu leer, alle im Feld, hie und da traten eine Alte oder ein Greis vor den Hof, bekreuzigten sich und verfolgten, die Ellbogen aufs Tor gestützt, mit ihren Blicken den – über einen Monat oder übers Jahr – für sie wichtigsten Fahrgast.

Die Nachmittagssonne wärmte stark, auf der Glatze des Priesters perlten Schweißtropfen. Wahrhaftig, weder die Sonne, weder der Mond noch die Morgenröte können es mit Pfarrer Monkiewicz aufnehmen. Er ist Mensch, und sollte jemandem das nicht genügen, dann würde, was er in den Händen trägt, die Waagschale zum Sinken bringen, denn die Sterne und Planeten werden nicht mehr wiegen als der Sand am Wege. Sein grobes, unter den Achseln verschwitztes Leinenhemd hat einen tierischen Geruch, aber durch ihn wird sich das Versprechen erfüllen: ›Im Makel gesät, wird der Leib makellos auferstehen. Ruhmlos gesät, wird der Leib im Ruhm auferstehen. In Schwäche gesät, wird der Leib in Macht auferstehen. Als tierischer Leib gesät, wird der Leib als geistiger auferstehen.‹

50

»Ein Brief!«

Ein kaum hörbares Knarren in der Dämmerung, in der ein Spalt vom Fensterladen leuchtet.

»Nein, Großmütterchen, kein Brief ist gekommen.«

Er lügt, denn der Brief liegt auf dem Tischchen in Großmutter Surkonts Zimmer. Seit einiger Zeit hat man eine Zensur eingeführt und, wie es sich zeigte, nicht ohne Grund. Tomasz horchte auf die Unterhaltungen, die durch den letzten ausgelöst waren, er trug eine deutsche Marke und war nicht über Lettland, sondern über

Königsberg gekommen. Gott behüte, ihn zu zeigen! In möglichst milder Form teilte man in dem Brief das mit, worüber Tomasz' Mutter schon an die Eltern extra geschrieben hatte. Konstanty konnte keine Rechenschaft über Militärgelder ablegen, er hat eine Zeitlang im Gefängnis sitzen müssen, und dann wurde er aus der Armee gejagt, jetzt bemühte er sich um eine Stellung bei der Polizei. Teodor nahm augenscheinlich die Nachricht von Großmutter Dilbins Erkrankung nicht genügend ernst, da er das Mißgeschick seines Bruders nicht verheimlichte.

So wird das für immer unenthüllt bleiben. Es ist geschehen und wiederum nicht geschehen, weil die Nachricht nur Gleichgültige erreicht hat, die ein weiteres Vergehen dieser Art mit Achselzucken abtun werden. Als ob eine Kugel, die ein Herz durchbohren könnte, im Holz steckengeblieben wäre.

»Ich sterbe. Den Priester.«

Sie hat so oft in ihrer Krankheit wiederholt, daß sie im Sterben liege, so jeden Schmerz übertrieben wie die Märchenprinzessin, die klagte, daß sie eine Erbse durch sieben Federkissen spürte. Und der schon bekannte hypochondrische Seufzer brachte ihr vielleicht eine gewisse Linderung, da er vertraut war, in einen normalen Ablauf eingereiht. Solange wir Beweise geben können, daß wir über unsere eigene Vernichtung Herr sind, indem wir von ihr sprechen, glauben wir, daß sie nie erfolgen wird.

»Sie, meine Teure, werden uns noch alle überdauern«, beeilte sich Großmutter Misia sie zu vergewissern. Aber daß der Priester nichts schaden kann, ist sicher. Das hat schon viele Leute gesund gemacht. Man hätte ihn schon längst holen sollen, dann würde sie sicher jetzt schon im Garten herumspazieren.

Beruhigen. Denn die Kranken, die jetzt schon wissen, glauben noch nicht und sind für den Klang der Stimme dankbar, für den Tonfall, der die Möglichkeit ausschließt, die Grenze zu überschreiten, wo es keine Sprache mehr gibt. Tomasz berührte die Süße von Großmutter Misias Stimme unangenehm. Wozu übertrieb sie so sehr!

Am gleichen Tag betrat der Priester die Treppe zwischen den mit wildem Wein umrankten Säulchen. Man soll nicht vergessen, daß die vierzig oder fünfzig Jahre, die seit seiner Kindheit verflossen waren, nicht so viel Veränderungen in ihm herbeigeführt hatten, daß er ganz aufgehört hätte, der viehhütende Bauernbursch zu sein. Die jetzt beschuhten Füße waren einst rot und blau vom Herbstreif gewesen. Auf die Peitsche gestützt, mit der Neugierde, die der Anblick seltener Tiere erweckt, hatte er die Herren beobachtet, die da des Wegs geritten oder in glänzenden Kaleschen mit livrierten Kutschern gefahren kamen. Jetzt drang er in diese Zimmer mit niedrigen Decken nicht nur als Stellvertreter Christi ein, er zog gleichzeitig sich selbst, den Früheren, an der Hand herein, der immer voll Schüchternheit die Schwelle des Herrenhauses überschritten hatte. Die Ehrfurcht, die man ihm bezeugte, befreite nicht von der Angst vor Erniedrigungen. Er verschanzte sich also hinter Chorhemd und Stola, die seinen Bewegungen Würde verliehen – wenn es einem runden Figürchen auf kurzen Beinen erlaubt ist, sich würdig zu fühlen.

Dann schloß sich hinter ihm die Tür, und Großmutter Dilbin blieb mit ihm allein. Trotz der falschen Beruhigungen von Großmutter Misia behält man nicht viel Illusionen, wenn von oben, von dort, wo sich Flecken eines Gesichts bewegen, ein Rauschen herabkommt, das Weiß flimmert und das Violett aufblitzt. Das, was so vielen anderen das Ende voraussagte, was zwischen den äußeren Dingen fortdauerte, bemächtigt sich auch unser. Obschon es nicht leicht, fast unmöglich ist, zuzugeben, daß es, wenn wir *wir* sind, keine besondere, nur uns überlassene Sphäre gibt und wir uns dem Unvermeidlichen unterwerfen müssen: der Zahl, an der die Einbildungskraft abgleitet.

»Hast du Kraft, zu beichten, meine Tochter?« *Meine Tochter* – sprach zu Brońcia Ritter aus der hanseatischen Stadt Riga der kleine litauische Hirte.

»Im Namen des Vaters, des Sohnes und des Heiligen Geistes. Amen. Quäle dich nicht, meine Tochter, bereue deine Sünden, das genügt unserem Herrn.«

Aber Brońcia Ritter ging durch den Nebel, ihn mühevoll mit den Händen zerreißend, strebte, zu irgendeinem unerreichbaren Helligkeitspunkt zu gelangen.

»Sünde«, flüsterte sie.

»Welche Sünden?« neigte er das Ohr über sie.

»Ich habe gezweifelt, daß Gott ist – und – daß – Er mich hört.« Die Finger schlossen sich um seinen Ärmel.

»Sünde.«

»Ich höre zu.«

»Meinen Mann habe ich nicht geliebt – soll – mir – verzeihen.«

Durch den Nebel ist es schwer zu gehen. Noch kaum ein Blätterrauschen.

»Mein Sohn ... ich werde sagen ...«

Er hob die Hand: »Ego te absolvo«, sprach er laut. Das weiße Rund der Oblate senkte sich im schwachen Licht des angelehnten Fensterladens.

Der Ball schlägt auf den Kies des Weges, stößt ab, begegnet der auf ihn wartenden Hand, das Gras glänzt vom morgendlichen Tau, die Vögel singen, Vögelgenerationen sind seit jenem Augenblick vergangen. Großmutter Mohl, die im Familiengrab von Imbrody bestattet ist, wickelt die Wolle ab, ruft: »Brońcia, halt die Hände auseinander, so!« und wickelt langsam die weichen Strähnen um ihre Handgelenke. Von ihr hat sie das Korallenkreuzchen geschenkt bekommen mit einem winzigen Fensterchen in der Mitte. Wenn man es ans Auge hebt, schaut man in ein Zimmer, wo eben das letzte Abendmahl stattfindet. Jesus bricht das Brot, und immaterielle Strahlen wehen aus Seiner Stirn auf dem Hintergrund der Sprünge in der Wand. Großes und Kleines wird gleich, dieser Blick in das hellgeäderte Koralleninnere, eine Frauenstimme im müden Morgengrauen des Gebärens: »Ein Sohn!«, Schlittenkufen knirschen, Raumangst, die Bewegungen Christi waren nicht gewesen, sie sind da, die Zeit verkürzt sich, nichts wird von der Uhr, nichts vom Sand im Glas abgemessen. Der Mund hat keine Kraft, sich zu öffnen, von dort, von außen, kommt die Hilfe, die Oblate klebt an der Zunge, die Koralle öffnet sich, und sie, ganz klein geworden, geht hinein an den Tisch, und Er selbst reicht ihr die Hälfte des von Ihm gebrochenen Stückes Brot. Weit, weit, in einem anderen Land liegen ihre Füße, die Priester Monkiewicz berührt; der spatenförmige, große Daumen des Sohnes und Enkels der Ackerbauern und Schnitter benetzt die Haut mit Öl.

Der Priester, sooft er bei Sterbenden war, erriet immer, daß er nicht allein am Bett ist, daß die *Unsichtbaren* in der Reihe am Boden hocken oder in der Luft herumflattern – Brausen, Schwerthiebe. Diese, die der Kummer anzieht, gefallen sich in den Ausdünstungen der Verzweiflung, die da herumschweben, wo die Zukunft schwindet. Ihre Bemühungen gehen dahin, den Menschen flüsternd zu bestärken, sich um sich selbst zu kümmern, um ihn in seinen eigenen Netzen zu fangen; gleichzeitig breiten sie vor ihm Bilder des Glücks aus und zeigen ihm das Unvermeidliche, das er nicht durchbrechen konnte. Kein Wunder, daß sie darauf warten, bis aus seinem Mund ein Fluch hervorbricht über den Betrug des geliebten Lebens, über das trügerische Versprechen der Freiheit.

Indem er das Zeichen des Kreuzes machte, vertrieb er sie, die befehlen, Beweise zu fordern, immer Beweise, um den Sieg in dem Augenblick davonzutragen, wo der verborgene Gott auf die Probe gestellt wird. Zeige die Spur deiner Macht, und ich werde glauben, daß ich nicht ins Nichts gehe, in die Fäulnis der Erde – sie kriechen und tun alles, damit dieser Gedanke das Auseinandersprengen aller Gedanken überdauert.

Jedoch auf dem Tischchen von Michalina Surkont ist ein Brief liegengeblieben, der die Nachricht brachte, daß Gebete nicht erhört sind. Wenn Brońcia Ritter, weil sie eine unreine Frucht geboren hatte, davon überzeugt war, schlimmer als die andern zu sein, dann war der Brief dazu bestimmt, sie in ihrem Leid noch zu bekräftigen. Ist es recht, daß er sie nicht erreicht hat? Vielleicht verlangte man von ihr, die größte Schwierigkeit auszuhalten, damit sie vertraute gerade dann, wenn es klar war, daß jeder Grund zum Vertrauen fehlte. Die Menschen, die aus Mitleid ihr den Schlag ersparten, haben ihr so geholfen, wie Menschen einander helfen können, indem sie einander Illusionen austeilen. Denn sie empfinden schließlich doch die Grausamkeit der von oben kommenden Urteile als übermäßig.

»Schläft sie?«

»Jetzt ist sie eingeschlafen.«

Der Doktor Kohn hat das Morphium zurückgelassen und erklärt, wie man die Spritze benutzen soll, falls die Schmerzen nicht aufhören sollten. Auf die Frage nach der Art der Krankheit antwortete er bei seinen mehrfachen Besuchen: »Vielleicht Krebs«, später: »Krebs«. Hinfort konnte seine Anwesenheit wenig nutzen. Mehr die Anwesenheit des Priesters Monkiewicz, denn als er jetzt wegging, hob sich ihre Brust in gleichmäßigen Atemzügen. Er hob die Enden seines Priestergewands und setzte sich im Eßzimmer, seiner selbst sicherer, an den Tisch. Nach einigen angemessenen Bemerkungen äußerte er die Ansicht, das Korn sei dieses Jahr gut ausgefallen.

»Das Barometer geht auf Regen«, seufzte der Großvater, »wenn man nur fertigbrächte einzufahren.«

Und er reichte ihm die Konfitüre.

Der Pfarrer brannte darauf, etwas über die familiären politischen Verwicklungen zu erfahren.

»Ach, die arme Frau Dilbin. So, ohne Söhne. Aber was ist zu machen, sie sind sooo weit.«

Mehr brachte er nicht fertig.

»Weit«, gab der Großvater zu. »Was wollen Sie, der Mensch wird hingetragen, wo er Arbeit bekommt.«

»Eins ist sicher, die Welt ist nicht überall wie in unserem Loch«, Großmutter Surkont ließ keine Gelegenheit aus, geringschätzig über das Land zu sprechen.

»Man weiß wohl, der Dienst ist kein Spaß.«

Den Mehlsack im Wagen – ein praktisches Geschenk

in der Vorerntezeit – schrieb der Pfarrer selbstverständlich Herrn Surkont zu, denn sie, dieser bösartige Geizkragen, hätte es ausgenutzt, daß es für ihn unziemlich gewesen wäre, nach irdischen Gütern zu fragen. Tomasz legte dem Pferd das Zaumzeug an und zwang ihm die Kandare zwischen die vom zerkauten Heu grünen Lippen. Honigduft wehte von den Linden, die Bienen arbeiteten dort und hingen summend an den Blüten. Brońcia Ritter wanderte langsam am Rand der Zeit.

51

Das Aufladen der Garben auf den langen Leiterwagen verlangt ein Können beinahe wie beim Hausbau. Wenn das Gebäude schon fertig ist, wirft man die Schlinge einer Schnur vorn auf das Ende eines runden, von vieljährigem Gebrauch glitschigen Balkens: sie soll die Ladung zusammendrücken, damit sie beim Schwanken des Wagens nicht auseinanderfällt. Im allgemeinen ziehen zwei Männer die Schnur von hinten fest an, was nicht ungefährlich ist, denn wenn ihnen der Balken entwischt, kann er einen Pferdenacken brechen. Zum Schluß klettert der Fuhrmann hinauf, und beim Kutschieren sieht er unter sich die Pferde wie Eichhörnchen verkleinert. Beim Einfahren in das Scheunentor legt er sich hin – nur so kann er durchkommen. Solch gelbe Kuben schaukeln durch die Allee den ganzen Tag über, und dort, wo sie Haselnußsträucher berühren, bleiben Halme hängen. Die Luft ist schwül, die Wolken quellen tief herab, bis gegen Abend der Regen anfängt, heftiger wird und die Nacht über strömt.

Tomasz bemerkte eine gewisse Ungeduld zu Hause. Großmutter Misia und Antonia wechselten sich am Bett der Kranken ab, und, ohne es zu gestehen, sie nahmen es ihr übel. Das Mitleid dem gegenüber, der vor Schmerzen schreit und weint, und auch die eigene Schläfrigkeit erweckten den Wunsch, daß alles sobald wie möglich aufhören möchte. Aber es wurde wieder heiteres Wetter, die Luft zitterte vor Hitze, der Kranken gab man eine Morphiumspritze. Tomasz dachte an Borkuny, aber wann er dort hingehen könnte, sah er nicht. Um das Zimmer zu lüften, öffnete man die Läden und das Fenster, eine Schwalbe flog herein und zog Kreise.

Am dritten Tag nach dem Besuch des Priesters rief nachmittags Antonina ärgerlich vom Hauseingang herüber: »Tomasz!«, und er sprang vom Rasen auf. Es mißfiel ihm, daß sie ihn dort überraschte, als ob er abgewartet hätte. Halbdämmerung, er entdeckte darin Großmutter Misia, die mit dem Deckel des Koffers kämpfte, aus dem Großmutter Dilbin so oft kleine Geschenke hervorgeholt hatte. Obenauf war dort die Sterbekerze hingelegt: »Wenn ich am Sterben bin, denkt daran, daß sie dort ist.«

Der Blick der Kranken erinnerte durch seine Unstetheit, Verworrenheit an das Knarren ihrer Stimme während der letzten Zeit. Antonina kniete nieder und sagte aus dem Gebetbuch litauisch die Litanei her. Großmutter Surkonts Schnäuzchen, das dem einer großen Maus ähnlich sah, neigte sich über das Kopfende des Bettes, sie trippelte hin und her und drehte die Sterbekerze in ihrer Hand.

Tomasz stand nah dem Fenster in dem warmen Flekken, den die Sonne auf die braunen gestrichenen Dielen warf, er rieb seinen einen nackten Fuß gegen den anderen. Er fühlte sich selbst so deutlich wie noch nie. Das Herz tickt, der Blick umfaßt jede Einzelheit, jetzt möchte man sich recken, man möchte die Arme heben und die Luft tief einatmen. Aus dem Versinken der Großmutter wuchs für ihn ein Triumphgefühl, das für ihn selbst ungeheuerlich war, empor, das plötzlich von einem kurzen Aufschluchzen unterbrochen wurde. Denn ihre Brust kämpfte um einen Atemzug noch, er sah sie klein, hilflos gegenüber der Furchtbarkeit, von der sie gleichzeitig erdrückt wurde, und er stürzte an das Bett und rief: »Großmütterchen! Großmütterchen!«, voll Reue über alles, dessen er sich ihr gegenüber schuldig gemacht hatte.

Jedoch sie, scheinbar bei Bewußtsein, nahm niemanden wahr. So stand er auf und bemühte sich, die Tränen herunterschluckend, jede ihrer Bewegungen, jedes Erzittern für immer zu behalten. Ihre Finger öffneten und schlossen sich über der Bettdecke. Aus dem Munde entriß sich ein heiserer Laut. Sie kämpfte mit der fliehenden Sprache.

Ein Streichholz knackte, und der Kerzendocht erglühte in kleiner Flamme. Der Todeskampf begann.

»Jesus!« sagte sie deutlich.

Und still, aber Tomasz hörte gut dieses vergehende Geflüster:

»Er – ret – te.«

Wäre Priester Monkiewicz dabei, dann hätte er festhalten können, daß die *Unsichtbaren* besiegt worden sind. Denn dem Gesetz, das besagt, was auch stirbt, werde in Asche zerfallen und in der Unendlichkeit der Jahrhunderte verfallen, stellte sie die einzige Hoffnung entgegen, auf den einen, der dieses Gesetz zerbricht. Ohne Beweise zu finden, trotz den Vernunftgründen, die Gegensätzliches aussagen, glaubte sie.

Das Augenweiß unbeweglich, die Stille, der Docht der Sterbekerze knistert. Aber nein, die Brust regte sich, tiefes Einatmen, und wieder liefen Sekunden ab, und wieder überraschte das Atmen dieses Körpers, der schon tot schien, in unregelmäßigen Abständen keuchend. Tomasz durchlief ein Schauder des Entsetzens vor dieser Entmenschlichung. Das war nicht mehr Großmutter Dilbin, sondern der Tod überhaupt, kein eigener Umriß ihres Kopfes, keine ihr eigene Hautfarbe zählte mehr, die Angst, diese nur ihr gehörende Angst, dieses ihr: »O je, o je!« war verschwunden. Allmählich, vielleicht nach Ablauf einer halben Stunde (obschon nach einem anderen Maß, das soviel wie ein ganzes Leben war), erstarrte ihr Mund und blieb im halben Einatmen offen.

»Und das ewige Licht möge ihr leuchten, amen«, flüsterte die Großmutter und drückte mit dem Finger zart die Augenlider der Verstorbenen zu. Der Großvater bekreuzigte sich langsam, feierlich. Danach berieten sie sich, wo man sie hintragen sollte. Das Bett war so ausgelegen, daß eine tiefe Grube entstanden war, und der Körper wäre dort in halb kauernder Stellung erstarrt. Sie beschlossen, einen langen Tisch zu holen, und Tomasz half, ihn durch die Tür zu schieben. Die Tischplatte bedeckte man mit einer dunklen Decke.

Er half auch, die Großmutter Dilbin aus dem Bett auf den Tisch hinüberzutragen. Als er den Arm unterlegte, um sie zu heben, verschob sich das Hemd, und er wandte schnell den Kopf ab. Als er sie schon in der Luft hielt und Antonina sie an den Schultern faßte, sah er auf dem Bettuch einen Streifen Exkrement, im Sterbespasmus herausgedrückt.

Er kam zurück, als sie schon gewaschen und angezogen lag. Die Hände auf der Brust gefaltet, die Fersen aneinandergelegt, die Lippen leicht geöffnet und der Kiefer mit einem Tuch gebunden. Durch das offene Fenster drangen abendliche Laute: Entenschnattern, langsames Knarren eines Wagens, Pferdewiehern. So anders, so heiter das alles, daß ein Zweifel entstand, ob hier wirklich geschehen war, was er selbst gesehen hatte.

Man schickte ihn zum Stellmacher, und so verging das Leid. Der Stellmacher wohnte in einem Insthaus (er belieferte den Herrenhof und das Dorf). Tomasz holte ihn und war beim Maßnehmen dabei. Abends aber konnte er lange nicht einschlafen, denn hinter der Tür ruhte der Leichnam, und sie, aus einer anderen überirdischen Sphäre seine Gedanken durchdringend, wußte schon von seiner Verruchtheit. Aus der Beobachtung ihres Sterbens hatte er Vergnügen geschöpft. Herb, wie der Geschmack von Beeren, die auf der Zunge brennen und die doch irgendwie zwingen weiterzuessen. Die Kerzen, in zwei hohen Kerzenhaltern, brannten jetzt dort neben der Bahre, er hörte Gebete, aber sie war allein in schwarzer Nacht.

Am anderen Morgen (auf den Kerzengläsern in den Tropfen des erstarrten Wachses waren die Flügel eines Nachtfalters gefangen; zwischen Großmutters Augenlidern blinkte ein weißer Streifen) ging er zum Stellmacher, neugierig, wie er den Sarg zimmern würde. Im Hof vor der Schreinerei standen aneinandergelehnt zwei Räder ohne Reifen, und Bretter lagen aufeinandergestapelt. Er kannte die Hobelbank, rauh von Einschnitten und Rissen, mit den Schraubstöcken an den Seiten, die lokker in den Öffnungen hin und her fuhren, und er kannte den Geruch von Hobelspänen unter den Füßen. Er konnte lange unbeweglich auf dem Hackklotz sitzen, verzaubert von der Bewegung des Hobels. So auch jetzt.

»Kiefer ist hierfür nichts wert, wir nehmen Eiche«, sagte der Meister (Kiełpsz, wegen seiner Nase und dem ausgebeulten Gesicht, sah er Großmutter Misia etwas ähnlich). Auf seinen Händen waren die Adern ineinander verschlungen: Berge und Täler. Aus dem Schlitz im Hobel wand sich ein Spanstreifen heraus, und diese Macht über das Holz verschaffte Freude: wenn man ein Brett so glätten kann, wie könnte man dann alles glätten und einrichten, was es gibt. So also würde das Muster der Maserung an Großmutter Dilbins Wangen sich befinden, hinfort, für immer. Wieder war er vom Magdalenentraum erfüllt. Würmer, können sie durch die Ritzen des Sarges ins Innere dringen? Ein Totenschädel, weiß, mit tiefen Löchern statt Augen, aber die Bretter würden immer noch dauern. Die Großmutter war wohl wirklich gestorben. Sie hatte ihm von den schrecklichen Fällen des Scheintodes erzählt, wo der Sarg zugemacht worden war und Klopfen in seinem Innern ertönte. Und manchmal sogar hörte jemand aus dem Grabe ein Klopfen, die Erde wurde weggeschaufelt, der Deckel geöffnet, um schon Erstickte, im Kampf verkrampfte Menschen zu finden. So aufzuwachen und zu begreifen – wenn auch einen Augenblick nur –, daß man lebendig begraben ist, davor hatte sie Angst. Und wiederholte immer, es sei schon besser, wie einer ihrer Familie es getan hatte, mit dem Hammer auf den Kopf des Verstorbenen zu schlagen, um sich zu überzeugen, daß er kein Scheintoter war.

Auch das Kreuz sollte aus Eiche sein. Der Stellmacher zog aus der Tasche einen dicken Bleistift hervor, leckte und zeichnete auf einem Stück Holz, wie es aussehen würde. Er schob ihm die Zeichnung zu und fragte nach seiner Meinung. Wiederum konnte Tomasz den Vorzug, ein Enkel zu sein, einschätzen. Eine Art Dächelchen verband die Kreuzarme. »Wofür das?« Er deutete darauf. »So gehört es sich. Nur zwei Bretter übereinanderschlagen ist nicht schön. Und dann: Hier fließt der Regen ab und greift nicht an.«

Nach Antoninas Meinung kreist die Seele des Menschen lange um die von ihr verlassene Hülle. Sie kreist und schaut sich selbst an, wie sie früher war, und staunt darüber, daß sie bislang sich nicht anders als in Verbindung mit dem Körper kannte. Indessen verändert sich mit jeder Stunde das Gesicht, das bisher ihr Spiegel war, nähert sich dem Schimmel der Steine. Am Abend bemerkte Tomasz, daß die Großmutter anders als am Morgen war, plötzlich schrak er entsetzt zurück, denn sie schaute ihn an. Er sprang zur Tür, schon bereit zu rufen, die Großmutter erwache aus dem Scheintod. Aber nein, sie hatte sich gar nicht bewegt. Nur die Augenlider waren etwas mehr geöffnet, und der Kerzenschein zitterte in dem Schlitz des Augenweiß. Dort im Innern wohnte die Seele nicht. Wenn Antonina recht hatte, streifte sie nun umher, die vertrauten Gegenstände berührend, wartend, bis das Begräbnis vollzogen war, um ohne Sorge von dem, was immerhin ihr Eigentum gewesen war, weggehen zu können.

52

Die Wolken verteilten sich in bauchigen Figuren, eben wandert über den Himmel ein Drache mit geringeltem Schwanz und mit Flossen, sein Maul verweht, wird länger, ein weißes Knäuel reißt sich von ihm weg und jagt, von seinem Atem gestoßen, davon. Ein dünnes Kreuz zieht vor diesem Drachen vorüber, es wird von der Hand des Kirchendieners getragen, hinter ihm schreitet der Priester, und den Sarg tragen Baltazar, Pakėnas, Kiełpsz und der junge Sypniewski. Von den Schwedenwällen, über die der Trauerzug geht, sieht man deutlich winzige Menschen, die sich zwischen Garben auf den hügeligen Feldern jenseits der Issa bewegen, und die Wagen mit Korn.

Luk Juchniewicz, der gestern mit Helena angekommen ist, springt bei, um Pakėnas abzulösen, und seine schwarzen Rockschöße über den dunkelkarierten Hosen wehen auseinander. Er neigt den Kopf unter der Last, der Sarg senkt sich, schaukelt, und Luk macht kleine Schritte, behindert die anderen. Also wieder einmal kann er sich nicht anders als in seiner Lächerlichkeit zeigen, und Tomasz ist enttäuscht. Wenigstens ist er eigensinnig – er verzieht weinerlich sein Gesicht, aber er trägt. Szatybełko hat einen dunkelblauen Rock an, seine Frau ein schwarzgeblümtes Seidentuch umgelegt.

In der Kirche nehmen sie auf den Bänken Platz. Tomasz versucht zu beten, aber er denkt an das schon ausgehobene Grab. In dem Familiengrab sind nur zwei Plätze geblieben – für Großmutter Misia und für Großvater, deshalb wird Großmutter Dilbin woanders, nicht weit von dort, bestattet. Sie waren auf eine Eichenwurzel gestoßen, haben sie mit der Axt durchgehackt, und die hellen Flecken dieser Wunden sind im Lehm sichtbar. Die Wurzeln werden den Sarg umwinden, vielleicht sogar in ihn eindringen, und die Großmutter wird wie von Vogelkrallen ergriffen werden.

Während die anderen sich erst langsam zum Eingang bewegen, zwängt er sich zwischen Grabsteinen durch. Ja, hier ist es. Um sie in der Nähe der Surkonts zu begraben, hat man den äußersten Friedhofsrand gewählt, und nur wenige Schritte weiter, vom Regen abgenutzt, erhebt sich, mit wenigen Grasbüscheln bewachsen, das Hügelchen der guten Bekannten von Tomasz, der Magdalena. Nichts, was nach dem Tod geschieht, vermag man sich wirklich vorzustellen, aber auf irgendeine Weise müssen die beiden sich treffen. Wie? Sie strecken einander die Hände entgegen, Magdalenas abgehauener Kopf ist wieder auf dem Hals, und sie brechen in Weinen aus. »Wozu haben wir uns gesorgt, hatte es Sinn?

Und warum haben wir uns nicht gekannt und haben gelitten, jede für sich? Bei mir hättest du wohnen können«, sagt die Großmutter, »ich hätte dich verheiratet, du hättest mir geholfen zu leben, denn du bist mutig. Wie schlimm ist es, daß die Menschen einander erst nach dem Tode lieben. Ist es schwer, sich zu vergiften? Ich möchte es wissen.« – »Schwer«, seufzt Magdalena, »ich habe gebetet, daß Gott mir verzeihen wolle, und so, im Knien, schluckte ich das Gift, aber sofort erschrak ich und rief um Hilfe.« Beide sind jung, die Großmutter wie auf den alten Fotografien, als sie ein in der Taille eng geschnürtes Kleid trug. »Und warum hast du herumgespukt?« fragt die Großmutter. Magdalena lächelt. »Warum fragst du das? Du weißt es doch jetzt schon selbst.« – »Ja, das ist wahr, daß ich es weiß.«

Tomasz weigert sich, sie in zwei verschiedene Welten zu versetzen, denn er hält es für unmöglich, daß Magdalena verdammt sein sollte. Verdammt sind wohl nur diese, die weder Mitleid noch Liebe bei irgend jemandem erwecken. Dort versammeln sich die anderen um die frisch aufgeworfene Erde, und er, hier, beginnt mit einem *Ave Maria* und bemüht sich, es so inbrünstig auszusprechen, daß er die Fingernägel in die Haut bohrt. Er empfiehlt Magdalena der Mutter Gottes.

Den Sarg ließ man auf Gurten ab, er schaukelte eine Weile, stieß an die abgehackte Wurzel und blieb endlich unbeweglich stehen; Tomasz schaute nach unten, während Priester Monkiewicz sprach. So legen sie die Toten seit je in die Erde, seit Hunderten und Tausenden von Jahren; wenn jene alle sich erheben würden, würden ihrer wohl Millionen sich ansammeln, daß sie eng nebeneinander zu stehen kämen, keine Stecknadel ginge mehr dazwischen. Und jeder Lebende weiß, daß er sterben wird, der Großvater sagt, daß man auf ihn schon zwischen den Grabstätten der Surkonts wartet. Sie wissen es und ertragen es gleichmütig. Sicherlich gibt es da keinen Rat, aber sie müßten schreien, sich die Haare vor Verzweiflung ausraufen, der Tod – allein der Übergang aus einem ins andere Leben –, das allein ist schon furchtbar genug. Nichts. Ihre Ruhe, ihr *Es ist eben so*, ob es sich um diese oder andere Angelegenheiten drehte, blieb für Tomasz unbegreiflich. Er glaubte an ein Geheimnis, das Gott offenbaren würde, wenn die Menschen es ganz stark wollten: daß der Tod nicht unvermeidlich ist, daß alles anders aussieht, als sie es denken. Oder wissen sie vielleicht mehr, als sie zeigen, und verhalten sich deshalb so ruhig? Das heißt, Tomasz erteilte ihnen den Kredit, ähnlich wie dem Luk, der, wenn er nicht einen anderen, klügeren Luk in sich verborgen hielte, die ganze Ordnung zerstören würde: Die Erwachsenen wären dann nicht mehr als lächerlich verkleidete Kinder. Was einfach erscheint, kann so einfach nicht sein.

Auch ihn, Tomasz wird man eines Tages im Sarg mit Gurten hinunterlassen. Selbst, wenn er Papst werden würde? Selbst dann. Wenn aber eine Granate platzen würde, könnte er nicht wissen, daß er stirbt, er würde erwachen und fragen: »Wo bin ich?« Der Auerhahn, den Romuald tötete, hatte keine Zeit für Entsetzen gehabt. ›Gott, gib, daß ich nicht langsamer als die Großmutter sterbe.‹

»Wirf du zuerst«, spricht halblaut die Großmutter Misia.

Der Enkel, der nächste und eigentlich einzige Verwandte. Er nimmt eine gelbliche Scholle und wirft, die Scholle schlägt auf und zerbröckelt, andere trommeln schon auf den Deckel, und bald läßt eine Schaufel voll auf dem oberen Brett einen schmalen Erdhügel entstehen. Man arbeitet schnell, schon sind die Spalten zwischen den Seiten des Sarges und den Grabwänden ausgefüllt, noch sieht man das dunkel gebeizte Holz, aber bald nur die grelle Farbe der Erde. Wenn der Kasten, nachdem er einmal geschlossen war, anreizte, seinen Inhalt zu erraten (denn der Körper wurde ein Etwas im Innern), so jetzt um so mehr: der leere Raum, ein wenig Luft, abgetrennt von der sonstigen Luft, das Stück eines Tunnels.

Oben die Eichen. Manche sehr alt, sie standen hier

schon, als Hieronymus Surkont den Weg gefahren war. Unterhalb des mit kurzem Gras bewachsenen Hanges fließt ein Bach, strömt unter einer kleinen Brücke hinab und weiter zur Issa. Obstgärten und Bauernhütten liegen auf der anderen Seite des Grabens. Es ist dies der gegebene Blick als Abschluß der Reise. »Man muß unbedingt eine Tafel bestellen«, sagt der Großvater. Tomasz fällt ein. »Es müßte darauf stehen: *Witwe eines Aufständischen aus dem Jahre 1863.*« Eben darauf war sie stolz. »Blumen werden wir gemeinsam mit Tomasz pflanzen«, verspricht Antonina.

Kiełpsz hält dieses sein Kreuz mit dem Dächelchen, pflanzt es ein, häuft rundherum die Erde und stampft das rechteckige Grab fest. Hier läßt der Schreiber der Chronik seine Feder ruhen und versucht, sich die Menschen vorzustellen, die einmal nach vielen, vielen Jahren diesen Ort aufsuchen werden. Wer sind sie? Womit befassen sie sich? Ihr Auto blinkt unten am Brückchen, sie machen einen Spaziergang hierher. »Was für ein komisches altes Kreuz!« – »Diese Bäume, es würde sich rentieren, sie zu fällen, wozu sollen sie hier stehen?« Wahrscheinlich mögen sie den Tod nicht, der Gedanke an ihn erniedrigt ihre Würde, sie stampfen auf den Boden und sagen: »Wir leben.« Und dennoch, in ihrer Brust klopft auch ein Herz, manchmal wahnsinnig vor Furcht, und das überhebliche Gefühl gegenüber jenen, die entschwunden sind, gibt ihnen keinen Schutz. Bläuliche Flechten hängen von dem Kreuz des Kiełpsz herab, jede Spur des Namens ist ausgelöscht. Und die Wolken bilden bauchige Figuren.

53

Dieser Laut erinnert überhaupt nicht an Laute, die aus menschlichen Kehlen hervorkommen können, und trotzdem hat Tomasz gelernt, ihn nachzuahmen. Zuerst ging es schwer, aber er übte sich ein und vermochte kaum zu glauben, daß er sich schon mit ihnen unterhalten könnte. Im Walde bei Borkuny gibt es eine mit Erlen bewachsene Senke, die sich im Frühling zu einem kleinen See verwandelt, und dort passierte die Sache. Jetzt war die Sonne untergegangen, schwarz hoben sich die Erlenwipfel vom zitronenfarbenen Himmel ab, und die Zeit war da. Er hatte eine geschlossene Wand junger Bäume vor sich, stand im glitschigen Schlamm, im Duft verfaulter Blätter, und zerquetschte wütend, aber vorsichtig, jede heftige Bewegung vermeidend, die Mücken, die sich auf sein Gesicht und seinen Hals setzten. Sie waren an Blut so vollgesogen, daß, wenn er sie zermatschte, auf der Hand rote Streifen blieben. Er entsicherte leise die Flinte. Die *berdanka*, die für den Sommer Wiktor weggenommen worden war, war ihm ans Herz gewachsen. »Wozu brauchst du sie?« hatte Romuald zu seinem Bruder gesagt, »hast doch keine Zeit; nimmst du sie etwa? Sie hängt an der Wand, da soll lieber Tomasz mal mit ihr auf die Jagd gehen.« Und Wiktor war einverstanden.

Die Habichte hatten ihre Nester im Dickicht gemacht, dort, wo es schwer war, hinzukommen, weil es zu naß ist. Sie hatten schon die Jungen herangezogen, und diese kreisten wie ihre Eltern hoch in der Luft, aber am Abend kam die Familie hier zum Übernachten angeflogen. Vorgestern hatte er seinen Lockruf versucht, und sie hatten von drei oder vier Seiten geantwortet. Das Geheimnis beruhte vielleicht darauf, den Augenblick abzupassen, wenn sie noch nicht alle zu Hause sind und einander zusammenrufen. Ihr Geschrei erklang immer näher, bis Tomasz zwischen den Blättern ausgebreitete graue Flügel erblickte und gleich darauf ihr Flattern, als der Habicht sich an dem dünnen Wipfel des Baumes festklammerte. Tomasz unten in Halbdunkel hatte er nicht bemerkt, rief und wartete auf Antwort. Da hob Tomasz sehr, sehr langsam die Flinte in Augenhöhe und drückte ab. Er fällt! Er suchte lange, fürchtete, daß er ihn nicht finden werde, vielleicht erst am Morgen, bis er auf ihn stieß, dicht vor seinen Füßen – dieses Grau war fast grell, es war diesem Sumpfe fremd, der, voll von abgebrochenen Ästen, dunkel lag. Und diese langen Flügel, die Schwungfedern, die sich ausbreiteten, als er ihn hochhob. Er öffnete die krampfhaft geschlossene Kralle und verletzte sich am Finger. Einer – das war zu wenig, nachdem er über sie solche Macht gewonnen hatte. Er wartete einen Tag ab und versuchte es von neuem.

Pii-ii! der durchdringende Schrei mußte aus zusammengepreßter Kehle kommen, und das war schwierig, denn beim mehrmaligen Wiederholen tat es weh. Er hörte die Habichte irgendwo in der Tiefe des Waldes. Werden sie heute heranfliegen oder nicht? Nichts als das Summen der Mücken, die in einem Streifen Licht tanzen – eine bewegliche Säule auf und ab. *Pii-ii*, wiederholte er. Was das Signal in ihrer Sprache eigentlich bedeutete, wußte er nicht, nur eins war sicher, es bedeutete Sehnsucht, ein Heranrufen, näher. Ja, ganz gewiß. Er entsandte wieder eine Aufforderung, sie schwebte weit in die Stille, wo andere Vögel schon Zweige für den Schlaf gefunden und die Federn aufgeplustert hatten. Und plötzlich von allen Seiten dieses beharrende Klagen. Also, da waren sie.

Er kostete seinen Triumph aus, obwohl er sich bemühte, nicht zu übertreiben. Die Habichte, da sie jung waren, hatten noch keine Übung im Unterscheiden eines falschen Lautes. Und außerdem gab es hier keine Eichelhäher, die durch ihr Krächzen vor der Anwesenheit des Menschen warnen. Er lockte nur einmal noch, denn aus der Nähe hätten sie erkennen können, daß da etwas nicht stimmte.

Über den Bäumen ein Umriß, ein zweiter. Nein, daß sie dort flogen, bewies noch nichts. Doch achtgeben, ein Schatten ist im jungen Erlendickicht vorbeigehuscht. Hat sich hingesetzt. Wo? Die Mücken auf Tomasz' Händen und Stirn konnten jetzt sicher sein, er bewegte sich nicht. Der Habicht rief von jenem Wipfel, aber man sah nichts im Laub. Würde man einige Schritte vorwärts gehen, würde der Vogel einen entdecken und in dem eigentümlichen Flug verschwinden, den er bei der Begegnung mit Menschen anwendet: mit dem Flug des Geheimnisses.

Wagen und Locken, das einzige Mittel. Sich selbst vergessend, nahm er die Seele des Habichts an, so sehr bemühte er sich, daß es gelang. *Pi-ii*! Und jener, erregt, gab Antwort. Er flatterte, und das genügte, daß Tomasz ihn entdeckte. Er zielte fast aufs Geratewohl, er riet eher, als er sah, diesen mausgrauen Fleck im Dunkel. Nach dem Schuß riß sich der Vogel empor, sank in sich zusammen und fiel, anschlagend versuchte er, sich zu halten. Tomasz sprang zu ihm hin, Zweige peitschten sein Gesicht. Das ist schon der zweite, den zweiten hat er geschossen – sang es in ihm. Er fand ihn, auf dem Rücken liegend, noch am Leben, die Krallen zur Abwehr gehoben. Statt eines Artgenossen oder der Mutter, deren Einladung so deutlich an ihn gerichtet war, neigte sich ein Riesengeschöpf über ihn, den von Ohnmacht Getroffenen. Tomasz schöpfte freilich die Entschuldigung für seine Tat daraus, daß der Räuber sich vom Fleisch und vom Blut der Tauben und der Hühner, die er zerriß, ernährte. Er schlug ihn also mit dem Kolben gegen den Kopf, und das Lid von unten verschleierte goldene Augen. Das Fleisch wird nach der Entfernung der Haut Lutnia überlassen, und der ausgestopfte Balg wird eine Zeitlang dieses und kein anderes Wesen darstellen, bis die Motten kommen.

Wenn Tomasz Skrupel verspürte (was manchmal geschah), erklärte er sich, das Geschöpf, das man tötet, würde sowieso sterben, also sei's egal, ob das etwas früher oder etwas später geschähe. Daß diese Tiere leben wollen, das war kein ausreichender Grund, denn er hatte ja ein Ziel – Siegen, Ausstopfen, und dieses Ziel erschien ihm wichtiger. Der Himmel nahm dunkelblaue Farbe an, als er aus dem Wald herauskam und über den Bachsteg ging. Die Fenster des Hauses leuchteten durch die Büsche. Barbarka bereitete das Abendessen vor. Was würde sie zu dem zweiten Habicht sagen?

Jedoch das drittemal gelang es nicht, sie waren durch das Schießen verscheucht worden. Er prahlte später manches Mal mit der Kunst des Lockens, bis er eines Morgens (nicht im gleichen Sommer) feststellen wollte, ob er es noch konnte, und er brachte nur ein Krächzen hervor. Er war im Mutieren, die Stimme wurde tiefer, und nie mehr vermochte er dieses scharfe Signal hervorzustoßen, zwischen dem Miauen einer Katze und dem Pfiff einer Kugel.

54

Barbarka gab Herrn Romuald Maulschellen, daß das Echo nur so im Garten schallte: »Was fällt dir ein? Was fällt dir ein?« wiederholte er und wich zurück. Den Gegner überraschend anzugreifen, ist eine allgemein empfohlene Taktik, und hier gelang sie vollkommen. An diesem Freitagmorgen, ohne Mißverständnisse, ohne Streit, plötzlich: »Schwein! Es zieht dich zu den alten Weibern hin! Da! Da! Für das, was du mir angetan hast! Da!« Das Erscheinen eines Kometen hätte wohl gleiches Erstaunen bei Romuald hervorgerufen wie ihr Angriff, er hätte einen Stock ergreifen und sie sofort aus Borkuny fortjagen können, statt dessen wurde er weich, denn er wußte nicht, ob sie am Ende verrückt geworden war. Und sie floh schon über den Gartenweg, von Schluchzen geschüttelt.

Das Weinen war echt. Was aber die Schläge betraf, war da Zorn und Überlegung miteinander verquickt. Irgendwie fühlte Barbarka, daß sie so und nicht anders handeln mußte, daß sie alles gewann oder alles verspielte. Trübsal zu blasen oder im Schmollwinkel zu sitzen hätte rein gar nichts genutzt. Übrigens, die Entfernung schätzt man in Sprüngen und nicht mit Hilfe von Arithmetik. Romuald war der Gegner, aber nicht nur das allein. Er fühlte sich wohl mit ihr, und das wußte sie. Vor allem, er hätte nicht leicht eine Haushälterin, wie sie eine war, gefunden, von dieser Sauberkeit, Ordnung, dieser Fähigkeit, jede Arbeit, selbst das Pflügen, zu bewältigen – sie hatte einmal, als er krank war, ein ganzes Feld selbst gepflügt, und obendrein war der Knecht nach einem Streit weggegangen. Dazu kochte sie besser als andere. Da er kein Jüngling war, hatte er seine Vorlieben, und jede Neue hätte er erst anlernen müssen. Es gab noch andere Gründe für ihre Selbstsicherheit.

Dieses menschenferne Leben genügte ihnen vollkommen, weil sie zusammen wohnten. Der Frühling und der Sommer vergingen schnell, ausgefüllt mit einer Menge von Arbeiten, denen sie kaum nachkommen konnten. Im Herbst kochte sie Mus aus Pflaumen und Äpfeln, und wenn die lange Regenzeit anfing, setzte sie sich ans Spinnrad. Sie konnte fein spinnen. Flachs zogen sie selber, und Wolle kaufte sie bei Masiulis. Aus Selbstgesponnenem webte sie Leinen und Tuche auf ihrem Webstuhl. Im Winter klapperte sie bis in die Dämmerung (das Klappern entsteht beim Schleudern des Schiffchens) – spinnen kann man auch abends, fast ohne hinzusehen, aber die Weberei verlangt Licht und große Aufmerksamkeit. Dieser Webstuhl und einige Röcke im Köfferchen bildeten Barbarkas ganze Ausstattung.

Die arbeitsreiche Woche endete samstags mit der Zeremonie des Dampfbades und sonntags mit dem Aufbruch zur Kirche, im Wagen oder zu Fuß. Romuald war nicht sehr eifrig und ließ manchmal die Messe aus, weil er die Jagd vorzog.

Das Dampfbad hatte er selbst am Fluß und recht ordentlich gebaut. Es bestand aus zwei Stuben. In der ersten hatte er Pflöcke in die Wand für die Kleider eingeschlagen und sogar eine Bank gezimmert, damit man leichter sich aus- und anziehen konnte. Dort hatte er auch das Feuerloch eingerichtet, man schob dicke Scheite von hier ein, die die Steinplatte hinter der Wand derart erhitzten, daß jeder Schöpfeimer Wasser, den man auf sie goß, sich sofort in Dampfwolken verwandelte. In dieser zweiten Stube liefen von einer Wand zur anderen drei Bretter, die, nebeneinander befestigt, Stufen bildeten. Es gibt nichts Abscheulicheres als ein Dampfbad, wo der Wind pfeift, deshalb dichtete er jedes Jahr die Spalten zwischen den Balken mit Moos ab.

Die Zeremonie begann damit, daß Barbarka ihm den Rücken wusch. Dann gab er Dampf zu, den er sehr stark wünschte. Er kletterte gleich auf das höchste Brett, wo man in Reichweite einen Schöpfeimer kalten Wassers hinstellte – wenn man den Kopf mit kaltem Wasser begießt, kann man es oben länger aushalten. Sie nahm ein Bündel Birkenzweige zur Hand und, tiefer stehend, strich sie ihm damit über Brust und Bauch, was man verstehen muß: die Haut wird unter dem Dampf so empfindlich, daß jede Berührung wie heißes Eisen brennt, eine zarte Berührung noch mehr als ein Schlag, und auf dem abwechselnden Berühren und Schlagen beruht die Kunst. Romuald zischte und brüllte: »Aaah! Noch! Noch!« – warf sich auf den Bauch, schöpfte mit den Händen Wasser aus dem Eimer und: »Schlag! Noch! Aah!«, bis er aufsprang, rot wie ein gekochter Krebs rannte er nach draußen, warf sich dort in den Schnee, wälzte sich einige Sekunden darin – so viel nur, daß es wie ein Peitschenhieb wirkte, aber die Kälte nicht spüren ließ. Er kam zurück, stieg von neuem auf das Brett, denn jetzt war die Reihe an Barbarka. Er hielt sie so lange dort oben, bis sie stöhnte: »O je! Ich kann nicht mehr.« – »Du kannst. Dreh dich um!« Und er peitschte sie, sie aber schrie und lachte: »Genug jetzt. Laß los!«

Wenn er ihr den Dienst kündigte, wer würde mit ihm ins Dampfbad gehen, wer ihm den Rücken scheuern?

Daß Romuald sie im Dampfbad mit Vergnügen betrachtete, unterlag keinem Zweifel. Die Gesundheit und die Jugend selbst, die Brüste nicht zu klein, nicht zu voll, die Schultern und die Hüften fest. Hellrosa, fast weiß neben ihm. So oder so, sie gab ihm oft Gelegenheit zu männlichem Stolz.

So oder so. Wenn Barbarka sich dem Liebesritual unterzog, rief sie (was vielleicht nicht ganz schicklich ist, aber man denkt dann nicht daran, was schicklich und was unschicklich ist) die heiligsten Namen des Evangeliums an, und beim letzten Atemzug schrie sie im Flüstern: »Romuald!« Er betrachtete unbeweglich diese Welle, die in ihr schlug und die er selbst aufgerührt hatte. Er hatte den Ehrgeiz, eine Arbeit gut zu machen. Er war zufrieden, wenn sie nach einer Weile wieder zu

Atem kam und er wieder ihre verworrene Litanei hörte. Wenn sich das immer und immer und immer wiederholte, das nahm sie ihm am wenigsten übel. Und eine Trennung von ihm konnte sie sich überhaupt nicht vorstellen. Wenn die althergebrachten Mittel nichts helfen sollten und ein Kind da wäre, na! da wär's eben da. Die Welt erschien morgens neu, die Fensterscheiben vom Tau gebadet, und die Beine bebten leise in den Knien. Daher diese Lieder über dem Webstuhl vom Übermaß der Freude.

Jetzt aber weinte sie und überlegte gleichzeitig, was er im Obstgarten tat. Er geht über den Pfad, gleich wird der Fußboden knacken, er wird hereinkommen und sagen: »Weg!« Obschon er, sollte er sie im Zorn hinausjagen, gegen sich selbst handeln würde. Die ganze Geschichte mit Helena Juchniewicz hatte er gar nicht nötig gehabt. Barbarka sah seine Edelmannslaunen als einen Teil männlicher Dummheit an, die bei jedem Mann anders ist und die man jeweilig in ihrer Art ertragen muß. Nichts weiter als Verkleidung, darunter ist er einfach. Er sollte endlich begreifen, wenn er einer richtigen Dame nachläuft, nur um zu beweisen, ich bin nicht weniger als jene, verdirbt er sich alles.

Wäre nur nicht die alte Bukowska. Sie war ihr Feind. Zwar widersetzte sie sich ihrer Anwesenheit bei Romuald nicht, denn er konnte doch nicht allein leben, aber sie paßte auf. Manchmal setzte er Barbarka neben sich in den Wagen, und so fuhren sie zur Kirche, und dann schimpfte sie: »Was werden die Leute sagen? Ein Dienstmädchen muß seinen Platz kennen.«

Ja. Frau Bukowska stört. Das höchste Glück: Herrschaft über Borkuny – denn das war sicher, keiner würde sie dann verjagen –, war durch diese ihr versagt. Niemals hatte ein Bukowski eine Bäuerin geheiratet, selbst keine der reichen, geschweige solche, wie sie eine war. Den Blick auf ihren Schoß gerichtet, saß Barbarka mit weit auseinandergestellten Beinen, über die sich der Rock spannte. Barbarka überließ sich der Verzweiflung. Denn die anderen Hindernisse erschienen schon als unnötige Sorgen. Wenn er hereinkommt, würde sie vor ihm auf die Knie fallen und um Verzeihung bitten. Wenn es nur bliebe, wie es bisher war.

Romualds fester Nacken ist von kleinen Rauten gemustert. Jetzt ist er rot wie die Truthahnkoralle angelaufen. Er steht eine Weile still, dann gibt er sich einen Ruck und geht schnell dem Hause zu. Vor dem Eingang aber bleibt er stehen, dann betritt er langsam die hölzernen Stufen und holt in seinem Zimmer die Flinte von der Wand.

Der Wald, sobald man viele Stunden hindurch auf sein Rauschen hört, erteilt Ratschläge. Diese Ratschläge oder die bekannte Tatsache, daß die Härte des Mannes nur äußerlich ist, bewirkten, daß er, am Nachmittag zurückgekehrt, kein Wort sagte. Erst abends, als sie die Kühe gemolken hatte, tönte sein sachliches: »Barbarka!«

Zitternd betrat sie die Schwelle.

»Leg dich hin!«

In der Hand hielt er den Kantschu mit dem Rehfußgriff. Er schlug ihre Röcke hoch und peitschte den nackten Hintern. Ohne Eile, aber schmerzhaft. Sie winselte und wand sich unter jedem Schlag, biß in die Kissen, aber sie war glücklich. Er wird sie nicht verlassen! Er straft, er anerkennt sie als die Seine. Gerecht straft er. Das kam ihr zu.

Was später folgte, kann als Lohn angesehen werden. Ein desto größerer Lohn, da die Liebe an Süße zunimmt, wenn sie mit Tränen und Schmerz verbunden ist. Es ziemt sich, einen der eigentümlichsten Züge des menschlichen Wesens zu erwähnen: Selbst wenn der Mensch sich dem höchsten Gipfel der Wonne nähert, verläßt ihn sein Denken nicht und schweift, unabhängig von der körperlichen Hingabe, umher, und dann fühlt er mehr denn je seine doppelte Natur. Dem Mund Barbarkas entsprangen heilige Namen. Sie bewiesen, daß sie eine treue Tochter der Kirche war und die Heftigkeit ihrer Empfindungen nur in deren Sprache ausdrücken konnte, aber ihr Denken wog ihren Triumph ab. Und vor kurzem noch vollkommen damit einverstanden, daß alles bleiben sollte, wie es war, zielte sie jetzt weiter:

nach dem Kampf gegen die alte Bukowska. Die sichtbare Barbarka wollte, daß er sie zerriß und ausfüllte, aber die unsichtbare Barbarka flüsterte ihr ein, daß, wenn daraus ein Kind geboren würde, es noch nicht das Schlimmste wäre. Und die beiden unterhielten hinfort miteinander ein gewisses Einverständnis.

55

In einer Woche sollte die Jagd auf Birkhähne stattfinden, und Tomasz war durch Tante Helenas Abenteuer in große Verwirrung geraten. Obschon er gegen sie manchen Unwillen hegte, so verpflichtete doch die Familiensolidarität. Was war geschehen? Sie fuhr nach Borkuny, und er ließ die Gelegenheit nicht aus. Er hielt Zügel und Peitsche, sie saßen nebeneinander, schon hatten sie das Wäldchen erreicht, das Pferd zog den Hügel hinauf, als ... Man kann es nicht genau sagen, ob er zuerst gesehen oder gehört hatte. Hinter einem Tännlein ein Aufblitzen von Weiß und schon ein Schrei, und dieser kam aus Barbarkas Mund, die er nie so gesehen hatte, er erstarrte vor Verblüffung. Rot, mit zusammengezogenen Augenbrauen erhob sie drohend eine Haselnußgerte und brüllte:

»Hündin! Ich werd dir kommen! Ich zeig dir Liebschaften!«

Und verschiedene Flüche in zwei Sprachen.

»Wenn ich dich noch mal in Borkuny sehe! Wenn ich dich ...«

Hier sauste die Gerte, und Helena griff mit beiden Händen nach ihrer Wange, da sauste die Gerte wieder, und Helena hob schützend den Arm; und wie man sich in solch einem Fall zu benehmen hatte, das überstieg alle Vorstellungen von Tomasz, er vermochte nur dem Pferd einen Schlag zu versetzen, und die Räder polterten.

»Kehr um! Kehr um! O Gott, wofür denn, wofür denn?« klagte Helena. »Kehr um, nie wird mein Fuß das Haus dort wieder betreten.«

Ja, das war leicht gesagt, aber der Weg war schmal, Tomasz zerdrückte die jungen Bäumchen, und das Rad knirschte gegen die Wagenseite. Beinah wären sie umgekippt. Große Tränen rannen über das Gesicht der Tante, jetzt war sie rot, und vorerst drückte sie mit leiser Stimme ihre Bestürzung aus. Sie faltete die Hände wie zum Gebet, und das Blau ihrer Augen überließ dem Himmel die Rache für die zu Unrecht erlittene Schmach.

»Es ist furchtbar. Ich verstehe gar nicht, was es bedeuten soll. Warum? Wie wagte sie? Sie ist wohl verrückt.«

Tomasz war verlegen und bemühte sich, den Kopf nicht umzuwenden, er tat so, als ob er ganz mit dem Kutschieren beschäftigt wäre. Übrigens hatte er genug Stoff zum Nachdenken. Liebschaften – das war immerhin die Wahrheit. All diese süßen Gesichter Romuald gegenüber, wenn ihre Augen zu feuchten Pflaumen wurden. Aber was hatte Barbarka damit zu tun? Das konnte er durchaus nicht begreifen. Hatte Romuald die ganze Dummheit satt und Barbarka befohlen, sie sollte ihr im Wald eben auflauern? Warum verbündete er sich gegen die Tante mit seinem Dienstmädchen? Was hat Barbarka sich in seine Sachen einzumischen?

Tomasz war mit ihm für die Jagd verabredet. Ihre männliche Freundschaft konnten solche Lappalien, unseriöse Streitigkeiten der Erwachsenen, nicht trüben. Nur ist es jetzt so: Sie wird nicht mehr nach Borkuny fahren, wird sagen, daß niemand das Recht hat, dort noch zu verkehren, und wenn er dann hingeht, das wird sich nicht gut ausnehmen. Wird sie's sagen? Vielleicht aber sagt sie nichts. Irgend etwas Beschämendes steckte darin, und indem er an der Grenze unklarer Dinge haltmachte, erriet er, daß es nichts war, dessen sie sich rühmen konnte. Wenn sie auch mit keinem Wort daran rührte, entstand aus ihrem Schweigen eine Art Pakt zwischen ihnen. Ihr Gesicht hatte sich verdüstert, am Mund waren zwei tiefe Falten sichtbar, sie schwankte auf dem Wagen wie eine Eule.

»Was? So schnell?« fragte Großmutter Misia.

»Ach ja, wir haben Bukowski nicht angetroffen«, log Helena leichthin.

Daraus also entstand ein Übergewicht und gleichzeitig eine Gemeinschaft. Leider schlossen sich der Erinnerung an die zornige Barbarka andere an, die ihn allein betrafen. Vor kurzem, als er mit der Flinte am Waldrand herumschlenderte, tauchte er aus dem Dickicht in der Nähe von Feldern bei dem Dorf Pogiry hervor. Ein alter Bauer legte auf einem Wagen Garben zurecht, die ihm ein junger von unten mit der Heugabel hinaufreichte. Als er Tomasz sah, der ihn höflich *»Padėk Dieve«*, das heißt »Helf Gott« grüßte, unterbrach er seine Arbeit, richtete sich auf seinem Stapel auf, fing an, ihn mit Schimpfworten zu überfallen, und schüttelte die geballte Faust in der Sonne. Tomasz war gar nicht darauf gefaßt, er kannte ihn kaum vom Sehen, und solch eine Portion Haß, die er nicht verdient hatte, zu empfangen, das war für ihn ein schweres Erlebnis. Wenn Zorn auf Zorn stößt, ist es leichter, aber hier begegnete die Wut seinem Wohlwollen, und das alles nur, weil er ein Herr war. Er wußte nicht, wo er hin sollte, er ging langsam weg, damit es nicht nach Flucht aussah, sein Gesicht brannte vor Scham und vor Leid, und der Mund, obschon er es niemandem gestehen würde, zitterte und nahm die Form eines kleinen Hufeisens an.

Etwas in Barbarkas plötzlichem Ausfall gegen sie erinnerte ihn an jenen Tag. Immerhin: auf der einen Seite war er mit Helena im Wagen, das war das eine und Barbarka das andere. Jedoch auf Romuald fiel die Verantwortung für dieses Bündnis, und unerwartet, hartnäckig erschien ihm der geliebte frevlerische Domcio, von dem er ein paarmal geträumt hatte, er sei Barbarka. »Was ist das auch für ein Verkehr, dieser Herr Romuald«. – Großmutter Misia sprach ›Herr‹ mit Nachdruck aus –, »allerhand Habenichtse ins Haus zu bringen!«

Romuald roch nach Tabak und Kraft. Tomasz wollte ihn nicht verlieren. Plötzlich wurde es ihm bewußt, daß es um Birkhähne, um die Flinte, um alles ging, und er erschrak, daß er eine Sekunde lang solche Gedanken haben konnte. Der Großmutter Misia schmeichelte er Leinenstreifen ab für die Wickelgamaschen und bastelte sich Schuhe aus Lindenfaser zurecht, denn im Moor werden sie doch nicht mit Stiefeln gehen.

56

Die Kessel für das heimliche Schnapsbrennen waren im Wald aufgestellt an einem schwer auffindbaren Ort, und wenn die Polizei erscheinen sollte, dann nur, um bei Baltazar zu Hause das Produkt zu versuchen. Sie würde mit einigen Flaschen weggehen, die sie zum Geschenk dafür erhielt, daß man nichts Verdächtiges gefunden hatte. Baltazar brauchte den Schnaps nicht nur für sich selbst (Bier genügte ihm nicht) und nicht nur zum Verkauf. Da war noch etwas anderes. Seit der Zeit, als die Kommission unter seiner Führung den Wald besichtigt hatte, wuchs die Feindschaft zwischen dem Dorf Pogiry und ihm. Das ist freilich wahr, die drei Beamten, die von Surkont traktiert worden waren, kletterten ausgezeichnet gelaunt in den Jagdwagen mit sehr roten Gesichtern, sangen unterwegs, und einer von ihnen wäre beinahe heruntergefallen, was nicht unbeobachtet geblieben war. Im Forsthaus ließen sie sich's wieder gut sein, so daß sie wohl keine Bäume, nur Gras angesehen haben. Aus reiflich erwogenen Gründen wünschte Pogiry, der Wald würde zum Staatseigentum erklärt, obschon das einige Vorzüge in Wegfall bringen würde, etwa das von Baltazar genehmigte Von-Zeit-zu-Zeit-Verschwindenlassen eines Stammes. Niemand außer Józef wußte genau, wie es sich mit dem Datum der Teilung zwischen Surkont und seiner Tochter verhielt, aber man erriet, daß der Wald hier wichtig war, und man sah die Folgen im voraus, wie auch immer die Entscheidung um die Weiden ausfallen mochte, derentwegen man mit dem Herrenhof im Streit lag. Die Bauern nahmen Baltazar übel, daß er es mit diesem Surkont hielt, und der Sprit diente zur Überschwemmung der am lautesten schreienden Hälse. Übrigens, wenn er ihn nicht umsonst gegeben hätte, konnten sie aus Rache die im Dickicht versteckte Spritbrennerei der Polizei verraten.

In dieser Zeit versammelten sich an der Kirchenmauer in Ginie, wenn die Messe zu Ende ging, die Männer in Grüppchen und unterhielten sich oft über den Wald.

»Er ist schlau«, sagte der junge Wackonis.

Seit langem trug er seinen Soldatenrock nicht mehr, sondern wie der Schwarze Józef einen handgewebten, am Hals geschlossenen Rock. Wenn sie einander begegneten, ließen sie niemals erkennen, daß sie sich noch an die Geschichte mit der Granate erinnerten. Sie gehörte zur Vergangenheit, war wie ein Stein im Wasser versunken.

»Er« – dabei zog man die Zunge über das Papier der gerollten Zigarette – »wird keinem seinen Boden herausgeben.«

Das wurde gleichgültig geäußert, kein Blick, kein Muskel im Gesicht verriet die Absicht. Dennoch wußte Józef, daß darin der Spott über Leichtgläubige verborgen war.

»Vielleicht gibt er ihn jetzt nicht heraus«, gab er zu, »dann gibt er übers Jahr ab. Oder in zwei Jahren.«

»Und Baltazar steht ihm bei.«

»Er dreht sich selbst die Schnur für seinen Hals.«

»Er dreht sie. Man sagt, die Frau Juchniewicz würde ihn jetzt schon hinauswerfen.«

»Wer sagt das?«

»Eben heute, in den Insthäusern. Sie war da, ein Haus für ihn auszusuchen. Er hier, und sie in seinem Haus.«

Józefs Ausspucken sollte Abscheu bezeugen. »Als Knecht soll er bei denen dienen? So dumm ist er sicher nicht.«

»Dient er vielleicht nicht?«

»Wer wird dem befehlen, aus dem Wald wegzugehen? Wenn er nicht will, können sie ihm nichts tun. Gehen sie vors Gericht, nun was denn – das reicht für zehn Jahre.«

»Ah, Baltazar ist schon so ein Ängstlicher. Ein Tannenzapfen fällt vom Baum, und er meint, der Himmel stürzt auf ihn.«

»Was vermag das Saufen aus einem Menschen zu machen.«

Die Meinung des Wackonis, die bewies, daß man in der Beurteilung von Menschen sich durch Beobachtung leiten lassen soll, war auch bezeichnend für das Verhältnis der übrigen Bewohner von Pogiry zu Baltazar: viel Zorn, aber auch viel Verachtung. Anders ausgedrückt, sie waren überzeugt, daß dort, wo ein anderer ruhig hundert Schritte tut, Baltazar, im Kreise laufend, den Atem verliere und mit Fäusten gegen Wände schlage, die nicht vorhanden waren. Er aber wußte nicht, daß sie ihn so sahen und daß in ihre Verachtung sich auch Mitleid mischte. Das Gefängnis, in dem er herumtobte, war für ihn wirklich, und wenn sie versucht hätten, ihm zu beweisen, es sei nur ein eingebildetes, würde er ihre Vorhaltungen geringgeschätzt und sie mit Sicherheit für blind und nichtwissend gehalten haben. Er zwang ihnen den Schnaps auf, damit die Gesichter sich für einen Augenblick erhellten und um beim Zusammensitzen ein Lob zu hören, das ihm selber beweisen würde: ›Baltazar ist in Ordnung.‹ Niemals bis dahin hatte er sich bei seinen inneren Sorgen darum zu kümmern gehabt, was die anderen von ihm dachten. Es war ihm gut gegangen, manche mochten ihn beneiden, aber das war alles. Jetzt war da diese verfluchte Kommission und die Machenschaften des Herrenhauses und dann, als ob die dadurch entstandene Entfremdung vom Dorf nicht genügte, noch eine schüchterne Bemerkung Surkonts über seine Tochter – ein Satz, aber genug, um Baltazar zu warnen.

Das Gebräu im Kessel gurgelt fleißig, der Feuerschein beleuchtet ein Gesicht mit runden Wangen. Die ganze Apparatur unter ihm in der Grube, er sitzt am Rand, hinter seinem Rücken Dunkelheit, aus der die glänzenden Blätter der Haselnußsträucher auftauchen. Warum greift nicht eine Hand, über den Wäldern nahend, Sterne verdeckend, nach diesem winzigen Punkt auf der Erde, das Mondlicht auf den Wellen des Blatischen Meeres würde sie führen, warum ergreift sie nicht den armen Baltazar und hebt ihn fort? Wohin, ist gleich. Zum Beispiel könnte sie ihn in die Mitte eines Orchesters während eines Konzertes in irgendeiner großen Stadt werfen, die Pulte würden umfallen, Panik, er würde auf allen vieren kriechen, ungeschickt mit den Beinen in langen Stiefeln strampelnd, bis er sich endlich aufrichten könnte, wankend, zerzaust.

»Schrei!«

Und Baltazar, dem Befehl seines Verfolgers gehorchend, würde in den Saal das Geständnis seiner geheimen Krankheit hineinschleudern, die an so vielen von uns an der Issa Geborenen nagt.

»Zu wenig!«

Zu wenig!

Leben, das ist zu wenig!

»Schrei!«

Ein wildes Aufheulen:

»Nicht so! Nicht so!«

Gegen die Tatsache, daß die Erde – Erde, daß der Himmel – Himmel ist und nichts anderes. Gegen die Grenzen, die uns die Natur vorgezeichnet, gegen das Muß, wodurch das Ich immer das Ich ist. Keine Hand wird ihn entführen, und Baltazar ist vom Schluckauf gequält. Er kratzt sich an der Brust, die Finger unter das aufgeknöpfte Hemd schiebend, über den Rücken wirft er den Schafspelz, denn die Nacht ist durchsichtig und kalt.

Die Massenverachtung des Dorfes Pogiry ist leicht zu begründen, denn da ist nur ein Mensch, der nicht weiß, was er will. Er macht sich das Leben schwer, verwickelt sich, vielleicht nur deshalb, um nicht mit der Furcht ohne Form und ohne Namen ganz allein zu sein. Aber es ist doch nicht unmöglich, daß vom Anfang der Welt das Schicksal schon irgendwo auf ihn gewartet hat, das Schicksal, das nur er allein erfüllen konnte und nicht erfüllt hat, derart, daß an der Stelle, wo eine Eiche hätte wachsen sollen, nur Luft blieb mit einer kaum wahrnehmbaren Zeichnung der Äste.

Er rutscht vom Grubenrand, hockt nieder und hält den Becher unter das kleine Rohr. Er trinkt. In der Waldestiefe erklingt die Klage eines Vogels, der zerrissen wird. Wieder Stille, das Feuer knistert. Der Himmel ist schon am Verblassen, eine Sternschnuppe zeichnet eine Linie auf seiner dunklen Seite.

»Töten.«

»Wen?«

»Ich weiß es nicht.«

57

Die Sumpfschnepfe ist ein grauer Blitz. Sie flattert auf und macht niedrig über der Erde einige Zickzacke, dann erst wird ihr Flug gerade. Warum es so ist, ist schwer zu erraten, aber es sieht so aus, als ob von Anfang an in der Weltordnung vorausgesehen sei, daß der Mensch eine Flinte erfinden würde. Karo zitterte, eine Vorderpfote erhoben, Romuald schoß und erlegte einen Vogel. Tomasz dagegen hatte nicht einmal die Zeit, die Flinte anzulegen.

Das geschah auf einer nassen Wiese, wo im Gras rostig-rote Wasserflächen durchschauen. Die Feuchtigkeit kühlte angenehm die Beine, die durch die leinenen Wikkelgamaschen und durch die Bastschuhe gegen scharfe Stengel und gegen Kreuzottern geschützt waren. Die Morgensonne spielte im Tau. Sie folgten hintereinander dem Hund. Sie hatten zu viert jagen wollen, aber Dyonizy sagte ab, so daß nur Romuald, Tomasz und Wiktor blieben.

Vielleicht war hier einmal ein See, aber jetzt breiteten sich auf seinem Grund Wiesen mit scharfem Riedgras aus und vor ihnen mit Zwergkiefern bewachsene Moospolster. Hie und da eine Wirrnis von Weidengebüsch. Als er zwischen die ersten Bäumchen vordrang, sog Tomasz den vertrauten Geruch ein. Das ist das Königreich der Düfte. Aus dem Moos ragten hier die Sträucher vom Sumpfporst – *Ledum palustre* – mit ihren schwachen, ledernen Blättern, die blauen Beeren der Sumpfheidelbeeren, groß wie Taubeneier, gedeihen in der dampfdurchtränkten Wärme der Luft. Ihr Geschmack erfrischt, aber man soll nicht viel von ihnen essen, denn der Kopf fängt zu kreisen an, übrigens weiß man nicht, ob davon oder vom langen Einatmen des Aromas. Die jungen Birkhähne finden hier unter der Führung der Mutter genügend Nahrung, und die Hähne, die den Sommer einsam verbringen, verlieren sich im Dickicht, um zu mausern – etliche Tage haben sie kaum Kraft zum Fliegen.

»Such, Karo, such!«

Karo zog Kreise, sein weißes Fell mit gelben Flecken flimmerte, sein Schwanz wedelte, und er schaute sich fragend nach den Jägern um. Romuald im hochverschlossenen Leinenrock, die Patronentasche am Gürtel, das Netz für das Wild über die Schulter geworfen, wies ihm die Richtung an. Wiktor schleppte seine Ledertasche mit dem Zubehör für den Vorderlader.

Tomasz kam nach Borkuny, als ob nichts vorgefallen sei, und begrüßte Barbarka so, als ob er damals gar nicht mit im Wagen gewesen wäre. Später, als sie schon allein marschierten, hatte Romuald nebenbei gefragt:

»Und das Tantchen? Hat es nicht vor hierherzukommen?«

Tomasz verschlug es den Atem. Warum verstellt er sich? Aber er spürte, sobald er sich da hineinmischt, wird er sich verwickeln.

»Ich weiß nicht. Sie ist wohl jetzt beschäftigt.«

Und das war alles, was man über sie gesprochen hat. Den Flintenlauf nach vorn gerichtet, verfolgte er die jähen Sprünge von Karo, ganz auf das Kommende konzentriert und unruhig. Seit langem hatte es ihn geschmerzt, keinen Vogel im Flug getötet zu haben, die Wildenten zählten nicht, denn er hatte damals mitten in den Haufen gleichzeitig mit Romuald losgelegt. Es war höchste Zeit, wenigstens einen der Vögel jetzt zu treffen, die Birkhähne gaben eine Probe ab. Die erste Beute dieses Tages, die Schnepfe, hatte seine Spannung nur gesteigert, denn die Kunst, den Flintenlauf nach der Bewegung zu führen, die Berechnung der Entfernung in Metern, und das alles innerhalb einer Sekunde, erschien ihm unerreichbar. Wenn er wenigstens diese Schnepfe auf Korn und Kimme bekommen hätte, aber i wo, das ging viel zu schnell, kaum daß der Krampf in seiner Kehle sich lösen konnte, apportierte Karo.

»Sie sitzen jetzt fest«, sagte Romuald. »Der Hund könnte sie mit der Nase berühren. Du, Tomasz, schau dich nicht um.«

Sie versanken bis an die Knie im Moos.

»Dort könnten welche sein.«

Aber es gab nichts, und sie gingen immer tiefer in den Sumpf, während Karo die Zunge hängen ließ, sie wieder einzog und sich von neuem an die Arbeit machte.

Ja, das schlimmste ist, daß der Mensch nicht darauf gefaßt ist: zuerst geht er mit gespannter Aufmerksamkeit vor, nähert sich jedem Strauch mit Vorsicht, dann vergißt er ein wenig sein Ziel, der Rhythmus seiner Schritte zerrt ihn mit, und die Weidenruten sind nur da, um an ihnen vorbeizugehen. Und gerade dann geschieht es, zum Trotz.

Für einen Augenblick verloren sie Karo aus den Augen. Plötzlich wurde Tomasz von zerrissenen Lauten attackiert, die in der Luft zersprangen, ein Krachen, die Welt zerfällt in kleine Stücke, Panik, Feuer, Blut fließt übers Gesicht, es wird dunkel vor den Augen, die Hände zittern. Da. Da. Und so nah, er sah ihre vorgestreckten Hälse, ihre Schnäbel, wie bei Hühnchen, zwischen dem Wirrwarr schlagender Flügel. Er zielte, nein, eigentlich hatte er nicht gezielt, er hatte eiligst abgedrückt, nur um abzudrücken, und an ein Wunder geglaubt. Zur gleichen Zeit hatte Wiktor angelegt, gebückt, ungeschickt, und Tomasz vernahm seinen Schuß. Sein eigener Birkhahn flog weg, vor Wiktor aber fiel ein anderer, der Hund warf sich nach der einen Seite und nach der anderen, unschlüssig, welchen Birkhahn, den von Wiktor oder den von Romuald, er packen sollte.

Als er die leere Hülse wegwarf, bemühte sich Tomasz männlich, seine Niederlage zu ertragen, aber der helle Himmel war mit Trauerflor bezogen, heftig schlug das Herz, wie nach einem Entsetzen. Er hatte gehofft (wenn er überhaupt Zeit zum Nachdenken gefunden hatte), er würde wie durch ein Wunder treffen, als ob ihm ein solches zustehen müßte. Er war selbst schuld daran, nächstes Mal würde er klüger sein.

Wiktor lud seine Ruine von Gewehr und stopfte das Pulver mit dem Ladestock.

Er stotterte: »Gir gegen gie gort gingen goch gegeigen« – Wir werden sie dort hinten noch erreichen –, das sagte er taktvoll, er wollte zu verstehen geben, daß man sich nicht den ersten Fehlschuß zu Herzen nehmen sollte.

Tomasz' Düsterkeit, die um so schmerzlicher war, da er sie mit guter Laune zu überdecken versuchte, ging bald vorbei. Die Zukunft lockte. Jetzt Ruhe, vor allem Ruhe. Rundum das Grau kranker kleiner Kiefern, an denen die unteren Zweige vertrocknet mit Bartflechten herunterhingen. Romuald hob den Finger, während er die Bewegung des Jagdhundes verfolgte.

»Er hat, er hat ihn.«

Der Hund erstarrte mit gesenktem Schwanz. Sie näherten sich mit großen Schritten und hielten sich bereit. In Tomasz stöhnte ein Hilfeflehen.

Paff!

Karo machte eine Bewegung, erstarrte von neuem, den Blick magnetisch auf einen Punkt gerichtet.

Paff!

Mag ein anderer das ertragen, Tomasz nicht: im Augenblick, wo er beschlossen hatte, das Gleichgewicht zu bewahren, ertönte ein Krach, als werde ein Riesentuch zerrissen – das war ganz anders, als er erwartet hatte: ein Wirbel, ein Klatschen weißer Flügel dicht über dem Boden, und Romualds Schuß.

»Das sind Schneehühner. Los, Karo, los!«

Das Schneehuhn war weiß-braun, Beine wie mit Gamaschen bekleidet, der Schnee der Flügel hob sich vom übrigen Körper ab. Romualds Netz von der Seite betrachtend, beneidete ihn Tomasz, statt froh zu sein, eine neue Art kennenzulernen und bald den lateinischen Namen in sein Buch eintragen zu können.

Was ihn etwas tröstete, war, daß er sich nicht hatte

hinreißen lassen. Er hatte sich beherrscht, und sein Jägergewissen war nicht belastet. Die Hoffnung also blieb, und so zog er die Füße ohne Kummer aus dem schwammigen Boden, mit jedem Schritt drang das Wasser aus den Bastschuhen mit weichem Zischen hervor. Sie töteten eine Kreuzotter, Karo bellte sie wütend an und hob dabei seine Oberlippe mit dem Ausdruck eines Menschen, der etwas Saures ißt. Jetzt. Der Jagdhund zögerte – wie um ihnen Zeit zu lassen, eine vernünftige Wachsamkeit in sich zu entwickeln. Er setzte langsam eine Pfote hinter die andere, schaute sich nach ihnen um, ob sie auch da wären, ob sie es ausnutzen wollten.

Explosion. O Gott, so leicht, so leicht, er fliegt hierher, nur nicht zu früh, schon ist er im Visier. Gott, gib! Schuß, und Tomasz sieht voll Staunen, ohne es zuzugeben, daß wirklich ein Unglück geschehen sei, den Birkhahn ruhig weiterfliegen. Dieser Widerspruch zwischen seinem angespannten Willen, der Beschwörung und der Tatsache schlug ihn vollständig nieder. Denn im Grunde, wieder wie das vorige Mal, war er sicher gewesen, daß eine magische Verbindung zwischen ihm und dem Wild entscheidet, und das Zielen erschien ihm nur als etwas Zusätzliches, als Ergebnis besonderer Gnade.

Dicht neben ihm fielen zwei junge, von Romualds Doppelschuß getroffene Birkhähne herunter: beide waren nur verwundet – es gibt eine Wundart, die das Tier lähmt, den Flug und das Laufen unmöglich macht, aber das Leben dauert unberührt fort. Tomasz hob sie auf, und sie verdrehten die Hälse. Er hielt es für seine Pflicht, da er die andere nicht erfüllt hatte: Er packte sie an den Beinen und schlug ihre Köpfchen an den Gewehrkolben, doch das half nicht, sie klagten mit dünnem Gackern. Eine bittere Wonne, das Auslassen seines Zorns, gleichzeitig Scham, die er aber dämpfte, indem er sich darauf berief, es müßte gemacht werden. Er legte das Gewehr weg, holte aus und schlug sie aus allen Kräften gegen einen Kiefernstamm. Noch nicht genug? Gut, dann noch einmal. Bis die Schnäbel offen standen und Blutstropfen aus ihnen sickerten.

»Wir wollen ausruhen. Man sollte etwas essen, der Magen knurrt. Die Sonne steht schon hoch.«

Sie saßen auf einer Moosinsel und aßen Brot und Käse, die Romuald aus dem Netz hervorholte. Noch nie hatte Tomasz so neben ihnen gesessen, sie waren plötzlich einander fremd, getrennt durch eine Barriere. Sie wohnten in einem Land, zu dem der Zutritt ihm verschlossen war. Selbst Wiktor, dieser stotternde Wiktor, hatte geschossen und getroffen. In ihnen war irgend etwas anders als in ihm. Als ob er sich dem Wild nicht gut genähert und nicht von ihnen Lob geerntet hätte. Es war ein Geheimnis, daß Wiktor, trotz seines ungeschickten Aussehens, es verstand und er nicht. Heiterer Glanz moussierte oben, das Treibhaus des Moorgeländes betäubte, die Eidechsen raschelten auf ihren trockenen Inseln zwischen den Flechten. Scheinbar hielt er halb schlafend das Gesicht in die Sonne, aber Traurigkeit rollte kalte schwere Kugeln durch sein Inneres.

»Warum schießt du nicht, Tomasz?«

Er konnte nicht, er wußte, er würde das Maß seines Ungeschicks nach größer machen. Welch ein Tag! Sie werden gleich abbrechen, schon taucht der kahle Hügel vor ihnen auf, dann führt ein Umweg nach Borkuny, auf den sie jetzt zugehen. Wiktor schießt vorbei, aber Romuald nicht. Als aber dicht vor dem Betreten trockenen Bodens eine Schar emporfliegt, kann Tomasz nicht an sich halten und meint, jetzt zum Schluß muß ein Trost, eine Belohnung für ihn bereitet sein, da er nicht verdient hat, zurückgestoßen zu werden.

Romuald betrachtet interessiert die rauchende Flinte und den abfliegenden Birkhahn.

»Du hast Pech heute. Das gibt es manchmal.«

Seine Worte gaben nicht ganz die Situation wieder. Tomasz haßte sich selbst, da er Romuald enttäuscht hatte.

Die Jagd auf die Birkhähne hat bei Tomasz deshalb so schlimme Erinnerung hinterlassen, weil er schon lange sich verschiedener Mängel verdächtigte. Gewiß, er war Jäger, wenn es sich darum handelte, zu locken, heranzuschleichen, sich in einen Baum oder Stein zu verwandeln, er zeigte sogar für diese Künste besonderes Talent, es schien ihm, er sei ein guter Schütze aus der Deckung, aber bei dem kleinsten Anlaß geriet er in fiebrige Verwirrung. Wenn das mit den Birkhähnen ein endgültiger Beweis war, dann erhob sich vor ihm ein unübersteigbares Hindernis. Niemals würde er ein ganzer Mann werden, die ganze Vorstellung von sich selbst, die er sich konstruiert hatte, zerfiel. Wie hatte er gestrebt, wie sich gesehnt, wie war er schon mit dem Gedanken vertraut gewesen, ein Bürger des Waldes zu sein, und da, durch höhere Ironie, die versagt, was man am stärksten wünscht, bekam er das Nein zu hören. Nein. Aber was sollte er dann sein? Wer war er? Die Gemeinschaft mit Romuald, die Landkarte von jenem Reich der Auserwählten, das alles war verloren. Er konnte sich von seiner *berdanka* nicht trennen, schmerzerfüllt wanderte er doch in den Wald, und dort wich das Leid.

Die Lichtfunken im Unterholz, das Rauschen oben besänftigten ihn, er vergaß sich selbst. Hier brauchte er vor niemand eine Prüfung abzulegen. Keiner erwartete irgend etwas von ihm, er suchte nichts, so still, wie er konnte, trat er auf, blieb stehen und war froh, daß verschiedene Geschöpfe ihn gar nicht wahrnahmen. Dann kam ihm manchmal der Gedanke, daß er ohne Flinte glücklicher gewesen war, denn eigentlich war Töten nicht nötig. Wiederum aber, wenn man ohne Flinte in den Wald geht, fragt jeder, wofür, und das ist dumm, denn es ist kaum möglich, es den anderen zu erklären; wenn man aber ›auf die Jagd‹ sagt, dann ist das klar. Außerdem verleiht dieser Flintenlauf über der Schulter dem Herumschlendern einen Zauber. Auf jeden Fall könnte man doch unverhofft einem Vogel oder einem

Tier begegnen, auf das man schießen muß, es ist schwer vorauszusehen, welche Überraschung einen erwartet.

Die Flinte hatte keine Rolle bei der Begegnung mit Rehen gespielt. Er ging über einen der engen, mit Tannennadeln bedeckten Wege, die glatt sind und sich im Sumpf verlieren, erst im Winter, wenn sie zufrieren, gleiten die Schlitten mit Holz darüber. Und plötzlich versagten seine Beine, er begriff nur, daß da etwas anwesend war, nicht mehr, die rötlichen Baumstämme hatten sich von der Stelle gerührt und führten Tänze auf. Das Licht führte einen Tanz auf zwischen Farnkrautgefieder. Keine Stämme, Lebewesen, von rötlicher Rinde bewachsen, aber dicht an der Grenze des Pflanzenelements. Sie rupften dicht vor ihm das Gras, ihre kleinen Hufe glitten vorwärts, die Hälse wogten, eines wandte sich nach ihm um, ohne ihn wohl von den unbeweglichen Dingen zu unterscheiden. Er wollte nur, daß dies dauerte, daß er hätte zerfließen können, um unsichtbar daran teilzunehmen. Vielleicht das Zittern seines Augenlids, vielleicht sein Geruch erweckte ihre Wachsamkeit: in leichten Sprüngen verschwanden sie in Haselnußsträuchern, und er blieb da und zweifelte fast, waren sie dagewesen, oder hatte es ihm so geschienen.

Ein andermal stieß er in ähnlicher Weise auf einen jungen Fuchs, der unter einem Wurzelstock herumstöberte. Da betrachtete Tomasz nicht nur sein Schnäuzchen und seinen Schwanz, es gesellte sich dazu ein Pflichtbefehl und auch der Gedanke, daß er sich von seinen Sünden loskaufen könnte, wenn er Romuald den da bringen würde; dieser Gedanke überdeckte alles, aber er hatte kaum den Flintenriemen berührt, da schnellte der Fuchs wie von einer Feder getrieben empor, ohne daß ein Blättchen erbebte.

Jedoch eines Tages führte seine Waffe ihn in die Versuchung, und das ging sehr schlimm aus. Im Haselnußwipfel sah er ein farbiges Schlänglein sich winden, halb im Grün, halb in der Luft. Ein Eichhörnchen, aber anders, als er sie sonst gesehen hatte, vielleicht weil es so horizontal vorbeistrich und dadurch länger und bezaubernder erschien. Unter ihm ertönte furchtsames Schreien von kleinen Vögeln, deren Nester es augenscheinlich bedrohte. Tomasz konnte aus lauter Liebe zum Eichhörnchen nicht widerstehen und schoß.

Es war ein junges Eichhörnchen, so klein, daß es das, wofür er es da oben gehalten hatte, gar nicht war, nur eine Spur seiner Sprünge, worin noch lange die Farbe schaukelte. Jetzt krümmte es sich zusammen und streckte sich nieder im Moos, mit den Pfötchen nach der Brust in weißer Weste greifend, wo ein kleiner Blutstropfen erschien. Es verstand nicht zu sterben, es versuchte, den Tod wie einen Stachel, auf den es plötzlich aufgespießt war, aus sich herauszureißen, den Stachel, um den allein es sich noch drehen konnte.

Tomasz, neben ihm kniend, weinte, und sein Gesicht verkrampfte sich vor innerer Qual. Was jetzt tun, was tun? Er würde die Hälfte seines Lebens dafür geben, um es zu retten, aber er nahm an seinem Todeskampf hilflos teil, gestraft durch diesen Anblick. Er neigte sich über es, und seine Pfötchen mit winzigen Fingerchen falteten sich wie hilfeflehend. Er nahm es in die Arme, und wenn er sonst, während er es so hielt, danach verlangt hätte, es zu küssen und zu liebkosen, preßte er jetzt den Mund zusammen, denn eine Stimme rief ihm schon zu, er solle es nicht besitzen, sondern sich selbst ihm hingeben wollen – und das, das war unmöglich.

Am schwersten ertrug er die Kleinheit des Eichhörnchens und sein Sichkrümmen, wie wenn Quecksilber sich gegen das Erstarren sträubt. Wieder einmal enthüllte sich vor Tomasz' Augen ein Geheimnis für einen so kurzen Augenblick, daß er sofort den Zugang dazu verlor. Die Wellenbewegungen verwandelten sich in abgerissene Zuckungen, und ein dunkles Streifchen versikkerte in dem flaumigen Fell der Bäckchen. Immer schwächere Zuckungen. Tot.

Er saß auf einem Baumstumpf, der Wald rauschte, eben noch hat es hier gespielt, Nüsse sammelnd. Das war furchtbarer als der Tod von Großmutter Dilbin, aus Gründen, die er nicht deutlich unterscheiden konnte.

Eines, ein einziges, niemals, unter allen Eichhörnchen, die bis jetzt gelebt haben, würde man ein gleiches finden, und niemals mehr wird es wieder lebendig. Denn es ist *es* und kein anderes. Aber wohin ist sein Fühlen, daß es *es* ist, entschwunden, und seine Wärme und seine Biegsamkeit? Die Tiere haben keine Seele. Also, wenn man ein Tier tötet, tötet man es für alle Ewigkeit. Christus wird ihm nicht helfen können. Die Großmutter rief: »Errette!« Ihrer wird Christus sich annehmen und sie führen. Er könnte das Eichkätzchen erlösen, wenn Er alles kann. Selbst wenn ein Eichkätzchen nicht betet, so hat doch dieses gebetet. Beten ist dasselbe wie Wollen, Lebenwollen. Und er ist hier schuldig. Niederträchtig.

Es in der Erde begraben, es wird verfaulen, keine Spur bleibt. Er wird es nicht forttragen. Er würde nicht wagen, jemandem in die Augen zu sehen. Sich abwenden und weggehen. Ein hoher Ameisenhaufen zog seine Aufmerksamkeit an. Er war aus Tannennadeln aufgeschichtet und verriet nicht, daß er bewohnt war, aber über flache Wege eilten große rote Ameisen auf ihn zu, und als Tomasz die erste Schicht abgerissen und einen Stock hineingesteckt hatte, wimmelte es in der Tiefe. Er grub weiter, und als aus den aufgerissenen Tunnels Massen hervorbrachen, von Panik gejagt, holte er das Eichhörnchen, legte es hinein und schüttete zu. Die Ameisen würden es sorgfältig abnagen, bis nichts übrigbleibt als ein weißes Skelett. Er wird dann zuückkommen und es finden. Was später damit geschieht, wird er noch entscheiden, am besten in ein Kästchen legen und so aufbewahren, damit es möglichst lange dauert.

Den Weg zurück würde er wohl leicht finden: eine Kiefer mit schiefem Ast, dann ein Stein, eine Insel von Weißbuchen. Er nahm die Flinte (ungeladen) auf, schulterte sie und kämpfte sich zum Pfad durch.

Niedertracht. Diejenigen, die sich durch Geschicklichkeit und durch den Flug verteidigen, nicht erreichen, hingegen nur die Schwachen, die keine Gefahr ahnen. Das Eichkätzchen hatte ihn nicht einmal gesehen, es war von nichts gewarnt. In Tomasz' Innerm verdrehten die jungen Birkhähne die Hälse, er hörte den dumpfen Laut ihrer am Baum zerschmetterten Köpfe. Das Bild war so genau, daß er die rauhe Rinde zu berühren glaubte und jedesmal Stücke davon knisternd sich lösten. Und noch mehr Gewissensbisse. Großmutter Misia hatte ihm freilich erzählt, daß er als kleines Kind Weinbergschnecken im Garten sammelte und in einen Korb legte, um sie aus Mitleid in die Issa zu werfen. Er bildete sich ein (vielleicht weil sie nach dem Regen herauskrochen), ihnen damit einen Dienst zu erweisen. Dort in der Tiefe des Flusses gingen sie zugrunde, er aber war voll guten Willens gewesen. Da war noch eine Ente, deren Leben er geschont hatte. Aber das war zuwenig.

Wenn er sich an jemanden hätte anschmiegen können, sich ausweinen, klagen. Plötzlich überfiel ihn ein so heißes Verlangen, daß die Eiche, an der er am Rand des Verhaues vorüberging, sich in ein Lebewesen verwandeln möge, daß er vor Angst schauderte und in der Magengrube ein Saugen verspürte, ähnlich wie auf der Schaukel. Eine Krähe krächzte auf einem dürren Ast, er verfolgte sie, aber sie ließ sich nicht erreichen. Es gibt nur zwei Vogelarten von diesem leuchtenden Himmelblau, einem reinen, flirrenden Blau: den Eisvogel und die Blaurake – *Coracias garrulus*, wie er in sein Heft eingetragen hatte. Jetzt hob er nicht einmal den Kopf.

Seit langer Zeit hatte man darüber gesprochen, daß Mama kommen und ihn in die Stadt nehmen werde und daß er dort ins Gymnasium kommen sollte. Und immer: in einem Monat, schon bald, und nichts geschah. »Mama, Mama, komm!«, mit seiner Flinte vorwärtsschreitend, in seinen hohen Stiefeln, jägergleich, doch über sein Gesicht liefen Tränen, und beim Ablecken hatten sie salzigen Geschmack. Das beschwörende Wort rief keine deutliche Erinnerung herbei, nur Sanftmütiges und Strahlendes.

Es verlangte ihn nach anderem Strahlen als dem Licht dieses Augustnachmittags mit dem vibrierenden Luftspiegel über den Stoppelfeldern. In letzter Zeit suchte ihn manchmal ein merkwürdiges Gefühl heim: die

Leute, die Hunde, der Wald, Ginie lagen vor ihm wie sonst, aber waren nicht dieselben. Ein Ei bläst man aus, indem man ein Löchlein in das eine Ende schlägt und mit der Hilfe eines Strohhalms heraussaugt, was drinnen steckt. Ähnlich blieb von allem ringsum nur der Schein übrig, die Schale. Beinah wie früher, und doch nicht dasselbe.

Und die Langeweile. Wenn man morgens aus dem Bett springt und auf den Aufruf zur Freude, zum Spiel und zur Arbeit antwortet, reicht kaum der Tag für all das Vorgenommene; aber wenn kein Aufruf ertönt, wissen wir nicht, wofür und wie lange das noch so fortgeht. »Was, Tomasz ist noch nicht auf?« – »Was ist mit dir, vielleicht bist du krank?« – »Nein.« An den Ufern der Issa konnte er nicht begreifen, was ihm früher dort gefallen hatte. Die Blätter waren mit einem dicken Überzug von weißem Staub, der vom Wege aufwirbelte, bedeckt, der reife Sommer war glühend heiß, das Wasser faul und ölig mit Schmutzstreifen, die in der Strömung langsam auseinandertrieben. Er holte seine Angel hervor und reinigte die Haken vom Rost. Den Regenwurm drehte man in den Fingern zurecht, der Stachel des Hakens zielt in die rosige Mitte, dringt tief ein – nein, er zog vor, Brot zu verwenden. Ob der Schwimmer erzittern und eintauchen würde oder nicht – es war ihm gleichgültig, denn er wiederholte mit diesem Angeln nur eine vollkommen andere Tätigkeit, er versuchte, in sich neues Interesse zu erwecken, und gab es auf.

Er holte seine Hefte für Arithmetik hervor, seit langem vernachlässigt, seit Józefs Anzeige die Unterrichtsstunden abgebrochen hatte. Der Entschluß, ihnen jeden Tag eine Stunde zu widmen, hielt nicht lange an. Er verwickelte sich in eine Aufgabe und war entmutigt. Er stöberte in der Bibliothek und fand dort ein Buch, *Al Koran*. Das war, wie er wußte, das heilige Buch der Mohammedaner. Irgend jemand mußte sich in Ginie für ihre Religion interessiert haben, vielleicht ein Ur- oder Ururgroßvater von Tomasz. Wenn auch manche Abschnitte unverständlich waren, las er mit Vergnügen, weil das

Buch lehrte, wie der Mensch handeln soll, was erlaubt ist und was verboten, und auch deshalb, weil die Sätze, wenn er sie laut aussprach, nachdrücklich klangen.

Die *berdanka* hing unbenutzt am Nagel. Sie rief in Tomasz die Scham des Vernachlässigens hervor. Er hatte die Absicht, nach Borkuny zu gehen, verschob es aber von einem Tag zum andern. Romuald zeigte sich nicht. Die Tante mußte von Großmutter Misia erfahren haben, daß Tomasz mit ihm auf Birkhuhnjagd gegangen war, ließ aber nichts merken, daß es sie irgendwie anging.

»Tomasz, hilf Äpfel tragen.«

Er half. Selbst dieses Sich-müde-Machen durch Tragen, wenn er an Antoninas Stelle die Körbe schleppte, gab eine kleine Genugtuung. Er trug sie an einem Tragbalken, wo rechts und links Nußbaumgabeln als Haken dienten. Den Obstgarten hatte jetzt ein Verwandter von Chaim in Nutznießung. Die großen Keller unter der Scheune mit ihren Gestellen, auf denen die besseren Obstsorten ausgebreitet wurden, rochen herb nach Stein und gestampfter Erde. Er biß in eine Goldreinette, und ihr festes federndes Fruchtfleisch, das er immer so gerne hatte, überraschte ihn: es war das gleiche.

Fast ein Monat war vergangen, als er sich des Skeletts entsann, und selbst dann mußte er sich zu diesem Weg in den Wald zwingen. Den Ameisenhaufen hat er gefunden, aber kein Eichhörnchen darin. Er hat nicht erfahren, was mit ihm geschehen war.

59

Das Fasten, das sich Tomasz auferlegt hatte, war streng, man durfte nur Wasser trinken, nicht essen. Er beschloß, zwei Tage so auszuhalten. Stärker als die Hoffnung, vom Makel befreit zu werden, trieb ihn das Verlangen nach der Kasteiung an sich. Er fühlte, daß es richtig, schicklich, gerecht war.

Er hatte dafür seine Gründe. Wie zum Zeichen, daß er anders war, nicht so wie die gewöhnlichen Menschen, überfiel ihn eine sonderbare Krankheit. Morgens holte er heimlich ein Krüglein Wasser und bemühte sich, Spuren auf dem Bettuch abzuwaschen. In der Nacht war er von wirren Träumen heimgesucht. Barbarka, nackt, umschlang ihn und peitschte ihn mit einer Rute. Traurigkeit. Es mußte doch ein Mittel geben, um den Vorhang aufzureißen. Denn die in ihm umgehenden Dinge waren entweder von innen ausgehöhlt, oder, wie ihm manchmal schien, von Spinnweben verschleiert, die ihnen die Deutlichkeit nahmen. Sie waren nicht rund, sondern flach. Auch der Vorhang verbarg das Geheimnis, an das er heranzukommen wünschte, wie im Traum, wenn man läuft, beinah, beinah da ist, aber die Beine schwer wie Blei werden. Gott – warum hat Er eine Welt erschaffen, in der Tod ist und Tod und Tod. Wenn Er gut ist, warum kann man nicht die Hand ausstrecken, ohne zu töten, warum keinen Pfad gehen, ohne Schmetterlingspuppen oder Käfer zu zertreten, selbst wenn man sich bemüht, sie nicht zu zertreten? Gott hätte die Welt anders erschaffen können, hat aber grade so gewählt.

Also das Jagdmißgeschick und die beschämende Anfälligkeit, die ihn von der menschlichen Gesellschaft ausschlossen, brachten ihn dazu, daß er, mit allem sich selbst überlassen, alsbald nachzugrübeln begann. Das Fasten sollte ihn reinigen, ihm den normalen Zustand zurückgeben und gleichzeitig erlauben zu begreifen. Wer sich selbst straft, zeigt seinen Abscheu gegenüber dem Bösen, das in ihm steckt, und er ruft durch diesen strafenden Teil seiner selbst Gott an.

Er überzeugte sich, daß das Mittel wirksam war. Morgens Nüchternheit, als ginge man zur Heiligen Kommunion. Einige Stunden darauf hatte er Hunger und überwand die Versuchung: nur ein Apfelstückchen, na, erlaub's dir doch. Je weiter, desto leichter. Meistens lag er und schlummerte, innerlich an Edelmut zunehmend. Und das wichtigste war, was mit den Dingen um ihn, mit dem Himmel, mit der Erde geschah, wenn er vor das Haus trat. Tomasz entdeckte nicht mehr und nicht weniger als dies: wenn man schwächer wird, löst man sich von sich selbst, um, zu einem einzigen Punkt zusammengezogen, irgendwo oberhalb des eigenen Kopfes zu schweben. Und die Sehkraft dieses zweiten Ich war durchdringend, sie umfaßte auch die andere, verlassene Kreatur als ein bekanntes und doch fremdes Wesen. Dieses wurde kleiner, rückte nach unten, und mit ihm die ganze Erde, aber nichts auf der Erde verlor an Einzelheiten, obschon es in die Tiefe des Abgrunds rollte. Die Trauer wich – ein zu neuer Anblick bot sich dar. Antonina erzählte, daß die Göttin Warpeja im Himmel sitzt und Schicksalsfäden spinnt, an deren Ende jeweilig ein Stern schaukelt. Wenn ein Stern fällt, dann bedeutet das, sie hat den Faden durchschnitten, da stirbt irgendein Mensch. Tomasz, im Gegenteil, statt zu sinken, wanderte in die Höhe, darin den Spinnlein ähnlich, die an einer unsichtbaren Schnur schnell zu einem Ästchen hinstreben.

Was er beschlossen hatte, führte er aus, obschon er am zweiten Nachmittag vollkommen geschwächt war und beim Aufstehen schwindlig wurde. Zum Abendessen aß er einen Teller Dickmilch mit Kartoffeln, und der Duft (sie waren in Butter geschwenkt) erschien ihm so wunderbar wie nie.

Gott hat ihm zum Trost Gedanken gesandt, die ihn vorher niemals aufgesucht hatten. Er liebte es, mit weit ausgespreizten Beinen auf dem Rasen zu stehen, sich zu bücken und durch ihr Tor auf die andere Seite zu sehen: so auf dem Kopf stehend, war der Park eine Überraschung. Das Fasten verwandelte nicht nur ihn, sondern auch das, was er sah. Die Welt hörte also auf, zu sein, was sie bisher war? Nein. Das Neue und das Alte existierten in ihr gleichzeitig. Verhielt sich das so, dann hatte man vielleicht nicht ganz recht, Gott vorzuwerfen, Er habe alles schlecht eingerichtet, denn wie wollte man wissen, ob man nicht eines Tages beim Erwachen noch eine Überraschung finden würde, wobei einem aufging, wie dumm man vorher gewesen war? Gott aber, wer weiß, ob Er sich die Erde nicht durch die gespreizten

Beine betrachtet, oder nach so langer Fastenzeit, daß die von Tomasz damit gar nicht zu vergleichen war?

Jedoch das Eichkätzchen hatte sich gequält. Wäre es möglich, daß jemand es irgendwie von anderer Seite betrachten und sagen könnte, das Eichkätzchen habe nicht wirklich, sondern nur in unserer Vorstellung gelitten? Das wird wohl keiner, selbst Gott nicht, sagen.

Auf jeden Fall ergab sich aus dem Fasten für Tomasz, daß ein Spalt sich geöffnet hatte, durch den ein Strahl einfiel und sich mit ihm vereinte. Er berührte mit seinem Finger den Ahornstamm, und eigentlich staunte er, daß der Stamm undurchdringlich blieb. Dort, im Innern, wartete ein Reich, in dem er in verkleinerter Gestalt ein Jahr lang hätte herumgehen können, er würde bis an den Kern zu den Dörfern und Städten jenseits der Rinde im Holz vordringen. Nicht ganz. Städte gibt es dort nicht, aber man stellt sie sich so oder so vor, denn der Ahornstamm, das ist etwas Riesenhaftes, worin, wie im Menschen, der ihn anschaut, die Möglichkeit steckt, einmal so und einmal anders zu sein.

Die Einsamkeit lastete auf Tomasz, jedoch wonach er Sehnsucht empfand, das war ein Zerfließen, ein Gespräch ohne Worte. Er stellte übertriebene Ansprüche. Großmutter Misia, ja, aber er war doch nicht fähig, ihr etwas zu gestehen, sie war nicht dafür geeignet. Was die Beichte anging, so war er ihr gegenüber unwillig. Die Gewissenserforschung nach den im Gebetbuch gestellten Fragen, die man mit Ja oder Nein zu beantworten hatte, und das Wichtigste auslassen zu müssen, schreckte ihn ab. Er trug seine Schuld im Innern als Gesamtschuld, und die entzog sich einer Einteilung in Sünden.

»Gott, gib, daß ich werde wie alle«, betete Tomasz; die Dämonen aber spitzten die Ohren und überlegten die Methode, nach der sie weiter handeln wollten. »Gib, daß ich gut schießen kann und niemals meinen Entschluß vergesse, ein Naturforscher und ein Jäger zu werden. Heile meine scheußliche Krankheit.« (Da ist es schwer zu garantieren, wenn man den niedrigen Rang der vielen Dämonen an der Issa bedenkt, ob sie nicht jetzt vor unhörbarem Lachen platzen.) »Gestatte, daß ich dann, wenn es Dir gefällt, mich zu erleuchten, Deine Welt begreifen kann. So, wie sie wirklich ist, und nicht, wie sie mir erscheint.« (Sie verdüsterten sich, denn die Sache war doch ernst.)

Verschiedene augenfällige Widersprüche in Tomasz' Wünschen waren für ihn kein Widerspruch. Er beklagte den Tod und das Leid, aber nur als Merkmale der Ordnung, in die er selbst hineingestellt worden war. Da dies nicht von seinem Willen abhing, mußte er um seine Stellung unter den Menschen besorgt sein, und diese errang man durch die Geschicklichkeit im Töten. Er hätte vorgezogen, Romualds Freund zu bleiben und Waldausflüge ohne das Mittel des Blutvergießens zu machen, so warf er die Verantwortung von sich, ohne daß es ihm gelang, sie ganz loszuwerden.

60

»Mama! Mama!«

Dyonizy wandte sich etwas weinerlich flehend an die alte Bukowska, aber es half nichts.

»Satan!« schrie sie und schlug mit der Faust auf den Tisch. »Satan, zum Unglück habe ich ihn geboren. Dreck! Dreck!«

Sie war sehr rot, und Dyonizy hatte Angst um ihre Gesundheit. Sie atmete jetzt schwer, krümmte sich auf ihrem Stuhl und griff nach ihrem Bauch.

»O je, o je! Mich drückt's so in der Magengrube.«

Sie klagte:

»In den Schmutz hat er uns alle getreten. Seine Mutter zu töten, das macht ihm nichts. O je, Dyonizy, mir ist übel.«

Dyonizy ging ans Schränkchen, goß ein halbes Glas Schnaps ein und stellte es vor sie hin. Mit einem Schluck stürzte sie es hinunter und wischte sich den Mund ab. Sie schob das Glas zu ihm hin als Zeichen: noch einen. Er goß ein, froh, daß sie diese Medizin nicht abschlug.

»Wiktor, bleib du etwas bei Mama«, und er ging auf die Vorgalerie. Dort saß auf einem Bänklein Romuald, sehr sauertöpfisch, und rauchte.

»Nun, wie steht's?«

Dyonizy setzte sich neben ihn und drehte eine Zigarette.

»Sie schreit, und es ist ihr übel. Tritt ihr lieber jetzt nicht vor die Augen.«

»Ich hab dazu gar keine Lust.«

»War das denn wirklich nötig? Wär es denn nicht besser gewesen, sie ganz langsam vorzubereiten?«

Romuald zuckte die Schultern.

»Kennst du sie nicht? Langsam oder nicht langsam, es wäre genauso gekommen.«

Sie schwiegen. Die Hühner kratzten unter den Apfelbäumen, wo sie ihre ausgesessenen Lagerstätten hatten und die zerriebene Erde mit ihren Krallen schraffierten. Der Hahn verfolgte eine der Hennen, erwischte sie, schlug mit den Flügeln auf sie und ließ sie, ungeschickt herunterkletternd, los. Sie schüttelte sich, wie immer erstaunt darüber, was geschehen war, und vergaß es, ehe sie überlegen konnte. Ein gefesseltes Pferd sprang umher und warf die Mähne. Dyonizy eilte hin, weil das Pferd auf ein Beet reifen Mohns losging. Er nahm ein Stück Holz, warf nach ihm und bewegte die Arme, um es zu verjagen. Die Enten zogen über das Gras, melancholisch schnatternd, denn die Sonne brannte und der September war trokken.

»Was soll nun werden?« fragte Dyonizy.

»Was soll werden? Sie wird sich schon beruhigen.«

»Aber wie sieht das nur aus? Sie gibt ihren Segen nicht – sagt sie.«

Das schmale Gesicht von Romuald war vom Bart und vom Kummer verdunkelt.

»Wenn sie ihn nicht gibt, dann gibt sie ihn nicht. Was soll ich machen? Du gehorchst der Mama, dir hat sie zu heiraten verboten, dies ist schlecht und jenes nicht gut, wer kann es ihr recht machen?«

»Immerhin, du weißt selbst, eine Bauernmagd«, murmelte Dyonizy.

»Deine war ein Edelfräulein, und Mama wollte sie auch nicht.«

Das stimmte nicht ganz. Bei jenem Widerstand hatte es sich um etwas ganz anderes gehandelt; nicht um die Person der Auserwählten, sondern um den Sohn, als ob sie auf ihn eifersüchtig gewesen wäre und gewünscht hätte, er bliebe Junggeselle. Jetzt aber war etwas wirklich Furchtbares geschehen, und wie es dazu gekommen war, ließ sich schwer erklären, ähnlich, wie es schwer ist, zu erklären, auf welche Weise eine Fliege sich allmählich im Spinnweb verfängt.

Der Adelstitel. Am Boden eines großen Koffers lagen alle alten Familiendokumente, freilich, seit dem Tod des alten Bukowski, der allein sie entziffern konnte, hatte niemand mehr sie angerührt, aber sie waren da. Das Blut der Bukowski mit dem Blut der Sklaven zu vermischen, deren Rücken jahrhundertelang mit der Knute gepeitscht worden waren, das hieß den Adelstitel in den Schmutz werfen. Gewiß, die Bukowskis arbeiteten wie Bauern, und von außen hätte keiner sie von Bauern unterscheiden können, aber jeder von ihnen war Königen gleich, denn sie hatten früher die Könige gewählt. Wenn der Vater vor niemandem das Rückgrat gebeugt hatte, noch der Großvater, noch der Urgroßvater, noch der Ururgroßvater, dann ist der Gedanke unerträglich, es könnte ein Bukowski geboren werden, in dem die dunklen Instinkte der Servilität, des Kriecherischen, der List, die den niedriger Geborenen eigen sind, erwachen könnten. Und das Bewußtsein, woher er stammt und was er seinem Namen schuldig ist, würde ihm dann keinen Schutz bieten, und das Geschlecht würde sich im schmutzigen Haufen verlieren, der nicht weiß und nicht wissen will, woher er kommt.

Die alte Bukowska, die über die Reinheit des Blutes wachte, hatte also genügend Ursache zur Verzweiflung. Sie konnte übrigens auf sich selber wütend sein. Sie hatte es nicht verhindert, daß Romuald Barbarka in Borkuny behielt, sie rechnete auf seine Vernunft, obschon manche Einzelheiten sie hätten warnen müssen. Barbarka saß zu fest im Sattel, erlaubte sich zu viel.

Romuald zahlte für die Aufgebote, Priester Monkiewicz ließ sich keine Verwunderung anmerken, aber Honig zerrann in seinem Herzen, daß etwas, was unchristlich begonnen hatte, christlich endete, und hier war ein Edelmann ein anständiger Mensch. Es ist erlaubt, zu fragen, ob Romuald von seinem Standpunkt aus richtig gehandelt hatte, als er die Aufgebote bestellte. Wenn er Barbarka bei sich behalten wollte, um jemand zu haben, der ihm den Rücken im Dampfbad scheuerte, handelte er richtig. Aus gewissen Gründen aber war es schwierig, wie bisher zu leben, das heißt, man mußte eben erst abwarten, ob es schwierig werden würde. Was nicht bedeuten soll, er hätte den Entschluß ohne Skrupel und ohne Zweifel gefaßt. Vielleicht hat ihm der Zorn auf Helena Juchniewicz geholfen, die freilich mit ihm gespielt hatte, doch schließlich nicht mehr erschienen war und dadurch den Beweis ihrer herrischen Hochnäsigkeit geliefert hatte: diese Schwelle war für seine Beine zu hoch.

Vor seiner Mutter den einmal gefaßten Entschluß herauszuzwängen, das war keine leichte Sache, und Romuald hatte geschwitzt, er sprach viel vom Gut, daß er Hilfe brauche und daß er heiraten müsse. Wen? Nun, etwa – und dann fiel der Name. Worauf ein Hohngelächter ausbrach und er antwortete, er hätte schon entschieden. Und dann Geschrei, Stühlewerfen, sie ergriff den Stock und fing an, ihn damit zu verhauen.

Als Dyonizy in die Stube zurückkam, fand er seine Mutter unbeweglich, den Blick geradeaus gerichtet, die geballten Fäuste auf dem Tisch. Aus der Flasche war viel entschwunden. Wiktor gaffte sie, auf dem Bett sitzend, halboffenen Mundes an. Ihr Kopf wackelte.

»Schande.«

Und wieder leise vor sich hin:

»Schande, Schande.«

Dyonizy liebte seine Mutter sehr, und sie tat ihm leid. Jedoch blieb hier nichts zu sagen. Von seiner Bank aus beobachtete er den heiligen Aloisius, dessen Hand mit dem Palmwedel die Fliegen beschmutzt hatten. In der gläsernen Fliegenfalle war die Buttermilch voll mit schwarzen Pünktchen, die sich noch bewegten, die kräftigeren krochen über die Menge ihrer ertrunkenen Gefährten, die nassen Flügel ungeschickt schleppend.

61

Nichts kann mit Großmutter Misias Ruhe verglichen werden. Sie schaukelte auf den Wellen eines großen Flusses in der Stille zeitloser Gewässer. Wenn Geburt den Übergang aus der Geborgenheit des mütterlichen Schoßes in eine Welt schroffer, verletzender Dinge bedeutet – dann war Großmutter Misia nie geboren, sie dauerte fort, seit je eingehüllt in den seidenen Kokon des Ist.

Der Fuß berührt die weiche Bettdecke, hebt sie hoch, sich selbst in der Gabe des Berührens genießend. Die Hand zieht die flaumige Materie unters Kinn. Hinter dem Fenster ist das Weiß des Nebels, Gänse schnattern, die herbstliche Morgenröte fließt in Tropfen die Fensterscheiben hinunter. Noch schlafen, oder eher an der Grenze des Schlafs verweilen. Nichts erreicht dann den Kernpunkt unseres Innern, was immer Gedanken und Worte fassen; der Unterschied zwischen Bettdecke, Erde, Menschen, Sternen verschwindet, es bleibt nur eines, eines, was nicht einmal Raum ist – und das Staunen.

Auf die Erfahrung ihrer Morgen gestützt, verstand Großmutter Misia die Relativität sowohl der Namen, die man den Gegenständen gibt, wie überhaupt aller menschlichen Angelegenheiten. Sogar, wir wollen es wagen zu behaupten, das, woran die Kirche zu glauben lehrt, erreichte für sie nicht die von ihr empfundene Wahrheit, die größere, und das einzige Gebet, dessen sie wirklich bedurfte, würde in der Wiederholung enthalten sein: ›Oh.‹ – »Diese Heidin«, sagte Großmutter Dilbin von ihr, und mit Recht. Der Makel, den der Mensch, indem er handelt, in sich entdeckt, beschwerte

Großmutter Misia nicht. Statt den Willen auf das Erstreben eines Zieles zu spannen, entspannte sie sich, kein Ziel schien ihrer Mühe wert. Deshalb soll man sich nicht wundern, daß sie in die Bedürfnisse und die Sorgen anderer nicht eindrang. Sie wollen, sie brauchen, und wozu?

Wenn sie nun richtig wach ist und mit offenen Augen daliegt, denkt sie an verschiedene Einzelheiten des Alltagslebens, aber diese sind wenig wichtig für sie, und niemals springt Großmutter Misia in Eile auf, um etwas gestern Vergessenes, oder was dringend ihrer Pflege bedarf, auszuführen. Sie sättigt sich an der Erinnerung ihres Aufenthaltes in der Unendlichkeit, sie schnurrt, noch von der Riesenhand gestreichelt. Was für andere eine Folge von Sorgen bilden würde, für sie ist es nur ein Ereignis, nichts weiter. Zum Beispiel Luk – das ist vielleicht eine Ehe! Oder Helenas Liebeleien – mit Romuald ist's wohl schon vorbei? – oder diese Reform. Auch Tekla mit ihren ständigen Ankündigungen des Kommens, denen allmählich keiner mehr glaubt.

Ohne Zweifel bekümmerten sich mehr als sie selbst um jene alle die *Unsichtbaren*, die über knarrende Dielen zwischen den krachenden Möbeln des *Salons* spazierten und sich darüber aufregten, daß Großmutter von gar nichts berührt war. Übrigens mußten sie seit Tagen schon das Spiel verlorengeben. Zu ihrem Pech ist es schwierig, sich mit Unschuldigen einzulassen, mit denen, die kein Bewußtsein der Sünde haben. Aber vielleicht muß man den Erfahrungen, die sie da angesammelt haben, die neue Art von Versuchung zuschreiben, mit der sie Tomasz zu belagern begannen.

Tomasz dachte, während er in der Nase bohrte, was herbstliche Meditationen begünstigt, zum erstenmal an Misia als an eine Person und fing an, sie streng zu beurteilen. Sie ist eine furchtbare Egoistin, sie liebt niemanden außer sich. Aber als er das ausgesprochen hatte, wuchsen daraus seltsamerweise verschiedene Zweifel. Denn es ist so: Es genügt, sie anzusehen, um zu merken, wie zufrieden sie mit ihren Knien ist, mit der Eintiefung in ihrem Kopfkissen, wie sie in sich wie in ein bequemes

Plumeau versinkt (Tomasz fühlte Misia von innen heraus oder bildete sich ein, daß er so fühlte). Und er selbst, ist er ihr nicht ähnlich? Fühlt er sich nicht am wohlsten, wenn er seine eigene Haut riecht, sich in ein Knäuel zusammenrollt, darüber Wonne empfindet, daß er er selber ist? Dann folgt die Dankbarkeit Gott gegenüber und das Gebet. Aber ist vielleicht etwas wie Betrug dabei? Großmutter Misia ist fromm. Gut, aber hält sie die Andacht nicht vor sich selbst? Man sagt: Gott. Wenn nur die Liebe zu sich selbst sich so verkleidet, um schön auszusehen, was lieben wir in Wirklichkeit? Vielleicht unsere Wärme, das Klopfen unseres Herzens, unser Einhüllen in die Bettdecke?

Schlauheit kann keiner den Dämonen abstreiten. Welch ein Profit, Tomasz das Vertrauen in seine innere Stimme verlieren zu lassen, indem man an sein skrupelreiches Gewissen appelliert. Dann wird er nicht mehr wagen, sich an Gott mit der Bitte zu wenden, Er solle seinen Kopf erleuchten, und auf die Knie fallend, wird er meinen, er knie vor sich selbst.

Tomasz wünschte, sich dem *Wahrhaftigen* anzuvertrauen und nicht dem Rauch, der, gesättigt aus dem, was in uns ist, über uns hinwegzieht. Und kaum hatte er sich nach jenem Fasten von seinen Selbstquälereien etwas befreit, kaum hatte er einige milde Morgen erlebt, und schon verlor er von neuem den Halt und wischte den Nebel von den Fensterscheiben, und Tränen der Verlassenheit rannen über sein Gesicht.

Inzwischen versank Großmutter Misia jeden Tag bei Morgengrauen in ihre Wonnen, und es kam ihr nicht in den Kopf, daß sie jemandem ein schlechtes Beispiel gäbe.

62

»Gleich geht es zu Ende.«

Es war eine Stimme oder ein Signal, das in der Luft über dem trockenen Gras, wo die Grillen zirpten, vibrierte. Baltazar, der auf dem Pfad stand, wankte, getroffen von dem Auseinanderfallen der Dinge. Wie kommt er hierher? Was hat er damit gemeinsam? Verschwommen und flach liefen die Gegenstände im Zickzack vor ihm, durch ihre Fremdheit ihn verletztend. Und er schwebte in der Mitte der Einöde, schlimmer noch, die Einöde hatte keine Mitte, und die Erde gab den Füßen keinen Halt, sie glitt unter ihnen hinweg. Er ging, und Funken von Insekten stiebten nach beiden Seiten, wozu sind sie da, immer dieselben? Sie springen.

»Gleich geht es zu Ende.«

Die Treppchen knarrten, die Stube war leer, seine Frau war mit den Kindern nach Ginie zur Mutter gefahren, ein Krug mit Bier und ein Laib Brot auf dem Tisch. Er kippte den Krug, trank einige Schlucke und warf ihn mit aller Kraft auf den Boden. Spritzer von brauner Flüssigkeit verbreiteten sich in Sternform auf den rauhen Dielen. Er klammerte sich an den Tisch, und der Geruch des mit Schmierseife gewaschenen Holzes, dieser ganz leicht ranzige Hausgeruch, widerte ihn an. Er schaute sich um, und sein Blick fiel auf die gegen den Ofen gelehnte Axt. Er ging auf sie zu, packte sie, und wankend, sie in der herabhängenden Hand nachschleppend, ging er zum Tisch zurück. Er holte aus, und von oben, nicht quer, sondern der Länge nach und nicht blindlings, schlug er ein. Der Tisch krachte zusammen, der Brotlaib rollte, blieb liegen, die mehlige Glätte nach oben gekehrt.

Aus der anderen Stube holte Baltazar eine große, weidenumflochtene Flasche und stellte sie auf den Boden. Dann gab er ihr einen Tritt. An die Wand gelehnt, schaute er auf die Flüssigkeit, die gurgelnd immer mehr zu einem Riesenfleck sich verbreiterte, den gestürzten Tisch erreichte, das Brot umkreiste. Und er fand viel zum Schauen, denn aus allem ringsumher gewann dieses an Macht und Deutlichkeit. Faul sickerte die an den Rändern angeschwollene Materie, drang unter die Bänke, ließ trockene Inseln übrig, um sie alsbald zu überschwemmen. In ihr war schon ein Zwang enthalten, und nur an sie denkend, zog Baltazar aus der Tasche Streichhölzer hervor.

Da wurde ihm dieser Augenblick bewußt an der Grenze von *nicht sein* und *sein*, eine Sekunde vorher war es nicht, eine Sekunde nachher ist es, für immer, bis an das Ende der Welt. Seine Finger preßten die Schachtel, die Finger der anderen Hand näherten ein kleines Stück Holz mit einem schwarzen Ende. Vielleicht hätte er niemals etwas anderes sein wollen als reine Handlung, als sich selbst genügende schöpferische Geste, damit ihn niemals eine Folge belasten könnte, denn im Augenblick, wo diese Folge ihn einholen würde, wäre er schon auf eine neue Handlung konzentriert und dem Vergangenen nicht zugänglich. Er rieb das Streichholz am Schächtelchen, und ein Flämmchen trat hervor, er schaute jetzt da hinein, als sähe er es zum erstenmal, bis ihn das Feuer verbrannte, die Finger sich öffneten, das Streichholz im Fallen erlosch. Er nahm ein zweites, rieb heftig und warf es von sich. Es erlosch. Er zündete das dritte an, bückte sich und näherte es langsam dem vergossenen Petroleum.

Auf die schleichenden Flammen warf er die Bank und ging hinaus. Das Hemd stand offen, ungegürtet. In der Tasche Tabak und eine Schnapsflasche.

»Gleich geht es zu Ende.«

Zukunft. Es gab sie nicht. Eine Stimme rief ihn, der Himmel war blaß und hell, die Grillen zirpten. Tag, Nacht, Tag, nie wieder, sie sind überflüssig. Von irgendwoher kommt, befestigt sich Sicherheit. Wußte er, wohin er ging? Er ging. Aber er schaute sich um, und da kam das Entsetzen über die Wirkung, das Entsetzen über das Unwiederbringliche beim Anblick des Rauchs, der durch die offenen Hausfenster drang, dieser ewige Protest Baltazars gegen das Gesetz, das nichts es selbst sein läßt, sondern alles an sich kettet, und dann das Hervorholen der Flasche mit zitternden Fingern, das Ins-Gras-Sinken, danach sich auf allen vieren aufrichten und schreien, aber indem man glaubt zu schreien, dringt aus der Kehle nur röchelndes Geflüster.

Baltazar hätte sicher genügend Klarheit besessen, um zu laufen und das Feuer zu löschen. Aber so zu handeln kam ihm nicht einmal in den Sinn. Er erstickte am Schreien, nicht um dessentwillen, was er getan hatte, sondern weil er es hatte tun müssen; vielleicht hatte er schon, das Streichholz in der Hand, gewußt, daß er frei war, und zugleich gewußt, daß er nur das und nichts anderes tun würde. Er wußte auch jetzt, auf allen vieren, einem Tier ähnlich, daß er nicht aufspringen und löschen würde.

Eine Gestalt mit einem Holzschwert kroch an ihn wie eine Kreuzotter heran. Sie umschrieb mit dem Schwert strohfarbene Kreise. Baltazar sah ihre glänzenden, senkrecht gestellten Augen, den lauernd an die Erde plattgedrückten Körper. Er sprang und riß einen schweren Zaunpfahl aus, er keuchte, aber – im Gras vor ihm war niemand. Fäden vom Altweibersommer schaukelten in der Luft, leichte Bogenlinien des Lichtglanzes. Der Wald war rundum golden in der Sonne, die Stille der Hitze.

Niemand. Weder Feind noch Freund, außer einer unfaßbaren und deshalb furchtbaren Gegenwart. Er wandte sich heftig um mit der Absicht, den von rückwärts kommenden Angriff abzuwehren. Eine Elster flog von irgendwelchem Graben krächzend auf. Der aus den Fenstern dringende Rauch zog in Streifen über die Dachschindeln und allmählich in Schwaden über die Wipfel der Weißbuchen.

»Gleich geht es zu Ende.«

63

»Der Wald.«

»Der staatliche.«

»Nein.«

»Ist es der Wald?«

»Es ist Baltazar.«

»Es brennt bei Baltazar.«

Die Leute von Pogiry gingen bis zu der Grenze der

Obstgärten, auf die Stoppelfelder hinaus, um besser zu sehen. Danach riefen sie sich zusammen, holten Eimer, Bootshaken, Äxte und brachen eilig auf in dichter Schar. Hinter den Männern liefen die Kinder, die Hunde, zum Schluß sammelten sich die Frauen zu neugieriger Gruppe.

Bei dem, was im folgenden sich ereignete, muß man das Wahrscheinliche vom Wirklichen trennen. In jeder Wiedergabe von Tatsachen, selbst wenn sie äußerlich miteinander logisch verbunden scheinen, verbergen sich Lücken, die, wenn man sie ausfüllen würde, alles in anderem Licht würden erscheinen lassen. Jedoch dies zu tun versucht keiner, denn das müßte das Vergnügen über einen sofort ermittelten Tatbestand mindern.

Baltazar hatte sein Haus angesteckt und lag dort auf der Lauer, wo die Einzäunungen auf beiden Seiten des Weges zum Heraustreiben des Viehs enden. Er lauerte, weil er erwartete, der Brand werde von Pogiry aus gesehen werden und die Leute würden zum Löschen kommen, und er war entschlossen, das nicht zuzulassen. So sieht die Wahrscheinlichkeit aus. In Wirklichkeit hatte er keine Absichten; er saß zähneklappernd im Gras, bedroht von kriechenden Gestalten und überirdischen Elstern. Vieles läßt sich aus dem Fehlen von Harmonie zwischen seinem Geist und seinem Körper erklären. Sein Geist konnte ganz in Unordnung und in Grauen versinken, jedoch sein Körper, der Bewußtsein und Schnelligkeit der Reflexe bewahrte, war zwar schwerfällig, aber immer noch gewaltig. So schien dieser Körper einem Willen unterworfen, der auf ein bestimmtes Ziel gerichtet war.

Sie sahen schon aus der Ferne die Flammen und hörten das verzweifelte Winseln des Hundes, dessen Hütte bereits vom Feuer erreicht sein mußte. Dadurch in Anspruch genommen, waren sie erstaunt, als Baltazar vor ihnen wie aus der Erde emporwuchs, zerzaust, unmenschlich. In der Hand hielt er den herausgerissenen Zaunpfahl. In Abwehr holte sein Arm aus. Er hatte die Leute nicht erwartet. Sie waren für ihn ein Etwas, das in breiter Front heranrückt, von unzähligen Gesichtern leuchtend.

Voran ging der alte Wackonis. Als er Baltazar den Pfahl erheben sah, deckte er sich mit der Axt. Da spürte Baltazars Körper die Gefahr und tat, was er zu tun hatte. Der Pfahl, vom Arm mit aller Wucht geführt, schlug auf Wakkonis Kopf, und Wackonis fiel zu Boden.

»Er hat ihn erschlagen!«

»Er hat ihn erschla-a-gen!«

Und ein zweiter Schrei, ein Aufruf, eine Stärkung der Gemeinschaft: »*Ej Vyrai!*« – Auf, ihr Männer!

Das geschah in dem Verhau, zwischen den Baumstümpfen wuchsen junge Eichen, hier und da, wo gerodet worden war, war das Grün durch dunkle Löcher unterbrochen. Etliche Männer jagten, brüllend, die Löcher überspringend, mit flatternden Hemden vorwärts. Baltazar entfloh auf den Hochwald zu. Jetzt nur noch ein sich wehrender Körper, und ihm verdankte er seine Zielsicherheit. Er dachte nicht, aber er wußte, daß das Spiel auf Leben und Tod ging, daher dieses Ziel: der Karabiner, in der Eiche versteckt.

Die anderen aber wußten auch, sie würden ihn nicht mehr kriegen, sobald er im Hochwald verschwunden war. Sie versperrten ihm den Weg von der Seite, er lief nach links, sie versuchten wieder, ihm den Weg abzuschneiden, er bog noch weiter ab und sprang ins Erlengebüsch. Auf dessen einer Seite lag Baltazars Feld und dahinter der Wald, auf der anderen Seite begannen die Viehweiden.

Baltazar versank im angetrockneten Schlamm, seine Stiefel häuften schwarze Torfstücke vor sich. Er hatte nicht den Atem, um weiterzulaufen, er mußte aber, und wiederum versagte der Atem, er kroch auf allen vieren, im Matsch versinkend, mit wild hämmerndem Herzen, winselnd. Inzwischen setzte die Verfolgung aus. Sie berieten. Wenn sie ihn fangen wollten, mußten sie das Erlengebüsch umstellen und eine Hetzjagd veranstalten. Sie bestimmten, wo jeder von ihnen festen Fuß fassen sollte. Baltazar hörte sie und schaute sich nach einer

Waffe um, den Pfahl hatte er auf der Flucht weggeworfen, er griff nach einem Stock, aber der war morsch und zerfiel, da hob er einen Stein auf.

Die Leute von Pogiry konnten jetzt alle ihre Abrechnungen mit ihm erledigen, mit diesem Verbrecher, der auf sie gesprungen war, um zu morden, als sie ihm Nachbarhilfe bringen wollten. Und ohne Zweifel wollten sie ihn totschlagen. Sie wußten aber, daß er ein Athlet war, gegen den man nur gemeinsam vorgehen konnte, und sie ermunterten einander mit Flüchen.

Die Uhrenzeiger verschieben sich mit ganz kleinen zitternden Stößen, es gibt eine Gleichzeitigkeit von Gesten, von Blicken, von Bewegungen auf der großen Erde, ein Kamm berührt glänzendes, langes Haar, Lichtbündel erscheinen in Spiegeln, die Tunnel erdröhnen, Schiffsschrauben wirbeln Wasser auf. Baltazars Herz schlug, die Zeit abmessend, Geifer floß aus seinem offenen Mund, nein, nein, noch nicht! Leben, irgendwie, irgendwo, weiterleben. Er suchte nach einem Schutz, preßte sich an den Sumpf, kratzte, als ob er sich darin vergraben, als ob er ein Versteck aushöhlen wolle. Denn dieses – er hier und die anderen ihn umzingelnd –, das war wie die Bestätigung einer Stimme oder eines Traumes, so wie es sein sollte, unwiderruflich. Er konnte sich nirgends verstecken. Das Erlengebüsch, am Rande dicht, war hier ziemlich dünn, denn die alten Bäume ließen den Sträuchern nicht genügend Licht, im Halbschatten waren die dichten Wurzeln sichtbar, dazwischen Spuren von den Hufen der Kühe und hie und da flache Pilze von Kuhmist. Sie werden ihn nicht aus den Augen verlieren, sie werden ihn entdecken. Der Karabiner. Den Karabiner muß er haben. Der Karabiner ist nicht da.

Vielleicht hätte Baltazar auf sie zugehen müssen mit erhobenen Händen. Um so zu handeln, hätte er den Brand des Hauses, die Gespenster von den Leuten aus Pogiry trennen müssen, aber sie erschienen ihm als Vollstrecker mit allem jenem verbunden. Seine Augen mußten hervorgetreten sein, aus den Höhlen quellend, seine Hand umklammerte den Stein.

Sie klopften an die Baumstämme, wie bei einer regulären Treibjagd. Ihre Stimmen hallten. Die von Baltazar geübte Taktik kann nur einem Rest von Bewußtsein zugeschrieben werden. Statt abzuwarten, ging er auf sie los, die vom Feld heranrückten. Hätte er sie überrascht, wäre es ihm vielleicht gelungen, zu entfliehen. Jedoch er versank, weil er zu schwer war und nicht genügend Stoßkraft besaß.

Derjenige, den er überfiel, war ein junger Bursche, in der ganzen Gegend dafür bekannt, daß die Mädchen bei jedem Fest ihn für den besten Tänzer hielten. Baltazar stieß fast mit ihm zusammen, und auf zwei Schritte warf er ihm den Stein ins Gesicht. Zum guten Tänzer gehört eine gewisse Wendigkeit, so wich der Junge aus – im Bruchteil einer Sekunde –, und pfeifend flog der Stein an seinem Kopf vorüber. Der Sprung hinter einen Baum rettete Baltazar vor der Axt. Da brach Geschrei los:

»Hier ist er! Hier ist er! Hier ist er!«

Wieder im Laufen, klammerte sich Baltazar mit beiden Händen an einen jungen Baumstamm und riß ihn mit den Wurzeln heraus. Wie er das fertiggebracht hat, ist unbegreiflich, denn es übertraf menschliche Kräfte. Mit diesem Bäumchen, wie mit einer riesigen Keule, begegnete er, von Schmutz verschmiert, den ersten, die ihm entgegenkamen.

»Hier ist er! Hier ist er! Hier ist er!«

Die Schafe in der Sonne wirbeln Staub auf dem Brachfeld empor. Ein Igel raschelt in den Blättern unter dem Apfelbaum. Die Fähre stößt vom Ufer ab, ein Mann hält am Zaum die Pferde, die schnaubend den Wassergeruch einziehen. Hoch am Himmel, über den von Wölkchen, wie von Moos, bedeckten Weiden, ziehen Kraniche und rufen *kruu, kruu*.

Auf der Waldwiese gerieten sie aneinander. Die Luft pfiff bei Baltazars Hieb, aber im selben Augenblick fiel ein Stock auf seine Schulter, die Finger öffneten sich und ließen das Bäumchen fallen. Die Stange mit dem Eisenhaken, dazu bestimmt, das brennende Dach auseinanderzureißen, hatte bei ihrem dicken Eichengriff mit beiden Händen der Sohn des Wackonis gepackt und hochgehoben.

Wenn es möglich wäre, einen Augenblick das jeweilige Geschehen, wo immer es sei, aufzuhalten, es gefrieren zu lassen, es wie in einer Glaskugel zu betrachten, indem man es von dem vorhergehenden und dem folgenden Augenblick löst, wenn man die Linie der Zeit in einen Ozean des Raumes verwandeln könnte! Aber nein.

Es krachte auf Baltazars Schädel herab. Er kreiste auf der Stelle und stürzte in seiner ganzen Länge zu Boden. Man hörte das Schnaufen der ermüdeten Männer, das Echo wiederholte: »Hier ist er«, und eilige Schritte der anderen stampften heran.

Inzwischen brannte Baltazars Haus nieder, der Pferdestall, der Kuhstall, der Stall für die Schweine. Von den Gebäuden im Wald blieb nur eine Scheune übrig.

»Es ist ihm recht geschehen.«

»Der Satanssohn.«

64

Der alte Wackonis war tot, aber Baltazar lebte. Man brachte ihn zum Schwiegervater nach Ginie. Surkont schickte sofort nach dem Arzt. Tomasz hatte nie zuvor den Großvater in einem Zustand solcher Gereiztheit gesehen. Er, der sonst so Sanfte, antwortete jetzt unwirsch, drehte sich um, sein gestutzter grauer Schnurrbart sträubte sich, ungesagte Worte verbergend. Er ging ins Dorf und saß am Bett des Kranken, der besinnungslos blieb.

Eine große Petroleumlampe stand auf der Bank und brannte hell. Baltazar lag auf dem Bett, von dem man die Kissen, außer einem unterm Kopf, entfernt hatte. Man hatte ihm den Schmutz und das Blut abgewaschen, sein dunkelbläuliches Gesicht hob sich vom Weiß des Verbands aus grobem Leinen ab. Man hätte ihm die letzte Ölung verabreichen müssen, da aber öffnete er gegen alle Erwartungen die Augen. Sein Blick war wie erstaunt, ruhig. Es schien, als begriffe er nicht, wo er sich befand und was dies alles bedeutete.

Der Priester, durch das Beichtgeheimnis gebunden, verbreitete nicht, was er gehört hatte, versicherte nur, Baltazar sei im vollen Besitz seiner geistigen Kräfte. Es ist möglich, daß die plötzliche Erschütterung ihn von allem Spinnweb und vom Nebel, in die er sich verwickelt und verloren hatte, befreite. Sein Gespräch mit dem Priester dauerte lange. Später, in dem Maß, wie die Zeit verging, wiederholte Monkiewicz immer öfter dies und jenes aus dem Gespräch, denn er fand eine Rechtfertigung in der Art, wie er es handhabte. Mit einigen Beispielen unterstützte er seine Lehren über die Fallen, die der Menschenseele gestellt sind; und so drangen viele Geschehnisse an die Öffentlichkeit.

Obschon er erfahren war und manches im Beichtstuhl mitgeteilt bekam, war er doch erschüttert. Nicht allein von den schweren Sünden – diese gestand ihm Baltazar zum erstenmal, als wäre er sich bis dahin über sie nicht im klaren gewesen und sähe sie plötzlich vor sich. Mehr noch vielleicht über die Resignation oder den Eigensinn, mit dem dieser Mensch immer von neuem zu der Behauptung wiederkehrte, er sei verdammt. Der Pfarrer erklärte ihm, keiner habe das Recht, so zu sprechen, Gottes Güte sei grenzenlos und die Sünden zu bereuen genüge vollkommen, um Vergebung zu erlangen. Nun bereute Baltazar aufrichtig und stark. So stark, daß er seine Reue gegen alles, was er bisher war, richtete, nichts schonend. Er hörte aufmerksam zu, aber einen Augenblick später schaltete er sein »Mir hilft nichts« und »Er ist hier« ein.

So behandelte also Baltazar das Licht, das auf das Vergangene fiel. Wie einen Kreis, umgeben von der Dunkelheit, aus der er kam und in die er gehen würde. Er hatte schon die Besessenheit, auf die List zu warten, die ihn von neuem in das gleiche Leid hineinstieß. Und das »Er ist hier« klang so sicher, daß Priester Monkiewicz sich voll Unruhe umschaute.

Keine Hoffnung. Einem, der so schwerer Sünde schuldig war, mußte der Priester die Absolution und die letzten Sakramente erteilen. Das war dem Pfarrer bislang nie vorgekommen, und voll Bedenken versuchte er, Baltazar wenigstens einen Schein von Vertrauen zu geben, um selbst mit seinem Gewissen einig zu sein. Er gewann so viel, daß der Kranke nicht mehr widersprach, und übrigens deshalb, weil er augenscheinlich schwächer wurde. Dieser ganze Aufenthalt bei Baltazar zerrüttete die Nerven von Monkiewicz, als ob die Anfälligkeit, die er heilen sollte, ansteckend wäre, und als ob er daran teilgehabt hätte, ohne gegen das Böse viel zu vermögen und ohne sich das einzugestehen.

Aus Mangel an Kräften oder an Willen gab Baltazar, als die anderen das Zimmer betraten, in keiner Weise zu erkennen, daß ihm ihre Anwesenheit bewußt war. Er starrte auf einen Punkt, und so, in den Raum, sagte er:

»Die Eiche.«

Das galt dem Karabiner in der Eiche, einfach selbsttätige Rückkehr oder die Spiegelung irgendeines Gedankens. Er verlor gleich das Bewußtsein.

Doktor Kohn kam spät in der Nacht. Er erklärte, daß vielleicht, daß wenn man zum Beispiel eine Operation ... aber dazu müßte man ihn erst mit einem Pferdewagen, dann mit der Eisenbahn in ein großes Krankenhaus transportieren, es blieb also nur Warten übrig und sich keine unnütze Mühe zu geben. Baltazar hielt nur bis zum Morgengrauen aus. Die Sonnenblumen tauchten als schwarze Schilde aus dem Nebel hervor, die Hühner gackerten schläfrig, den Tau von den Flügeln schüttelnd, er umfaßte noch einmal mit seinem Blick die Deckenbalken, die Menschengesichter, und es ist möglich, daß alles ihm wunderlich erschien.

»Jungens, zusammen.«

Das waren seine letzten, unverständlichen Worte, und einige Minuten danach starb er.

Am Morgen hatte es keinen Sinn mehr, da hineinzuschauen. So war für Tomasz das Bild des lebendigen Baltazar nicht von der Maske der Todesruhe verdeckt. Die obere Lippe leicht aufgeworfen, etwas mädchenhaft, über das junge, stets zu junge Gesicht Schatten und Lächeln huschend, so sollte er hinfort bleiben.

»Also? Habe ich es nicht gesagt? Zu Tode hat er sich gesoffen, der Liederliche.« Und Großmutter Misia bekreuzigte sich und setzte hinzu: »Herr, leuchte seiner Seele.«

Antonina seufzte, und über das Schicksal des Menschen meinte sie alsdann: »Heute rot, morgen tot.« Was Helena betraf, so vergaß diese gänzlich, daß sie gewisse Pläne über Baltazars Umzug und ihren Einzug ins Forsthaus gehegt hatte. Sie beklagte nur die vielen Werte, die im Rauch aufgegangen seien, und ihre Klage entsprang nicht ihrer Eigensüchtigkeit, sondern der Sorge um jede Frucht menschlicher Arbeit.

Alle vom Herrenhof waren beim Begräbnis zugegen. Es regnete, und Tomasz schmiegte sich an Großmutter Misia, den Schirm über sie haltend. Die Tropfen des Weihwassers fielen und verschwanden im strömenden Regen.

Der Pfarrer sann über den Fall des Baltazar nach und verlor sich in ein Irrsal. Die Schlüsse, die er zog, gewannen für ihn selbst erst dann Überzeugungskraft, wenn er sich gewöhnte, sie laut auszusprechen, und durch etliche Wiederholungen seine Meinung festigte. Er sprach von denen, die dem Heiligen Geist den Zutritt zu sich selbst versperren: der menschliche Wille ist frei, aber so beschaffen, daß er das Geschenk annehmen oder wegwerfen kann. Er verglich ihn mit einer Quelle, die auf dem Gipfel eines Berges entspringt – das Wasser fließt zunächst auseinander, sucht sich seinen Weg, schließlich muß es nach der einen oder anderen Seite herabfließen.

Weder ein guter Prediger noch ein Theologe, versuchte Monkiewicz nach dem Tode Baltazars seine Zuhörer zu beeindrucken, wozu ein stillschweigendes Einverständnis zwischen ihm und ihnen beitrug – sie wußten immer, wen er als Beispiel anführte. Baltazar nahm ziemlich lange eine ansehnliche Stellung in der Erinnerung aller ein. Die Frauen pflegten mit seinem

Beispiel ihre Männer, die übermäßig tranken, zu schrekken.

Tomasz' Großvater ließ einige Messen für die Seele des Försters lesen. Der Pfarrer empfing sein Geld, dankte höflich, zugleich ärgerlich über seine überflüssige Höflichkeit, von der er sich den Herren gegenüber niemals befreien konnte. Was er für sich selbst denken mochte, das dachte er. Er war sicherlich nicht weit davon entfernt, Baltazar etwas als Opfer des Herrenhauses anzusehen, etwas nur, ja, aber immerhin.

Baltazar also ist nicht mehr, und sich dieses *Ist-nicht-mehr* vorzustellen fällt gar nicht leicht, zumal es ein Mund ausspricht, der auch in einigen Minuten oder Jahren in den Bereich *Ist-nicht-mehr* geraten wird. Die kleinen Kessel hingegen, in denen Baltazar den Sprit destillierte, sind zweifellos zu greifen. Die Leute von Pogiry brachten sie näher ans Dorf heran und benutzten sie in wirkungsvoller Weise. Die Kessel wurden Ursache von Streitereien, sogar von Diebstahlsbezichtigungen, die von der Familie des Verstorbenen stammten. Baltazars Garten aber machten sich die Wildschweine zunutze.

65

Die Birken im Mai sind hellgrün und heben sich auf dem Hintergrund von Kiefernwäldern wie Lichtstreifen ab, mit denen wir geneigt sind, den Planeten Venus auszuschmücken. Im Herbst hellgelb, schimmern sie wie Sonnentropfen. Das Rot der Zitterpappeln flammt auf den Wipfeln der Riesenleuchter. Oktober hat noch in den Wäldern die Farbe reifer Ebereschen, des falben Pflanzenfells und der gefallenen Blätter auf den Wegen.

Sie jagten dort, wo die kleinen Hügel zu den Sümpfen niedersteigen, und sahen vor sich die Abhänge in ihrer sich steigernden Schönheit. Die Luft an diesem Morgen war kühl und durchsichtig. Romuald machte aus seiner Hand eine Trompete und rief die Hunde:

»Ha-li! Ho-li! Hali-holi!«

Ooooliii – trug das Echo.

Tomasz stand neben ihm. Von seinen Zweifeln und Selbstquälereien war keine Spur geblieben, sie waren ihm schon unwirklich geworden, als Barbarka nach der Messe ihm gesagt hatte, Romuald erwarte ihn am nächsten Sonntag, an dem er mit den Jagdhunden losgehe. Er wußte wahrhaftig nicht, wie er sich Barbarka gegenüber verhalten sollte, nachdem er die Nachricht von ihrer baldigen Heirat erfahren hatte, die zu Hause mit Achselzucken und nicht sehr schmeichelhaften Bemerkungen zur Kenntnis genommen worden war. Aber eigentlich hatte er nie gewußt, wie er sich ihr gegenüber verhalten sollte. Das wichtigste war: Romuald ließ ihn kommen. Vielleicht hatte es keine Verachtung gegeben, und er hatte sie sich nur eingebildet. Tatsächlich begrüßte ihn Romuald erstaunt über seine lange Abwesenheit und fragte, was er gemacht habe.

Tomasz war glücklich. Er zog die scharfen Gerüche ein, und seine Lungen weiteten sich im Gefühl ihrer Kraft. Er warf die Schultern zurück, er hätte springen können und, wenn er sich mit dem Fuß abstieß, hundert oder zweihundert Meter überfliegen und, wo es ihm beliebte, landen können. Er legte die Hände an den Mund und ahmte Romuald nach:

»Ha-li! Ha-li!«

»Gommen gugück«, stotterte Wiktor. »Gort«, deutete er mit der Hand.

Die Hunde liefen unten über die Wiese, vorweg Lutnia, hinterher Dunaj und Zagraj. Sie fanden nichts dort unten, man mußte sie wieder zurückziehen, um neue Stellungen einzunehmen. Die Welt erschien Tomasz hell und einfach, der Zusammenhang mit jenem Tomasz, der vorher in Gedanken verloren war, war zerrissen. Vorwärts! Er betastete auf seinem Rücken das Flintenschloß, dessen Kühle ihn freute. Alles, was bestimmt war, heute zu geschehen, mußte gut sein.

Die Zukunft war immer für ihn ein Speicher vorbereiteter Dinge, die nur darauf warteten, verwirklicht zu werden. Man erreichte sie durch Vorahnung, denn die

Zukunft hielt sich irgendwie im Innern des Körpers auf. Als ihre Stellvertreter wirkten auch manche Lebewesen: zum Beispiel die Katze, die über den Weg läuft. Worauf es ankam, war, zu horchen, ob die innere Stimme sich vernehmen ließ, sei es freudig oder teilnahmslos. Wenn die Zukunft bestimmt ist, statt erst zu entstehen, wobei sie jeden Augenblick fähig wäre, so oder so zu sein, was entfällt dann auf unseren Willen oder unser Bemühen? Darüber konnte sich Tomasz nicht klar werden, er wußte, daß er sich den Beschlüssen fügen mußte, die sich durch ihn vollzogen, und so gehörte jeder Schritt ihm, und zugleich gehörte er ihm nicht.

Er unterwarf sich. Die Stimme rief ihn, freudeerfüllt, kristallklares Geläut. Die Füße stehen auf verfaulenden Blätterlagen, das Metall der Flinte klirrt auf einen Gürtelring. Stille in den Tannen, der gesprenkelte Hals eines Nußhähers blitzt, auf den hohen Ameisenhaufen keine Spur von Bewegung, sie vollzieht sich irgendwo in der Tiefe, im Innern der Reiche, die beginnen, in den Winterschlaf zu versinken. Tomasz würde stundenlang so gehen, aber eben jetzt ist Romuald stehengeblieben und überlegt, seine Wange streichend, wie man am besten durchkommt. Drei Pfade vereinten sich hier, sie wählten den, der am Rand eines ziemlich steilen Abhangs entlang führte. An manchen Stellen schauten sie auf die Spitzen der Tannen unter ihnen; an anderen senkte sich der Wald sanft hinab, durchschnitten von Schluchten, die von halbkahlen Haselnußsträuchern gesäumt waren; auf dem Grund leuchtete das helle Grün des Grases. Romuald stellte Tomasz an einer dieser Schluchten auf. Er empfahl ihm, sowohl auf den Pfad zu achten als auch auf den Durchhau unten. Tomasz schaute den sich entfernenden Rücken Romualds und Wiktors bedauernd nach: was auf die Kameraden, die weitergehen, wartet, erscheint uns nun mal interessanter.

Er lehnte an einem Kiefernstamm. Dann setzte er sich nieder, die Flinte auf den Knien. Ihm gegenüber ein Rascheln. Er schaute hin und sah eine Maus, die das Schnäuzchen aus dem Loch unter flachen Wurzeln vorschob. Das Schnäuzchen schnüffelte, komisch nach oben gerichtet. Sie entschied, es sei keine Gefahr da, und fing an zu laufen, er verlor sie in den fahlen Blättern aus den Augen. Ein anderes Rascheln, wie ein leichtes Geriesel von den Ästen herab, erregte seine Aufmerksamkeit. Er stand auf, warf den Kopf zurück, aber die Tanne, von der die Schuppen der Zapfen fielen, war riesengroß. Dort oben flatterten kleine Vögel umher, ein vom Sonnenglanz durchleuchteter Flügel glitt vorbei, und er konnte außer diesem Flattern nichts wahrnehmen. Er ging um den Baum herum, aber vergeblich, und das quälte ihn, denn er kannte die Namen dieser kleinen Vögel nicht, unterschied sie nicht aus der Ferne, und mit den kleinen Vögeln überhaupt hatte man die größte Plage. Romuald zum Beispiel, nach ihrer Art gefragt, winkte ab: »Ach, wer sollte sie auch kennen?«

Plötzlich zitterte er und besann sich, denn aus der Tiefe des Waldes hörte er die Meute. Als ob auf einmal eine Kirchenorgel anfinge zu dröhnen. Keine einzelnen Stimmen, aber bei tief niedergedrücktem Pedal begann ein Choral, der gleich von den ersten Takten an nach einer aufsteigenden und niederfallenden Linie sich entwickelte. Das Echo verstärkte sich, Tomasz umklammerte die Flinte, seine Augen hingen gebannt einmal an dem rotfarbenen Pfad und zum anderen am Boden der Schlucht. Denn er begriff nicht, wo die Hunde liefen, ihr Chor steigerte sich, dann wurde er wieder leiser, und seine Regelmäßigkeit, dieses ganze Dickicht, in eine Brust verwandelt, aus der ein tiefes Brummen hervorbrach, wirkte so stark auf ihn, daß er aufhörte, nach der Quelle der Stimmen zu suchen. Wäre er mit Romuald zusammen gewesen, hätte er den Sinn dieses Orgelns erfahren, dann wäre er in Erregung geraten, aber diese in sich selbst erfüllte Sprache bedeutete Tomasz nichts.

Es scheint sich zu entfernen. Daß das Wild gerade hier vor ihm erscheinen sollte, glaubte er nicht mehr; er verfiel langsam in Faulheit, wie beim Rechnen, wenn alles stimmt und man keine Lust hat nachzuprüfen, oder wenn man jedes überraschende Ereignis ausschließt. Das Grün am Boden der Schlucht, der Pfad bestritten mit der ganzen Gewalt ihres Daseins, daß irgend etwas Weiteres hätte hinzukommen können. Übrigens täuschte sich Tomasz nicht gänzlich: Romuald, nicht ganz der Schüsse von Tomasz sicher, hatte ihn an einer Stelle postiert, wo das Wild kaum durchkommen konnte – er kannte diese Fährte und wußte, daß die Hasen sie selten benutzten.

Sein Nachgeben an die Teilnahmslosigkeit gegenüber dem Ruf des Waldes verführte Tomasz zum Träumen. Frei von jeder Verantwortung begann er zu spielen, indem er in den Tannennadeln am Boden wühlte und mit dem Rand seiner Schuhsohlen Löcher in die Erde bohrte. Seines Alters vollkommen unwürdige Bilder zogen heran: dieses Loch hier ist ein Kanal, da ist ein Fluß, jetzt muß man noch einen Kanal machen. Und die Meute verfolgte weiter ihr Gespräch mit dem Raum, über seinen Widerhall zog das Rauschen in den Wipfeln des Hochwaldes fort.

Warum hat Tomasz jetzt gerade nicht wahrgenommen, daß die Hunde anders jagten als sonst und daß in ihren Stimmen die Bitte klang: Achtgeben! Achtgeben! Nein, im blauen Traumdunst verloren, in ein Nichts vergafft, erwartete er gar nicht, daß ein böses Urteil gefällt war, daß eine Tragödie nahte.

Alles war vorbereitet worden, daß der Schlag ihn auf die grausamste Weise traf. Das Vertrauen eines Helden. Seine lang gehegte Angst und dann die Befreiung von der Angst, also dieser gefährdete Punkt der Liebe, der Sehnsucht war erreicht, ohne den der Mensch niemals ein Ziel für Blitzschläge werden könnte; es folgte eine trügerische Fröhlichkeit und das Versprechen, der in der Vergangenheit erlittene Schmerz werde sich nie wiederholen. Ohne das Nichtwissen gibt es wohl keine echte Tragödie; eben sind Lichtgarben auf ihn gerichtet, von ihnen umgeben bewegt er sich unter den wachsamen Augen der Zuschauer, die ihren Atem anhalten: ein Narr, der nichts ahnt, ganz und gar dem Zauber der

Töne hingegeben, mit dem Kanalspielen die Fallgruben seines Untergangs stellend.

Die Hunde jagten einen Rehbock. Sie beschrieben, seiner Spur folgend, einen großen Bogen, und ihr Tumult klang irgendwo aus dem Tal auf Tomasz zu, er hob den Kopf und richtete zerstreut seinen Blick dorthin ins Weite. Und da flammte dicht unter ihm ein Blitz auf, aber nicht, was er sah, schlug in ihn ein: er spürte mit seinem ganzen Körper, wie die Substanz der Schlucht selbst zersprang und sich in etwas Neues, Unbekanntes verwandelte. Alles kam gleichzeitig: das Erstaunen, das Flintenanlegen und der Gedanke, es ist ein Bock, aber das alles in der Verwirrung, in der Verzweiflung über die vollendete Tatsache, die einen schon beim Abdrücken ahnen läßt, daß man fehlschießen wird.

Tomasz stand mit offenem Mund. Er begriff noch nicht den Sinn dessen, was vorgefallen war. Gleich danach entrang sich ihm ein Stöhnen. Er warf wütend die Flinte auf den Boden, alles ringsum war des Inhalts entleert, und er setzte sich, schluchzend, von der Grausamkeit des Schicksals durchbohrt. Ein Windhauch schaukelte über ihm die dichten, dunklen Tannenzweige. Die Hunde verstummten. Also war seine Heiterkeit nur eine Falle gewesen.

Warum, warum diese innere Stimme, die ihm Sicherheit gab, wie würde er künftig das alles, dieses grenzenlos Demütigende, ertragen können? Jetzt erst war hinter den Fingern, die seine Augen preßten, der Rehbock da, erstarrte im Sprung, zog die Vorderbeine ein und warf den Kopf nach rückwärts. Wenn es so einen Augenblick früher gewesen wäre. Es war ihm versagt worden.

Die Sträucher begannen zu rascheln. Lutnia brach aus ihnen winselnd hervor und schaute zu ihm hin. Hinter ihr die beiden anderen, sie begriffen nicht. Das fehlte noch, diese Enttäuschung der Hunde: der Mensch hat geschossen, und er hat das Ansehen des Menschen herabgewürdigt. Unbeweglich blieb er auf dem Baumstumpf sitzen, die Hände an den brennenden Wangen. Ein Zweiglein knackte unter Stiefeln, die Richter nahten.

Romuald blieb vor ihm stehen.

»Wo ist der Rehbock, Tomasz?«

Er regte sich nicht und schaute nicht auf.

»Ich habe fehlgeschossen.«

»Er ist aber doch gerade auf dich gefallen. Ich hätte ihn noch erwischen können, aber ich habe gedacht, Tomasz soll ihn haben.«

Und zum herannahenden Wiktor ärgerlich:

»Tomasz hat den Rehbock verfehlt.«

Jedes Wort drang in Tomasz wie eine scharfe Klinge ein. Keine Rettung. Er fürchtete sich, ihre Gesichter anzusehen. In sich, in sein Gefängnis hineingepreßt, in den Körper, der ihn getäuscht hatte und den er nicht verleugnen konnte, biß er die Zähne zusammen.

Der Rückweg im Schweigen. Die gleichen, vor kurzem ihm so lieben Abzweigungen und Windungen der Pfade waren jetzt nichts als farblose Skelette. Womit hatte er das verdient? Schmerzlicher noch als die Schande war der Groll gegen sich selbst oder Gott, weil die Vorahnung des Glücks nichts bedeutete.

In den Wiesen, wo sie nach Borkuny abbiegen wollten, verabschiedete er sich mit einer Entschuldigung, daß man zu Hause auf ihn warte.

»Tomasz! Die Flinte!« riefen sie ihm nach.

Die *berdanka* blieb bei ihnen, an eine Erle gelehnt. Er wandte nicht den Kopf, steckte die Hände in die Taschen und versuchte zu pfeifen.

66

Tomasz beendete sein dreizehntes Jahr und machte eine Entdeckung: Nach einer echten Verzweiflung kommt meistens eine echte Freude, und dann vergißt man, wie die Welt ausgesehen hatte, als es diese Freude nicht gab.

Der Reif liegt auf den Astern. Ein Zweiglein, an dessen Ende weiße Kügelchen haften, schaukelt nach dem Abflug einer Meise. Gegenüber vom Fenster, wo früher Großmutter Dilbin gewohnt hatte, steht er unter einem

Birnbaum und zieht den Duft von braunen, verschrumpften Birnen ein, die am Boden liegen, den Duft des welkenden Gartens. Er schaut nach den Fensterläden. Nein, es ist wohl noch zu früh. Sie schläft. Oder ist sie vielleicht schon wach? Er nähert sich den Läden, hebt vorsichtig den Haken, zieht aber sogleich die Hand zurück.

Sein neues Zweifeln: Verdient er sie wirklich durch das, was in ihm ist? Wenn ein Korb mit Obst zwischen ihnen steht, wählt er den schlimmsten Apfel, damit nicht sie ihn zufällig nimmt. Beim Tischdecken sorgt er dafür, daß sie Teller ohne Scharten bekommt (denn sie sind fast alle schartig), er legt eine Gabel hin und zögert, denn es kommt ihm so vor, als ob er sich eine viel zu gute, ihr aber eine etwas abgenutzte gegeben hat, und tauscht schnell um.

Sie schon wecken, ja, das möchte er wohl gern, aber das wäre egoistisch.

Das Echo von jenseits des Teiches gibt das ungleiche Brausen der Dreschmaschinen wieder. Er läuft um das Haus herum und springt auf die Vorgalerie, wo die Samen von Kapuzinerkresse trocknen, und stößt in der Küche mit Antonina zusammen. Die weichen Planken des Korridors sind vom jahrelangen Darübergehen etwas durchgebogen. Er wirft einen Blick in die Garderobe. Er könnte zum Beispiel so ein Bündel Wolle abwiegen, und danach würde er an ihrer Tür horchen. Er holt die Handwaage von der Wand herunter, befestigt die Zipfel vom Bündel an den Haken und schiebt an der Messingstange. Für einen Augenblick hat er seine Aufmerksamkeit betrogen, aber plötzlich wirft er alles hin. Er legt das Ohr an die Tür. Er kann sich nicht mehr beherrschen und drückt dic Klinkc hcruntcr, lcisc, um, ohnc daß dic Tür knirscht, durch den Spalt ins Zimmer zu schauen. Aber es knirscht, und ihre Stimme von innen: »Tomasz!«

Damals nach der Jagd war er krank geworden. Schon unterwegs zitterte er. Zu Hause zog er sich zähneklappernd schnell aus und kroch zwischen die kalten Bettücher. Großmutter Misia gab ihm getrocknete Himbeeren zum Schwitzen. Er hatte die Krankheit schon in sich gehabt, und die trügerische Trunkenheit am Morgen kündigte Fieber an – oder aber die Krankheit war für ihn notwendig. Er berührte mit hochgezogenen Knien das Kinn, von einem einzigen Wunsch überwältigt, sich in eine Hülle zu verkriechen und die Last der Bettdecke und des Schafspelzes auf sich zu spüren. Das war vor einigen Wochen geschehen, aber das war längst vorbei.

Das kastanienbraune Haar, das auf den Kissen liegt, wenn Tomasz sich in der Dämmerung ihr nähert, flicht sie zum Zopf, vor dem Spiegel sitzend, den Kopf zur Seite geneigt. Zuerst berührt er jedoch mit seinen Lippen ihre Wange und sitzt am Bettrand, ganz am harten Rand, der die Matratze überragt. Eine Nadel auf dem Tischchen oder etwas, was man nicht näher unterscheiden kann, schimmert geheimnisvoll. Nachher werden die Fensterläden geöffnet. Tomasz, hinter ihrem Rükken, schaut sie an: im Spiegel ihre Augen, etwas schräg, grau oder mit diesem Glanz, der ihre Farbe nicht ganz erkennen läßt. Ihre dichten Brauen senken sich beim Lachen, und dann verschwinden die Augen zwischen Brauen und Wangen.

Zwei Ereignisse aus seiner früheren Kindheit, die seine Mutter betrafen, kannte Tomasz aus Erzählungen und dachte oft daran, bis es ihm schien, daß er sich an verschiedene Einzelheiten erinnerte, obschon er sich nicht erinnern konnte, weil er damals ganz klein gewesen war.

Die *Badestelle* an der Issa ist ein freies Uferstück zwischen Bäumen, die es immer beschatten, zu dem man von den Feldern hinabsteigt. Seine Mutter hatte ihn in der Nähe des Parks hingelegt, sie war schon im Wasser, als sie über die Stoppelfelder einen auf sie zulaufenden Hund erblickte, die Zunge hing ihm heraus, der Schwanz war eingezogen (in der Umgebung hatte es viele Fälle von Tollwut gegeben). Sie sprang aus dem Wasser, ergriff Tomasz, und nackt, wie sie war, jagte sie zum Park zurück. Tomasz wußte nicht, woher das Handtuch kam, das sie blindlings mitgerissen hatte und das hinterherflatterte, und auf welche Weise er ihre Angst spürte, den nach Atem ringenden Mund und das wild schlagende Herz. Er sah auch den Hund. Rostrot, mit eingefallenen Flanken, er hörte ihn hinterdreinkeuchen. Vielleicht schöpfte er dies alles aus einem Traum, denn ein solcher Traum von einer Flucht verfolgte ihn oft. Gelähmt, nur ihrer Schnelligkeit überlassen, erstarb er vor Entsetzen, sie werde nicht mehr weiterlaufen können und hinfallen: *sie*, das war übrigens nicht mehr als ein Zeichen, sogar anders als ihre Fotografie und anders als sie, die Wirkliche, die er jetzt jeden Tag begrüßen konnte. Eigensinnig kehrte er in Gesprächen mit ihr zu jenem Vorfall zurück, und wenn sie schon alles erzählt hatte, fragte er: »Aber das Handtuch? Da war doch ein Handtuch.« – »Was denn für ein Handtuch?«

Das zweite Ereignis – davon sprach er nie mit ihr. Er war damals anderthalb Jahre alt und an Diphtherie erkrankt. Er lag im Sterben, und die Mutter, wie es Antonina genau schilderte, schlug mit dem Kopf gegen die Wand und rutschte auf den Knien durch das Zimmer, schreiend, um Erbarmen flehend. Sie hatte die gefalteten Hände erhoben und ein Gelübde abgelegt: Wenn Tomasz gesund würde, würde sie zu Fuß zu der wundertätigen Madonna von der Ostra Brama in Wilna pilgern. Und alsbald trat Besserung ein. Die Erwachsenen, nach diesem Gelübde befragt, machten Ausflüchte: »Na, weißt du, was das für Zeiten waren, der Krieg, das Durcheinander, es war ja gar nicht daran zu denken.« Tomasz also mußte sich damit abfinden, daß sie die Pilgerfahrt nicht gemacht hatte. Jetzt verband sich das für ihn mit Gesprächen, die sie, Helena und Misia, in ihrem Zimmer führten. Die Mutter stellte eindrucksvoll ihre Reisen im Krieg, unweit der Front, dar, oder wie sie die Grenze überschritten hatte – durch wilde Wälder, nachts, allein mit einem Schmuggler, der ihr den Pfad zeigte, aber es war so dunkel, daß sie ihn verlor, sie bekam Angst, sich von der Stelle zu rühren, um nicht auf die Wachen zu stoßen, und wartete also, im Dickicht versteckt, bis zum Morgengrauen. Helena unterbrach mit einem »Was du nicht sagst, Tekla, was du nicht sagst!«, voll Bewunderung. Aber wenn sie allein mit Misia blieb, fing sie herablassend an: »Nun ja, Tekla immer ...« Was bedeuten sollte, Tekla sei unseriös, leichtsinnig, großartige Abenteuer, aber niemals hat sie Geld, und so fort. Misia, von ihrem Ofen her, stachelte mit Wonne Helena auf, damit diese noch mehr von ihren verzuckerten Beschwerden vorbrächte, und Helena war so dumm, nicht zu merken, daß Misia sich über sie lustig machte. Tomasz jedoch verletzten diese Bemerkungen der Tante sehr, denn schließlich gab es jenes gebrochene Gelübde. War sie vielleicht wirklich leichtsinnig? Von irgendwoher aus der Tiefe regte sich in ihm ein Vorwurf gegen sie, daß sie ihn so allein gelassen hatte. Als er sich dabei ertappte, erkannte er sofort seine eigene schwere Schuld. Er suchte daraufhin, welche Strafe er sich auferlegen sollte, und wählte die strengste – er verbot sich drei Tage lang, sie in der Frühe aufzusuchen, um ihr guten Morgen zu sagen: die strengste, denn es hätte ja so aussehen können, als ob er sich nicht um sie kümmere und mit anderen Dingen beschäftigt sei. Wenn die Versuchung, über sie Gericht abzuhalten, ihn von neuem packte, schloß er die Augen und befahl sich, nachzudenken, wie schön und wie mutig sie war.

Die Blätter sind rot, die Issa rauscht zwischen rostfarbenem Kalmus. Manchmal spannen sie ein Pferd ein und fahren in die Dörfer, um Freunde aus Mutters Mädchenzeit zu besuchen. Die Bierkrüge stehen auf dem Tisch, die Pfeifen rauchen, Gläser werden emporgehoben, und da gibt es Kinder, Hunde und grüne, blumenbemalte Koffer, aus dem Flur riecht es nach Käse, Buttermilch, Äpfeln, die Hühner auf den Leitern schlagen mit den Flügeln, die Faulheit der Hütte um diese Jahreszeit, wenn die Feldarbeiten beendet sind, und das Gutsleben sich im Hofviereck einschließt. Der Straßenschlamm zischt und wälzt sich durch die Radspeichen. Schon werden die Öfen geheizt, in den grauen Dämmerstunden ist es gut, in die Flammen zu schauen und nichts zu denken. Rosa Licht, es sollte dauern, aber die Glut erlischt allmählich, schon ist es nicht mehr dasselbe, es wird dunkel, und man hat keine Lust, sich zu regen.

Den Docht der Lampe mit ihrem innen weißen, außen grünen Glasschirm muß man lange mit der Schere gleichschneiden, damit er nicht einen schwarzen Schnurrbart auf den Glaszylinder rußt. Tomasz macht seine Aufgaben. Sie strickt einen Sweater und befeuchtet den Bleistift, um seine Rechnung zu verbessern. Sie schiebt ihren Stuhl an seinen Stuhl, lehnt ihre Schulter an die seine, der Kreis der Lampe, sie beide hier, und hinter den Fenstern im Obstgarten rufen die Uhus.

Und trotzdem, was geschehen ist, ist nicht leicht loszuwerden. Als sie ihn einmal fragte, was er werden wolle, wurde er rot und senkte den Kopf.

»Ich ... wahrscheinlich Priester.«

Sie schaut ihn an, belustigt.

»Was erzählst du da für Dummheiten? Warum ausgerechnet Priester?«

»Weil ich ... weil ich ...«

Er schluckte die Tränen und konnte sie nicht aufhalten. Er konnte es nicht herauswürgen: ›Weil ich den Rehbock verfehlt habe und mich gegrämt habe, daß du nicht an dein Gelübde denkst‹ – was übrigens nicht die ganze Wahrheit gewesen wäre.

»Weil ich ... schlechter bin.«

Dem Priester, da er ein Priestergewand trägt, steht es zu, verschieden von den anderen Menschen zu sein; was man von ihnen fordert, trifft ihn nicht. Das versuchte er zu erklären.

Ihr Gesichtsausdruck war so, daß er sagen mußte:

»Doch.«

»Nichts, gar nichts weißt du, wie du bist.«

Er wandte sich und preßte zwischen den Zähnen hervor:

»Ich will nicht mehr allein sein.«

Einmal nur öffnet sich so die Tür, über dem hochgeschlossenen grauen Sweater das Gesicht, unbekannt, wirft Strahlen, ruft, erwartet, lockt – er, unbeweglich, begreift nicht, und plötzlich, mit einem Aufschrei, springt er, Arme umschlingen ihn, es ist sie. Nein, das wird es nie mehr geben.

Sein Schlaf ist ruhig. Sie hüllt ihn in die Decke ein, und ihr Kuß begleitet ihn sanft in die Dichte der Nacht. Ihre Schritte entfernen sich. Die Nase ins Kissen gedrückt, sucht Tomasz, was er ihr schenken könnte. Das Heft mit den Vögeln? Nein, das war etwas anderes. »Aber ich liebe sie.«

67

Am Heiligen-Andreas-Abend gossen sie Wachs, der Mutter fiel eine Krone aus Blumen oder aus Dornen zu, das weiß man nicht genau, und ihm ein flaches Blatt, dessen Schatten an Afrika erinnerte, und auf diesem Afrika ein Kreuz. Kurz danach fiel Schnee, Dampfschwaden entstiegen dem Mund derer, die von draußen hereinkamen, fest stampfend, um die glasige Schicht von den Absätzen zu entfernen, eine bewegliche knisternde Brühe erstarrte auf der Issa zu Eis. Weihnachten nahte anders als sonst: der leere Teller, den man am Heiligen Abend für einen Wanderer hinstellt, war jetzt wirklich für einen Unbekannten bestimmt, nicht, wie in vergangenen Jahren, in der stillen Hoffnung, die Mutter werde plötzlich wiederkommen. Nicht Antonina – sie war es, die jetzt mit Tomasz' Hilfe das Fest vorbereitete. Sie selbst kochte einen *barszcz** und bereitete die šližikai. Šližikai sind Teigstücke, zu einem Röllchen geformt, die man bäckt, bis sie steinhart werden. Man übergießt sie auf dem Teller mit *syta* – ein ganzer Krug voll steht auf dem Tisch. *Syta* besteht aus Wasser, Honig und geriebenem Mohn. Tomasz war an den Speisen zwischen *barszcz* und Dessert kaum interessiert. Er häufte einen Berg von *kisiel*** in einen tiefen Teller und war von dem Lieblingsgericht ganz aufgebläht; und das Heu, das man unter dem Tischtuch zur Erinnerung daran, daß der kleine Jesus in der Krippe lag, ausbreitet, bildete eine

---

* Kohlsuppe mit roten Rüben und Fleisch. (A. d. Ü.)

** Moosbeerengelee. (A. d. Ü.)

Matratze für seine Ellbogen, wenn ihm vor Völlerei ganz schwach wurde. Danach sang er unterm Christbaum mit der Mutter Weihnachtslieder, und sie brachte ihm solche bei, die er noch nicht gekannt hatte. Sie zündeten eine Stallaterne an und gingen zur Christmette, im Pulverschnee watend.

Tomasz' Mutter war praktisch und beschloß, daß sie den Winter in Ginie verbringen würden. Das Unternehmen, während des Frostes die Grenze zu passieren, wäre zu schwierig gewesen, und außerdem war es aus anderen Gründen besser, zu warten. Dem Vater von Tomasz ging es mal so, mal so, meistens aber miserabel. Nach etlichen Wechselfällen, die Stellungsverluste brachten, führte er als Kommunalbeamter ein dürftiges Leben. Helena bekam ihren Anteil in Grund und Boden, demnach stand Tomasz' Mutter auch etwas zu, aber um Geld zu besitzen, das man in Dollars wechseln kann, muß man das Korn gedroschen und verkauft haben, und nicht, bevor die Preise gestiegen sind. Ein kühner Gedanke kam Tekla auch in den Sinn, worauf Helena in Geschrei ausbrach: »Du bist verrückt!« Ein paar Pferde über die Grenze schmuggeln, da es diese Rasse niedriger breiter Pferdchen außer in Litauen nirgendwo gab, wäre ein Geschenk für ihren Mann gewesen. Aber sie war doch kaum allein über die Grenze gekommen, wie sollte sie es mit Pferden fertigbringen? Unsinn, das muß gelingen.

Diese Grenze war nur für Schmuggler, Wölfe und Füchse offen, und zwar deshalb, weil die Polen die Stadt Wilna als ihr Eigentum ansehen, die Litauer hingegen als ihre von den Polen widerrechtlich geraubte Hauptstadt; diese Grenze bildete ständig eine Sorge für viele Menschen. Die Mutter traf ihre Wahl: vier Jahre alte Pferdchen, beides Falben mit dunklem Rückenstreifen. Von ihnen sollten Tomasz und die Mutter nach Haus gebracht werden. Die Mutter rechnete dabei auf ihr Glück und auch darauf, daß die Grenzwachen, wenn keine Offiziere in der Nähe waren, sich erweichen ließen – falls es nicht gelänge, ungesehen durchzukommen.

Weißer Flaum in den Fensternischen und Stille, in ihr

das eintönige Zwitschern der Dompfaffen, die Fliedersamen abschälen. Die kommende Reise weckte Tomasz' Interesse für Geographie. Zu diesem Unterricht diente ein alter deutscher Atlas aus dem Jahre 1852. Die Mutter korrigierte mit Bleistift die Grenzen der Staaten, deren viele jetzt andere Namen hatten. Im Atlas waren weder Ginie noch die umgebenden Ortschaften verzeichnet, was man nicht übelnehmen durfte, jedoch dachte er an geographische Karten überhaupt: man hält mit dem Finger irgendeinen Punkt zu, und dort unter dem Finger sind Wälder, Äcker, Wege, Dörfer, bewegen sich viele Menschen, von denen jeder einzelne sich irgendwie von den anderen unterscheidet, dann zieht man den Finger weg, und nichts ist da. Und so, wie er in der Kirche sich versucht fühlte, emporzufliegen und die Knienden von oben zu betrachten, so wünschte er sich hier ein magisches Vergrößerungsglas, das aus dem Papier alles, was dort verborgen war, hervorholen würde. Je mehr Aufmerksamkeit wir diesem Raum mit seinen Umrissen, seinen Kreisen und Linien widmen, desto mehr zieht er uns an. Es ist, wie wenn man zwei Zahlen nimmt: eins und zwei, und sich vorzustellen versucht, was zwischen ihnen liegt. Wenn man eine Karte zeichnen könnte, auf der alle Häuser und alle Menschen eingetragen wären – wo jeder steht oder geht –, da blieben immer noch Pferde, Kühe, Hunde, Katzen, verschiedene Vögel, Fische in der Issa, und wenn man das auch gezeichnet hätte, dann blieben noch die Flöhe auf den Hunden und schillernde Insekten im Gras und Ameisen und so weiter. Also mußte die Karte notwendigerweise ungenau sein. Und wenn man über sie lange grübelt, macht man noch eine Entdeckung: Hier also bin ich, einmal auf dem Stuhl, und dort unter meinem Finger, der sich auf dem leeren Fleck, wo Ginie sein muß, aufhält, bin ich zum zweitenmal. Ich deute auf mich selbst, den Verkleinerten, hin. Dieses zweite Ich ist nicht das gleiche wie das Ich hier, es ist nur den anderen Menschen angeglichen, mit ihnen vermengt.

Die Tage wurden länger. Der Großvater kam von seinen Geschäftsreisen sehr gut gelaunt heim, denn seine Bemühungen wurden endlich mit Erfolg belohnt. Man versprach ihm, die Aufteilung von Ginie zwischen ihm und Helena werde anerkannt werden. Józefs Anzeige hatte schließlich gar nichts geschadet. Die Juchniewicz sollten nach dem St.-Georgs-Tag einziehen, das andere Gut wurde wirklich parzelliert.

Schon war Palmsonntag gekommen, allerdings ohne Weidenkätzchen, mit Frost und Schnee, der Frühling verspätete sich dieses Jahr. Dann schlüpften zwischen verfaulten Blättern und Nadeln die blauen Leberblümchen heraus, er dachte, daß es der letzte Frühling sei und daß er vielleicht nie hierher zurückkommen würde. Lange schlenderte er im Park umher, bis er schließlich eine Stelle am Hang fand, inmitten einer kleinen viereckigen Wiese, eine junge Kastanie ausgrub und dort hinbrachte und einpflanzte.

Wenn er einmal nach Ginie wiederkommt, wird er als erstes dort auf die Wiese hinunterlaufen und feststellen, wie groß sein Baum gewachsen sein wird.

Das Issawasser war noch eisig, am Uferrand begannen die ersten zu Trompetchen gerollten hellgrünen Blätter zu erscheinen, während in der Mitte des Wassers sich zusammengeballte Wolken spiegelten. Eines Tages begegnete er auf dem Pfad im Gesträuch über dem Fluß der Freundin seiner früheren Spiele, Onutė. Er hatte sie schon ab und zu von weitem gesehen, aber jetzt ging das anders als sonst vor sich. Sie blieb stehen, schaute ihn einen Augenblick mit einer gewissen Neugierde an, aber eigentlich war ihr Ausdruck fremdartig. Sie war ein großes Mädchen. Sie senkte den Kopf, und Tomasz spürte Hitze unterm Kragen und auf den Wangen; er ging mit strenger Miene an ihr vorbei. Die strenge Miene verbarg ein Zittern, aber Onutė hat denken können, daß er sie verachte, weil er schon fast ein richtiger Herr war. Das vermutete Tomasz zu spät, nachdem er sich von der Gefahr entfernt hatte, und es tat ihm leid.

68

Sechs Monate nach Herrn Romualds Trauung mit Barbarka wurde ihnen ein Sohn geboren. Zu dieser Zeit ragten unter dem tauenden Schnee aus den Feldern nachts schwarze Buckel hervor, doch obschon es Ende April war, kam wieder Frost, und in einem Schlitten brachte man das Kind in die Kirche. In der heiligen Taufe bekam es den Namen Witold.

Bewölkter Himmel, Krähen krächzten in den Wasserweiden, Romualds Peitsche, die für Paradeausfahrten mit einem roten Quästchen geschmückt war, berührte die Kruppe des Pferdes mit lässiger Bewegung. Barbarka schob das karierte Tuch auseinander und schaute nach, das Kind schlief. So fuhren sie wahrhaftig vollkommen in Unkenntnis der Zeit, und zwar der, die nicht allein durch die Wiederkehr des Frühlings und des Winters bezeichnet wird, durch das Wogen reifenden Korns, im Herflug und Abflug der Zugvögel. Der Boden, über den die Kufen des grün gestrichenen Schlittens glitten, war kein vulkanischer Boden, keine Flamme entsprang ihm, hier dachte niemand an andere Feuersbrünste und Sintfluten, die der Menschengeschichte eigen sind.

Witold begann dicht vor dem Haus zu schreien. Barbarka legte ihn in die Wiege, schaukelte ihn und betrachtete gleichzeitig den für den Empfang der Gäste gedeckten Tisch. Es ist eine große Freude, im eigenen Haus Gastgeberin zu sein. Als sie die Schranktüren öffnete, hinter denen die von ihr gebackenen Semmeln dufteten, wurde sie von einer Süße erfüllt, die jener der Semmeln glich. Meine Semmeln. Mein Mann. Mein Sohn. Und nicht minder wichtig: der Fußboden ist mein, die Bretter knarren, und es knarren die Schnürstiefelchen. Deshalb strahlte ihr Gesicht, die Gäste kamen herein, Romuald rieb die Hände und sagte: »Nun, Barbarka, trag auf, wir wollen anfangen.«

Die alte Bukowska betrachtete den Enkel und entschied, daß er ihm und nicht der Schwiegertochter ähnlich sehe. Sie mußte sich wohl auf diese Weise trösten –

und durch das Hinunterstürzen von einem Gläschen nach dem anderen. Dann verdichtete sich die Nacht hinter den Fenstern, und der Wind des Tauwetters pfiff in den Zweigen; sollte jemand sich, vom Licht verlockt, dem Haus nähern, dann würde er drinnen die Lachenden sehen, wie sie sich etwas schwerfällig auf ihren Stühlen zurücklehnten, und die Hunde (sie durften winters in Rücksicht auf die Kälte im Hause bleiben) sich in der Mitte des Zimmers kraulten. Der Hund, der sich mit der Hinterpfote am Hals krault, klopft auf den Fußboden, aber durch die Fensterscheiben würde kein Laut zu hören sein.

Nach dem in der Dunkelheit leuchtenden Fenster wendet am Waldrand ein Wolf den Kopf und beobachtet einen Augenblick lang die fremdartige Niederlassung der Menschen, für immer getrennt von dem, was ihm begreiflich ist. Und es kann sein, daß ein solches Viereck vielleicht andere, viel schlauere Geschöpfe heranlockt. Jedoch, wären es zum Beispiel die Teufel in Fräckchen, so würden sie recht bald für ihr Interesse am Innern von menschlichen Behausungen bestraft werden. Sie nehmen unwichtige Ereignisse viel zu wichtig, um vor Augen, die nach richtigen Portionen verlangen, zu bestehen. Bald wird niemand mehr an der Issa erzählen, daß er einen von ihnen gesehen hätte, wie er auf einem Balken in der Mühle saß und die Beine schwenkte, oder daß man ihre Tänze gehört hätte. Würde es jemand erzählen, brauchte man ihm nicht zu glauben.

Der Tauwind kam von Westen, vom Meer. In den Gewässern zwischen Schwedens und Finnlands Ufern, zwischen der Hansestadt Riga und der Hansestadt Danzig schaukelten die Dampfer und brüllten im Nebel. Barbarka wechselte die Windeln des Kindes, das sie an den Beinen hielt, leicht den kleinen Hintern hochhebend, der in ihr Zärtlichkeit weckte. Diese Zärtlichkeit wie auch die Gefühle, die sie empfand, wenn sie die Bluse öffnete und dem Sohn ihre Brust mit den durch die Haut bläulich schimmernden Adern reichte, soll man nicht auf einen Bereich außerhalb der von den beiden gemachten Erfahrung übertragen. Es ist uns beschieden, an der Grenze des Tierischen und des Menschlichen zu leben, und so ist es gut.

69

Ungefähr um dieselbe Zeit hatte Romuald einen Knecht gedungen, den Dominik Malinowski. Wenn dieser zum erstenmal in seinem Leben Ginie verließ, dann war das nicht ohne gewichtige Gründe:

Er war mit dem Bauern, bei dem er in diesem Winter arbeitete, in der Scheune, und beide waren mit Flegeln beim Dreschen. Vielleicht wäre der Zusammenstoß vermieden worden, obschon alles vom frühen Morgen an darauf hingezielt hatte. Domcio verstand, sich zu beherrschen. Immer war sein Mund schmal und verbissen, weil er verbarg und nichts sagen konnte. In die Reife hineinwachsend, war er einem mageren Raubvogel immer ähnlicher. Manchmal bohrte in ihm das Verlangen, diese Kanaille an der Gurgel zu packen, aber er wußte, wie gefährlich es war, den eigenen Wünschen nachzugeben. *Bum*, machte das Echo vom Dreschflegel des Alten, *bam*, antwortete ihm Domcios Flegel, und so, zweistimmig, setzten sie die Arbeit fort. Dann unterbrachen sie, weil der Alte seine schlechte Laune an jemandem im Haus auslassen mußte. Und damit begann es.

Dieser Jemand war ein Dienstmädchen, von gleichem Alter wie Domcio, der sie für dumm hielt, weil sie sich von allen herumstoßen ließ. Übrigens, es ist einerlei, welche Gefühle er für sie hegte, genug, daß er jetzt ein Wort zu ihrer Verteidigung fallen ließ. Da stieß der verbissene, verknöcherte Hochmut des Alten auf Domcios Kraft, und schon hatte er diesen Hals mit seinem Adamsapfel zwischen den Fingern, er hielt den Alten eine Weile in der Luft und warf ihn zu Boden, daß es nur so dröhnte. Er ging aus dem Tor und hörte hinter sich Schreien.

Ein Augenblick des Triumphs. »Du wirst nicht über

mich kommandieren.« Doch im Gehen, schon nahe bei der Hütte an der Fähre, begann er zu überlegen, was daraus folgen würde. Und es kam auch was hinterdrein. Der Bauer stachelte andere unter den Vermögenden auf, sie hielten zusammen, und von da an konnte Dominik nicht mehr bei ihnen auf Arbeit rechnen. Er mußte sie anderswo suchen, und er fand sie in Borkuny.

In der Zwischenzeit saß Domcio zu Hause und schnitzte Löffel, Mehltröge, Holzschuhe, was jeden Tag einige Groschen ausmachte. Manchmal beobachtete von der Bank gegenüber seine Mutter die geschickt und schnell arbeitenden Hände. Sie sagte: »Der Boden«, und dann hob er die Augen und schaute auf dieses von Runzeln zerschnittene Gesicht, auf den Mund, der von tief in die Haut eingegrabenen Falten wie von einer Klammer gefaßt war. Immer das gleiche: dieses ihr Gesuch um Boden, der ihr durch die Reform zufallen könnte. »Józef hat es doch gesagt.« »Schon wird überall aufgeteilt ...« Domcio antwortete nichts. Er senkte den Kopf und stieß sein Messer ins Lindenholz mit noch mehr Aufmerksamkeit als sonst. Nachdenklich führte er die Klinge auf sich zu, eine lange Furche pflügend.

70

Die Abfahrt von Tomasz mit seiner Mutter wurde bis auf Juni verschoben. Sie ließ auf dem Wagen Bögen aus Nußbaumholz anbringen, über die eine Plane sich spannte, wie bei Zigeunerwagen. Sie hatten an die hundert Kilometer bis zur Grenze, jenseits davon noch einmal etwa vierzig, und es konnte regnen, und außerdem konnte man während der Reise so schlafen. Sie bereitete reichlichen Proviant vor: getrockneten Käse mit Kümmel, Würste und Schinken, schwarz geräuchert, wie ihn Tomasz' Vater liebte.

Am Vortag führte der Großvater Tomasz in sein Zimmer, machte die Tür zu, setzte und räusperte sich. Dann fing er an, darüber zu sprechen, daß die Menschen in der Stadt verdorben seien und man sich hüten solle, in schlechte Gesellschaft zu geraten, aber gleich danach blies er wieder *tch, tch* durch die Nase, als ob er sich schämen müsse, denn Tomasz fragte ihn, woran man eine schlechte Gesellschaft erkennen könne. »Na, du weißt schon, Schnaps, Kartenspiel ...«, er zog ihn an sich, und Tomasz war von Rührung durchdrungen, als er ihn auf die stachligen Wangen küßte, bis der Großvater ihn plötzlich wegschob und in den Taschen nach seinem Schnupftuch suchte.

An diesem Morgen beim Frühstück verbrannte sich Tomasz die Lippen am Tee, er sprang auf und ließ das Glas halbvoll stehen. Vor dem Fenster sah er den Wagen mit der weißen Plane, alles war schon verladen, die letzten hastigen Gespräche, da lief er vors Haus und weiter hinunter den Rasen entlang an den blühenden Päonien vorbei. Ein Saum des Tals wurde im Morgennebel zwischen den Parkbäumen sichtbar, über dem Tau begann rosig ein heiterer Tag, Vögel sangen. Er wollte die Erinnerung festhalten. »Vergessen wirst du uns, ach, du wirst uns vergessen.« Antonina, als man sich auf den Stufen vor dem Haus versammelt hatte, nahm sein Gesicht in ihre beiden Hände, traurig. Misias Wangen dufteten wie nasse Reinetten. Luk winselte, schmatzte, drückte. Und Segnen und in die Luft gezeichnete Kreuze. »Auf, Tomasz!« sagte ernst die Mutter. Sie bekreuzigten sich. Er drückte das harte Leder der Zügel. Bei solchem Abschiednehmen muß immer der Augenblick kommen, wo es jemand unterbricht, am besten plötzlich. Er knallte mit der Peitsche, die Räder fingen an zu rattern, sie hörten Rufe; als sie sich umwandten, sahen sie hinter der Plane durch die immer kleiner werdende Öffnung des grünen Tunnels der Allee die flatternden Tücher, die erhobenen Hände.

Schon spannten sich die Zügel, sie fuhren vorsichtig den ausgewaschenen Weg hinunter, der kummervolle Christus erschien vor ihnen, einen Augenblick nur, zwischen üppigem Laub. Dahinter die weiße Wand der Scheuer. Tomasz ließ die Pferde im Trott gehen, so fuhren sie an den Friedhofseichen vorbei, unter denen für immer zurückblieben Magdalena, die Großmutter und Baltazar. Ginie entschwand hinter der Wegbiegung, vor ihnen Unbekanntes.

Später, als die Pferde bergauf gingen, blitzte die Issa in ihren Schlingen zwischen den Wiesen zum letztenmal auf. Heimatfluß, sein Wasser ist in der Erinnerung süß. Die Muskeln bewegten sich unter dem Pferdehaar, sie nahmen den Hang, und als es wieder eben wurde, schwang Tomasz die Peitsche und drohte:

»He, du, Birnik, ich helf dir!«

Die Pferde, die über die Grenze, weit von den Orten ihrer Geburt, kommen sollten, hießen *Smilga* und *Birnik*, diese Namen bewahrten das Andenken an ihre früheren Besitzer. Smilga war als redlich, arbeitsam bekannt und gab sich beim Ziehen fast völlig aus, weshalb er nie dick wurde. Birnik dagegen, unempfindlich für Schläge, dick wie eine Gurke, tat nur so, als ob er zöge, und überließ alles seinem Kameraden. Beim Aufwärtsfahren jedoch zog Birnik wie besessen, das Hindernis beleidigte seine Faulheit, und er bemühte sich, es schnell, schnell zu überwinden.

Mutters Kopftuch ist bunt geblümt, das Heu im Sack drückt sich schon beim Sitzen zusammen, und doch ist es erst der Anfang der Reise, und der Trinkeimer für die Pferde, obschon fest angebunden, klimpert, und das Ortscheit scheint nicht in Ordnung zu sein. Sie fahren über Waldwiesen, wo die Pferde mit ihren Schwänzen nach den Bremsen schlagen, in die Richtung der Großen Seen, denselben Weg, auf dem damals Magdalena im Sarg angekommen war. Dort ist eine Eiche, unter der man in der Mittagsstunde Rast hält und auf dem Rasen eine Tischdecke ausbreitet. Gegen Abend wird von oben ein neues Land vor ihnen sichtbar, dort ist, so weit das Auge reicht, mehr Wasser als Erde, ein See neben dem anderen See, wo die Halbinseln kaum von den Landengen zu unterscheiden sind, die ganze Haufen kleiner grüner Inseln voneinander trennen. Nachher steigen sie die Hügel hinunter zwischen Steinen, groß, aufgerichtet, wie erstarrte Tierfiguren. Auf den Wiesen wird eben Heu gemacht, Reihen kleiner menschlicher Gestalten bewegen sich im wiegenden Takt. Zum Übernachten macht man in einem Fischerdorf halt: Stille, Kähne, die nach Pech riechen, das Mahlen der fressenden Pferde.

Es bleibt, dir Glück zu wünschen, Tomasz. Dein weiteres Schicksal wird für immer Vermutung bleiben, niemand wird erraten, was die Welt, in die du hinausstrebst, aus dir machen wird. Die Teufel vom Issaufer haben, so gut sie konnten, an dir gearbeitet, das weitere ist nicht ihre Sache. Gib du nur jetzt acht auf Birnik. Schon schläft er wieder ein, gleichgültig gegenüber allem, er weiß nicht, daß er dank dir einmal erwähnt werden wird. Du hebst die Peitsche – und hier reißt die Erzählung ab.

›... die Erinnerung größer als mein Leben.‹ Nachwort

1.

Der Roman ›Tal der Issa‹ vermittelt dem Leser in der DDR erste Bekanntschaft mit einem Autor, der sich eigentlich als Lyriker einen internationalen Ruf erwarb: mit dem Nobelpreisträger 1980 Czesław Miłosz. Unsere Lexika und Anthologien wußten bisher nichts über ihn zu berichten, hingegen konnte der Freund neuer Musik seinem Namen auf einer Schallplatte von Udo Zimmermann begegnen. Miłosz' ›Lied vom Weltende‹ ist eine der Textgrundlagen von Zimmermanns Oratorium ›Pax questuosa‹ (Der klagende Friede), und der Begleittext (Eberhard Klemm) nennt dieses Gedicht den ›großartigsten, klarsten und gedankentiefsten Text des ganzen Werkes‹.

Nun also der Roman, der nach traditionellen Regeln vielleicht keiner ist, weil sich in seinem Aufbau der Essayist und im Stil der Poet unüberhörbar zu Worte melden. Wie steht das Buch im Gesamtwerk von Miłosz, und wer ist der Autor?

Czesław Miłosz wurde am 30. Juni 1911 in Szetejnie (Seteiniai) in Litauen geboren, verbrachte seine Kindheit in Rußland, wo sein Vater als Straßenbauingenieur tätig war, und im Hause seiner Großeltern am Fluß Niewiaża. Es war ein polnisches Haus, aber die litauische Abstammung seiner Vorfahren und die Landschaft seiner Herkunft prägten sich ihm tief ein. In Wilna legte er das Abitur ab, dort absolvierte er auch an der 1579 vom polnischen König gegründeten und nach ihm benannten Stefan-Batory-Universität ein Jurastudium (1934). Ein geschichtsträchtiger Ort: in den zwanziger Jahren des 19. Jahrhunderts hatten die beiden größten polnischen Dichter, Adam Mickiewicz und Juliusz Słowacki, diese Universität besucht. In deren Fußstapfen trat Miłosz 1930 mit seinen ersten Gedichtveröffentlichungen, ein

Jahr darauf gehörte er zu den Mitbegründern einer literarischen Gruppe um die Zeitschrift ›Żagary‹ (Fackel, Feuerzeichen), die die Lyrikentwicklung der dreißiger Jahre maßgeblich beeinflußte. Ihr geistiges Haupt war Henryk Dembiński, von dem es hieß, daß er den Katholizismus mit dem Kommunismus vermählen wollte. In weltanschaulicher Hinsicht offen, bekämpfte der Kreis entschieden die damals an den Hochschulen erstarkenden nationalistischen und antisemitischen Strömungen. Er galt allgemein als linksstehend. Literarisches Interesse führte junge Intellektuelle zusammen, die später in verschiedene Richtungen gingen: aus dem Kreis stammten der renommierte katholische Schriftsteller Antoni Gołubiew, Jerzy Putrament und auch der Politiker Stefan Jędrychowski, Polens Außenminister in den sechziger und siebziger Jahren. Hier also kam Miłosz mit marxistischen Ideen in Berührung, die vor allem den sozialen Tonfall seiner Kunstdoktrin radikal verschärften, aber seine Gedichte kaum berührten. Unbeschadet seiner linken Sympathien hatte er die Politik früh als Bedrohung für seine Kunst empfunden und übte folglich Zurückhaltung gegenüber politischen Aktionen. Grundlegend blieb indessen seine Sensibilität für soziale Gerechtigkeit, die er 1933 als Mitherausgeber der ›Anthologie sozialer Dichtung‹ zeigte.

Als der konservative Verleger der Zeitung ›Das Wort‹, als dessen literarische Beilage ›Żagary‹ ursprünglich erschien, der angriffslustigen, linken Rhethorik seiner literarischen Adepten überdrüssig geworden war, schloß er kurzerhand die Beilage. Zwar hatten sich auch diesmal Mäzene gefunden, die bereit waren, die jungen Literaten unter ihre Fittiche zu nehmen, freilich um den Preis politischer Dienstbarkeit. Das hätte dem literarischen Blatt seine Freizügigkeit genommen und es auf ideologische Publizistik festgelegt. So wurde nichts daraus.

In den beiden vor dem Krieg veröffentlichten Gedichtbänden ›Poem von der geronnenen Zeit‹ (1933) und ›Drei Winter‹ (1936) zeigte sich Miłosz als das stärkste Talent der Gruppe. Die Generation, der er angehörte und die in den dreißiger Jahren mit Namen wie Gombrowicz, Andrzejewski, Breza ins literarische Leben trat, wird gemeinhin als sogenannte zweite Avantgarde von jener der zwanziger Jahre abgehoben. Ihr Lebensgefühl unterschied sich in vielem von der ›ersten Avantgarde‹. Das Pathos des nationalen und demokratischen Aufschwungs, ausgelöst durch den wiedererlangten eigenen Staat, das ihre Vorgänger getragen hatte, war verebbt; innenpolitische Repression und soziale Konflikte drängten in den Vordergrund. Die forsche Zivilisationsbegeisterung war einer zivilisatorischen Skepsis und einer neuerlichen Andacht vor der Natur gewichen. Auswirkungen der Weltwirtschaftskrise, das Erstarken des Faschismus in Europa, die Verunsicherung der Linken durch die Moskauer Prozesse 1937/38 waren kein günstiger Boden, den zuversichtlichen Glauben der Intelligenz an den guten Gang der Geschichte zu stärken. Entgegen der dünkelhaften Selbstsicherheit, welche die Machthaber zu verbreiten suchten (›Stark, einig, bereit‹ lautete die Propagandalosung der Regierung angesichts der zunehmenden internationalen Bedrohung des Landes), sahen die Künstler allenthalben Anzeichen für die Brüchigkeit des Daseins, Symbole eines heraufziehenden, dunkel geahnten Unheils. Diese als ›Katastrophismus‹ bezeichnete Haltung der Żagarysten reflektierte unleugbare geschichtliche Gefahren und stand unter dem Einfluß kulturkritischer Ideen von Oswald Spengler, Julien Benda, Aldous Huxley sowie von Witkacy, dem polnischen Philosophen, Maler und Dramatiker. Bei Miłosz kam ein persönlicher, depressiver Zug hinzu: ›Die Erde öffnet das Maul, in ihrem hallenden Dom / werden die letzten Heiden getauft.‹ (›An den Pfarrer Ch.‹)*

Seine literarischen Gegenspieler waren die Avantgardisten unter futuristischem und konstruktivistischem

* Die deutschen Gedichtzitate stammen aus dem Band: C. Miłosz, Gedichte 1933–1981. In der Übertragung von Karl Dedecius und Jeanine Łuczak-Wild. Mit einem Nachwort von Aleksander Fiut. Frankfurt a. M. 1982.

Vorzeichen, deren sprachkünstlerischer Erbe er zweifellos war. Aber ihr Poesieideal teilte er nicht, die Jagd nach neuen Wörtern ließ ihn ungerührt. Er seinerseits suchte die Würde des von alters her Gesagtem, die im klassischen Topos geläuterte Emotion, auf die eigene Erfahrung zu beziehen und so neu zu vergegenwärtigen. Bis heute geht sein Bemühen unverändert dahin, den ›Sündenfall‹ der modernen Poesie, das hermetische Gedicht, durch Klarheit zu vermeiden. Miłosz liebt den objektivierenden Gestus eines ›poeta doctus‹ und eines Propheten. Traktat und Prophetie, das heißt: belehrender Diskurs und moralische Mahnung sind seine Domäne. Dabei schützt die Ironie den Moralisten vor dem Tonfall des Predigers, und sie erheitert die Belehrung. Miłosz dichtete zwei bedeutende Traktate: ›Moralischer Traktat‹ (1948) und ›Poetischer Traktat‹ (1957). Die Art, wie er das Dichteramt als ein prophetisches begreift, darin seinem Vorbild Mickiewicz folgend, macht ihn zum Einzelgänger in seiner Generation.

Nach Beendigung des Studiums 1934 reiste Miłosz, ausgezeichnet mit einem Wilnaer Literaturpreis sowie im Besitz eines Auslandsstipendiums, für ein Jahr nach Paris. Dort lernte er seinen entfernten Verwandten, den französischen Dichter litauischer Abstammung Oscar de Milosz kennen, einen originellen Geist, der sein Denken beeinflußt hat. Nach seiner Rückkehr gab er den Gedichtband ›Drei Winter‹ (1936) heraus und wurde Mitarbeiter am polnischen Rundfunk in Wilna, eine Stelle, die er wegen linker Ansichten und wegen des Eintretens für die nationalen Rechte der Litauer und Belorussen bald verlor. Bis September 1939 arbeitete er im Programmbüro des Rundfunks in Warschau. Den Kriegsausbruch erlebte er in Wilna, das bald zur Hauptstadt der Litauischen Sowjetrepublik werden sollte. Er schlug sich nach Warschau durch und verbrachte die Kriegszeit im ›Generalgouvernement‹, wo er sich an der illegalen Kulturarbeit beteiligte, u. a. als Herausgeber (mit Jerzy Andrzejewski und Jerzy Zagórski) einer Lyrikanthologie ›Das unabhängige Lied‹ und als Verfasser eines unter Pseudonym veröffentlichten Gedichtbandes. Die zu jener Zeit geschriebenen Gedichte sind 1945 zu dem wichtigen Band ›Rettung‹ zusammengefaßt worden. Inmitten des Krieges beschwor der Autor in dem Zyklus ›Eine naive Dichtung‹ die unberührte Welt kleiner Dinge und verläßlicher Erfahrung: das Gartentor, die Stube, den Vater im Lesezimmer, den Gang durch den Wald und – nicht zu übersehen – die drei evangelischen Tugenden: Glaube, Hoffnung und Liebe. Fügen wir Gerechtigkeit und Wahrheit hinzu, so ist der Wertekanon benannt, dem sich Miłosz verpflichtet fühlt und dessen er sich vergewissert, um gegen die Furien der Geschichte zu bestehen. Nach dem Krieg nennt er in vielen Abwandlungen das Stichwort: Rettung als die Berufung seiner Poesie. Die Frage, welche Art Rettung im Vermögen der Dichtung stehe, die doch weder Völker noch einzelne vor der Gewalt beschützen kann, wird nicht abgewiesen. Immer neue Antworten auf sie werden angeboten. ›Daß ich die gute Dichtung wollte, ohne zu können, / Und ihren erlösenden Zweck sehr spät verstanden habe, / Das und nur das ist die Rettung.‹ – heißt es im Vorwort zum Band ›Rettung‹.

Allen Antworten gemeinsam ist die Überzeugung, daß es auf die Absicht ankomme; ob der Dichter auf artistische Originalität und Schönheit sinnt, oder – im Bewußtsein seiner unzulänglichen Mittel – zum Dienst an den wirklichen Schmerzen und Hoffnungen der Menschen sich bereithält. Dieser Dienst ist im prophetischen Sinn an der Wahrheit und dem dichterischen Gewissen orientiert, nicht an kollektiven und irgendwie offiziösen Erwartungen an die Literatur. Diesen sich anzupassen widerstrebt Miłosz. Als es vor dem Krieg für patriotisch gegolten hatte, sich einer gedankenlosen Selbstüberschätzung hinzugeben, da erhob er die unwillkommene Stimme der Kassandra. Nach dem Krieg, als das mannigfach erlittene Leid danach drängte, ausgesprochen zu werden und nach verbaler Genugtuung suchte, da schwor er der Rolle eines Klageweibes ab. Er wollte sich nicht daran beteiligen, daß ›die großen Wunden deines

Volkes‹, die Aufopferung und blindes Draufgängertum geschlagen haben, ›zu einem verfluchten Heiligtum‹ gemacht würden, ›das die Nachkommen / Jahrhundertelang noch verfolgt‹ (›In Warschau‹).

Geschichte, wie sie im Krieg erfahren worden war, stellte sich ihm nun vor allem als Mechanismus zynischer Gewalt dar. Dem Menschen wurde beigebracht, die Toten ins Unrecht zu setzen und sie beliebig zu gebrauchen, die Sprache gegen ihre Bedeutung zum eigenen Vorteil zu manipulieren, Willkür für historische Notwendigkeit auszugeben, die Liebe zur Heimat nicht zu pflegen, weil diese leicht gegenstandslos wird, und der Nächstenliebe als gefährlich zu entsagen, denn zur Unzeit verlange sie von uns Beistand für den anderen (›Ein Kind Europas‹). Die dämonisierte Geschichte und der ohnmächtige einzelne treten sich schroff gegenüber. Vermittlung verheißt allein der ›Wahrspruch des Poeten‹, freilich keine ›Poesie der Empfindungen ... mit beschränkter Haftung‹, wie es später im ›Poetischen Traktat‹ mit einem Seitenblick auf die polnische Moderne heißt. Verlangt wird der Ausdruck für eine neue Empfindsamkeit, ›in ihr ist die Rettung / Vor dem Gesetz, das nicht das unsere ist, / Vor der Notwendigkeit, die nicht die unsere ist, / Wenn wir auch unsere Namen geben‹.

Nach 1945 gehörte Miłosz zu jenem Teil der Intelligenz, der die grundlegende gesellschaftliche Umwälzung bejahte. Er nahm teil an den Debatten um Gestalt und Funktion der Literatur in Volkspolen und war Mitarbeiter der Zeitschrift ›Twórczość‹, wo er 1948 den ›Moralischen Traktat‹ veröffentlichte. In den Jahren 1945 bis 1949 war er Kulturbeamter in der polnischen diplomatischen Vertretung in New York und Washington, danach in derselben Funktion in Paris, bis er 1951 mit dem diplomatischen Dienst brach und nicht mehr nach Polen zurückkehrte. Sein Schritt in die Emigration erfolgte nach der einschneidenden innen- und kulturpolitischen Wende 1948/49. Die Gründe und Umstände dieses Entschlusses werden heute in Polen differenzierter gesehen und beurteilt, als es in der schwarz-weißen Optik der fünfziger Jahre geschah. In dem stark autobiographischen Essay ›West- und östliches Gelände‹ (1959 – eigentlich: ›Heimatliches Europa‹) gibt Miłosz zu verstehen, wie wichtig der geistige Bewegungsraum für sein künstlerisches Schaffen war und wie stark er sich stets gegen ideologische Zudringlichkeit, sei sie nationaler, parteipolitischer oder religiöser Art, zur Wehr setzte. Er sah für sich und seine Dichtung keinen Platz innerhalb des 1949 aufgestellten und zumeist administrativ exekutierten Programms des sozialistischen Realismus. Der Dichter, der weder Kommunist noch Antikommunist war, wollte sein Schaffen an keine bestimmte Politik binden. Er vertraute auf das persönliche Erleben und suchte die Unabhängigkeit des künstlerischen Gewissens dem Zwang der Ideologien zu entziehen.

Damit befand er sich in dem Westeuropa des ›kalten Krieges‹ keineswegs in einer bequemen Lage. Zu dem amtlichen Bann, mit dem sein Name und sein Werk in Polen belegt wurden, gesellte sich die mißtrauische Distanz der intellektuellen Linken Frankreichs, wo er sich von 1951 bis 1960 aufhielt und, unverändert Gedichte in Polnisch schreibend, hauptsächlich durch Aufsätze und Übersetzungen seinen Unterhalt bestreiten mußte. Er übersetzte die Schriften von Daniel Bell, Jeanne Hersch und Simone Weil und seinen eigenen, französisch geschriebenen Roman ›La prise du pouvoir‹ (1953) ins Polnische. Da er in der neuen Umwelt den Grundsatz ›cuius regio, eius religio‹ für sich nicht anerkannte, meldeten sich Meinungsmacher, die den uneinsichtigen Dichter aus dem Osten 1957 wissen ließen, er sei ›dem unvollkommenen Zusammenbruch des polnischen Stalinismus zuvorgekommen, indem er seinen Posten verließ und sich im Ausland ansiedelte, obwohl er weiterhin Idealen anhängt, die ihn zum Kommunisten gemacht haben‹ (Edward Shils: ›Daydreams and Nightmares‹). Auch vor den Karren der rechten polnischen Emigration ließ er sich nicht spannen, er enttäuschte die Erwartung auf eine Konversion zu ihrem gestrigen Weltbild. Miłosz: ›Ich sehnte mich auch nicht nach der sozialen und wirtschaftlichen Ordnung in Polen vor dem Kriege, und wer von ihrer Auferstehung träumte, war mein Gegner.‹ (›West- und östliches Gelände‹)

In Westeuropa ist Miłosz zunächst und nahezu ausschließlich (zum Nachteil für sein dichterisches Werk) durch die Essaysammlung ›Verführtes Denken‹ (1953) bekannt geworden. Sie enthält vier chiffrierte Porträtstudien polnischer Schriftsteller, in denen sämtlich dem Verhältnis Künstler und Politik in der volksdemokratischen Revolution nachgegangen wird, einschließlich der dogmatischen Überspitzungen und Irrtümer in der Kulturpolitik zwischen 1945 und 1950. In der Auseinandersetzung mit der ›großen Methode‹, das heißt dem stalinistischen Verfall der Dialektik, erschien letztere dem Verfasser überhaupt als eine Art intellektueller Trickkiste, geeignet zur Verführung und Entmündigung des selbständigen Denkens. Das Buch war eher eine verbitterte moralische Abrechnung als eine Analyse der Zeit, ihrer Probleme und Bedingungen. Es paßte in das Totalitarismus-Konzept der antikommunistischen Propaganda der frühen fünfziger Jahre und wurde von ihr auch genutzt. Dem Verfasser sind allerdings bald Zweifel gekommen, ob es ihm denn gelungen sei, sich aus den ideologischen Zwängen herauszuhalten: ›Als in New York die Übersetzung meines Buches ›Verführtes Denken‹ erschien, verzerrten die Pressebesprechungen von Alabama, Georgia oder Südkarolina mein Gesicht. Die Journalisten dort gaben mich für einen Verbündeten aus, ich jedoch hatte gemeint, allein schon durch mein Auftreten gegen die gemeine Erniedrigung des Menschen ein Verbündeter der Neger zu sein. Auf welcher Waagschale soll man unsere Taten wiegen, wenn sie sowohl jenseits wie diesseits der Elbe vereinnahmt und umgewandelt werden in etwas, das wir nicht wollten.‹ (›West- und östliches Gelände‹)

1960 folgte Miłosz einer Einladung in die Vereinigten Staaten, er wurde Professor für slawische Sprachen und Literatur an der Universität in Berkeley, wo er bis heute lebt. Den 1945 erschienen Band ›Rettung‹ nicht eingerechnet, veröffentlichte er nach dem Krieg sechs Gedichtsammlungen, zwei Romane, zahlreiche Essaybände und Übersetzungen. Neuerdings machte er sich daran, Teile der Bibel (Psalmen Davids, das Buch Hiob u.a.) zu übertragen. Er verfaßte auch in englischer Sprache eine ›Geschichte der polnischen Literatur‹ (1969). Als Dichter erreichte Miłosz die amerikanischen Leser durch seine von ihm selbst ins Englische übertragenen Lyrikbände ›Bells in Winter‹ (1968) und ›Selected Poems‹ (1973), sie brachten ihm Anerkennung und Auszeichnungen ein: den Guggenheim International Literary Prize (1976) und den Neustadt International Prize for Literature (1978). Er erhielt mehrere Ehrendoktorwürden, u.a. die der Katholischen Universität von Lublin (1981).

Miłosz gehört zu den wenigen modellbildenden Gestalten der polnischen Poesie im 20. Jahrhundert, daher war seine objektive literaturgeschichtliche Stellung stets bedeutend. Seine Gedichte wurden in Polen ab 1957 wieder – in Zeitschriften und Anthologien – gedruckt. Seit Verleihung des Nobelpreises 1980, der als Würdigung der polnischen Literatur im Lande enthusiastisch aufgenommen wurde, ist eine umfassende Werkausgabe im Gange. Am 10. Dezember 1980 sagte der Dichter in Stockholm u. a.: ›Ich bin Teil der polnischen Literatur, die – weil nahezu unübersetzbar – in der Welt ziemlich unbekannt ist ... Von der Geschichte besessen, begleitete sie, anspielungsreich, in diesem Jahrhundert wie schon früher den schwierigen Weg ihres Volkes. Zeilen polnischer Gedichte kursierten im Untergrund, sie wurden in Baracken der Konzentrationslager und in Soldatenzelten geschrieben, in Asien, Afrika und Europa. Eine solche Literatur hier zu vertreten heißt Demut empfinden vor den hinterlassenen Zeugnissen der Liebe und Aufopferung derer, die nicht mehr sind. Mir bleibt die Hoffnung, daß die Ehre, deren mich die Schwedische Akademie für würdig befand, mittelbar auch jene belohnt, die meine Hand geführt haben und deren unsichtbare Gegenwart mich in schweren Augenblicken gestützt hat.‹

2.

Den Roman ›Tal der Issa‹, das Erinnerungsbuch an eine Kindheit in Polnisch-Litauen, hat Miłosz 1955 veröffentlich. Er konnte von dem aktuellen Zwist der Zeit so unberührt sein, weil Auseinandersetzung und Selbstrechtfertigung bereits geleistet waren, nun lenkte das Erinnern den Blick des Autors. Seine Einstellung zur Vergangenheit und seine Poetik erhellt am sinnfälligsten, so scheint mir, ein Gedichtfragment aus dem ›Tagebuch des Naturalisten‹ (1974).

›Verloren ging meine Generation. Ebenso Städte. Nationen.
Aber das war ein wenig später. Indessen die Schwalbe im Fenster.
Vollzieht ihren Sekundenritus. Dieser Junge. Argwöhnt er schon,
Daß die Schönheit stets woanders und stets verlogen ist?
Jetzt sieht er seine Landkreise. Sie mähen das Grummet.
Gewundene Wege, auf und ab. Fichtenhaine. Seen.
Bewölkter Himmel mit einem schrägen Strahl.
Und überall die Reihen der Mäher in groben Leinenhemden.
In blauen Hosen, gefärbt nach örtlichem Brauch.
Er sieht was ich heut noch sehe. Er war jedoch gerissen.
Er schaute, wie wenn die Erinnerung gleich die Dinge wandelte.
Auf der Fuhre wandte er sich um, wollte möglichst viel behalten,
Das heißt: er sammelte was richtig war für einen letzten Augenblick,
In dem er aus Bruchstücken eine endlich vollkommene Welt fügen wird.‹*

Was der Junge einst durch ›gerissenes‹, nicht wehleidiges Schauen an Wirklichem festhielt, daraus fügt der Autor eine ›endlich vollkommene Welt‹. Autobiographie

* Das ›Tagebuch des Naturalisten‹ wurde entnommen aus: C. Miłosz, Das Zeugnis der Poesie. Aus dem Polnischen von Peter Lachmann. München, Wien 1984.

und Poesie gehen unmerklich ineinander über, so eine Wahrheit des Erlebens, nicht bloß des Dokumentes stiftend.

Die über 70 kurze Kapitel geführte Geschichte des Knaben Tomasz, den der Erzähler von der Geburt bis zum dreizehnten Lebensjahr begleitet, erschließt sich ohne besondere Hindernisse. Sie wiederholt in groben Zügen die frühen Lebensumstände des Autors selbst. Das Thema und die Situation des Verfassers erinnern an bedeutende literarische Vorläufer; kein geringerer als Mickiewicz schrieb 1834 in Paris ein Buch der Sehnsucht und Erinnerung an Litauen – den ›Pan Tadeusz‹. Die Handlung verläßt im Wesentlichen nicht das Dorf Ginie am Fluß Issa in Litauen, wo Tomasz im großelterlichen Herrenhaus heranwächst. Erzählt werden die vielfältigen Initiationen, mit denen der Knabe in die ihn umgebende Natur und die Welt der Erwachsenen eingeweiht wird. Zeitlich setzt das Geschehen kurz vor dem ersten Weltkrieg ein und läuft Anfang der zwanziger Jahre aus.

Es waren Jahre des historischen Umbruchs in Litauen. Das Land war seit dem 14. Jahrhundert durch das Herrscherhaus der Jagiellonen, danach durch einen politischen Zusammenschluß mit Polen verbunden. Von dort hatte das heidnische Großfürstentum relativ spät, 1387, das lateinische Christentum übernommen und sich damit auch kulturell an Polen angelehnt. Durch die Teilungen gelangte es später unter russische Herrschaft. Nachdem im ersten Weltkrieg russische und deutsche Armeen das Land durchquert hatten und am Ausgang des Krieges eine Räterepublik gescheitert war, wurde 1918/20 die bürgerliche Republik Litauen gebildet, mit der Hauptstadt Kaunas. Die Stadt und das Gebiet Wilna, das traditionelle Zentrum, das im Laufe der Jahrhunderte stark polonisiert worden war, hat nun Polen 1920 militärisch besetzt. Die gesamte Zwischenkriegszeit sollte der diplomatische Streit um den Anspruch auf diesen Landstrich dauern.

Diese Zusammenhänge drängen sich im Buch nicht auf, die große Geschichte bleibt eher draußen. Nur ihre

Folgen lassen auch den idyllischen Flecken an der Issa nicht unberührt. Der Leser ›erlernt‹ die sozialen und nationalen Gegensätze gemeinsam mit dem erwachenden Bewußtsein des Knaben, folglich gedämpft durch die familiäre Vertrautheit der Menschen in Ginie und den beschaulichen Rhythmus des Daseins ringsum. Als Tomasz heranwuchs, war die historische Uhr der Adelssitze bereits abgelaufen. Seine Eltern gehen ihrer Beschäftigung in der Stadt nach. Unter seinen dörflichen Spielgefährten empfindet der Junge seine Herkunft (›ein Herr zu sein‹) als einen Vorwurf. Das Gutsland der Großeltern ist zumeist verpachtet, im Streit mit den Bauern um Wälder und Weideland muß der Hof behutsam vorgehen und auf Ausgleich bedacht sein. Nach 1922 saß den polnischen Gutsbesitzern (die Surkonts sind polonisierte Litauer), den ›Fremden‹ also, das Gesetz über die Bodenreform der Republik Litauen im Nacken. Großvater Kazimierz Surkont weiß Wege, mit dem Dorf auszukommen und vor dem Gesetz zu bestehen. Er pflegt nicht die Allüren seiner adeligen Standesgenossen: die Jagd, das Kartenspiel und Trinkgelage mit Streit um vergangene Ehre. Statt dessen widmet er sich, wie es einem Anhänger positivistischer Fortschrittsideen geziemt, dem Studium der Pflanzenzucht und trachtet nach freundlichem Umgang mit jedermann, sei er polnischer Adliger, litauischer Bauer oder Jude. Er zeigt Verständnis für das erwachende, daher oft eifernde nationale Bewußtsein der Litauer, und der Knabe selbst übernimmt erstaunt und bald selbstverständlich die andere Sprache seiner kleinen litauischen Freundin Onutė. Großmutter Michalina, der Tomasz nicht weniger zugetan ist, lebt dagegen in der undurchdringlichen Welt eigener Vorurteile; abergläubisch, borniert patriotisch und auf skurrile Weise von Standesdünkel erfüllt.

In Anbetracht der gegensätzlichen Haltung beider Großeltern und der erhitzten Rede seines litauischen Lehrers Józef von ›unserem Land‹ keimt in Tomasz ein Mißtrauen gegen jede Form nationaler Übersteigerung. Damit repräsentiert Miłosz ein in der polnischen Literatur seltenes Bewußtsein, das sich dem gleichsam religiösen Kult des Nationalen nicht unterwirft. Seine Herkunft lehrte ihn, daß es polnischerseits ein Mißverständnis war, nur auf die staatliche, religiöse, kulturelle Gemeinsamkeit mit Litauen in der alten Adelsrepublik des 16. bis 18. Jahrhunderts zu pochen und dabei nicht wahrhaben zu wollen, daß im 19. Jahrhundert, dem Zeitalter der Bildung moderner Nationen in Osteuropa, nicht nur das eigene Nationalbewußtsein erstarkte, sondern auch das litauische eine eigenständige Entwicklung nahm. Fremd ist dem Verfasser solche Einäugigkeit, die nationale Unterdrückung beklagt, solange das eigene Volk davon betroffen ist, sie aber zu bagatellisieren und zu rechtfertigen sucht, wenn kleinere Völker ihre Rechte gegenüber polnischer Unterdrückung geltend machen.

Das Erinnerungsbuch an die Kindheit ist poetisch, ohne sentimental zu werden. Immer bleibt auch das Drama des Heranwachsens im Blick. Seine Freuden und Erschütterungen vermitteln sich durch gesättigte Details, die auch in den Härten genau gezeichnet sind. Betroffenheit des Erzählers gibt sich durchaus zu erkennen, aber der am Klassischen orientierte Autor sucht gegenüber jeder Erscheinung des Lebens eine philosophisch reflektierte Objektivität.

Der Roman erschließt den kleinen Alltag der Leute im Tal der Issa. Er ist geordnet durch den Wechsel der Jahreszeiten und die von reichem (auch heidnischem) Brauchtum umrankten Feste des katholischen Kirchenjahres; heidnische Dämonen und christliche Teufel bewohnen in bizarrer Mischung die Phantasien, Träume und Ängste des Landvolks. Tomasz wächst in inniger Eintracht mit aller Natur auf: den Haus- und Hoftieren, den Fischen und Vögeln, den Füchsen, Hasen und Wildenten. Der Leser nimmt teil an der Überwältigung eines jungen Menschen durch die sinnliche Fülle des Wirklichen. Aber der Umgang mit der Natur ist nicht ohne Bitternis. Tomasz muß erfahren: der Fisch an der Angel stirbt, junge Hunde werden ersäuft, die Hausmagd schlachtet Hühner. Und die Jagd, die das Knabengemüt als Teil der Männerwelt so mächtig anzieht, die Jagd bedeutet – töten. Und als Gipfel dieser erschütternden Entdeckung vollzieht sich vor den ernsten Augen des Kindes das Sterben der Großmutter Dilbin. Schauder der Vergänglichkeit.

Ungewöhnlich wird in dem Buch über Religion gesprochen. Der Verfasser zeichnet einfühlend die Ergriffenheit des Jungen, der mit der verzweifelten Blasphemie seines Freundes fertig werden muß. In ruhigem, von Entrüstung und Häme freiem Tonfall wird davon erzählt, wie kirchliche Askesegebote an der Liebe des Priesters Peikswa und des Mädchens Magdalena scheitern. Auch die Vermengung von Christlichem und Heidnischem, Glaube und Aberglaube im Brauchtum des Landes ruft nicht das herablassende Lächeln des Erzählers hervor, er respektiert vielmehr die gewachsenen Formen geistiger Lebensbewältigung. Rechtgläubige Religiosität wäre bei Miłosz schwer auszumachen, eher eine ›heidnische‹ Lebensfrömmigkeit, die um unsere Gefährdungen und Abhängigkeiten weiß und dennoch an der Liebe zum Leben festhält – freilich nicht unterhalb des Niveaus der eigenen Zweifel.

Die in der sarmatischen Kultur der Gegenreformation geprägte Formel ›polnisch gleich katholisch‹ dürfte Miłosz wenig behagen, weil sie oft zur religiösen Rechtfertigung des Nationalismus herhalten mußte. Sie traf, historisch betrachtet, auch nicht in gleichem Maße auf Polnisch-Litauen zu, wo die Reformation stärker Fuß fassen konnte; im Bürgertum war das Luthertum verbreitet, der Adel schloß sich dem Calvinismus an, zum Beispiel das einflußreiche Fürstenhaus der Radziwiłł, während die Bauern mehr oder weniger am Katholizismus festhielten. Das Wirken der Reformation bereicherte besonders die Sprachkultur des Landes; das erste Neue Testament in polnischer Sprache war lutherisch, 1551/1552 in Königsberg gedruckt, am selben Ort erschien 1590 die erste vollständige litauische Bibelübersetzung. Für einen Autor in der Fremde, dem die Sprache gleichsam die

Heimat ersetzt, ist dies von besonderem Gewicht. So nimmt es nicht wunder, daß Tomasz in Großvaters Bibliothek die reformierte Bibel eines Vorfahren aus dem 17. Jahrhundert findet, ein Stück geistiger Standestradition, die in dem inzwischen katholischen Haus sich toleranter Wertschätzung erfreut.

Die Zeit kindlicher Unschuld bleibt vor der Erfahrung nicht bewahrt, welche Macht der Eros über die Menschen besitzt. Die sich dem Knaben offenbarende Gewalt des Sexus läßt ihn gleichsam über Nacht das übliche Verhalten der Erwachsenen, deren Höflichkeiten, Scherze und Flirts als anzüglich und falsch entlarven. Mit gesteigerten Sinnen möchte er das Geheimnis des körperlichen und geistigen Andersseins der Frau lüften, das Rätsel der Natur gewaltsam lösen. Ein weiterer Schleier der Erkenntnis wird beiseite geschoben, aber die Antworten befriedigen nicht. Das Andersartige, das Rätselhafte bleibt uns gegenüber. Die Welt hat viele Dimensionen, der Mensch viele unergründliche Seiten (wie das düstere Schicksal des Försters Baltazar zeigt), die das Kind bestaunt und der Erzähler respektvoll gelten läßt. Mit dreizehn Jahren verläßt Tomasz die Landschaft seiner Kindheit und zieht in eine geographisch und psychologisch andere Welt.

Der Autor verkriecht sich nicht in den jugendlichen Helden, sondern tritt als Erzähler in ein eigentümliches Wechselgespräch mit seiner Figur ein, so den Horizont der Geschichte durch historische, philosophische und religionsgeschichtliche Erörterungen erweiternd. Lithuania, ›das Land der Seen‹ – es ist für ihn ein geopolitisch genau bezeichneter Ort und zugleich doch mehr als eine Landschaft, es ist ein Zustand menschlichen Daseins, ausgestattet mit den kräftigen Farben der Kindheit und Jugend und erwärmt vom Gefühl der Zugehörigkeit zu einer Gemeinschaft. Ein Mythos also, dem Sarmatien Johannes Bobrowskis nicht unähnlich.

Die Kraft der Sehnsucht und die Weisheit, die aus dem Abstand kommt und zur Genauigkeit anhält, haben der Erinnerung eine starke Anschaulichkeit abgewonnen, stimmungsvoll, aber ohne Lyrismen. Bilder der Natur, wie man sie tausendfach meinte gesehen zu haben, und Verrichtungen des Alltags, die nur allzu gewöhnlich sind, werden durch eine frische und nicht abgegriffene Sprache zur unablässigen Überraschung für den Leser.

Die Botschaft des Buches heißt – Bejahung des Daseins in allen seinen Dimensionen. Der Mensch, die Frucht der Natur und das Haus des Geistes, ist auf Gedeih und Verderb der Spannung zwischen Tierreich und Geschichte ausgesetzt. Im Miteinander beider findet er seine Bewährung, das Entweder-Oder zerstört die Hoffnung. Miłosz mißtraut den Abstrakta in Politik, Religion, nationaler Bindung. Er baut auf das sinnlich erfahrene Glücksempfinden eines Jungen, der an einem Sommermorgen barfuß über betauten Rasen läuft, die sonnengewärmten Dielen oder die Kühle des Steinfußbodens verspürt. Darauf und auf die kleinen Tugenden im Alltag, die Gewähr praktizierter Mitmenschlichkeit möchte sich der Autor verlassen können.

Berlin, September 1987 *Heinrich Olschowsky*

Der Text wurde neu durchgesehen nach der Ausgabe: Czesław Miłosz, Dolina Issy, Wydawnictwo Literackie, Kraków 1981
Der Abdruck erfolgt mit freundlicher Genehmigung des Verlages Kiepenheuer & Witsch, Köln
Vertriebsgebiet: Deutsche Demokratische Republik und sozialistisches Ausland

ISSN 0433-0153
ISBN 3-378-00266-2

Erste Auflage
Lizenz Nr. 396/265/60/88 LSV 7221
Gesamtherstellung: Offizin Andersen Nexö, Graphischer Großbetrieb, Leipzig III/18/38
Schrift: Garamond-Antiqua
Gestaltung: Lothar Reher/Marlies Hawemann
Printed in the German Democratic Republic
Bestell-Nr. 812 233 0
01080